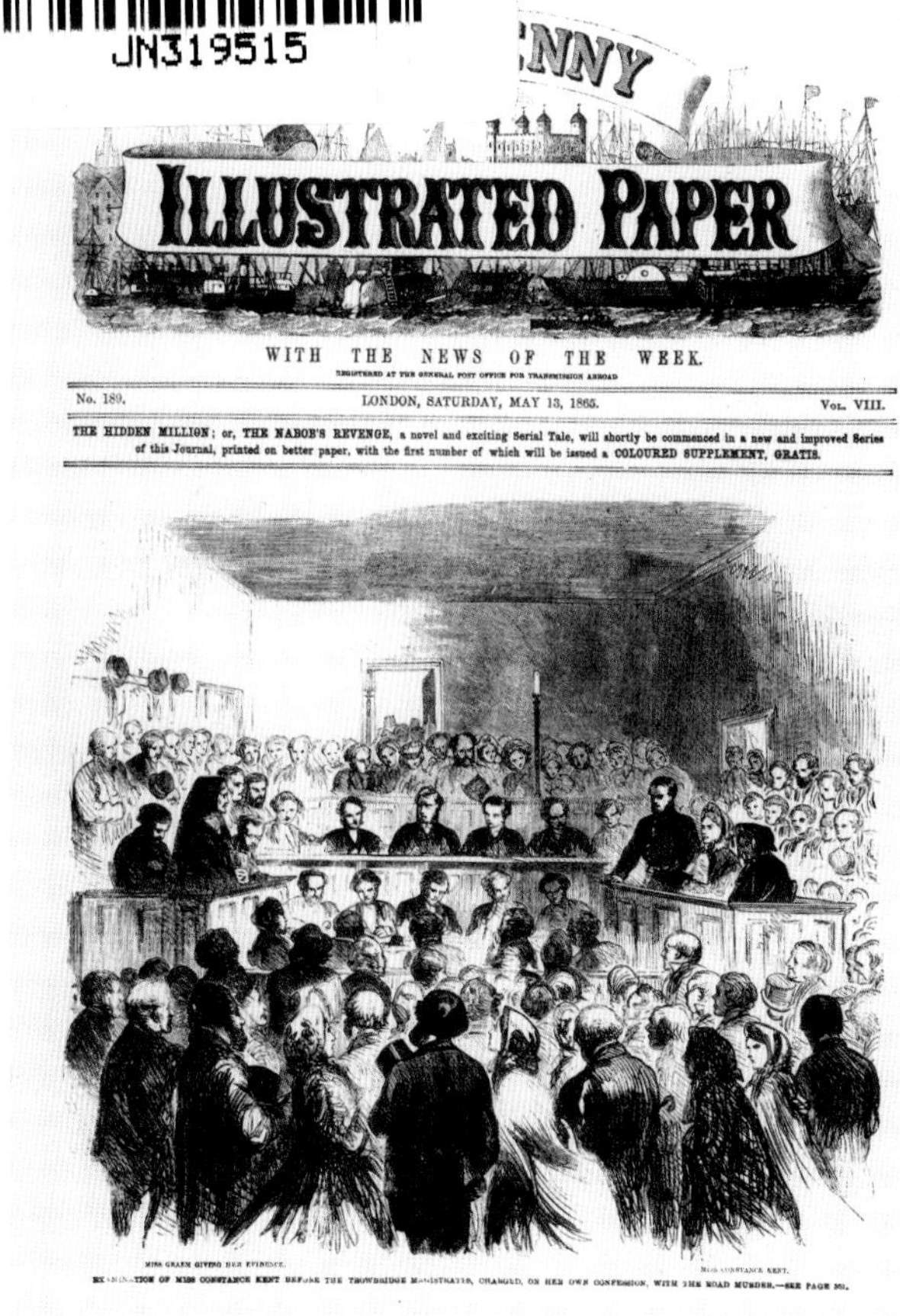

NNY

ILLUSTRATED PAPER

WITH THE NEWS OF THE WEEK.

REGISTERED AT THE GENERAL POST OFFICE FOR TRANSMISSION ABROAD

No. 189. LONDON, SATURDAY, MAY 13, 1865. Vol. VIII.

THE HIDDEN MILLION; or, THE NABOB'S REVENGE, a novel and exciting Serial Tale, will shortly be commenced in a new and improved Series of this Journal, printed on better paper, with the first number of which will be issued a COLOURED SUPPLEMENT, GRATIS.

EXAMINATION OF MISS CONSTANCE KENT BEFORE THE TROWBRIDGE MAGISTRATES, CHARGED, ON HER OWN CONFESSION, WITH THE ROAD MURDER.—SEE PAGE 3O.

1865年5月、トロウブリッジ警察裁判所で証言台に立つキャサリン・グリーム

グレイト・バリア・リーフの棘皮動物（ヒトデやウニ）の水彩画、ウィリアム・サヴィル＝ケント、1893 年

グレイト・バリア・リーフのサンゴの水彩画、
ウィリアム・サヴィル＝ケント、1893 年

ロンドンのセント・ポール大聖堂・地下聖堂の床にあるモザイク画（1870 年代、ウォーキング刑務所収容者たちの作）

ハヤカワ文庫 NF

〈NF458〉

最初の刑事

ウィッチャー警部とロード・ヒル・ハウス殺人事件

ケイト・サマースケイル

日暮雅通訳

早川書房

7750

THE SUSPICIONS OF MR WHICHER
or The Murder at Road Hill House

by

Kate Summerscale

Translated by
Masamichi Higurashi
Published 2016 in Japan by
HAYAKAWA PUBLISHING, INC.
This book is published in Japan by
arrangement with
ROGERS, COLERIDGE AND WHITE LTD.
through TUTTLE-MORI AGENCY, INC., TOKYO.

ジュリエットへ

「みぞおちのあたりに、いやな熱をお感じになりませんか？　それから、頭のてっぺんがガンガン鳴るような感じは？　ああ、まだでございますか！　でも、フランクリンさま、コブズホールにいらっしゃると、あなたさまもそいつにとりつかれますよ。私はそれを探偵熱と呼んでおりますが」

ウィルキー・コリンズ『月長石』（一八六八年）創元推理文庫（中村能三訳）

目次

はじめに 11
ロード・ヒル・ハウスの間取り図 16
家系図 18
主要登場人物一覧 19
貨幣価値について 24
プロローグ 25
第一部 死 33
第一章 きっとあれに違いない 35
第二章 恐怖と驚き 55
第三章 神はこれをさぐり出さずにおかれるでしょうか 71
第二部 刑事 89
第四章 謎の男《マン・オブ・ミステリ》 91

第五章　糸口はみな断ち切れているらしい　112
第六章　彼女の浅黒いほおの中で、何かが　137
第七章　変身するものたち　154
第八章　何もかもぴったり閉ざされて　165
第九章　おまえのことはお見通しだ　185
第十章　星に流し目をくれる　208
第十一章　奇怪なことが起こる　228
第十二章　探偵熱　247
第十三章　あれやこれやをすべて誤解する　270
第十四章　ご婦人がた！　黙っていなさい！　288
第三部　解　明　305
第十五章　渇望のごとく　307
第十六章　狂っているほうがまし　335
第十七章　わたしの愛は変わった　361

第十八章　あの探偵は確かに今も生きている　381
第十九章　事実に満ちた不思議の国　411
第二十章　外の芝生から聞こえる草刈り鎌の音　426
結　び　443
後　記　447
原　注　459
主要参考文献　510
謝　辞　519
訳者あとがき　523
索　引　537

原注｛＊……原書での脚注
注……四五九ページ以降参照

訳注………割注

最初の刑事

――ウィッチャー警部とロード・ヒル・ハウス殺人事件

はじめに

本書に描かれているのは、一八六〇年に英国のカントリーハウスで起きた殺人事件――おそらくは当時もっとも騒がれた事件――の物語である。その殺人犯の捜査は、初期の刑事たちの中でも最も能力ある人物のキャリアを脅かし、英国中に〝探偵熱《ディテクティヴ・フィーヴァー》〟をもたらし、探偵小説誕生の指針を与えることとなった。被害者一家にとっては、屋敷にいたほとんど全員に疑いの目が向けられるという、異常なまでに恐ろしい殺人事件であった。だが国全体にとって、このロード・ヒル・ハウス殺人事件は一種の寓話となった――ヴィクトリア朝時代の家庭と、探偵行為の危険性についての、暗い寓話である。

探偵というものが生み出されたのは、ごく最近のことだった。小説における最初の探偵オーギュスト・デュパンがエドガー・アラン・ポーの「モルグ街の殺人」に登場したのは、一八四一年。英語圏における現実世界で最初の探偵たちは、その翌年、ロンドンの首都圏警察《メトロポリタン・ポリス》によって任命された。ロード・ヒル・ハウスの殺人を捜査した警官、スコットランド・ヤードのジョナサン・ウィッチャー警部は、この生まれたばかりの刑事課を形成した八人のうちのひとりである。

ロード・ヒル・ハウス殺人事件は、あらゆる人たちを探偵にした。英国中の人たちがこの事件に関心をひかれ、何百人もの人々が、新聞に投稿したり、内務大臣やスコットランド・ヤードに自分の謎解きを送りつけたのだ。そしてこの事件は、一八六〇年代とそれ以降の小説に影響を与えることになる。特に顕著なのはウィルキー・コリンズの『月長石』で、この作品は、T・S・エリオットをして「英国のすべての探偵小説中、最初にして最高のもの」と言わしめた。謎めいた作中人物であるカッフ部長刑事は、ウィッチャー警部からヒントを得てつくられたキャラクターであり、その後のほぼすべての探偵ものに影響を与えてきたのであった。この事件の要素は、チャールズ・ディケンズ最後にして未完成の小説、『エドウィン・ドルードの謎』の中にも見ることができる。またヘンリー・ジェイムズの恐ろしい中篇『ねじの回転』の場合も、ロード・ヒル・ハウス殺人事件に直接ヒントを得たわけではないが――彼はカンタベリー大主教から聞いた逸話をもとにしていると語っている――人物どうしの疑心暗鬼や互いのずれの不気味さといったものが見てとれる。善にも悪にもなりそうな女性家庭教師、彼女が預かる謎めいた子どもたち、そして、秘め事だらけのカントリーハウス……。

ヴィクトリア朝時代の探偵は、俗世における予言者や聖職者の代役であった。新しい、不確定な世界において、カオスに秩序を与えるような科学的論理や告発、ストーリーを提供した。残酷な犯罪を――人間における獣のなごりを――知的なパズルに変えたのである。だがロード・ヒル・ハウス殺人事件の捜査以来、探偵のイメージは暗いものになってしまった。多くの者が、ウィッチャーの捜査は結果的に中流階級の家庭を冒瀆し、プライバシーを侵害し、ウィッチャー本人が解決のため派遣された当の事件に匹敵するような犯罪的行為を引き起こしたと感じたのだ。彼は家庭内の腐敗を暴いた。性的な逸脱、情緒面での残虐性、陰謀をめぐらす使用人たち、わがままな子どもたち、そして精神錯乱、嫉妬、孤独と嫌悪。彼が事件の内容を明らかにしたことで、人々はほかのりっぱなお屋敷の閉ざされたドアの向こうに何が隠されているのかと想像し、恐怖と興奮が巻き起こされたのであった。そして彼の出した結論は、のぞき趣味と疑惑の時代を生み出す助けになった。この時代における探偵は、得体の知れない存在であり、神格化された英雄であるとともに、悪魔でもあったのだ。

一八六〇年六月二十九日に起きた殺人事件によって、わたしたちはロード・ヒル・ハウスについてあらゆる事実を知ることになった。警察と治安判事は、この建物の内部に関する詳細――ドアの取っ手や窓のかんぬき、足跡、ナイトドレス（女性・子ども用の丈の長いゆったりした寝間着）、絨毯、料理用レンジ――から、住人の習慣まで、こまごましたことを調べ上げた。被害者の遺体の内部に関することまで、法的見地からとはいえ、現在ではあまりに率直すぎてショッキングなほどあからさまに、公開しているのである。

わたしたちに伝えられている情報はすべて、捜査側の疑問に対する答えとして与えられたものであるから、いずれもみな、容疑者を示すことにつながっている。たとえば、わたしたちは六月二十九日に屋敷を訪れた者が誰かということを知っているが、それは、そのうちのひとりが殺人犯だった可能性があったからだ。屋敷のランタンの修理がいつ終わったかを知っているのは、それが殺人現場への道を照らしたかもしれないからだし、屋敷の芝生がどのように刈られたかを知っているのは、芝刈り鎌が凶器として用いられたかもしれないからなのだ。その結果、ロード・ヒル・ハウスの生活が非常にていねいに描き出されたように見えるのだが、やはりまだ完全とは言えない。殺人事件の捜査は、急な動きを察知して部屋の隅や階段吹き抜けに懐中電灯を振り向けるようなものだ。家庭の日常生活で起きることは、さまざまな意味をもっている。ありふれたことも、邪悪なことに変わりうる。証言者たちが事件のさまざまな面――ナイフのような硬いものから衣服などのやわらかいものまで、傷口という〝開かれたもの〟から、かんぬきという〝閉じられたもの〟まで――を繰り返し語るうち、集められた細かな事実がじわじわと殺人の方法を示していくように見えたのだった。

事件の謎が長いあいだ解けずにいるうち、ロード・ヒル・ハウスの住人たちは、容疑者や共謀者、被害者と、いろいろな立場に立たされることになった。ウィッチャーが推測していた秘密の全貌は、その全員が死んでからかなりの年月が経つまで、明らかにされなかったのである。

本書はロード・ヒル・ハウス殺人事件に影響されて生まれた〝カントリーハウス・ミステ

リ〟の形式を用い、探偵小説の手法も一部使っている。だが内容は、あくまで事実に基づくものである。主な情報源は、ロンドン南西部のキューにある英国国立公文書館《ナショナル・アーカイヴズ》に保管された政府および警察のファイルと、大英図書館で閲覧できる一八六〇年代に発行された書籍やパンフレット、新聞・雑誌の記事だ。その他、地図や鉄道時刻表、医学書、社会史や警察官の回想録も参照した。建物や土地の景観については、個人的な調査によって記述したものもある。また、気象状況については新聞記事を、法廷での会話は宣誓証言の記録を参照した。

物語の最後に近くなると、登場人物たちはばらばらに離れていく――特に、探偵たちの都市であるロンドンと、流刑の地オーストラリアへ。だが本書に書かれていることのほとんどは、あの一八六〇年の夏のひと月に、イングランドのある田舎町で起きた出来事なのである。

ロード・ヒル・ハウスの間取り図

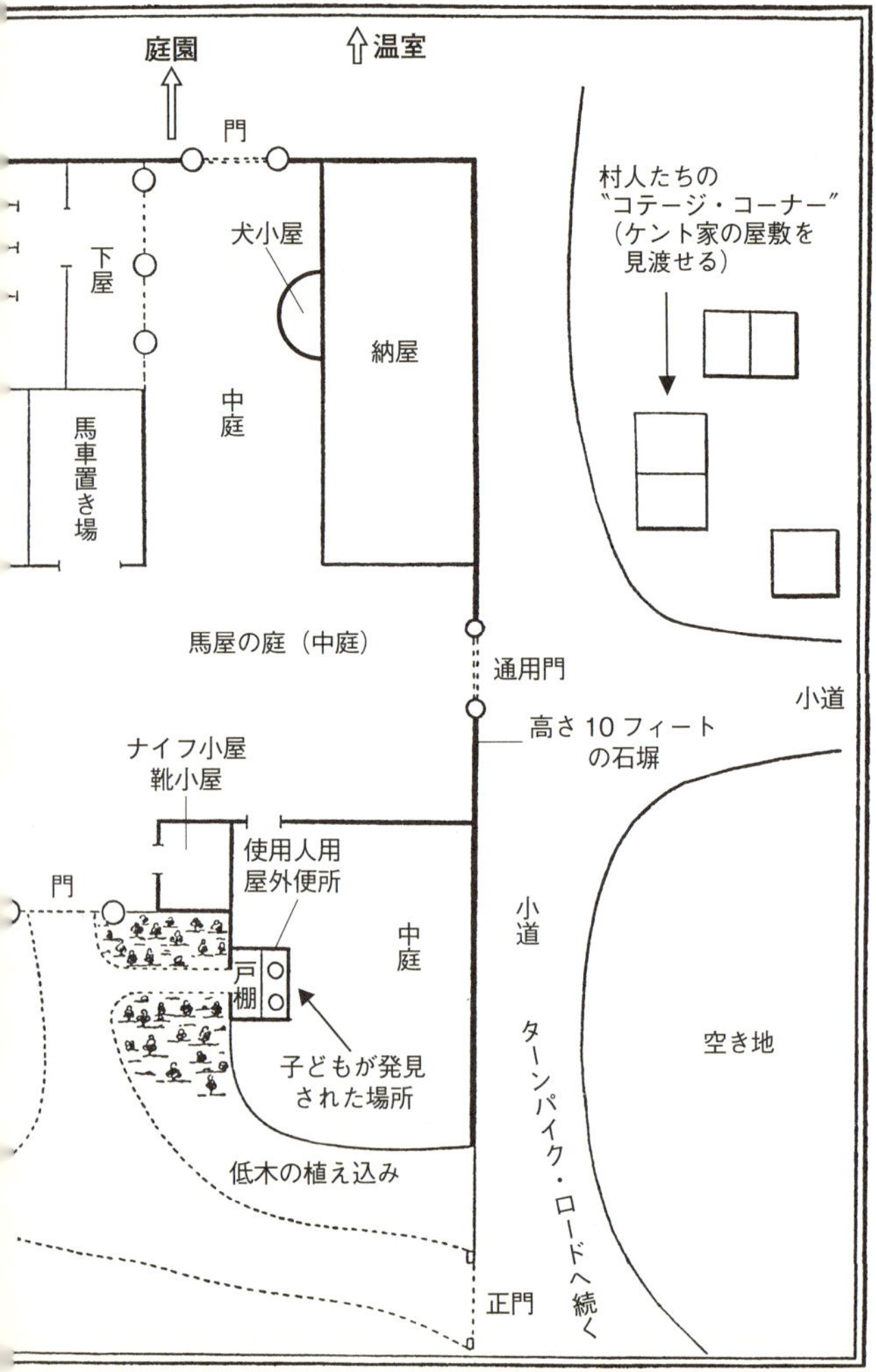

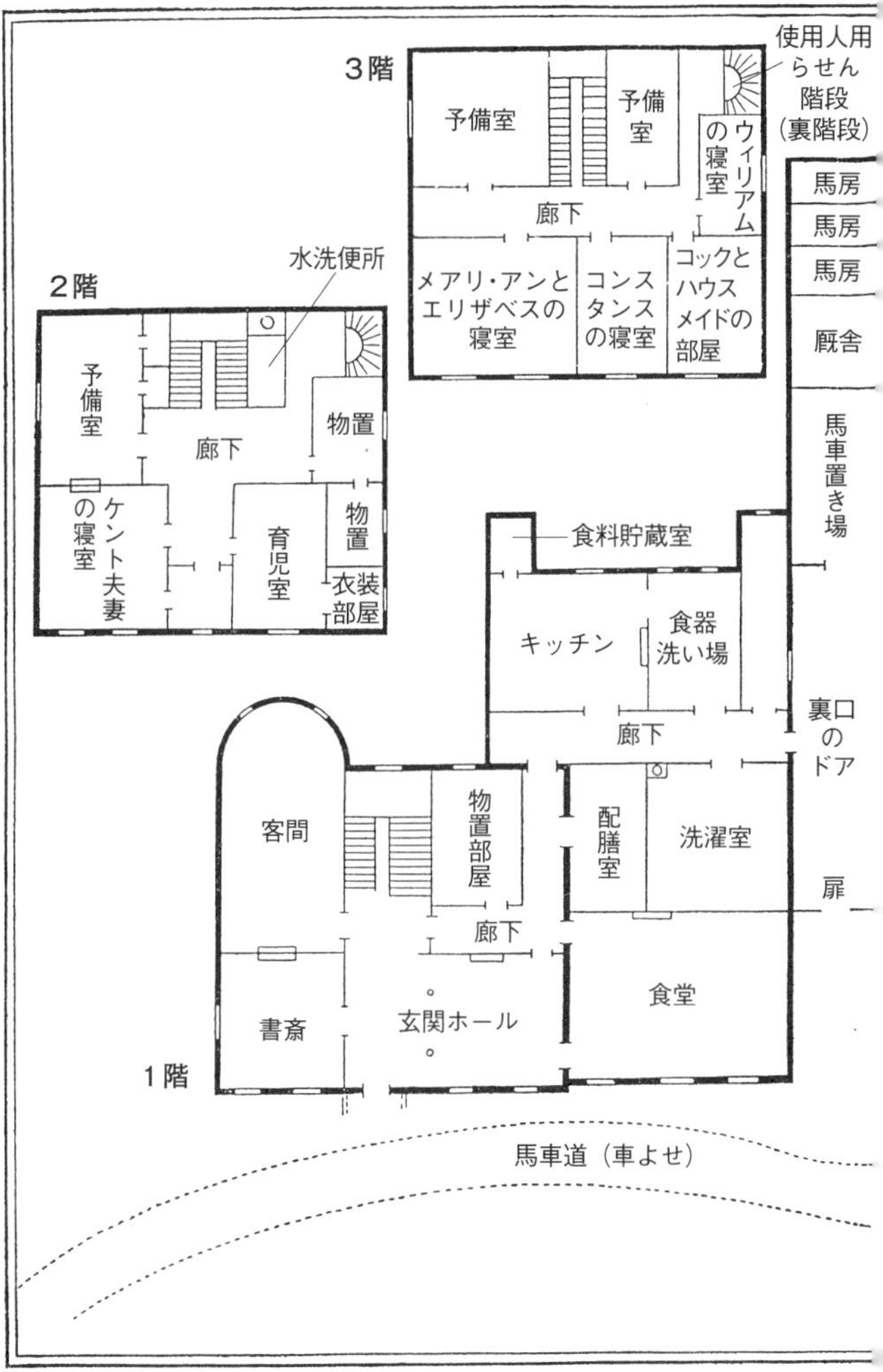

ジョゼフ・ステイプルトン『一八六〇年の大いなる犯罪』(一八六一年)より

家系図

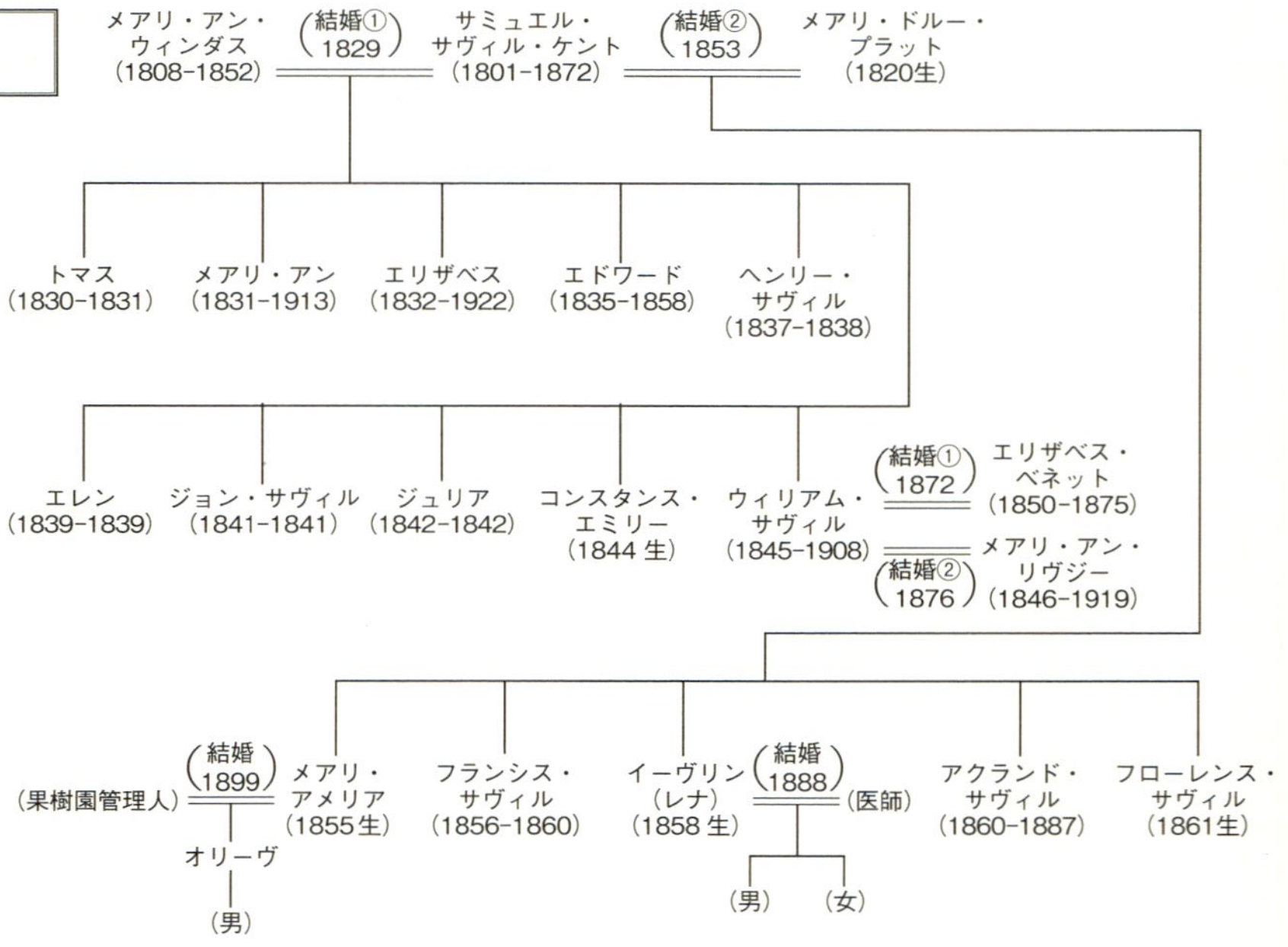
メアリ・アン・ウィンダス（1808-1852）
結婚① 1829
サミュエル・サヴィル・ケント（1801-1872）
結婚② 1853
メアリ・ドルー・プラット（1820生）
トマス（1830-1831）
メアリ・アン（1831-1913）
エリザベス（1832-1922）
エドワード（1835-1858）
ヘンリー・サヴィル（1837-1838）
エレン（1839-1839）
ジョン・サヴィル（1841-1841）
ジュリア（1842-1842）
コンスタンス・エミリー（1844 生）
ウィリアム・サヴィル（1845-1908）
結婚① 1872
エリザベス・ベネット（1850-1875）
結婚② 1876
メアリ・アン・リヴジー（1846-1919）
（果樹園管理人）
結婚 1899
オリーヴ
（男）
メアリ・アメリア（1855生）
フランシス・サヴィル（1856-1860）
イーヴリン（レナ）（1858 生）
結婚 1888
（医師）
（男）
（女）
アクランド・サヴィル（1860-1887）
フローレンス・サヴィル（1861生）

主要登場人物一覧（年齢は一八六〇年六月当時）

ロード・ヒル・ハウスの住人

サミュエル・ケント……………………工場監査官補、59歳
メアリ・ケント（旧姓プラット）……サミュエルの二人目の妻、40歳
メアリ・アン・ケント…………………サミュエル・ケントの最初の妻との娘、29歳
エリザベス・ケント……………………サミュエル・ケントの最初の妻との娘、28歳
コンスタンス・ケント…………………サミュエル・ケントの最初の妻との娘、16歳
ウィリアム・ケント……………………サミュエル・ケントの最初の妻との息子、14歳
メアリ・アメリア・ケント……………サミュエル・ケントの二人目の妻との娘、5歳
フランシス・サヴィル・ケント………サミュエル・ケントの二人目の妻との息子、3歳
イーヴリン・ケント……………………サミュエル・ケントの二人目の妻との娘、1歳
エリザベス・ゴフ………………………子守《ナースメイド》、22歳
サラ・コックス…………………………手伝い《ハウスメイド》、22歳
サラ・カースレイク……………………料理人《コック》、23歳

通いの使用人

ジェイムズ・ホルコム……………………………庭師兼馬番兼御者、49歳
ジョン・アロウェイ……………………………雑用係、18歳
ダニエル・オリヴァー……………………………庭師助手、49歳
エミリー・ドール……………………………子守手伝い、14歳
メアリ・ホルコム……………………………掃除婦（ジェイムズの母親）
アンナ・シルコックス……………………………もと産後付き看護婦、76歳

村の住人

エドワード・ピーコック師……………………クライスト教会の終身副牧師、39歳
ヘスター・ホリー……………………………洗濯婦、55歳
マーサ・ホリー……………………………ヘスターの娘、17歳
ウィリアム・ナット……………………………靴職人、36歳
トマス・ベンガー……………………………農夫、46歳
スティーヴン・ミレット……………………………肉屋兼教区治安官、55歳
ジョー・ムーン……………………………タイル職人、39歳
ジェイムズ・フリッカー……………………………配管工兼ガラス屋、40歳

ジェイムズ・モーガン……………パン屋兼教区治安官、56歳

警察官

ジョン・フォーリー警視………64歳、トロウブリッジ在住
ウィリアム・ダリモア巡査………40歳、トロウブリッジ在住
イライザ・ダリモア〝検査官《サーチャー》〟……47歳、トロウブリッジ在住
アルフレッド・アーチ巡査………33歳、ロード在住
ヘンリー・ヘリテージ巡査………サウスウィック在住
ジェイムズ・ワッツ巡査部長………フルーム在住
メレディス大尉
（ウィルトシャー警察署長）……63歳、ディヴァイズィズ在住
フランシス・ウルフ警視………48歳、ディヴァイズィズ在住

刑事

ジョナサン（ジャック）・
ウィッチャー警部………45歳
フレデリック・アドルファス（〝ドリー〟）・
ウィリアムスン部長刑事………29歳

リチャード（〝ディック〟）・
タナー部長刑事……………29歳
イグナティウス・ポラーキー……………私立探偵、31歳

近隣の町の住人

ジョージ・シルヴェスター……………外科医、州検死官、71歳、トロウブリッジ在住
ジョシュア・パースンズ……………外科医（ケント家の家庭医）、45歳、ベキントン在住
ジョゼフ・ステイプルトン……………外科医、45歳、トロウブリッジ在住
ベンジャミン・マラム……………外科医、フルーム在住
ローランド・ロドウェイ……………事務弁護士、46歳、トロウブリッジ在住
ウィリアム・ダン……………事務弁護士、30歳、フルーム在住
ヘンリー・ゲイズフォード・
ギブズ・ラドロウ……………地主、ウィルトシャー治安判事、サマセットシャー副統監、50歳、ウェストベリー在住
ウィリアム・スタンコーム……………羊毛製造業者、ウィルトシャー治安判事、ウィルトシャー副統監、48歳、トロウブリッジ在住
ジョン・スタンコーム……………羊毛製造業者、ウィルトシャー治安判事、45歳、トロウブリッジ在住

ピーター・エドリン……………………法廷弁護士、40歳、ブリストル在住
エマ・ムーディ…………………………羊毛細工師一家の娘、15歳、ウォーミンスター在住
ルイーザ・ハザリル……………………農家の娘、15歳、グロスターシャー、オールドベリー・オン・ザ・ヒル在住
E・F・スラック………………………事務弁護士、バース在住
トマス・ソーンダーズ…………………ブラッドフォード・アポン・エイヴォン治安判事、もと法廷弁護士

貨幣価値について

一八六〇年の一ポンドは、現在の貨幣で六十五ポンド分の価値があった。一シリングは一ポンドの二十分の一であるから、現在の三・二五ポンド程度の価値ということになる。また、一ペニーは一シリングの十二分の一で、現在の貨幣で二十五ペンス程度の価値があった。この換算率は小売物価指数によるものであり、交通機関や飲食物など、日常的なものの相対的な価格を計算するのに役立つだろう。

ただし、給与などの価値に関しては、一八六〇年の百ポンドの収入が現在の約六万ポンドに相当するという換算率のほうが適切である。

以上はウェブサイト measuringworth.com におけるアメリカ人経済学教授、ローレンス・H・オフィサーとサミュエル・H・ウィリアムスンの計算に基づく。

プロローグ

パディントン駅
一八六〇年七月十五日

　一八六〇年七月十五日の日曜日、スコットランド・ヤードのジョナサン・ウィッチャー警部は、ウェストミンスターのすぐ西にあるミルバンクから辻馬車《ハンサム・キャブ》に乗った。パディントン、つまりグレイト・ウェスタン鉄道のロンドンにおけるターミナル駅でおりると、御者に二シリングを支払った。駅で彼は、二枚の切符を買っている。一枚は九十四マイルの距離にあるウィルトシャーのチップナム行きで、七シリング十ペンス。もう一枚はチップナムからさらに二十マイル先のトロウブリッジまでで、一シリング六ペンス。[注1]その日は暖かかった。この夏で初めて、ロンドンの気温が摂氏二十一度台になったのだ。[注2]

　六年前イザムバード・キングダム・ブルネルが設計したパディントン駅は、鉄とガラスによる明るい丸天井が特徴であり、内部は煙と陽の光でかなり暑い。ウィッチャーはこの駅のことをよく心得ていた。ロンドンの盗っ人たちは、新しくできた鉄道駅に押し寄せる人波、さっと行き交うさまざまな職業と階級の客たちに、ねらいをつける。それを取り締まるために刑事というものが作られた、典型的な都市犯罪なのだ。一八六〇年のパディントン駅をパノラマ的に描いたウィリアム・フリスの絵画『鉄道駅』を見ると、はしのほうに、黒いスーツにシルクハットではおひげをはやした私服警官二人に逮捕される泥棒の姿が描かれている。大都市の騒ぎを鎮める目立たぬ男たち、といった風情だ。

　一八五六年、ウィッチャーはこのターミナル駅で、ジョージ・ウィリアムズという派手に着飾った男を、レディ・グラームズの懐から五ポンド入りの財布を盗んだ疑いで逮捕している。治安判事裁判所でウィッチャーは、この男のことは「紳士風スリ連中の中でもいちばんの悪党として、もう何年も前から知っている」と証言したのだった。また一八五八年にも同じ駅で、二等コンパートメントに乗り込むと、がっしりした体格でしみだらけの中年女性に向かい、「おまえの名はムートットだろう」と言って逮捕した。ルイーザ・ムートットは、悪名高い詐欺師だったのだ。彼女はコンスタンス・ブラウンという偽名を使い、ブルーム馬車（一頭立て四輪箱馬車）とボーイをひとり雇って、ハイド・パークの家具付き貸家に住みこんだ。そして宝石店〈ハント・アンド・ロスケル〉に連絡をすると、レディ・キャンベルという貴婦人のためにブレスレットとネックレスを持って訪問してくれるよう、手配した。宝石商が来ると彼女は、具合が悪くてベッドにいる貴婦人のため、宝石を二階へ持って行きたいと申し出る。三百二十五ポンドもするダイヤのブレスレットを宝石商が渡し、彼女が部屋を出て行き、待つこと十五分。ドアを開けようとした宝石商は、やっと自分が閉じ込められたことに気づいたのだった。
　その十日後にウィッチャーはパディントン駅で彼女をつかまえたわけだが、そのとき彼は、相手がコートの下でしきりに両手を動かしているのに気づいた。そこで手首を押さえてみると、出てきたのが盗まれたブレスレットだったのだ。しかもムートットは、男性用のカツラと付けひげも携帯していた。彼女は最新の方法を取り入れた都市型の犯罪者で、巧みなペテンの女王とも言うべき人物だが、対するウィッチャーのほうが抜きん出ていたのであった。[注3]
　ジョナサン・ウィッチャーは、スコットランド・ヤード最初期の刑事八人のうちのひとりである。刑事課が初めて設置されて以来、十八年（刑事課の設立は一八四二年）。そのあいだ彼らには、謎や魅惑のイメージがまとわりつき、万人の目をもつロンドンの神といった存在になっていた。チャールズ・ディケンズは、彼らを現代的なものの典型として取り上げている。一八四〇年代から五〇年代にかけてのさまざまな驚くべき発明、つまりカメラや電信や鉄道と同じように、神秘的であり、かつ科学的な存在だというのだ。電信や列車と同じように、刑事たちは時間と空間を飛び越えていくように見えた。カメラと同じように、相手の動きを止めることができるようにも思えた。ディケンズは、刑事たちが「ひと目見ただけで」部屋の中の「家具の特徴を一瞬にしてつかみ」、住人の「正確な姿を描く」ことができると書いている。刑事たちの捜査は「生きている駒を使ったチェスのようなもの」であり、「どこにも記録はされていない」というのだ。[注4]

当時四十五歳のウィッチャーは、首都圏警察《メトロポリタン・ポリス》のベテランであり、同僚に言わせると「刑事課のプリンス」[注5]であった。がっしりした体格だが、仲間の刑事よりも「背が低くずんぐりしていて」、気難しい感じだった。彼を見たことがあるディケンズは、「控えめで思慮深げな感じで、算術計算に没頭しているような雰囲気をもっていた」と書いている。顔には、痘瘡のためのあばたがあった。[注6]ディケンズの編集していた雑誌《暮らしの言葉》の副編集長、ウィリアム・ヘンリー・ウィルズは、一八五〇年、ウィッチャーが実際に働いているところを目の当たりにしたひとりだ。彼の目撃談によって、ウィッチャーの行動、さらにいえば英国の刑事の行動が、初めて出版物に公表されたのだった。

その日ウィルズは、オックスフォードのホテルの階段で、あるフランス人と軽い挨拶を交わしていた。相手の「靴は黒玉のようにつやつや光り、手袋も驚くほど真っ白だった」という。そこへ、下の玄関ホールから誰かが現われた。「階段の上がり口のマットに、男がひとり立っていた。地味な感じの、ごくふつうの人物で、外見にも顔つきにも、特に恐ろしげなところは何もなかった」。ところが、この男の〝出現〟が、フランス人にとんでもない効果を与えたようだった。彼は「飛んできた弾を避けるかのようにつま先立ちになり、ほおは青ざめ、唇はわなわな震えていた……」というのだ。「男の目につかまった彼は、うしろへ逃げるにはもう遅いことを知っていた（できるならとっくにしていたろう）」

銃を突きつけるような目つきのその男は、階段を上がりきると、オックスフォードからすぐ出ていけとフランス人に命じた。残りの〝仲間〟とともに七時の列車に乗れという。そして、ホテルの食堂へ入ると、夕食を前に酒盛りをしている三人の男に近づいていった。テーブルに両手のこぶしをついて前かがみになると、ひとりひとりをにらみつけた。すると「魔法でも使ったかのように」全員が凍りつき、しんとなったのだった。信じられない力をもつその男は、すぐ勘定をすませて七時のロンドン行き列車に乗れと、三人に命じた。男はオックスフォード駅に向かう三人のうしろから歩き、ウィルズもあとを追った。

駅に着いたウィルズは、男に「無限の力をもつような」恐ろしさを感じたものの、結局は好奇心が打ち勝ち、事情を聞き出すことができた。

「実はね、わたしは刑事課のウィッチェム部長刑事というんです」というのが、男の答えだった。[注7]

ウィルズに言わせると、ウィッチャーは「謎の男《マン・オブ・ミステリ》」であり、不可解でかつ控えめな捜査官の原型なのだ。どこからともなく現われ、たとえ正体をあらわにしたと思っても、まだ偽名を使う。ウィルズが彼に与えた「ウィッチェム」という偽名には、探偵の要素――「どいつだ?《ウィッチ・オブ・エム》」――と魔法の要素――「魔法にかける《ビウィッチ・エム》」の両方が含まれているのだ。彼は相手を麻痺させることも、唖然とさせることもできる。ウィルズがウィッチャーに見たその特徴は、多くがそのまま小説中の探偵に使えるものばかりだった。ごく平凡な外見だが、洞察力が鋭く、頭が切れて、物静かな存在。彼の慎重さにより、そして職業上の理由により、当時のウィッチャーの写真はまったく残っていない。彼の風貌を知る唯一の手がかりは、ディケンズとウィルズが書き残したものと、退任時の書類である。それによれば、彼は身長五

フィート八インチ、髪は茶色で肌は青白く、瞳は青だったという。[注8]

　当時は鉄道駅の売店に行けば、探偵の〝回想録〟（実際には短篇小説集）が載った安いペーパーバックや、ディケンズ、エドガー・アラン・ポー、ウィルキー・コリンズのミステリが載った雑誌を買うことができた。ディケンズの新雑誌《オール・ザ・イヤー・ラウンド》（「一年中」の意味）の、この週の号には、ウィルキー・コリンズの『白衣の女』第三十三回が掲載されていた。『白衣の女』は一八六〇年代に大人気を博した〝センセーション小説〟とされた初の作品だ。前回までのストーリーは、悪辣なサー・パーシヴァル・グライドが自分の一族の忌まわしい過去を隠すために二人の女性を精神病院に閉じ込める、というものだった。七月十四日号のエピソードでは、卑劣なやり方で証拠を消そうとしたグライドが、教会の聖具室で炎に包まれて死ぬことになる。物語の語り手は、炎を上げる教会を見ながらこう締めくくるのだ。「せわしないパチパチという炎の音と、天窓のガラスのピシッとひび割れる音しか聞こえなかった。……全員息を殺して、中に人影はあるかと見つめている。顔を焦がさんばかりの熱気に後ずさりする。何も見えない。上にも下にも、どこにも。見えるのは、めらめら燃える生き物のような炎ばかりだ」

　ウィッチャーがロンドンを離れて捜査したのは、ウィルトシャーのトロウブリッジ近くにあるカントリーハウスで起きた、残酷で動機なしに思える殺人事件であり、地元の警察と全国紙を混乱させたものだった。被害者一家は一見尊敬すべき人たちだが、不貞や精神の病といった秘密を隠しているとうわさされていた。

ジョナサン・ウィッチャーはグレイト・ウェスタン鉄道の電信によってウィルトシャーに呼ばれ、同じ会社の列車が彼をそこへ送り届けた。午後二時、六輪の巨大な機関車がウィッチャーの乗ったチョコレート色とクリーム色の客車を引くと、当時は幅が七フィートもあったレールの上を進み、パディントン駅を離れていった。グレイト・ウェスタン鉄道はイングランドで最も乗り心地のいい、安定した高速の鉄道だった。ウィッチャーが買った〝ペニー・ア・マイル〟（一マイル一ペニー）と呼ばれる安切符の車両でも、イングランド南東部のスラウに向かう平地をすべるように走っていき、南部メイデンヘッドの鉄道橋の広いアーチを渡っていくのである。J・M・W・ターナーの絵画『雨、蒸気、スピード――グレイト・ウェスタン鉄道』（一八四四年）には、東から驀進《ばくしん》する黒い弾丸のような蒸気機関車が銀と青と金の光を投げかける様子が描かれている。

ウィッチャーの列車は午後五時三十七分にチップナムに[注9]到着し、八分後に彼はトロウブリッジへの列車に乗り継いだ。それから一時間弱で着くはずだ。彼を待ち受けるストーリー――ウィルトシャー州警察と治安判事と新聞記者たちが集めた事実の集合――は、その二週間前の六月二十九日から始まっていたのであった。

第一部　死

「いつなんどきその秘密がもれて、発火し、破裂し、爆破してしまう――」
チャールズ・ディケンズ『荒涼館』（一八五三年）より

第一章　きっとあれに違いない

六月二十九日〜三十日

一八六〇年六月二十九日金曜日の早朝。イングランド西部トロウブリッジから五マイル離れたロード村に住む、サミュエル・ケントとメアリの夫妻は、三階建てのジョージアン様式の自宅二階で眠りについていた。夫妻が寝ていたのはスペイン・マホガニー材の四柱式ベッドで、寝室には緋色のダマスク織りがふんだんに使われている。サミュエルは五十九歳、メアリは四十歳で、妊娠八カ月の身重だった。同じ部屋には五歳になる長女メアリ・アメリアもいた。ドアを隔てて数フィート先にある育児室では、二十二歳の子守《ナースメイド》、エリザベス・ゴフが色鮮やかなフランス式ベッドに横たわり、下二人の子どもサヴィル（三歳）とイーヴリン（一歳）が、それぞれ籐製のベビーベッドで眠っていた。

ほかの住み込み使用人二人――ハウスメイドのサラ・コックス（二十二歳）と料理人《コック》のサラ・カースレイク（二十三歳）――は、サミュエルが前の結婚でもうけた子どもたちとともに、この〈ロード・ヒル・ハウス〉の三階で寝ていた。メアリ・アン（二十九歳）、エリザベス（二十八歳）、コンスタンス（十六歳）、そしてウィリアム（十四歳）の四人である。コックスとカースレイクは、同じ部屋でひとつのベッドを共有していた。メアリ・アンとエリザベスも同室で同じベッドを使っていた。コンスタンスとウィリアムだけは、それぞれ部屋をあてがわれていた。

子守のエリザベス・ゴフは、その朝五時半に起きて、トロウブリッジからやってきた煙突掃除人のために裏口のドアを開けた。掃除人は連結竿とブラシの〝装置〟を使って、キッチンと育児室の煙突と煙道を掃除した。ゴフは七時半に四シリング六ペンスを支払い、彼を送りだした。パン屋の娘である彼女は、礼儀正しくて、なかなかの器量よしだ。細身で色白、黒っぽい瞳で鼻が長く、すきっ歯だ。煙突掃除人が帰ると、彼女は育児室に残った煤を掃除しはじめた。キッチンでは料理人のカースレイクが床に水を流していた。その金曜日に屋敷を訪ねたもうひとりの部外者には、ナイフ砥ぎ師がいて、彼にはメイドのコックスが応対した。

庭では、庭師兼馬番兼御者のジェイムズ・ホルコムが鎌で芝生を刈っていた。ケント家には芝刈り機があるが、芝が濡れているときは鎌のほうが作業しやすいのだ。この年の六月は記録上もっとも雨が多く、気温も低かった。その日も前の晩から夜通し雨が降っていた。芝を刈り終えると、ホルコムは鎌を木に引っかけて乾かしておいた。

四十九歳で片脚を引きずるホルコムは、その日二人の助手を使っていた。地元新聞の言う「まぬけ面の若者」、十八歳のジョン・アロウェイと、四十九歳のダニエル・オリヴァーだ。

二人とも、隣村のベキントンから通ってきていた。一週間前、アロウェイはサミュエルに賃上げの要求を拒否され、辞意を告げていた。ケント家で働くのもあと一日というその日、彼は料理人に頼まれて、村の配管工兼ガラス屋のジェイムズ・フリッカーのところへ行った。ミスター・ケントのランタンに新しい板ガラスの取りつけが終わったかどうかを確認しに行ったのだ。アロウェイはその週すでに四度も訪ねていたが、そのたびにまだだと追い返されていた。が、ようやく運に恵まれ、修理の終わったランタンを持ち帰ると、キッチンの食器棚の上に置いた。近くに住む十四歳のエミリー・ドールもケント家で働いており、子守のゴフを手伝って毎日朝の七時から夜七時まで子どもたちの面倒を見ていた。

　サミュエル・ケントは書斎で報告書を書いていた。前夜、二日間にわたって行なわれた地元の羊毛工場の監査から戻ったばかりだった。彼は二十五年間政府の工場監査官補をつとめており、先だって西部地方の名士——国会議員、治安判事、聖職者二百人分の署名をそろえて正監査官に応募していた。眉が太く、気難しいケントは、村で慕われていたとはいえず、特にロード・ヒル・ハウスから小道を隔てて、みすぼらしい家が立ち並ぶ〝コテージ・コーナー〟の住人からは嫌われていた。屋敷の近くを流れる川で釣りをすることを禁じ、果樹園からリンゴを盗んだといって実際に村人を告訴したこともあった。

　サミュエルの三歳になる息子フランシス・サヴィル（通称サヴィル）は、子守が育児室を掃除しているあいだ書斎に来て遊んでいた。政府に提出する報告書にいたずら書きをし——のたくったS字や点々を書き——父親に「いたずら坊主め」とたしなめられた。そこで今度は、ふざけて父親の膝によじ登ろうとした。丈夫で肉付きのいい、明るいブロンドの巻き毛をした子どもだ。

その金曜の午後、サヴィルは異母姉のコンスタンスとも遊んでいた。彼女ともうひとりの異母兄ウィリアムは、二週間の予定で寄宿学校から戻ってきていた。コンスタンスは父親似のせいか、筋肉質で肉付きがよく、幅広の顔で斜視気味だ。一方ウィリアムは、母親、つまり八年前に他界した最初のミセス・ケントに似ており、生き生きした目と華奢な体格を受け継いでいた。ウィリアムは気が弱く、コンスタンスはむっつりして気ままな性格と言われていた。

同日の午後、コンスタンスは支払いをするために、一マイル半歩いてベキントンに出かけていた。そこでウィリアムに会い、一緒に帰宅したのだった。

夕方、屋敷のそばのコテージに住む洗濯婦のヘスター・ホリーが、洗濯のすんだケント家の衣類やリネン類を届けにきた。五年前に一家がこのロード村に引っ越してきて以来、毎週洗濯を引き受けていた。年長のミス・ケントたち、つまりメアリ・アンとエリザベスがバスケットから洗濯物を取り出し、仕分けして寝室や食器棚にしまった。

午後七時、庭師三人と子守手伝いのエミリー・ドールは、ロード・ヒル・ハウスを出て帰宅した。ホルコムは帰り際、外から庭園の扉に鍵をかけ、小道を隔てたコテージに戻った。通いの使用人が全員帰ったあと、サミュエル・ケントが庭園に通じる門に鍵をかけた。その晩、屋敷には十二人が残されたことになる。

　三十分後、ゴフはイーヴリンを二階の育児室に連れていき、ベビーベッドに寝かせた。イーヴリンのベッドは自分のベッドのわき、ドアとは反対側に置いてある。ベビーベッドは二台とも太い籐で編んだもので、中に布が敷かれ、車輪がついていた。それからゴフは階下に行き、ミセス・ケントが見守る中、サヴィルに下剤を与えた。サヴィルは体調を崩していたが回復しつつあり、家庭医のジョシュア・パースンズから「緩下剤《アペリエント》」――〝ふたをとる〟や〝開く〟を意味するラテン語から転じた言葉だ――が届いていた。その薬は服用後六時間から十時間で効き目があらわれるとされており、「水銀丸薬一グレインとルバーブ三グレインでつくられていた」と、みずから調合したパースンズは述べている。

　子守の弁によれば、サヴィルはその晩、「元気で上機嫌」だった。彼女は午後八時に育児室の右隅に置かれたベビーベッドに彼を入れた。五歳のメアリ・アメリアは、廊下を挟んだ両親の寝室にあるベッドに寝かされた。二つの寝室のドアは少し開けられ、メアリ・アメリアが夜泣きした場合に子守が見に行けるように、また、眠っている子どもたちの顔をミセス・ケントが見に来られるようになっていた。

　子どもたちが寝てしまうと、ゴフは育児室を片づけ、スツールをベッドの下に戻し、散乱したものを衣装部屋にしまった。ロウソクをつけ、衣装部屋に腰をおろして夕食をとった。その晩はパンとバター、水だけだった。その後下に行って、サミュエル・ケントが主導するゆうべの祈りに加わったあと、キッチンでカースレイクとお茶を一杯飲んだ。「ふだんお茶はまったく飲みません」とゴフはのちに語っている。「でも、その日は家族用のティーポットから一杯お茶を飲んだんです」

育児室に戻ると、サヴィルは「いつものとおり壁のほうを向き、腕を頭の下にしいて眠って」いたという。ナイトドレスと「小さなフランネルのシャツ」を着ていた。「もともと熟睡するたちであるうえ、その日は昼寝もしていなかったので、いっそう眠りが深かったのです」。彼女はいつも午後は掃除で忙しく、そんなときサヴィルは昼寝をするのだった。ゴフによれば、育児室は静かな部屋で、布類が音を吸収するのだという。「床には絨毯がしきつめられていました。ドアには縁布がついていたので、ほとんど音もなく開き、子どもたちを起こさないようにしてありました」。ミセス・ケントは、そっと開け閉めすればドアが静かに開閉することを認めたが、取っ手を回すとき少しきしむ音がすると述べた。のちに屋敷を訪問した人々は、ドアについた金属のリングがカチリと音をたて、掛け金がキーと鳴るのを確認した。

ミセス・ケントは育児室に入ってサヴィルとイーヴリンにおやすみのキスをしたあと、その週イングランド上空を通過していた彗星を見に、上にあがった。夫が購読していた《タイムズ》紙が連日のように観測情報を報じており、彼女は一緒に見ようとゴフを誘った。子守がやってくると、ミセス・ケントはサヴィルがぐっすり眠っていたことを伝えた。母親と子守は肩を並べて窓辺に立ち、空を見上げた。

午後十時、サミュエル・ケントは中庭の扉を開け、黒いニューファンドランド種の番犬を放った。二年以上飼っている、気のいい大型犬だ。

午後十時三十分ごろ、ウィリアムとコンスタンスはロウソクを持って寝室に向かった。三十分後、メアリ・アンとエリザベスも続いた。床に入る前に、エリザベスは部屋を出てコンスタンスとウィリアムが火を消したかどうかを見にいった。二人の部屋が暗いのを確認したあと、窓辺で足を止め、彗星が見えないか空を見上げた。エリザベスがベッドに入ると、メアリ・アンが内側から鍵をかけた。

午後十時四十五分ごろ、一階では、コックスが食堂、玄関ホール、客間、書斎の窓を閉め、玄関に鍵とかんぬきをかけ、書斎と客間に入るドアも同様にした。客間の鎧戸についていて彼女はのちに「鉄の棒でしっかりと閉めました。わきに真鍮のかんぬきが二つずつついていて、それも全部かけました」と述べている。客間のドアには「かんぬきと錠前がついているので、かんぬきをかけ、錠前の鍵を回しました」。キッチンと洗濯室、裏口の戸締りはカースレイクが行なった。それから二人は、主に使用人が使う裏のらせん階段で寝室に向かった。

十一時、育児室ではゴフがサヴィルの上掛けを直し、夜用のロウソクをつけたあとで部屋の窓をすべて閉め、かんぬきをかけてからベッドに入った。煙突掃除の後始末で疲れていたためぐっすりと眠りこんだという。

その少しあと、ミセス・ケントが夫を下の食堂に残したまま寝室に向かった。途中で育児室のドアをそっと閉めた。

サミュエル・ケントは中庭に出て犬に餌をやった。本人によれば十一時三十分には、毎晩しているように、侵入者に備えて一階のすべてのドアおよび窓の鍵とかんぬきがかかっているかどうかを確認し終えていた。そしていつものように鍵を客間のドアにつけたままにした。十二時をまわる前に、屋敷の住人は全員床についた。新しい家族は二階で、先妻の子どもたちと使用人は三階で。

六月三十日土曜日午前一時の少し前、ロード・コモンにひとりで暮らすジョー・ムーンというタイル職人がロード・ヒル・ハウスの近くの野原で網を広げて乾かしていると――おそらくサミュエル・ケントの目を盗んで夜中に釣りをしていたのだろう――犬の吠え声が聞こえてきた。同じころ、勤務を終え自宅に向かっていた巡査のアルフレッド・アーチも、犬が六回ほど吠えるのを聞いている。だが、特にどうとは思わなかった、と彼は述べている。ケント家の犬はちょっとしたことで吠えると言われていたからだ。一方、ジェイムズ・ホルコムはその晩何も聞いていない。これまでに何度もこのニューファンドランド犬に起こされ(「ひどい騒音をたてるもので」)、中庭に戻って静かにさせなければならなかったにもかかわらずだ。臨月間近のミセス・ケントも、その晩は犬の鳴き声に妨げられることはなかった。とはいえ眠りは浅く、「何度も目を覚ましました」と述べているが、特に変わった物音は聞こえなかったという――早朝、夜が明けて間もなく聞こえた「客間の鎧戸が開くような音」以外には。下で使用人たちが仕事を始めたのだと思ったそうだ。

その土曜日に太陽がのぼったのは、午前四時の二、三分前だった。一時間後、ホルコムがロード・ヒル・ハウスの庭に入ってきた――「扉はいつもどおり閉まっていました」という。彼は犬をつないだあと、馬屋に向かった。

　同じころ目を覚ましたエリザベス・ゴフは、イーヴリンの上掛けが滑り落ちているのに気がついた。ベビーベッドはすぐわきにあったので、膝立ちになって寝具を掛け直してやった。そのとき、向こう側のベッドにサヴィルがいないことに気がついた。「とっさに思ったのは、誰かにそっと連れ出されたのだということでした。まるで奥さまかわたしが連れ出したように、寝具がきれいに折り返されていましたから」。息子が泣いているのを聞きつけたミセス・ケントが、廊下を挟んだ自分の部屋に連れていったのだろうと思ったそうだ。

　サラ・カースレイクも五時に一度目を覚ましたあと、また眠りに戻ったと述べている。六時直前にふたたび目を覚まして、コックスを起こした。二人はベッドから出て服を着替え、下へおりて仕事を始めた――コックスは表の階段、カースレイクは裏の階段を使ったという。コックスが客間のドアの鍵を開けにいくと、すでに開いていたので驚いた。「ドアは少し開いていて、鎧戸も閉まっていませんでしたし、窓も少し持ちあがっていました」。これは邸宅の裏庭に面した半円型にせり出している窓のことだ。床から天井までの高さがあり、三枚あるうち真ん中の窓の下の窓枠が六インチほど開いていた。コックスは誰かが部屋の空気の換気をするために開けたのだろうと思い、それを閉めたという。

　六時にジョン・アロウェイがベキントンの自宅からやってきたとき、ホルコムはすでに馬屋で栗毛の雌馬の世話をしていた。ダニエル・オリヴァーがその十五分後に到着した。ホルコムはアロウェイに命じて、温室に植物の水をやりに行かせた。アロウェイはその後、汚れたナイフ類――二本の肉切り包丁を含む――の入ったバスケットをキッチンに取りに行った。そこではカースレイクが仕事を始めており、アロウェイは汚れたブーツ二足も通路から持ち帰った。〝靴小屋〟あるいは〝ナイフ小屋〟と呼ばれている小屋にそれらを持っていくと、ナイフをベンチの上に置き、ブーツを磨きはじめた。一足はサミュエル・ケントのもの、もう一足はウィリアムのものだ。「あの朝、ブーツにいつもと変わったところはありませんでした」と彼は述べている。ふだんはナイフも磨くが、アロウェイを早く庭に行かせたかったホルコムがその仕事を引き受けた。「庭で仕事がある。肥やしをまくのを手伝ってもらいたいんだ。おまえがブーツを磨くなら、おれがナイフを受けもとう」。ホルコムは小屋にあるナイフ磨き機を使った。のちに語ったところによると、彼の知るかぎり、見当たらなかったり血がついたりしたナイフはなかった。ホルコムは六時半ごろ、きれいになったナイフをキッチンに戻しに行き、それからアロウェイと一緒に馬糞をまいた。

エリザベス・ゴフが起きたのは、午前六時過ぎだった。服を着替え、聖書の一節を読んで祈りを捧げたと述べている。夜用のロウソクは、いつもどおり六時間燃えたあとで消えていたが、サヴィルのベッドは依然としてからっぽだった。六時四十五分になって――育児室のマントルピースの上の時計を確認した――ケント夫妻の寝室を見てみることにした。だが、「ドアを二度ノックしましたが、返事がありませんでした」という。それ以上ノックしなかったのは、出産を間近に控えて不眠に悩んでいたミセス・ケントを起こしたくなかったからだ。ゴフは育児室に戻ってイーヴリンを着替えさせた。そのあいだにエミリー・ドールがやってきて、七時になる前に子ども用の浴槽を育児室に運び入れ、隣の衣装部屋に置いた。浴槽に入れるお湯と水のバケツを運んでいるとき、ゴフがベッドを整えているのに気がついた。二人が言葉を交わすことはなかった。

　ゴフはもう一度ケント夫妻の寝室のドアをノックしてみた。今度はドアが開き、メアリ・ケントがベッドから出てガウンを羽織りながら、夫の時計を確かめた。七時十五分。混乱した会話が交わされた──どちらもサヴィルが相手の部屋にいると思っていたのだ。

「坊っちゃんたちはお目ざめですか?」サヴィルが当然両親の部屋にいるとばかりに、ゴフは女主人に尋ねた。

「〝坊っちゃんたち〟って、どういう意味?」とミセス・ケント。「ここにはひとりしかいないわ」夫婦の部屋で寝ている五歳のメアリ・アメリアのことだ。

「サヴィル坊っちゃんですよ!」とゴフ。「ご一緒じゃないんですか?」

「わたしと?　いいえ」

「育児室にいらっしゃらないんです、奥さま」

　ミセス・ケントは育児室に行って確かめ、ベビーベッドのわきに椅子を置いたままにしなかったかとゴフに尋ねた。サヴィルがそこからおりてしまったかもしれないからだ。子守は、置いていないと答えた。次にミセス・ケントは、サヴィルがいなくなったのに気づいたのはいつかと尋ねた。五時です、というゴフの答え。ミセス・ケントはなぜすぐに起こしてくれなかったのかと問いただした。ゴフは、「夜泣きに気づいた奥さまが、坊ちゃんをご自分の部屋に連れて行かれたのだと思いまして」と答えた。

「よくもそんなことが言えるわね」とミセス・ケント。「できないことは知っているでしょう」

前の日、もうサヴィルを抱き上げられない、妊娠八カ月の体では重くてがっしりした三歳児を抱え上げるのは無理だとこぼしたばかりじゃないか、と言いつのった。

上に行って先妻の子どもたちに、サヴィルがどこにいるか知らないか訊いてきなさい――そう子守に命じてから、彼女は夫に言った。「サヴィルがいなくなったわ」

「ちゃんと捜したほうがいいぞ」とサミュエル。彼はゴフのノックで目を覚ましたということだった。ミセス・ケントは部屋を出て行ったが、やがて戻ってきて、やはりサヴィルの姿は見当たらないと訴えた。夫はようやく起き上がり、服を着替えると下へおりていった。

ゴフは七時二十分ごろメアリ・アンとエリザベスの部屋をノックし、サヴィルが来ていないかと尋ねた。二人は来ていないと答え、ミセス・ケントはそのことを知っているのかと訊き返してきた。この騒ぎを聞きつけたコンスタンスが隣の部屋から出てきた。だが、異母弟がいなくなったと知らされても、彼女は「ひと言も感想をもらさなかった」とゴフは述べている。のちにコンスタンスは、四十五分前から目が覚めていたと証言した。「着替えをしていました。ノックする音が聞こえたので、ドアに近づいて何があったのか聞き耳を立てていたんです」。一方、七時に目覚めたというウィリアムは、寝室が廊下の先にあったため、おそらくこの騒ぎが耳に入らなかったはずだ。

ゴフは二階分の階段をおりてキッチンに行き、コックスとカースレイクにサヴィルを見かけなかったかと尋ねた。カースレイクは朝食用のミルクを温めるためにレンジの下で火をおこしながら、見ていないと答えた。コックスも見ていなかったが、客間の窓が開いていたことを告げ、ゴフはこれを女主人に伝えた。このころには、ケント夫妻は息子の姿を求めて家の中を捜しまわっていた。「あちこち捜しまわりました」とミセス・ケント。「わたしたちはすっかりうろたえて、あっちへ行ったりこっちへ行ったり、部屋から部屋へと捜しまわったのです」

サミュエルは捜索を外に広げた。庭師のホルコムによれば、七時三十分ごろ、彼は「サヴィルが消えた。誘拐された。連れ去られたのだ」とだけ言うと、庭のほうに走っていったという。「わしらはすぐに坊っちゃんを捜しにかかりました」

「庭師たちに子どもの手がかりがないかどうか、敷地内を捜すよう命じました」とサミュエルは説明している。「つまり、子どもの、でなければ誰か、敷地から出ていった者の痕跡がなかったかと言いたかったのです」。ゴフも庭や茂みを探すのを手伝った。

サミュエルは庭師たちに、警察官が近所にいないかと尋ねた。「アーチがいます」とアロウェイが答えた。アルフレッド・アーチは最近妻子とともにロード村に移ってきた巡査で、ひと月前、職務中に〈ジョージ〉という地元のパブで飲酒していたのを見つかって、懲戒処分を受けていた。前夜ロード・ヒル・ハウスで犬が吠えていたのを聞いたのが、彼である。

サミュエルはアーチを呼ぶため、アロウェイを村に行かせた。また、息子のウィリアムに、アッパー・ストリートに住むパン屋兼教区治安官のジェイムズ・モーガンを呼びにやらせた。アーチは一八五六年に設立されたサマセットシャー州警察の警察官だったが、モーガンは当時徐々に廃止されつつあった古い警察制度の職員だった。地域住民が教区治安官として一年間無給で奉仕するという制度だ。二人は隣人どうしだった。

モーガンはアーチを急がせた。「早く行こう」と彼が言い、ロード・ヒル・ハウスに向かったという。

ウィリアムは父親の指示で、ホルコムに馬車の用意を頼んだ。サミュエルはその馬車でトロウブリッジ村へ行き、知り合いの警視ジョン・フォーリーを連れてくることにした。妻に出発を告げると、サヴィルのベッドから毛布がなくなっているという返事だった。ゴフがそれに気づいたのだと。メアリは子どもが毛布にくるまれたまま連れ去られたことを知って「ほっとしているようだった」と、サミュエルは語っている。「子どもが寒くないと思ったのでしょう」

サミュエルは黒いコートを羽織り、赤茶色の雌馬に引かせたフェイトン、つまり車体が華奢で後部車輪が大きい、颯爽とした四輪馬車で、出発した。「大急ぎで出ていかれました」とホルコムは述べている。午前八時ごろアーチとモーガンが車寄せに近づくと、左折してトロウブリッジへ向かう道に出ていくサミュエルに遭遇した。モーガンは、二マイルほど先のサウスウィックまで行けばウィルトシャー州警察の警察官が町へ電報を打ってくれると説明した。だがサミュエルは、五マイル離れたトロウブリッジまで行くつもりだと答えた。「行かねばならないのだ」と言うと、彼はアーチとモーガンに捜索に加わるよう頼んだ。

　サウスウィックの通行料徴収ゲートで、サミュエルは馬車を止め、料金（四ペンス半）を払うと、管理人のアン・ホールに地元の警察官の家を尋ねた。

「子どもが誘拐され、毛布にくるまれたまま連れ去られたのだ」。サミュエルは説明した。

「いつのことです？」とミセス・ホール。

「けさだ」

　彼女はサウスウィック・ストリートの方向を教えた。通りに着いたサミュエルは、少年に半ペニーを渡してヘンリー・ヘリテージ巡査の家に案内させたが、ドアを開けた妻のアンが、夫は寝ていると告げた。

「起こしてもらわねば」サミュエルは馬車からおりずに言った。「けさ、家から子どもが誘拐された……三歳十カ月の男の子だ……毛布にくるまれ……これからトロウブリッジまで行って、フォーリーに知らせなければならない」

　ミセス・ヘリテージは名前と住まいを尋ねた。

「ケントだ。……ロード・ヒル・ハウスの」

　アーチ巡査とモーガン教区治安官はロード・ヒル・ハウスに到着すると、キッチンにいたサラ・コックスに、子どもが連れ去られた状況を尋ねた。コックスは二人を客間に連れていき、開いていた窓を見せた。エリザベス・ゴフが育児室に案内し、サヴィルのベッドの上掛けを折り返してみせる。モーガンは、「ベッドと枕に、子どもが寝ていたあとが残っている」ことに気づいた。ゴフの話では、八カ月前彼女がケント家で働くようになったとき、前任の子守から、ミセス・ケントは夜になると自分の部屋に子どもを連れていくことがあると聞いた、という。モーガンが質問した。「子ども以外に育児室から消えているものはないか?」。彼女は少しためらってから答えた。「ベッドから毛布が持ち出されて、というか、引き抜かれています」

アーチとモーガンは地下室を見せてほしいと頼んだが、鍵がかかっていた。年長の娘たちのひとりが鍵を持っていたが、巡査たちは家族を捜査に巻きこみたくないと考え、客間に戻って〝フット・トラック(足跡)〟を探すことにした。モーガンはそう呼んだが、アーチにとっては〝フットマーク〟あるいは〝フットプリント〟だ。科学的捜査の歴史は浅く、用語はまだ統一されていなかった。エリザベス・ゴフも探すのを手伝い、ほどなく鋲釘を打ったブーツの足跡が二つ、窓辺の絨毯の上に敷かれた白いドラゲット、つまり粗い毛織の敷布の上にあるのが見つかった。だが、これはアーチ巡査のものだと判明した。

ミセス・ケントは継娘のコンスタンスに頼んで、エドワード・ピーコック牧師に来てもらうことにした。ピーコックはクライスト教会の隣に建つゴシック様式の三階建て牧師館に妻と二人の娘、二人の息子、五人の使用人とともに暮らしていた。サミュエルとは友人どうしで、牧師館はケント家の屋敷から数分のところにあった。牧師は捜索に加わることを承諾した。

　ウィリアム・ナットは六人の子持ちの靴職人で、ロード・ヒル・ハウスのそばのあばら家に住んでいた。店で仕事をしていると、サヴィル坊っちゃんが行方不明になったと宿屋の主人のジョゼフ・グリーンヒルが話しているのが聞こえてきた。ナットはロード・ヒル・ハウスに向かった。「父親のような気持ちで言ったんです。詳しいことを聞きにいかなきゃならん、て」。ナットは「変わった容貌の人間」だと《ウェスタン・デイリー・プレス》紙は伝えている。「顔色が悪く、痩せぎすで、ほお骨が目立ち、尖った鼻に後退したひたい、片目に斜視がある。いわゆる〝ひょこひょこ歩き〟なうえ、力の入らなくなった両腕を胸の前に寄せて、手をだらりと垂らす癖があった」。門のすぐ外で、彼は牛を追い立てていた農夫のトマス・ベンガーと出会った。ベンガーがナットに、捜索に加わろうともちかける。ナットは許可なく芝生に立ち入ることを躊躇し、「ジェントルマンの敷地に入るのは気が進まないぜ」と拒んだ。ベンガーは、サミュエル・ケントがアーチとモーガンに対し、子どもを見つけたら十ポンドの謝礼を出すと話していたのを聞いていたので、いなくなった子どもを捜すのだから誰もとがめたりしないと説得した。

　玄関正面の私道を屋敷の正門に向かって進むと左手にある、低木の植え込みのあいだを探しながら、ナットは、生きている子どもが見つからなければ死んだ子どもも捜す、と言った。それから、右側の茂みに隠れた使用人用の屋外便所のほうへ進んでいった。ベンガーもそのあとに続き、便所まで来ると、中をのぞき込んだ。床に、小さく凝固した血だまりができている。

「おい、ウィリアム」とベンガー。「きっとあれに違いないぞ」

「ああ、ベンガー。思ってたとおりだ」

「明かりをとってこいよ、ウィリアム」ベンガーが言った。

ナットは邸宅の裏口にまわり、廊下を進んで食器洗い場に入った。そこで庭師の母親のメアリ・ホルコムを見つけた。彼女は週に二日ほど掃除婦として雇われていたが、ナットがロウソクを頼むと、けげんそうな顔をした。

「なんだって、どういうことだい、ウィリアム？」

「騒がないでくれよ、メアリ」と彼は答えた。「手元が暗いからロウソクがほしいだけなんだ」

ナットがいないあいだ、ベンガーは便器のふたを開け、目が暗闇に慣れるまで中をのぞき込んだ。「じっと目を凝らしているうちに慣れてきて、何か布のようなものが下に見えました。おれは手を突っ込んで毛布を引き上げました」。毛布は血でぐっしょりと濡れていた。便座の二フィートほど下には、その下の穴に落ちるのを防ぐ役割も果たしている木の〝しぶきよけ〟があり、その上に子どもの死体があった。サヴィルは横向きになっていて、片腕と片足をわずかに曲げていた。

「ここを見ろ」。ナットがロウソクを持って現われると、ベンガーが言った。「ああ、ウィリアム、ここにいたぞ」

サミュエル・ケント、1863年ごろ

二代目ミセス・ケント、1863年ごろ

Elizabeth Gough as she appeared before the Magistrates

エリザベス・ゴフ
（子守）のスケッチ、
1860 年

コンスタンス・ケント、
1858 年ごろ

第二章　恐怖と驚き

六月三十日〜七月一日

トマス・ベンガーがサヴィルの死体を抱き起こすと、頭がガクンと垂れ、ぱっくりと開いた首の傷口があらわになった。

「もう少しで小さな頭が落ちるところでした」。ウィルトシャー治安判事裁判所でその日の出来事を証言したとき、ウィリアム・ナットはそう述べた。

「のどがかき切られていました」とはベンガーの証言だ。「顔じゅうに血が飛び散っていて……口と目のあたりは黒ずんでいましたが、とても〝プレザント〟に見えました。ちっちゃな目は閉じられていました」。ここで〝プレザント〟というのは、安らかだったという意味だ。

ナットは便所の床に毛布を広げ、ベンガーがその上に子どもの遺体を横たえた。ベンガーが頭のほう、ナットが足元に立って毛布でくるんだあと、力の強いほうのベンガーが腕に抱えて邸宅に運んでいった。アーチとモーガンは、彼が中庭を歩いてくるのを見ている。ベンガーは廊下を通って少年の遺体をキッチンに運び入れた。

すでに硬直していたサヴィルの遺体は、キッチンの窓の下にあるテーブルに横たえられた。二階のサヴィルのベッドのシーツと枕には、まだ彼の寝ていた跡がくっきりと残っている。上の二人の姉であるメアリ・アンとエリザベスがキッチンに入ってきた。エリザベスは一歳のイーヴリンを腕に抱えている。「そのときの彼女たちの恐怖と驚きは、口では説明できません」とナット。「倒れちまうと思ったんで、二人の腰のあたりを支えました。それから廊下に連れ出しました」

子守のゴフもキッチンにいた。ナットは彼女に、「誰かが部屋から子どもを連れ出しても気づかなかったんなら、さぞぐっすり寝ていたんだろうな」と言った。すると、「あいつは、ちょっとあわてたようにおれには見えたけど、あんたなんか何もわかってないくせに、と答えました」という。ゴフは、サヴィルがくるまれていた毛布を見て初めて、ベッドからなくなっていたことに気づいたと証言した。だが、アーチ巡査とジェイムズ・モーガン、ミセス・ケントはそろって、毛布がなくなっていると彼女が言ったのはサヴィルの死体が見つかる前だったたと述べている。この毛布に関する矛盾した供述のせいで、ゴフは容疑者とみなされることになった。

外では、使用人や続々と集まってくる村人たちが一緒になって犯人や凶器の行方を捜しはじめていた。臨時雇いの庭師のダニエル・オリヴァーが、アーチ巡査に客間の窓付近の芝生に残る足跡を見せた。「ここに誰かいたんです」。だがアロウェイが前日の夕方に自分がつけたと申し出た。「手押し車を使っていました」

屋外便所のドアのそばで、アロウェイは血にまみれた新聞の切れ端を見つけた。五インチか六インチ四方のもので、折りたたまれてまだ湿っていた。ナイフかカミソリをぬぐったように見える。日付は六月九日と読みとることができたが、見出しはわからなかった。農夫のエドワード・ウェストがアロウェイに助言した。「その紙を捨てるんじゃないぞ、大切にとっておけ——犯人発見の手がかりになるかもしれない」。アロウェイはそれを、便所を調べていた肉屋兼教区治安官のスティーヴン・ミレットに渡した。ミレットは、床に流れていた血はテーブルスプーン二杯分、毛布に染み込んでいたのは一パイント半くらいだろうと見当をつけた。ウェストは、床に残っていた血は「男の手くらいの大きさで、すっかり固まった状態だった」と述べている。

上の階では、エリザベス・ゴフがミセス・ケントの髪を整えていた。ゴフの以前の仕事は侍女で、ロード・ヒル・ハウスでは子どもたちと同様に女主人の世話も受けもっていたのだ。サミュエルは息子に何があっても妻の耳に入れてはならないと命じていたので、ゴフはサヴィルが死体で見つかったことを伏せていたが、ミセス・ケントが息子はどこに行ったのだろうとつぶやいたとき、こう口にしたという。「ああ、奥さま、これは復讐です」

ロード・ヒル・ハウスに到着したピーコック牧師は、ただちにサヴィルの死を知らされ、キッチンで遺体と対面した。彼は家にとって返し、馬に鞍をつけると、サミュエルのあとを追った。サウスウィックでアン・ホールのいる通行料徴収ゲートを通り過ぎた。

「牧師さま」。アンが呼びかけた。「ロードで事件があったとか」

「だが子どもは見つかった」と彼は答えた。

「どこでです?」

「庭でだ」ピーコックは死んだことは言わなかった。

やがて彼はケントに追いつき、「残念だが悪い知らせがあるんだ」と切り出した。「あなたの息子さんが、死体で見つかった」

サミュエル・ケントは家に向かった。「時間はかかりませんでした。できるだけ速く馬を飛ばしました」という。ゲートを過ぎたとき、アン・ホールに呼びとめられた。

「では、だんなさま、お子さんは見つかったのですね?」

「ああ、だが殺されてな」。彼は馬を止めなかった。

父親が出かけているので、家庭医のジョシュア・パースンズを連れてくるのはウィリアム・ケントの役目になった。ウィリアムは細い小道を急いでベキントンの村に向かい、グース・ストリートにあるパースンズの自宅で彼を見つけた。サヴィルが便所で、のどを切られた状態で見つかったことを告げると、パースンズはウィリアムを馬車に乗せてロード・ヒル・ハウスに急行した。医者は到着したときのことをこう述懐している。「ウィリアム坊っちゃんに裏口へ連れていかれました。彼は母親が事態を知らされているかどうか知らなかったので、わたしは書斎に通されたのです」

サミュエルもすでに帰宅していた。彼はパースンズに挨拶すると、キッチンの反対にある洗濯室の鍵を渡した。サヴィルの死体はそこに移されていたのだ。「自分で中に入りました」とパースンズ。死体は完全に硬直しており、少なくとも死後五時間は経っていることを示していた。つまり、死亡時刻はその朝の三時より前ということになる。彼は、「毛布と寝間着［は］血と〝ソイル〟で汚れていた」と報告している——ここでいう〝ソイル〟というのは、排泄物のことだ。「のどは鋭利な刃物で右から左に、骨に達するほど深く切られている。あらゆる皮膜、血管、神経、呼吸器官が完全に切断されていた」。胸の刺し傷にも気がついた。服と肋骨二本の軟骨を貫通していたが、出血はほとんどない。

また、「子どもの口元は黒く鬱血し、舌が歯のあいだから飛び出していました」と彼は述べている。「わたしの印象では、鬱血はまだ生きているうちに強い力を加えられたせいで生じたのだと思います」

ミセス・ケントが一階の朝食用テーブルに座っていると、夫が入ってきて、息子が死んだことを知らせた。

「家の中の誰かがやったんだわ」と彼女は言った。

それを耳にしたメイドのコックスが、「わたしじゃありません」と言った。「わたしはやっていません」

午前九時になると、カースレイクがいつものようにキッチンのレンジの火を消した。

トロウブリッジを出発したジョン・フォーリー警視は、午前九時から十時のあいだにロード・ヒル・ハウスに到着した。まずは書斎に、続いてキッチンへと案内される。コックスが客間の開いた窓を見せ、ゴフが育児室のからっぽのベビーベッドを見せた。フォーリーによればゴフは、「坊っちゃんが毛布にくるまれて運ばれてくるまで、毛布のことには気づきませんでした」と述べたという。彼は毛布がなくなっていたことをトロウブリッジに出発する前に知っていたのかと、サミュエル・ケントに尋ねた。すると、「いいえ」と答えたという。フォーリーの記憶が間違っているか（「わたしの記憶力は人さまと比べてさほどいいわけではない」と自身で認めている）、サミュエルがうそをついていたか、あるいは極度の混乱状態にあったことになる。妻も徴収ゲートの管理人もヘリテージ巡査の妻もみな、彼はトロウブリッジに発つ前から毛布が消えていたことを知っていた、と証言しているし、サミュエル自身もほかの人に訊かれた際には知っていたと答えているからだ。

フォーリーは、死体の予備検査を終えたパースンズの案内で屋敷内を見てまわった。二人はまず、コンスタンスのベッドにあったナイトドレスも含む、家庭内の衣類を調べた。「染みはありませんでした」とパースンズは証言している。「とてもきれいなものでしたよ」。サヴィルのベッドにあった寝具は「まるで手慣れた者がほどこしたかのように、きれいに折り返されて」いたという。キッチンでナイフ類を調べたが、血の痕跡は見つからなかった。いずれにしても、とパースンズは言った。自分が目にした傷は、そこにあるナイフでつけられたものとは考えられない、と。

ジョン・フォーリー警視は洗濯室に行って、サヴィルの死体をヘンリー・ヘリテージとともに調べた。ヘリテージはサウスウィックでサミュエルにたたき起こされた巡査で、十時にロード・ヒル・ハウスに到着していた。次に二人は、死体が見つかった便所を検分した。フォーリーが便器の下の穴を見おろすと、排泄物の中に「何か布のようなもの」が見えた気がした。

「鉤《はり》をとってこさせ、それに棒をつけて、布切れを引っぱりあげました」。布は十インチか十二インチほどの大きさで、端が細いテープできれいにかがってあった。最初、フォーリーは男性用の胸当《チェスト・フランネル》てだと思ったが、女性用の胸当《ブレスト・フランネル》て、つまりコルセットの中につめて胸のクッションにするための当てものだとわかった。結びつけるための紐は切れ、布は濃い血でべとついていた。「血がついていて、ついさっきそこに捨てられたように見えました」とフォーリーは語っている。「まだ濡れていました……布の裏側まで血が染み込んでいましたが、ぽたぽたとそっと落ちてきて、一滴ずつ染みついたようでした」

　昼近くになったころ、サミュエル・ケントの知り合いの二人の専門家が、トロウブリッジからやってきた。外科医のジョゼフ・ステイプルトンと事務弁護士のローランド・ロドウェイである。ステイプルトンは妻と弟とともにトロウブリッジの中心部に住んでおり、ケントが監督するいくつかの工場で認定医をつとめていた。彼の仕事は労働者、特に子どもたちが織物工場での労働に適しているかどうかを見きわめ、負傷事故があった場合は報告することだった（翌年ステイプルトンはロード・ヒル・ハウス殺人事件にまつわる本を初めて出版することになる。この本はこの事件の詳細に関する主な情報源となった）。一方、ロドウェイは二十一歳の息子のいる男やもめだった。彼の見たところ、サミュエルは「悲しみと恐怖……動揺と苦痛の状態」にあり、「犯人の手がかりが消え失せたり取り除かれたりしないうちに」ロンドンの刑事にすぐ電報を打つべきだと主張していたという。フォーリー警視はその提案を拒み（困難と失望をもたらすことになるだけだと諭して）、トロウブリッジに連絡して女性使用人の身体検査をする女性検査官をよこしてもらう、と言った。だがサミュエルは、「家庭のプライバシーに立ち入ること」に難色を示した。ロドウェイによれば、「通常この種の事件に要求される監視の方法を採用すること」にも、躊躇したという。サミュエルは、「少しでも束縛されていると感じるようなことはしてほしくないとフォーリーに伝えてほしい」とロドウェイに言ったのだった。

その後フォーリーは、眼鏡をかけ、両手と両膝をつき、育児室から表玄関、そして裏口のあいだを「階段は一段残らず、あらゆる場所を徹底的に」観察した。だが、「柱を調べ、階段や通路の両端を調べ、芝生をかき分け、玄関前の砂利道や上がり段、玄関ホールの敷物すらひっくり返したが、何も見つからなかった」という。

午後になると、フォーリーは食堂でステイプルトンおよびロドウェイの立ち会いのもと、ゴフに話を聞いた。彼女は疲れていたようだったとステイプルトンは語っているが、答えは簡潔で一貫しており、「かなりの知性のある人物」に見えたという。ロドウェイも、彼女が質問に「率直にすばやく、狼狽することなく」答えているように感じた。フォーリーが、サヴィルを殺した人物に心当たりはないかと尋ねたが、ないという答えだった。

サミュエル・ケントは、検死審問の際に代理人になってもらえないかと、ロドウェイに頼んできた。だがロドウェイは、そんなことをすればサミュエル自身が容疑者に見えかねないと言って反対した。のちにサミュエルは、彼の力を借りたかったのは自分のためではなく、村でうわさが広がりはじめていたウィリアムを守るためだったと打ち明けている。「審問では、何が起きるかわかりませんでした、息子のウィリアムが犯人だと名指しするようなうわさが流れていましたから」

ベンガーをはじめとする村人たちは、便所の下に掘られた十フィートの穴をからにした。六インチから八インチの水が残るだけになると、両手を使っててていねいに底をさらったが、何も見つからなかった。配管工兼ガラス屋のフリッカーが管を見てみようと言い、キッチンへロウソクをとりにいった。途中でエリザベス・ゴフに会い、なぜ明かりがほしいのかと訊かれた。貯水タンクを見るためだと答えると、ゴフは何も見つからないだろうと言った。

その後さらに数人の警察官が、ロード・ヒル・ハウスに到着した。その中には女性使用人の体や所持品を調べるために雇われた、〝検査官《サーチャー》〟のイライザ・ダリモアもいた。すでにその場に到着していたウィリアム・ダリモア巡査の、妻だ。彼女はゴフを育児室に連れていった。

「何をするんですか?」とゴフが尋ねた。

「服を脱いでもらいます」。ミセス・ダリモアが答えた。

「できません」と子守は突っぱねたが、ミセス・ダリモアは脱がなければならないと説き伏せ、隣の衣装部屋に連れていった。検査官はゴフが服を脱ぎはじめると話しかけた。「これは、ほんとにぞっとするような殺人ね」

「ねえ、子守さん」

「ええ、そうですね」

「事件のこと、何かわたしに教えてくれない？」

ゴフはあらためて、五時に目が覚めたときサヴィルがいなくなっているのに気づいたことを語った。「ママと一緒にいるんだと思いました、朝になるとたいてい、あっちに行っていましたから」

ミセス・ダリモアによれば、ゴフはこう続けたそうだ。「これは嫉妬のせいで起きたんです。あの子はママの部屋に行って、なんでもしゃべっていましたから」

「そんなことで子どもを殺す人なんて、いるもんですか」とミセス・ダリモアは言った。だが、子守が語ったサヴィルの性格――おしゃべりだという性格は、多くの人間にとって、この事件を解く鍵になったのだった。

イライザ・ダリモアとエリザベス・ゴフは、キッチンにおりていった。「ほんとにぞっとするような事件だわ」。ミセス・ダリモアはまたゴフに言った。「このお屋敷全体が、あの子に対して責任があると思う」

配管工のフリッカーが助手を伴って庭から入ってくると、ゴフが尋ねた。「何をしていたの、フリッカー？」

「便所をからにしてたのさ」

「でも何も見つからなかったのね？」

「ああ」

「じゃあこれからも無理よ」。この配管工に対する言葉のせいで――彼が管を調べる前と後の両方のせいで――ゴフは本人が知っていると認める以上のことを知っているのではないかと、のちに疑われることになった。

ミセス・ダリモアは女性使用人を裸にして検査を行なったが、フォーリーの指示により、ケント家の女たちには実施しなかった。そのかわり、彼女たちのナイトドレスを調べることになった。長女のメアリ・アンのものに血の染みがついていたので、ダリモアはそれを警察に引き渡した。それを見せられたパースンズは、「自然の要因」によるものだと判断した。ステイプルトンも経血だということに同意した。しかし、そのナイトドレスはミセス・ダリモアの手で保管されることになった。

四時ごろ、アーチ巡査は村の二人の女性、メアリ・ホルコムとアンナ・シルコックスに、サヴィルの体を洗って埋葬の準備をするよう頼んだ。メアリ・ホルコムは、ナットとベンガーがサヴィルの死体を見つけたときにキッチンで掃除をしていた掃除婦だ。シルコックスはかつて、子どもが生まれたあとの数週間だけ母親と赤ん坊の世話をする〝産後付き看護婦《マンスリー・ナース》〟として働いていた未亡人で、ロード・ヒル・ハウスの隣に大工の孫息子と一緒に住んでいた。パースンズは二人に、「かわいそうな少年にふさわしいこと」をしてやるよう命じた。

午後五時ごろ、パースンズが書斎でサミュエル・ケントと話しあっていると、遺体の検死を命じる電報が届けられた。警察から子どもが殺されたという知らせを受けた検死官は、検死審問を月曜日に設定している。サミュエルの承諾を得て、パースンズはステイプルトンに手伝いを頼んで遺体を調べることにした。

死体を目にしたステイプルトンは、「安らかな表情」に注目した。「上唇は、死に至った痙攣のせいでわずかにめくれあがり、上の歯を剝いたままの状態で固まっている」。次に少年の胃を開き、夕食の残留物を調べ、米が含まれていることを確認した。薬を飲まされたかどうかを確かめるために、パースンズはアヘンチンキなど麻酔薬のにおいがしないかと鼻をひくつかせたが、何も嗅ぎとれなかった。胸にある幅一インチあまりの刺し傷のせいで、心臓が本来の場所からずれ、横隔膜に穴があき、胃の端の部分がこすりとられていた。「すさまじい力が必要だったはずだ」とパースンズは述べた。「ナイトドレス越しにこんな奥深くまで達する一撃を加えるなんて」。サヴィルは「非常によい発育状態」の子どもだった。服や体の裂け方からして、凶器は短剣のようなものだと推測された。「カミソリによるものではありえない。先が鋭利で、長く幅広い強力なナイフのはずだ」。当初パースンズは、死因はのどをかき切られたためだろうと考えていた。

検死により奇妙な点が二つ明らかになった。ひとつは「口のまわりが黒く変色していること」で、パースンズがすでに気づいていた点だ。口は「通常の死体には見られない状態だった、まるで何かが強く押しつけられたようだ」。この何かについて彼はこう示唆している。

「泣き叫ぶのを防ぐために無理やり毛布を押し込んだのかもしれない、あるいは手でやったのか」

もうひとつの謎は、血液の少なさだった。「血の量の説明がつかない」とパースンズは報告している。「もし便所の中でのどを切られたのだとすると、傷口からもっと血が流れ出したはずだ。動脈から噴き出せば、壁にもっと大量の血しぶきが飛んでいないとおかしい」。もしサヴィルが生きているうちにのどをかき切られたのだとしたら、「脈拍によってすさまじい勢いで血が噴き出していたはずだ」。しかし、サヴィルの体に血は残っていなかった。内臓器官は完全に干上がっていた。

二人の医者が書斎に戻ると、サミュエル・ケントが涙に暮れていた。ステイプルトンは、サヴィルはあっという間にこと切れたはずだと言って慰めた。パースンズもこれを裏付けた。「あの子の苦しみは、あなたがこれから苦しむよりずっと少なくてすんだんです」

フォーリー警視は洗濯室で遺体を見守っていた。日が暮れるころ、エリザベス・ゴフがやってきてサヴィルの手にキスをした。警視は家に帰る前に飲み物か食べ物をもらえないかと頼んだ。「ほんの少し唇を湿らせたくらいで、きょうは一日ほとんど食べていないんです」。サミュエルはポートワイン一杯と水を差しだした。

屋敷の生活は続いた。ホルコムは芝刈り機で芝を刈り、コックスとカースレイクはベッドを整えた。土曜の晩の習慣だったので、コックスはコンスタンスの部屋から洗濯してあるナイトドレスを取ってきて、キッチンの火の前で乾かしなおした。コンスタンスのリネン類は姉たちのものとかんたんに区別できる、とコックスは語っている。なぜなら「とてもごわついているから」だ。コンスタンスのナイトドレスには「簡素なフリル」がついているだけだが、メアリ・アンのものにはレースが、エリザベスのものには刺繍がほどこされていた。

土曜の夜、年長の娘たちは分かれて眠った。朝まで「パパはずっと起きているから」エリザベスは二階の継母のベッドにもぐりこみ、コンスタンスは「誰かと一緒にいたいから」メアリ・アンのところに行った。ミセス・ケントとメアリ・アメリアの着替えを手伝ったあと、エリザベス・ゴフは三階に行って、コックスとカースレイクの部屋で寝た。イーヴリンのベビーベッドはおそらく両親の寝室に運び込まれ、育児室はからっぽになったはずだ。ウィリアムだけがひとりで眠りについた。

翌日フォーリーは、ふたたびサヴィルの遺体を見守った。ミス・ケントたちはかわるがわるサヴィルの体にキスをしにやってきて、エリザベス・ゴフも同じことをした。のちにゴフはミセス・ケントに、「かわいそうな子」にキスをしたと告げたそうだ。ある記事によれば、ミセス・ケントはゴフについて「あの子が死んでとても残念に思っているようだし、泣いてもいた」と語っていたとされるが、別の記事によれば、「悲しみと愛情を込めてあの子のことを何度も話していたようだけれど、泣いているところは見なかった」と言っていたらしい。この家の女性容疑者たちは、無実のしるしであるキスと涙を絶えず観察されていたのだ。

日曜の夜、コンスタンスはひとりで眠った。そしてウィリアムは、「恐怖心から」部屋に鍵をかけた。

ロード・ヒル・ハウス、正面からのながめ

ロード・ヒル・ハウス、背後からのながめ（右側が客間の窓）

ロード・ヒル・ハウス（1860 年）の版画、鳥瞰図

ロード・ヒル・ハウス（1860 年）の版画、背後からのながめ

第三章　神はこれをさぐり出さずにおかれるでしょうか

七月二日〜十四日

一八六〇年七月二日、月曜日。数カ月にわたり風と雨が続いたのち、季節が変化した。「ここへきてようやく夏の趣を感じられるようになった」と《ブリストル・デイリー・ポスト》が伝えている。午前十時、ウィルトシャーの検死官、トロウブリッジ在住のジョージ・シルヴェスターが、サヴィル・ケントの検死審問を開始した。慣習どおり、審問は村の大きなパブ〈レッド・ライオン〉で開かれた。レッド・ライオンは奥行きのある低い石造りの建物で、町の中心のくぼんだ場所に建っている。そこはアッパー・ストリートとロウアー・ストリートの分岐点であり、両方の道沿いには古いコテージが立ち並び、半マイル行けばロード・ヒルに至るのだ。

十人の陪審員は、レッド・ライオンの主人、肉屋、農夫二人、靴職人、石工、水車大工、地元住民の誕生と死亡を取り扱う登録官などで構成されていた。ほとんどがアッパー・ストリートかロウアー・ストリートの住人で、ピーコック牧師が陪審長をつとめた。事務弁護士のローランド・ロドウェイは不安を覚えながら、サミュエル・ケントのために手続きを見守っていた。

陪審員は検死官に案内されてロード・ヒル・ハウスを訪ね、洗濯室でサヴィルの遺体を確認した。案内したのはフォーリー警視だ。死体は「かわいらしい少年」のものだったと、《バース・クロニクル》は伝えている。「だが、恐ろしい光景だった。ぱっくりと開いたおぞましい傷口は、目をそむけたくなるほどの様相を呈していた。それでも子どもは穏やかであどけない表情をしていた」。陪審員たちは客間や育児室、主寝室、屋外便所や庭も検分した。彼らが一時間半後にレッド・ライオンに戻るとき、フォーリーが、家庭内の誰が証人として呼ばれているのかと尋ねた。窓を閉めたハウスメイドと、誘拐されたとき同じ部屋にいた子守だけだと検死官は答えた。

サラ・コックスとエリザベス・ゴフは、一緒にレッド・ライオンに向かった。コックスはその週の洗濯ものを二つのバスケットに入れ、洗濯婦のヘスター・ホリーのために物置に置いておいた。正午前にミセス・ホリーといちばん下の娘マーサがバスケットを取りに来て、自宅のコテージに持ち帰った。その際、メアリ・アンがバスケットに入れたものを記録している洗濯帳も一緒に持って帰った（メアリ・アンの染みのついたナイトドレスは巡査の妻のイライザ・ダリモアが預かっていたが、その朝返されていた）。

帰宅するや、五分と経たないうちにミセス・ホリーは娘三人（そのうちのひとりジェーンはウィリアム・ナットの妻だった）を総動員してバスケットを開け、中身を点検していった。

「受け取ってすぐにバスケットを開けるのは、いつものやり方ではありませんでした」とのちにミセス・ホリーは述べている。このときそうしたという理由は、驚くべきものだった。「ナイトドレスが一枚なくなっているといううわさを聞いたんです」。ホリー家の女たちは、リストには記載されているものの、コンスタンスのナイトドレスがどちらのバスケットにも入っていないことに気がついた。

レッド・ライオンに続々と見物人が詰めかけたため、検死官はロード・ヒル・ハウスに向かってロウアー・ストリートを五分ほど歩いたところにある〈テンパランス・ホール〉に場所を移すことに決めた。だが、このホールは「窒息状態」になったと《トロウブリッジ・アンド・ノース・ウィルツ・アドヴァタイザー》が伝えている。フォーリーは血で固まったサヴィルの寝間着と毛布を提出し、陪審員に順に見せた。

コックスとゴフが最初に証言を行なった。コックスは金曜の夜に戸締りをし、翌朝客間の窓が開いているのを見つけたときのいきさつを語った。ゴフは金曜の夜にサヴィルをベッドに入れたときの様子や、翌朝姿が消えていたときのことを詳しく説明した。明るく朗らかで、気立てのよい子どもだったと証言した。

次に検死官は、死体を発見した農夫のトマス・ベンガーと、肉屋のスティーヴン・ミレットを尋問した。ミレットは現場で見つかった血染めの新聞の切れ端を提出し、便所に残っていた血の量について意見を述べた。「肉屋ですから、動物が死ぬときどれだけ血を流すのかは知っています」。そして、毛布に染み込んでいた血は一パイント半程度だろう、と推測した。「おれの印象では」とミレットは続けた。「あの子は足をつかまれて逆さまにされ、頭が下に垂れた状態で首を切り裂かれたんだと思います」。傍聴人は息をのんだ。

便所で見つかった新聞がどこのものかは、誰にもわからなかった。記者のひとりが《モーニング・スター》の切れ端ではないかと発言したところ、コックスとゴフは、ミスター・ケントはその新聞をとっていないと証言した。彼が購読していたのは《タイムズ》、《フルーム・タイムズ》、《シヴィル・サーヴィス・ガゼット》の三紙だ。この事実は――わずかながら――殺人現場に外部の人間がいた可能性をうかがわせた。

家庭医のジョシュア・パースンズが、次の証人だった。彼は屋敷に呼ばれたいきさつや検死の結果を報告した。サヴィルは午前三時より前に殺されており、首を切られ、胸に穴が開き、口元が黒く鬱血していた。体からは三パイントの血が「噴き出して」しかるべきなのに、発見現場ではずっと少ない量しか確認されていない、と述べた。

パースンズの証言が終わると、検死官は審問を終わらせようとしたが、陪審長のピーコック牧師が手をあげ、ほかの陪審員たちがコンスタンスとウィリアムからも話を聞きたがっていると発言した。ピーコック本人は気が進まなかったが――家族はそっとしておくべきだと思っていた――ほかの陪審員たちの意思が固いことを伝える義務を感じたのだ。ケント家の全員を取り調べるべきだと主張する者もいた。「全員を調べろ。同じように扱え」。「全員の話を聞かせろ」。村人たちは検死官がケント家を保護しているのではないかと疑っていた、とステイプルトンは述べている。「金持ちと貧乏人の法律は別なのか」と。検死官はしぶしぶコンスタンスとウィリアムの尋問に同意したが、「あの子たちを侮辱的言動にさらさないように」自宅で行なうことを条件とした。彼は二人が「まるで犯人のように悪しざまに言われること」に当惑していたのだ。陪審員たちは屋敷に戻ることになった。

尋問はキッチンで行なわれ、短時間で終わった。ひとり三、四分程度のものだ。「あの子が殺されたことは、死体が見つかるまで何も知りませんでした」とコンスタンスは述べた。「誰が殺したのか見当もつきません……みんなあの子にやさしくしていました」。エリザベス・ゴフについて訊かれると、「子守はもの静かで思いやりがあり、あらゆる点で申し分のない仕事をしてくれていました」と答えた。《サマセット・アンド・ウィルツ・ジャーナル》によると、彼女は「床をじっと見つめたまま、特別な感情を交えることなく、どうにか聞きとれる声で淡々と証言した」という。

ウィリアムの供述もほぼ同じような内容だったが、ずっと感情がこもっていた。「朝になるまでこのことについては何も知らなかったし、なんの音も聞きませんでした——何か耳にしていたらと思いますよ。サヴィルはみんなのお気に入りでした。子守はいつもやさしく世話をしてくれていると思っていました。殺人に関しては何も知りません」。彼の態度は姉よりも感じのよいものに映った。「ウィリアムははっきりとよく聞き取れる声で、最初から最後まで検死官の目を見つめたまま証言した」という。それと比較すると、コンスタンスは内に引きこもり、心を閉ざしているように感じられた。

テンパランス・ホールに戻ると、検死官は陪審員に対し、あなたたちの義務はサヴィルを殺した犯人を見つけることではなく、どうやって死んだのかを見きわめることだと諭した。彼らは不承不承、「身元不明の人物」がサヴィルを殺したと告発する書類に署名した。「不明ではあるが」とひとりが声をあげた。「きわめて強い疑惑があって、腹の虫がおさまらない」。「おれも同じだ」と別の声が続いた。「こっちもだ」と、また違う声。靴職人が立ち上がって、陪審員のほとんどが犯人はロード・ヒル・ハウスの住人だと考えている、と発言した。そして、パースンズとピーコック牧師と検死官がこの事件をもみ消そうとしている、と非難した。

検死官は不穏な空気を無視して、陪審員たちに対し「人間の目からはおおい隠される行為も、天の目を欺き記録を免れることはできないのです」と語りかけた。そして午後三時三十分、検死審問の終結を宣言した。「諸君、これはわたしの知るかぎり、もっとも特異で謎めいた殺人事件だ」

検死官たちが帰ったあとのロード・ヒル・ハウスでは、フォーリーが洗濯室の鍵をサヴィルの埋葬の準備をしたミセス・シルコックスに手渡した。用意は整っていた。エリザベス・ゴフとサラ・コックスで遺体を二階に運び、〝シェル〟と呼ばれる棺の内側の薄いケースに納めた。ミセス・ケントがケースの「ねじを締める」ようにゴフに指示した。

ミセス・ケントはのちに、棺のふたを閉めたとき子守が遺体にキスをしたかどうかを訊かれた。「そのときにはもう変わり果てた姿になっていましたし」と彼女は答えた。「あのとき彼女は、キスなどできたはずがないと思います」

月曜の夜、コンスタンスはゴフに一緒に寝てほしいと頼んだ。

翌朝十一時ごろ、ヘスター・ホリーは洗濯帳をサラ・コックスに返し、一週間分の賃金である七シリングか八シリングを受け取った。ナイトドレスがなかったことは口にしなかった。「なかったもののことは言いませんでした」と彼女はのちに認めている。「それがあたしの間違いでした。急いではいましたが、なかったことは確かです」

午後になると教区治安官のジェイムズ・モーガンと四人の巡査がミセス・ホリーのコテージを訪ね、胸当てのことで質問をした。ケント家の衣類の中にそれが混じっていたことがあるかどうかを知りたかったのだ。彼女は、見たことがないと答えた。この週の洗濯ものはすべて洗濯帳にあるとおりだったかと訊かれると、「衣類は全部帳面に書かれているとおりでした」と答えた。

その直後、彼女はマーサをロード・ヒル・ハウスにやって、ナイトドレスが一枚なかったこと、それを警察には伏せていたことを伝えさせた。ミセス・ケントは、サラ・コックスと長女のメアリ・アンを書斎に呼んだ。二人は間違いなくナイトドレスを三枚入れたと主張したが、マーサ・ホリーはバスケットには誓って二枚しか入っていなかったと訴えた。

マーサが家に帰って母親に報告すると、ヘスターは同じ日の六時ごろ、ひとりで屋敷を訪ねた。「ミセス・ケントと二人のお嬢さま、ハウスメイド、そして料理人に会いました。ミスター・ケントがご自身のお部屋の戸口から、紳士とは思えない言い方であたしに言いまし

ウィルトシャー州のイースト・コールストン教会墓地の墓石の墓碑銘

た。四十八時間以内にあのナイトドレスを出さなかったら、特別令状でしょっ引かせるぞって……。とても荒々しい口調でしたよ」

　七月六日金曜日、サヴィルの遺体が埋葬のために運び出された。《ウェスタン・デイリー・プレス》は、棺がロード・ヒル・ハウスの敷地を運ばれていく様子をこう伝えている。「担ぎ手たちの持つバンドが、手洗所［屋外便所］をちょうど過ぎたあたり、芝地の門に着く手前で突然ちぎれてしまい、棺が砂利道に落下した。屋敷から新しいバンドが届くまでそのままの状態だった」。村人たちが見守る中、馬車が棺とケント家の二人の参列者、サミュエルとウィリアム・ケントを運んでいった（女性は葬儀に参列しないのがふつうだったが、埋葬の日には喪服を着た）。

　サヴィルの葬列は午前九時三十分にトロウブリッジを通過し、およそ三十分後、イースト・コールストン村に到着した。少年の遺体は一家の地下墓所内、サミュエルの最初の妻の隣に葬られた。墓石の最後にはこう刻まれた。「神はこれをさぐり出さずにおかれるでしょうか。神は心の秘密をも知っておられるのですから」。ある新聞は、サミュエルとウィリアムの両方が「深い悲しみ」をみせたと伝えているが、別の新聞によれば「激情」をみせたのはサミュエルだけだったという。サミュエルは、教会の墓地から馬車に移動するのに友人の助けを借りなければならなかった。

　一家の四人の友人——医者三人と弁護士ひとり——が葬儀に参列した。サヴィルの名付け親であり、フルームで外科医を開業しているベンジャミン・マラム、ジョシュア・パーソンズ、ジョゼフ・ステイプルトン、そしてローランド・ロドウェイである。彼らは同じ馬車でロード村に戻るあいだ、この事件について話し合った。パーソンズはそこで、ミセス・ケントからコンスタンスの精神が正常でないと認定してくれと頼まれたことを明かした。

フォーリー警視は引きつづき捜査を続けていたが、その週に複数の上官がロード村を訪れている。彼らはロード・ヒル・ハウスの空き部屋を確認し、芝地のはずれにある誰も住んでいない家屋を調べた。屋敷付近の川をさらうことも考えたが、水位が高すぎて断念した——数週間前にフルーム川が氾濫したばかりだったのだ。事件解決のめどはたたず、その週が終わらないうちに、ウィルトシャーの治安判事たちは内務省にスコットランド・ヤードの刑事を派遣してほしいと嘆願した。だが、その願いは却下された。「州警察が設立されたのだから、ロンドンの刑事による応援を安易に認めるわけにはいかない」と、事務次官のホレイショ・ワディントンが指摘したのだ。治安判事たちは、月曜日に独自の検死審問を開くことを宣言した。

ナイトドレスをめぐる問題が解決していないことから、ミセス・ホリーは七月九日の月曜日、一家の洗濯を引き受けるのを断わった。その朝、フォーリーは屋外便所で見つかった胸当てを持ってロード・ヒル・ハウスに赴くよう、イライザ・ダリモアに命じた。「ミセス・

ダリモア、この布が合う者がいるかどうか、メイドたちと子守に試してもらいたい」。血と汚物による悪臭が鼻をつくほどだったので、汚れはすでに洗い流されていた。

ダリモアはコックスとカースレイクを三階の彼女たちの部屋に連れていき、服を脱ぐよう求めた。胸当てを試してもらうと、どちらにも小さすぎることがわかった。次にエリザベス・ゴフにも育児室で服を脱いでもらった。ゴフは文句を言った。「こんなことしてもむだです。これが合ったとしても、わたしが殺したということにはならないはずよ」。そう言いながらも、彼女はステー（コルセットの一部）をはずし、胸当てを当てた。ぴったりだった。「まあ、これが合う人はたくさんいるでしょう」。ミセス・ダリモアは認めた。「わたしにもぴったりだったもの。でもこの家でサイズが合ったのは、あなただけよ」。フォーリーからは、ミセス・ケントと三人の継娘たちにも試すようにとは命じられていなかった。

その月曜日は、検死審問からちょうど一週間後だったが、ウィルトシャーの五人の治安判事は《サマセット・アンド・ウィルツ・ジャーナル》が「極秘審問」と表現した審問をテンパランス・ホールで開き、ロード・ヒル・ハウスの住人数名を呼び出した。ミセス・ケントは、犯人は家の中の、「屋敷をよく知る人間」だと思うと答え、「子守を責めるつもりはありません」と付言した。「ひとつ責めるとすれば、あの子がいないのに気づいた時点でわたしに知らせなかったことです」

捜査陣はエリザベス・ゴフを疑っていた。彼女の知らないうちに育児室から子どもが連れ去られることなど、ありえないからだ。彼らの頭にかたちづくられたシナリオは、目を覚ましたサヴィルがゴフのベッドに男がいるのを見たというものだった。サヴィルを黙らせるため、恋人たちは子どもの口を押さえこみ――偶発的か意図的か――窒息死させてしまったのだ。ゴフ自身、サヴィルが「おしゃべり」だったと語っている。「あの子はママの部屋に行って、なんでもしゃべっていました」。それから二人は死因を偽るため、遺体を傷つけたのだろう。その恋人がサミュエル・ケントだとしたら、トロウブリッジに行く途中で証拠を処分したはずだ。混乱の中、見とがめられるのを恐れて口裏合わせができなかったため、二人の話はかみ合わず、内容が変わったりした。それがよく表われているのが、毛布がなくなっているのに気づいたのはいつかという点だ。二人が通じていたとすれば、サヴィルがいないのに気づいたゴフが、すぐに女主人を起こさなかったこともうなずける。

七月十日火曜日の午後八時――ウィリアムの十五歳の誕生日――治安判事裁判所はエリザベス・ゴフを逮捕するよう警察に指示した。

「裁判所の決定を知らされる前」と《バース・クロニクル》は伝えている。「ゴフがかなり上機嫌だったことを複数の人間が目撃している。ぞんざいな口調で、この〝問題〟が起こらなければ、どんなにか干し草作りを楽しんでいたことだろう、と話していたようだ。絶対に無実の自信があるから、百人の判事の前で取り調べを受けることになっても怖くないと」

その虚勢はたちまち消え失せた。「当分身柄を拘束されることになると聞かされると、彼女は気を失ってその場に倒れた」のだ。《サマセット・アンド・ウィルツ・ジャーナル》は彼女が「ヒステリーの発作」に陥ったと書いている。彼女は「数分間意識を失って」いたという。正気を取り戻したゴフを、フォーリーがポニーの引くトラップ馬車（二輪軽馬車）に乗せてトロウブリッジのストーラード・ストリートにある警察署に連行した。警視は署内の宿舎に妻と息子（弁護士の事務員）、使用人と暮らしていた。ダリモア家――巡査のウィリアム、検査官のイライザ、子ども三人――も同じ敷地内に住んでおり、ゴフの身柄が委ねられた。子守と検査官は同じベッドで寝た。

　警察署にいるあいだ、ゴフはフォーリーとその妻に、犯人はコンスタンスではないと話している。

「きみかね？」とフォーリーは尋ねた。

「違います」と彼女は答えた。

　ゴフは別の警官に「ほかの子どもを愛しはしない」と決めたと語っている。理由を問われ、彼女はこう答えた。「わたしがかわいがっていた子どもに何かあったのは、これで二度目なんです。前に二年働いていた家にも、とてもなついていた子がいましたが、死んでしまいました」

　犯人はサミュエルで、自分は従犯だとゴフが自白したといううわさが広まった。その週飛び交ったうわさは、すべてサミュエルに関するものだった。サヴィルには生命保険がかけられていたとか、最初の妻の遺体が検死のために掘り返されたとか、殺人のあった日の午前三時、サミュエルの姿が自宅の庭で目撃されているなどと、人々はささやき合った。

　金曜日、エリザベス・ゴフは尋問のためロード村に戻された。治安判事たちがロード・ヒル・ハウスに行っているあいだ、彼女はテンパランス・ホールの隣に住む馬具屋、チャールズ・ストークスの家で待機していた。しばらくして、チャールズの妹でコルセットとドレス職人のアンが、判事たちの帰りが遅いことに触れた。「何か見つかったんじゃないかしら」。ゴフは「驚いた顔をみせ」、部屋の中を落ち着きなく歩きまわった。「きょうは呼び出されないといいんですけれど。火曜と同じくらい具合が悪くなりそうなんです」とヒステリーの発作を起こしそうだとほのめかした。

「彼女は両手をわきにぴったりとつけていました」とアン・ストークスは語っている。「血液が片側から反対側にそっくり移ってしまった気がすると言っていました。それからもう耐えられそうにないとも。こんなにもちこたえられるとは思わなかったけれど、ミセス・ケントにそう頼まれたのだと」。ゴフは、ミセス・ケントに懇願されたと語っている。「あと少しがんばってちょうだい、エリザベス。わたしのために」。のちにアン・ストークスは、ゴフが「殺人事件が起きてから白髪を抜くようになった、それまではそんなことなかったのに。自分が苦しんでいることは誰も知らない。また何か起きれば、わたしは死んでしまうだろう」と言っていたと述べている。

ロード・ヒル・ハウスでは、治安判事たちがミセス・ケントとメアリ・アン・ケントに話を聞いていた。どちらもテンパランス・ホールに出向くことができなかった。前者は出産間近のため、後者は「自分の出席が求められていることを聞いて、激しいヒステリー発作に襲われた」からだ。

ホールに戻った判事たちは、ゴフを呼び出した。八人の新聞記者が来ていたが、手続きは極秘扱いだと言い渡され、ひとりも入室を認められなかった。警官がひとりドアの外に立ち、盗み聞きされないよう警戒にあたった。

その晩の七時ごろ、判事たちは審問を中断し、ゴフに申し述べた。月曜にテンパランス・ホールに戻ってくるのであれば、その日の午後ロンドン近郊のアイルワースからやってきた父親といとこととともに、週末を過ごしてもよいと許可を与えたのだ。しかしゴフは、トロウブリッジの警察署にとどまると答えた。おそらく判事たちは、彼女を帰す前に無実をほのめかしたのだろう。町に着いたとき彼女は、「とても元気に見え」たからだ。《バース・クロニクル》は、「うきうきした様子でトラップ馬車から飛びおりた」と伝えている。

七月十日火曜日、全国的な有力紙《モーニング・ポスト》は、サヴィル殺しの犯人を捜すウィルトシャー警察の努力をあざ笑う社説を掲載した。検死審問を指揮した検死官の性急で独断的な手法を批判し、サヴィルの死の捜査を「経験豊かな敏腕刑事」にまかせるべきだと主張した。さらに記事は、イングランドのすべての家庭の安全は、ロード・ヒル・ハウスの秘密を暴くことにかかっていると論じた。これは神聖な空間を侵すことになると認めたうえでのことであり、そのあたりを社説は次のように述べている。

およそイングランド人であれば、いわゆるイングランドの家という聖域に、自己満足以上の誇りを抱くのに慣れている。兵士も警察官も政府のスパイも、誰もこの聖域を侵すはずはないと。……他国の住居とは違い、イングランドの家の住人は、それが大屋敷であれコテージであれ、敷居をまたごうとする者を拒める明白な権利を有している。唯一の例外は内務大臣であるが、その大臣にしても、きわめて特殊な状況下において、しかも議会による補償が認められる見込みがなければ、個人の家という伝統的な安全区域を脅かすことはできない。こうした通念がいきわたっているので、イングランド人は自分の家が侵されることなどないと固く信じている。荒れ地のコテージを城に変えるのは、まさにこの通念なのだ。十九世紀イングランドの家に働く道徳的拘束力は、十四世紀の堀や天守閣《キープ》、跳ね橋に匹敵するものである。この力があってこそ、われわれは夜横になって眠り、日中家を空けることができる。多くの伝統や、脈々と続く習慣を神聖たらしめているものを侵略する行為がなされようとした場合、近隣の住人が一丸となり、いや国全体が立ち上がってくれると、信じているからだ。

ヴィクトリア朝時代のイングランドでは、このような考えが深く根付いていた。ザクセン王付きの医師であったカールス博士は、一八四〇年代に来訪した際、イングランドの家は「長年大切にしてきた分離と隠遁という理念を具現化したもの」だと述べている。「国民性の土台となる理念である……イングランド人に独立という誇りを与えるものだ。言い古された言葉で言えば〝すべての家は住む者の城〟なのだ[注1]」。アメリカの詩人ラルフ・ウォルド・

エマーソンは、家庭こそ英国人が「枝を高く広げる」ことを可能にする「主根」であると看破している。「英国人が貿易や帝国主義を進める動機と目的は、彼らの家の独立とプライバシーを守るためなのである」[注2]

一八六〇年七月十日の《モーニング・ポスト》は、こんな主張を展開した。「これだけの聖域を侵し、犯行は遂げられた。謎、入り組んだ可能性、ぞっとするほどの悪意を内包する犯罪は、わが国の犯罪史上例を見ないものだ。……家族の安全、イングランドの家庭という聖域は、この事件が未解決のまま放っておかれることがあってはならないと要求している。一点の曇りもない真実の光によって、暗い秘密の最後の影が追い払われるまで」。この事件の恐ろしい点は、邪悪さが「家庭という聖域」にひそみ、かんぬきや錠や戸締りがむだだと示しているところにある。「秘密は内部の人間が握っている……一家にはこの謎めいた恐ろしい事件の責任がある。謎がすべて解明されるまで、彼らは野放しにされるべきでない……家族の一員（あるいは複数の者）の仕業なのだから」。《モーニング・ポスト》のこの記事は翌日の《タイムズ》をはじめ、その週が終わるまでに国中の新聞に繰り返し転載された。「わが国でもっとも有能な刑事をつかせるべきだ」と《サマセット・アンド・ウィルツ・ジャーナル》は書きたてた。

木曜日、ウィルトシャーの治安判事が内務大臣あてに、あらためてロード村へ刑事を派遣するよう嘆願書を出したところ、今度は聞き入れられた。七月十四日土曜日、首相パーマストン卿の内務大臣、サー・ジョージ・コーンウォール・ルイスは、首都圏警察の総監サー・

リチャード・メインに対し、「優秀な警官」を早急にウィルトシャーへ派遣するよう指示した。「ウィッチャー警部が適任」と、メインは内務省からの通達の裏に走り書きした。

同日、ジョナサン・ウィッチャー警部は、ロード村へ赴くようにという指令を受け取った。

第二部　刑事

「私は、真実発見のための道を、暗い心許ない道を切り開く第一歩にかかったのだった」

ウィルキー・コリンズ『白衣の女』（一八六〇年）より
（岩波文庫、中島賢二訳より）

1844年、ロンドン南部バーモンジーでフレデリック・マニングとマリア・マニングの夫婦がキッチンの床下に埋めた死体を発見した、首都圏警察の警官たち。アーサー・グリフィスス著 *Mysteries of Police and Crime* より

第四章　謎の男《マン・オブ・ミステリ》

一八一四年十月一日〜一八六〇年七月十五日

一八六〇年のその日曜日、まだ明るいうちに、ウィッチャーの乗った列車はウィルトシャーを目指して西へ向かっていた。七月ともなればたいてい、黄褐色の小麦や金色に輝くトウモロコシで黄色く見える区画が牧草地にちりばめられるころだが、この年は夏の訪れがずいぶん遅く、作物は青々として草と見分けがつかなかった。[注1]

午後六時二十分、列車が工場の塔や煙突が林立するトロウブリッジに入り、ウィッチャーはその鉄道駅の狭いプラットホームにおり立った。[注2]改札ホールをあとにした彼がまず向かったのは、ストーラード・ストリートにあるジョン・フォーリーの警察署だ。この地方警察が創設された一八五四年からある二階建ての建物であり、エリザベス・ゴフが、翌日に彼女の尋問が再開されるまで自分の意志で勾留されていた場所である。

トロウブリッジは何世紀にもわたり織物産業で栄えてきた。一八四八年に鉄道が敷設されると、さらなる繁栄がもたらされ、当時人口一万一千、イングランド南部で最大の工業都市となっていた。羊毛工場や染色所が駅の左右に広がり、二十ほどの工場が、三十基あまりの蒸気機関に動力を供給されている。それがサミュエル・ケントの監査していた工場群だ。日曜の夕方なので工場に動きはないが、朝になれば機械がドシンドシン、シューシューと動きはじめ、空気に煤煙が混じり、尿（酒場から引いた管で集められ、羊毛洗浄に使われる）やビス川（エイヴォン川の細くて流れのゆるやかな支流）へ流れ込む植物性染料のにおいがたちこめる。

ウィッチャーはポーターを雇って、駅から半マイルほどのマーケット・プレイスにある〈ウールパック・イン〉まで荷物を運ばせた。二人はビス川にかかる橋を渡り、町の中心地へ歩いていった。ジョージ王朝時代の裕福な織物商たちが築いた住宅地であるザ・パレードの家並みを過ぎ、職工たちのコテージがひしめく横丁を通る。その年の商売はぱっとしなかった。厳冬で死んでしまった羊が多かったため、例年よりも羊毛の生産量が少なく、競合する北イングランドの工場所有者たちが自分たちの綿織物を安売りしたのだ。[注3]

レッド・ハット・レインの角にあるウールパック・インに到着すると、ウィッチャーはポーターに六ペンスを払って宿に入った。宿は中央にアーチのあるこぢんまりした石造りの建物で、一泊一シリング六ペンスで部屋を提供する。バーではワイン、りんご酒、蒸留酒、自家醸造エールを売っていた。[注4] ウィッチャーも一、二杯注文したのではなかろうか。彼は窮地

ウィルトシャー、トロウブリッジのながめ、19世紀中ごろ

トロウブリッジ中心街、19世紀末

に陥ったとき「せいぜいブランデーの水割りをちょっとひっかけて意気地をなくさないようにするしかなかった」注5と、ディケンズに語ったことがある。

ジョナサン・ウィッチャー（Whicher）は、ロンドンの中心地から三マイルほど南にあたるキャンバーウェル区で、一八一四年十月一日に生まれた。父親は庭師で、おそらくはその村に大勢いた、サクラ、チシャ、バラ、ヤナギを育てて街で売る市場園芸家のひとりだったのだろう。その地区の裕福な住民たちの芝生や花壇の手入れをしていたのかもしれない。キャンバーウェルには、ロンドンから隠棲の地を求めてやってくる商人たちのスタッコ塗りの大邸宅や、装飾的な一戸建て住宅が散在していた。

十月二十三日、ジョナサンの洗礼式の日にセント・ジャイルズ教区教会の牧師補は、別の庭師の子と、靴屋、指物師、二人の御者、フルート製作者、半熟練工（熟練労働者の助手）の赤ん坊たちにも洗礼をほどこした。彼の姓はさまざまに変形して伝わっているが、ここでは、リチャードおよびレベッカ・ウィッチャー（Whitcher）の息子と記録されている。当時彼は、ジャックと呼ばれていた。イライザという姉がひとり、そして少なくともひとりの兄、ジェイムズがいた。四歳だった一八一九年八月、妹のサラが生まれた。一七四八年にその一帯で初めて見つかった、大型でビロードのような濃いワイン色の羽をもつチョウ、キベリタテハ（キャンバーウェル・ビューティ）が大発生したことで記憶に残る夏のことだ。

一八三〇年代なかば、ジャック・ウィッチャーは相変わらずキャンバーウェルの、おそらくはプロヴィデンス・ロウに住んでいた。村の北のはずれの、貧しい家が集まる小さな住宅地だ。家並みはウィンダム・ロードに面し、製粉所に近くてすぐ裏手は苗木畑だったが、あたりはみすぼらしかった。地元の学校による報告書によれば、「無学なことと並んで堕落していることでもよく知られる」地域だという。ウィンダム・ロードによくいるのは、行商人、呼び売り商人、煙突掃除人などのいいかげんな人間たち、そして根っからの悪党たちだった。[注6]

一八三七年の晩夏、首都圏警察《メトロポリタン・ポリス》に仲間入りを志願したときのウィッチャーは、かろうじて二十二歳、身長は五フィート八インチで、必要な条件をぎりぎり満たしていた。筆記試験と身体適合性検査に合格し、教区の〝ちゃんとした世帯主〟二人がその人物保証をしてくれた。[注7]初期の新人の三分の一以上がそうだったように、彼も志願したころは半熟練工として働いていた。[注8]

九月十八日、ウィッチャーは巡査になる。週給約一ポンドというのは、それまでの稼ぎよりわずかによくなっただけだが、将来がほんの少し安泰になった。[注9]

その種の警察としては国内初の首都圏警察が誕生して、八年が経っていた。ロンドンは大きく膨れ上がり、めまぐるしく移ろう得体の知れない都市になってきたため、統制のとれた組織の男たちが街を巡視する必要があると、一八二九年、住民たちもしぶしぶながら認めたのだった。三千五百名の警官は〝ボビー〟、〝ピーラー〟（創設者のサー・ロバート〔ボブ〕・ピールにちなむ）、〝コッパー〟（悪党を捕《コップ》まえるので）、〝クラッシャー〟（自由を押しつぶす《クラッシュ》)、〝ジェニー・ダービー〟(憲兵《ジャンダルム》から)などと呼ばれ、ブタ《ピッグ》(十六世紀以来ののしり言葉)よばわりもされた。[注10]

ウィッチャーは、濃紺のズボンと濃紺の裾長の上着を支給された。上着のぴかぴかの金属ボタンには、王冠とPOLICEの文字が刻まれている。E47(Eはホウボーン管区)という担当管区と番号は、締め金で留めるようになったかっちりした襟に、はっきりとしるされていた。その下に、対〝首絞め強盗《ギャロッター》〟防具として四インチ幅の革製ネックストック(襟回りに巻くバンド。中世からあった襟飾りのひとつ)が首に巻かれた。上着は警棒と木製ラトル(ガラガラ。やかましい音を出す道具)をしのばせる深いポケット付き。頭にかぶるのは、つや出し革の王冠が付いてサイドを縦に革で支えた高いシルクハットだった。当時の巡査がこの服装をこう記述している。「燕尾服のような上着を着て、革だらけで十八オンスもあるウサギ革の丈高いシルクハットをかぶり、革の厚さが少なくとも十六分の一インチはあったに違いないウェリントンブーツ(前が膝上までのブーツ)をはく。ベルトは四インチくらいの幅があって、高さ六インチのもののものしい真鍮のバックル付き……人生であれほど苦しい格好をしたことはない」。身分を隠していたと非難されないように、巡査は仕事中でないときも制服を着用しなくてはならなかった。手首にバンドを巻いているのが職務中というしるしだ。あごひげや口ひげは禁止。その代わりに、もみあげを伸ばす者が多かった。[注11]

誰の服装も、ある意味その人の生活様式に特有の制服のようなものだった時代、警官ならではの服装にはメリットがあった。著述家のハリエット・マーティノー(社会学・哲学・文学など幅広く執筆した女性啓蒙家。一八〇二～一八七六）は、覇気のある労働者階級の若者は「前掛けに紙製の帽子の職人でも、ファスチアン（コール天や綿ビロードなど緯綿のパイル織物、元来は綿と麻の織物）の服を着たりポーターの肩当てを着けたりしている労働者でもない」この格好なら、「どことなく誇らしげに、人目をひきながら通りを闊歩」できると思っただろうと述べている。ファスチアンというのは粗い織物で、これを裁断して労働者の着る短い上着をつくった。ポーターの肩当てとは、重い荷物を運ぶ際に肩を保護するパッドのことだ。

　完全無欠な警察官の特徴は、自制、匿名性、そして情動の欠如だった。「激しやすい気性は絶対に好ましくない」とマーティノー。「恋愛の手管に弄されかねないうぬぼれがあっても、あまりに無邪気なお人よしでもだめだし、気分や態度が煮え切らないのも、酒に弱いのも、どんな愚かさがあってもよろしくない[注12]」。医師で作家のアンドルー・ウィンターは、「断固として、冷静で、容赦ない、人間というよりは制度」というのが理想的な巡査だと書いている。「われわれがその人格をとらえられないのは、のどもとまでボタンがきっちりかけられた巡査の上着をつかめないのと同じで……教則本の指示するとおりにだけ動き、考え、しゃべる機械……彼には……望みも恐れもないように思える[注13]」

　ウィッチャーはキングズ・クロスのすぐ南、ハンター・ストリートにあるハンター・プレイス警察署の寮で、約十六人の男たちと共同生活をした[注14]。警察が購入したばかりの、堅牢なレンガ造りの建物だった。中に入るには長々と薄暗い通路を通る。階上に寮があるほか、署には監房が四室と図書館、流し場、食堂、娯楽室もあった[注15]。独身者は全員この警察署に寄宿し、夜中の十二時までには在室することになっていた。早番勤務の日のウィッチャーは、六時前に起床した。自分用の桶とついたてがあったら、寮で沐浴したかもしれない。そして、チョップ（通例あばら骨付きの、厚切りの肉片）、ポテト、コーヒーの朝食をとる。六時には中庭に男たちが整列した。この管区に四人いる警部のひとりが出席簿をつけ、ホワイトホール・プレイスの本部から届いた、個々の警官の懲罰、褒賞、免職、停職を列挙した文書を読み上げる。警部はまた、部下たちに最新の犯罪報告を知らせ、要注意人物、失踪人や遺失物について説明もする。そして部下の制服や装備を点検し終わると、「閉会！」と命じる。数人の巡査が予備軍として警察署へ回され、残りの者は巡査部長に率いられてそれぞれの巡回区域へ赴く。

昼間はひとりの巡査が、たとえば午前六時から十時までと午後二時から六時までという四時間勤務二回のあいだ、一時間あたり二マイル半の速度で七マイル半の巡回区域を巡視する。巡査は巡回区域にある家の一軒一軒に精通し、路上にいる物乞い、浮浪者、呼び売り商人、酔っぱらい、売春婦の一掃に励む。巡査部長や警部による抜き打ち点検を受けることもあり、その規律は厳しかった。巡回中に何かにもたれかかったり座り込んだりしてはならないし、きたない言葉づかいやメイドたちとのつきあいは禁止だ。巡査はどんな相手にも敬意をもって接するよう――たとえば、辻馬車《ハンサム・キャブ》の御者を「キャビー」などと呼んではならない――また、腕力の行使は避けるよう、教えられる。非番のときも、こうした規範が遵守される。どんなときだろうと酔っているのが見つかったら、巡査は訓戒を受け、その規律違反が繰り返されると警察を免職処分される。一八三〇年代はじめ、総計三千人になる免職警官の、五人

のうち四人は酒が原因だった。[注17]

夜の八時ごろ、ウィッチャーは警察署で夕食をとった——ロースト・マトンとキャベツ、ポテト、ゆでだんごといったところだろうか。夜間勤務を割り当てられているときには、ランタン、つまり〝ブルズアイ〟と警棒にラトルももちろん携えて、九時前に中庭のいつもの位置につく。この八時間通しの勤務では、窓や戸口が施錠されているかを確認し、火の用心をし、貧困者を収容施設へ連れていき、パブが時間どおりに閉店しているか確かめる。夜間の巡回路は昼間よりずっと短い二マイルで、ウィッチャーは受け持ち区域の各地点を一時間ごとに通ることになっていた。応援が必要になったら、ラトルを振る。近隣の受け持ち区域の巡査が、必ずひとりは音の届く距離にいるはずだ。冬の夜間勤務はつらいこともあるが、夜間勤務ならではの役得もある。市場で働く商人や労働者を夜明け前に起こしてチップをもらったり、ときには巡回ルートにある酒場からそれぞれビールやブランデーを〝ひと口〟ずつよばれたりするからだ。[注16]

ウィッチャーがホウボーンを巡回していたころ、その地区はセント・ジャイルズという八エーカーの大スラム街がはびこっていた。暗く入り組んだ通りや路地に、中庭、屋根裏、地下室を縫っていく裏の通路が織り交ざる。スリや泥棒があふれ出てきては、だましたりかついだり、裕福な通行人から金を巻き上げたりする——セント・ジャイルズ周辺には裁判所、大学、大英博物館、ブルームズベリーという洗練された一画、ハイ・ホウボーンの高級な商店街があった。警官に見つかったら、犯罪者はその迷宮にこそこそ逃げ帰るのだった。

ホウボーンには詐欺師がぞろぞろいて、E管区の警官はその正体を見抜く達人でなくてはならない。さまざまなだましの手口を網羅すべく、新たな語彙が生まれていった。警察が警戒するのは、〝バトナー〟または〝サクラ《ボンネット》〟(詐欺師相手に賭け金を勝ち取っているように見せかけ、人々をおびき寄せる仲間)とぐるになって〝フラット〟(だまされやすい人、カモ)を〝ガモン〟する(だます)〝マグズマン〟(いかさまトランプなどの詐欺師)。〝スクリーヴァー〟(文書づくり屋)は〝オン・ザ・ブロブで〟(同情をひく苦労話をしながら)〝フェイクメント〟(偽造文書)を売りつける——一八三七年には、その手の文書をつくったことで五十人、所持していたことで八十六人のロンドン市民が逮捕された。〝キンチン・レイ〟というのは、使い走りの子どもから金銭や衣服をだまし取ること。〝シャロウ〟とは、半裸で物乞いをして憐憫をそそること。〝シェイク・ラーク〟は、難破した船員のふりをして物乞いをすることだった。一八三七年十一月、ある治安判事が述べたところによると、ホウボーン地区で、仲間たちが家に押し入って強盗を働くあいだ巡査の注意をそらそうと、酔っぱらいを装っておとりを務める泥棒たちがいたという。[注18]

ときにはE管区の警官が担当地区を離れることもあった。一八三八年六月、ヴィクトリア女王戴冠にあたっては、警察組織をあげてバッキンガム宮殿からウェストミンスター寺院までのルートに人員を整列配備した[注19]。警察はすでに、この新女王に執着している精神異常者たちのことを熟知していた。たとえばセント・ジャイルズの救貧院にいたある男は、ヴィクトリア女王が自分を愛していると確信するようになったため、治安判事のもとに連れてこられた。自分は女王とケンジントン・ガーデンズで「目と目を見交わした」のだという。治安判事たちは、その男を精神病院に収容するよう促した[注20]。

　ジョナサン・ウィッチャーによる犯人逮捕のうち、初めて新聞報道されたもの[注21]は、一八四〇年十二月の一件だった。キングズ・クロスに近いグレイズ・イン・ロードの売春宿で彼は、酒に酔った十七歳の娘が、ありえないほどいい身なりをしていることに気づく。娘は羽毛の襟巻きを首にかけていたが、二週間ほど前にブルームズベリーにある家で盗難にあった品の中に羽毛の襟巻きがあったこと、押し込みがあった晩にメイドがひとり出奔していることを、ウィッチャーは覚えていた。そこで娘に近づくと、窃盗罪で告発したのだった。その娘ルイーザ・ウェラーは、同じ月の末、グロスター・ストリートのサラ・テイラー邸から盗みを働いたとして有罪になった。この逮捕のいきさつには、ウィッチャーの探偵としての資質が凝縮されている。すぐれた記憶力、場違いなものを見抜く目、鋭敏な精神、そして度胸だ。

　その直後から、彼の名前は二年ほど新聞から姿を消す。おそらく、そのころ首都圏警察の共同総監をしていたチャールズ・ロウワン大佐とサー・リチャード・メイン弁護士によって、当時は極秘の存在だった、刑事の原型である私服の〝すご腕係官〟たちの小集団に起用されたからではないだろうか。英国人は監視を忌み嫌う。一八三〇年代はじめ、私服警官が政治的な集会に潜入していたことが明るみに出て、大騒ぎになったことがあった[注22]。そういう風潮では、刑事を登場させるにも、密かにやるしかなかったのだ。

　治安判事裁判所の記録からは、ウィッチャーが一八四二年四月に秘密捜査をしていたことがうかがえる。その日彼は、リージェント・ストリートで怪しい三人組に気づく。三人のあとについていくと、ひとりがパーク・レインに屋敷をもつアイルランド系英国人准男爵、サー・ロジャー・パーマーの行く手に立ちふさがる場面に遭遇した。もうひとりがサー・ロジャーの上着の裾をそっと持ち上げ、三人目はポケットから財布を抜き取る。このように本職のスリは三、四人でチームを組んで働くのが典型的で、互いに助け合って仕事をしやすくするのだ。他人の懐に手をつっこむ〝ディッピング〟や〝ダイヴィング〟のわざを子どものころから磨いてきて、驚くほど器用な者が多い。三人のうちひとりを取り逃がしたものの、ウィッチャーは二週間後に街中の別の場所でその男を見つけ出し、警察裁判所に連行した。そして、自分を買収しようとしたことによってその男の罪は倍加したと報告している。[注23]

首都圏警察の資料によると、ウィッチャーはそのあと同じ月にもう一度匿名で仕事をしている。パトニーで愛人を殺してばらばらにした御者、ダニエル・グッドの追跡に加わったのだ。ウィッチャーとホウボーン管区の仲間であるスティーヴン・ソーントン巡査部長は、ロンドン東部のスピタルフィールズで、グッドの女友だちの家を見張りつづけた（ディケンズがのちに、ウィッチャーより十一歳年長のソーントンを描写している。「血色のいい顔に日焼けして秀でたひたい……帰納法の過程をじっくりとたどり、ささいな糸口から手がかりにひとつひとつ取り組んでいって、ついには相手を捕らえることで有名だ」と）。[注25]ダニエル・グッドはやがてケント州でつかまるが、警察の手柄というよりは幸運に助けられてのことだった。

一八四二年六月、首都圏警察の委員会は、小規模な刑事課の創設許可を内務省に願い出る。そして、グッドの捜索のような殺人事件捜査や、複数の警察管区にまたがる重大犯罪の捜査を統合するには、中央集権制の精鋭集団が必要なのだと説いた。その警官たちが私服でいいとなれば、なおいっそうの成果があがるはずだ、と。内務省は同意した。その年の八月、ウィッチャー、ソーントンのほか六名が正式に刑事に選ばれ、それぞれの受け持ち区域を放棄し、制服を脱ぎ捨てて、自分たちが捜索する悪党と同じように匿名の神出鬼没の存在になったのだ。ジョナサン・ウィッチャーとL（ランベス）管区のチャールズ・ゴフは、最年少ながら、両名とも数週間のうちに部長刑事《サージャント》になった（通例は昇進に最低限必要な巡査としての勤続五年に、ウィッチャーはほんの一カ月足りなかったが）。こうして、その課で二人の警部のもとに仕える部長刑事の数は六人となる。[注24]ウィッチャーは年収約五十ポンドから七十三ポンドへ、ほぼ五十パーセントの昇給となった——巡査部長《サージャント》の標準給与よりも十ポンド多い額だ。それまでどおり、給料に特別賞与や報奨金も追加される。[注26]

「最近、頭の切れる男たちが選ばれて、〝刑事警察〟なる集団ができた」と、一八四三年の《チェンバーズ・エディンバラ・ジャーナル》は報じている。[注27]「刑事たちはときどき、ごくふつうの人のような服装をしているのだ」。世間はあくまでも用心深かった——一八四五年に《タイムズ》は論説で刑事の脅威に警鐘を鳴らし、「偵察《エスピオナージ》という考えだけでも、どうしても不快感がぬぐえないだろう」と解説している。

刑事たちが本拠としたのは、トラファルガー・スクウェアのそばの、グレイト・スコットランド・ヤードにある委員会のオフィスと並ぶ一室だった。メンバーは建前上、A管区つまりホワイトホール管区に属することになる。ウィッチャーはA27に任ぜられた。今の彼の任務は、姿を消すこと、階級と階級のはざまに音もなくしのび込むこと。刑事たちは〝フラッシュハウス〟（犯罪者が出入りする酒場）や泥棒たちが縫って通る群衆にまぎれ込み、耳をそばだて、溶け込んでいくのだ。ふつうの警官なら、自分の受け持ち区域を時計の針よろしく巡回して、各地点を一時間ごとに通過するのだが、刑事たちは街なかや郊外を意のままに行き来する。ロンドンの下層社会で彼らは〝やつら《ジャックス》〟と呼ばれた。どの階級にも属さない匿名性をとらえた呼び名だ[注28]。

英国初の探偵物語は、著述家のウィリアム・ラッセルが〝ウォーターズ〟という偽名で書いた作品で、一八四九年七月、《チェンバーズ・エディンバラ・ジャーナル》に登場した[注29]。その翌年、ウィッチャーと彼の同僚たちを、チャールズ・ディケンズがいくつかの雑誌記事で称賛している。「誰もかれもりっぱな風貌の男たちだ」とディケンズは書く。「品行には非の打ちどころがなく、並はずれて頭がいい。態度にのらくらしたところもこそこそしたところも、まるでない。鋭い観察眼と敏捷な理解力を感じさせる話しぶり。多かれ少なかれ精神的刺激の強い生活を送る習慣があることをうかがわせる、顔つき。みんないい目をしている。そして、話している相手が誰であろうと、みんなしっかり相手を見ることができるし、みんなしっかり相手を見て話す[注30]」。仲間のジャーナリスト、ジョージ・オーガスタス・サーラは、ディケンズの熱狂ぶりにうんざりした――この小説家が「好奇心をそそられ、ほとんど病的に偏愛しているといっていいほど警官たちと親しく交わり、彼らを喜ばせる」のがいやだったのだ。「……彼はそういう人物を相手につねに気楽そうに見えたし、飽くことなく彼らに質問を浴びせた」[注31]。ディケンズもそうだが、刑事たちは成功した労働者階級の息子たちで、街中の自由な出入りを許されていることにわくわくしていた。『トム・フォックス、またはある刑事の告白』という一八六〇年に出版された架空の回想録の中で、ジョン・ベネットは、刑事は「ふつうの警官《ピーラー》」[注32]より教育があって「はるかに高い知性をもっている」ので、社会的地位が上だと書いている。刑事は既成の権力組織のものだろうと下層社会のものだろうと分け隔てなく秘密をさぐり、先例がなきに等しいがゆえにぶっつけ本番で自分の手法をつくりあげていくのだ、と。

　そういう手法が批判されることもあった。一八五一年、ウィッチャーはザ・マル（ロンドン中心部、バッキンガム宮殿に通じる樹木の多い街路）で二人の銀行強盗をつかまえた際、スパイ行為とおとり捜査を非難された。その年の五月、トラファルガー・スクウェアを横切っているとき、ウィッチャーは「昔の知り合い」を見つけた。オーストラリアの流刑地での務めを終えて街に戻ってきた、もと受刑者だ。もうひとりの前科者と一緒に、ザ・マルの、ロンドン・アンド・ウェストミンスター銀行向かいのベンチに腰かけているところだった。それから数週間にわたり、ウィッチャーともうひとりの仲間は銀行の下見をする二人組を見張った。刑事たちは待ち伏せしたあげく、六月二十八日、悪党どもが戦利品をかかえて銀行から逃げ出すところを現行犯でつかまえた。[注33]

《タイムズ》読者欄への寄稿者たちは、犯罪を未然に防ぐのではなく、犯罪が起きるにまかせたといって彼らを責めた。「刑事が有能で巧妙だとして評価される対象は、どうやら犯罪防止よりも検挙のほうへ大きく傾いているらしい」と、ある投稿者は嘆き、彼らがディケンズやその同類たちから注目されて得意になっているのではないかとほのめかしている。[注34]

ディケンズは自分にとっての新しいヒーローたちの姿を、『荒涼館』（一八五三年）のバケット警部に投影している。その時代きっての架空の刑事だ。バケット氏は「はつらつと動くよそ者」で、「得体の知れぬ偉そうな態度でわがもの顔に歩き廻る」。英国の小説に初めて登場した刑事であるバケットは、その時代の人々には神話上の人物だった。幽霊か雲さながらに、いつのまにやら流れるように未知の領域に入り込む。「バケット警部は時にも場所にもとらわれない」。彼は「あらゆる身分の人間とうまが合う」。十二年先行してエドガー・アラン・ポーの描いた、アマチュア探偵にして頭の切れる〝マジシャン〟、オーギュスト・デュパンの七光を拝借したところもある。

バケット警部はどう見ても、ウィッチャーの友人で上司であるチャーリー・フィールドがモデルだった。バケットとフィールドに共通するのは、ずんぐりした人さし指、純朴な魅力、〝みごとな〟やり方を好むこと、快活で自信家だ。またバケットは、ジョナサン・ウィッチャーも彷彿させる。あのオックスフォードのホテルでのウィッチャーのようにバケットも、「幽霊のようにすっと現われること以外、特にこれといって目立つところはない」のだ。彼は「ふとった体、泰然とした風貌《ふうぼう》、鋭い目、黒い洋服を着て、年は大体中年の男」で、見聞きするときの顔つきが「少しも表情を変えぬところは、まるで自分の小指にはめた大きな形《モー》見の指輪《リング・リング》」そっくりである注35（以上ちくま文庫『荒涼館』青木雄造・小池滋訳より）。

　一八四〇年代と五〇年代を通して、ウィッチャーは手先も頭も巧妙に使って働いた。彼が相手にするのは、正体をくらまして通りや横丁に姿を溶け込ませる、犯罪者たち。小切手の署名や為替、コインを偽造したり、次から次へと偽名を使い捨てて蛇が皮を脱ぎ捨てるように名前を振り捨てて逃れる、男や女を追跡する。ぱりっとした出で立ちで、隠し持つナイフでポケットを切り裂いたり、はでなハンカチを振り回すかげでタイピンをひったくったりする詐欺師やスリなど、〝紳士風の悪漢〟の専門家だ。彼らは劇場やショッピングギャラリー、マダム・タッソー蠟人形館やロンドン動物園など、娯楽の場で稼業に精を出す。いちばん荒稼ぎができるのは、大きな公的行事の場――競馬会、農業ショー、政治集会など――だった。そういうところへ彼らは一等列車で出かけていき、略奪目標にする男女の中へいつのまにかまぎれ込むのだ。

　一八五〇年、チャーリー・フィールドはディケンズに、ウィッチャーが〈エプソム・ダービー〉でまんまとやってのけた芸当の話をしている。フィールド、ウィッチャー、ミスター・タットという友人どうし三人が、酒場で飲んでいた――三、四杯めのシェリーだったろうか。そこへ紳士風の悪漢が四人突進してきた。悪漢たちが三人に殴りかかり、激しい乱闘になった――「誰もが殴り合って、酒場の床にころがったり――あんなひどいありさま、ちょっとお目にかかれるもんじゃなかったね！」。だが乱闘のあげく、悪漢どもが酒場から逃げ出そうとするのを、ウィッチャーが戸口でさえぎった。そして結局は、四人とも地元の警察署に連行することができたのだった。ミスター・タットが気づいてみると、乱闘のさなかにシャツにつけていたダイヤのピンが盗まれていたが、悪漢たちの誰も持っている形跡がない。盗っ人にしてやられたことにフィールドが「ぽかんと」（落胆）していると、ウィッチャーが握った手を開き、掌にあるピンを見せた。「なんと、いったいどういうことだ」とフィールド。「なんできみがそれを？」。ウィッチャーの話はこうだった。「なんでわたしのところにあるのかお教えしましょうか。連中の誰が盗ったのかを見ていたんですよ。それでみんなが仲よくのされて床にころがっていたとき、盗ったやつの手をうしろからちょいとつついてみた。仲間がそうするはずだと思ったんでね。てっきり仲間だと思ったんだな、あいつ、わたしによこしたんですよ！」

「これまででいちばんみごとな手並みじゃないだろうか」とフィールド。「まさにおみごとだ。……胸のすくような思いつきだね！」[注36]

　芸術的な犯罪手腕というのはおなじみの着想で、トマス・ド・クインシーの皮肉なエッセイ『芸術の一分野として見た殺人』（一八二七年）でもきわめて印象的にとりあげられたが、法の執行者側の芸術的手腕という視点は目新しかった。十九世紀はじめの犯罪小説に描かれるのは、恐れを知らない颯爽とした悪党だったが、世紀半ばをすぎると分析的思考にたけた探偵が登場することのほうが多くなってきた。[注37]

　前述のサー・リチャード・メインお気に入りの警官だったというウィッチャーは、メインが警視総監になったあとの一八五六年に警部になり、給与は百ポンド以上にあがった。チャーリー・フィールドは警察を辞めて私立探偵になり、ウィッチャーとソーントンが刑事課の責任ある立場についた。[注38]

一八五八年、ウィッチャーは、サフォーク伯爵からレオナルド・ダ・ヴィンチの『聖母子像』を盗んだ従者を捕まえる。また同年、パリでナポレオン三世を暗殺しようとしたイタリア人革命家の追跡に参加。……テロリストたちが陰謀をたくらみ、ロンドンで爆弾をつくっていたのだ。エセックスのトウモロコシ畑で起きた巡査殺害事件捜査の再開も率いた。[注39]一八五九年には、ロンドン東部の教会の教区牧師ジェイムズ・ボンウェル師と、聖職者の娘である彼の愛人が、自分たちの非嫡出子である息子を殺したかどうかを捜査した。ボンウェルが葬儀屋に十八シリング払い、その赤ん坊を他人の棺にこっそり入れて埋葬していたのだった。検死裁判は二人を殺人罪には問わなかったが、そのふるまいを非難し、一八六〇年七月にはロンドン主教がボンウェルを姦通罪で訴えた。[注40]

ロード・ヒルに急派される何カ月か前のウィッチャーは、パリのパレ・ロワイヤル付近で起きた一万二千ポンドの宝石泥棒事件の犯人たちを追跡していた。エミリー・ローレンスとジェイムズ・ピアスという二人組が、上流気どりの服装で宝石店をペテンにかけたのだ。カウンターのロケットペンダントやブレスレットをローレンスが〝ちょろまかし〟、マフの中にしのばせるという手口だった（女の泥棒には略奪品の隠し場所がふんだんにある——ショール、ストール、マフ、芯地でふくらませたスカートの大きなポケットなど）。気の合う仲間の部長刑事たち、フレデリック・アドルファス（〝ドリー〟）・ウィリアムスンとリチャード（〝ディック〟）・タナーとともに、ウィッチャーは四月、ロンドンのすぐ北、ストーク・ニューイントンにある宝石泥棒たちの家に踏み込んだ。エミリー・ローレンスを逮捕する際、彼女が両手をあちこち動かしているのに気づいた彼は、彼女が握っているものを見せろと言う。もみ合いになるうち、彼女の男友だちがウィッチャーの頭を火かき棒でぶん殴ってやると脅したが、ローレンスはダイヤモンドの指輪を三つ床に落としたのだった[注41]。

　回顧録や新聞、雑誌にちょっとずつ登場するジョナサン・ウィッチャーは、温厚で寡黙、自分の仕事の喜劇的要素に注意怠りない人物に思える。彼は「優秀な警察官だ」と、仲間の刑事は言う。「穏やかで洞察力があって、実際的だ。決してあわてず、たいてい上首尾で、どんな仕事もいとわない」と[注42]。ウィッチャーは皮肉っぽい言い回しをよくした。自分が何かを確信すると、「わたしが生きているのと同じくらい確かだ」と言う。そして手がかりを見つけると「もうこれで十分！」と言うのだ。彼は敵にも好意的だった――ある泥棒を捕らえる前に、手錠をかけぬまま一杯やるのを承知したこともある。いわく、「ひとりの男としてつきあおうじゃないか。おまえがわたしに対して、ひとりの男としてふるまうんならな[注43]」。彼はちょっとした悪ふざけを否定するタイプでもなかった。一八五〇年代末にアスコットで、ほおひげを自慢にしていることで知られる警部が眠っているところへ数人の警官仲間たちとしのびこみ、ふさふさした黒いほおひげの左側だけ剃り落としたこともあるのだ[注44]。

　ウィッチャーは無口な男で、自分の過去のことを人に明かしていないが、少なくともひとつ、悲しいことがあったはずだった。一八三八年四月十五日、かつてはエリザベス・グリーン（旧姓ハーディング）で、エリザベス・ウィッチャーと名乗る女性が、ランベス自治区でジョナサン・ウィッチャーという名の男児を生んだ。出生証明書に彼女が記した父親の名前も、ジョナサン・ウィッチャー。職業は巡査で、彼らの住所はプロヴィデンス・ロウ四番地となっている。ジョナサン・ウィッチャーが警察官を志願したころ、彼女は妊娠四カ月だったことになる――彼が志願する気になったのも、子どもが生まれてくると思えばこそだったかもしれない。

それから三年後のウィッチャーは、ホウボーンのハンター・プレイス警察署に独身男として住んでいた。一八三八年から一八五一年までの死亡者名簿にも、その世紀に行なわれたどの国勢調査にも、彼の息子や、その母親と思われる記録は見当たらない。ジョナサン・ウィッチャーに子どもがいたという証拠はなく、その出生証明書の男児が記録に残るのみなのである。

第五章　糸口はみな断ち切れているらしい

七月十六日

七月十六日月曜日の朝、ジョン・フォーリー警視は、息子が死んだと知らされてサミュエル・ケントが村から戻ってきたのと同じ小道を通ってウィッチャーをトラップ馬車でロード村へ連れていった。その日もまたからりと晴れた——サヴィルが殺されてから、一滴も雨が降っていない。警官たちの乗った馬車がすすけた町から離れていくと、平地に代わって丘陵や森、牧草地が現われはじめる。野原にヒツジたち、木々のあいだにはコクマルガラス、カササギ、クロウタドリ、ワタリガラス、ハシボソガラスなど濃い色をした鳥たちが見える。オリーヴ色のチフチャフムシクイ、栗色の翼のウズラクイナなど小さめの鳥たちは牧草やハリエニシダの中に巣ごもり、ツバメやアマツバメが頭上を飛んでいる。注1

ロードの村は二つの州のちょうど境界線上にある。ロード・ヒル・ハウスとピーコック牧師のクライスト教会はウィルトシャーにあるが、数百人の村人たちのほとんどは西側の丘のふもとのサマセットシャーに住んでいた。イングランドのこのあたりの人々は互いに〝汝〟

や〝そなた〟（thee や thou）といった古いことばで呼びかけ合い、しわがれた軟口蓋音で話す。農家《ファーマー》は「ヴァーマー」、太陽《サン》は「ザン」、糸《スレッド》は「ドレッド」だ。この地区に特有の語彙もある。ウィッチャーのような、痘瘡《スモールポックス》のあばたがある者はポックフレッドン（pockfredden）、布きれをスカマー（skummer）するとは液体で汚すこと、生き物をバドル（buddle）するというのは、ぬかるみで窒息させることだ。[注2]

　ロードは美しい村だった。小さな家々は石灰岩の丸石や四角く窓をくりぬいた平らな砂岩ブロックでつくられている。少なくとも四軒のパブ、〈レッド・ライオン〉、〈ジョージ〉、〈クロス・キーズ〉、〈ベル〉に、醸造所がひとつ、英国国教会系教会は二カ所、バプテスト派の礼拝堂、学校、郵便局、パン屋、食料雑貨店、肉屋、鍛冶屋、靴屋、仕立て屋、ドレスメーカー、馬具屋などがある。トロウブリッジは五マイル北東に、サマセットシャーの羊毛の町フルームが南西にほぼ同じ距離のところに位置する。数人の村人が自宅の手織りばたで織物をしていたが、大半は野外や近隣にいくつかある工場で働いていた。ショーフォード・ミルは羊毛染色専門の工場で、フルーム川の水力で動く水車が備わっている。この地方の染料には、イボタノキの緑、イチイの茶色、大青《タイセイ》の藍色などがある。ロード・ブリッジの隣の工場は〝縮充〟専門。ぬれた毛織物を、一本一本の条線が消え、布目が密に詰まって決してほぐれないようになるまでたたくプロセスだ。[注3]

　その村が、サヴィルの死をめぐる憶測で盛り上がっていた。その殺人事件が人々のあいだに「ある気運」をかきたて、「それを抑えたりしずめたりすることは難しかった」と、ジョゼフ・ステイプルトンは事件に関する著書の中で述べている。《バース・クロニクル》には、次のようにある。

　村の下層階級の人々のあいだに、ケント氏自身にはもちろん、彼の一家に対しても非常に強い反感があり、家族の誰しも村を歩けば必ずと言っていいほど無礼な態度にあう。この凶悪な事件で命を奪われた無邪気な幼子は、村ではたいてい大いに親愛の情をもって語られる。快活な笑顔に亜麻色の巻き毛の、すこやかで愛らしい坊やだったという。女性たちは目に涙を浮かべてその子の話をし、……愛敬のあるちょっとしたしぐさの数々や天真爛漫な片言を思い出す。

村人たちはサヴィルをかわいらしい天使として記憶にとどめ、その家族のことは鬼のようだと悪口を言っていた。

サミュエル・ケントは、いずれにしてもその地区の嫌われ者だった。それは彼の仕事のせいでもある。過重労働と怪我から子どもを守ることを主眼として考案された一八三三年の工場法を守らせる監督責任が彼にはあり、その法は工場所有者にも労働者にも等しく恨まれていたのだ。工場監査官《インスペクター》は、警察の警部《インスペクター》同様、監視役のスパイなのだった。一八五五年にサミュエルがロード・ヒル・ハウスへ移ってきたとき、《フルーム・タイムズ》が報じたところによると、大勢の地元民が「あの人にはここに住んでもらいたくない。われわれにパンをくれる人に住んでもらいたいね、われわれからパンを取りあげる人じゃなくて」と言ったという。サミュエルはそのころ、十三歳未満の少年少女を二十人以上トロウブリッジの工場から追い出したばかりで、彼らから週に三、四シリングの稼ぎを奪ったのだった。[注4]

サミュエルの頭に、少しでも近所づきあいをよくしようなどという考えはなかった。ステイプルトンによると、ロード・ヒル・ハウスに隣接する小道に並ぶ家の住人たちに「のぞかれたり侵入されたりしないよう」、「水ももらさぬ囲い」をめぐらせていたという。所有地にある川のへりには「立ち入り禁止」の立て札を掲げたが、そこは昔から住人たちがよくマスを釣っていた場所だった。村人たちはサミュエルの使用人や家族に腹いせをした。「彼の子どもたちは、散歩中や教会へ行く途中に、近所の子どもたちに追いかけられ、はやしたてられた」と、ステイプルトンは記す。サヴィルが死んで以来、サミュエルは、そんな近所の住人たちが殺人に関わっていたのではないかという疑いを、繰り返し口にしている。

十一時、ウィッチャーとフォーリーは、テンパランス・ホール[注5]での非公開手続きに加わった。ウィッチャーの見ている前で治安判事たちが、サミュエル・ケントとピーコック牧師を、続いて地元警察の第一容疑者エリザベス・ゴフを再尋問する。午後一時に彼女は釈放された。外に集まっていた報道陣が、建物から出てくる彼女を見た。「彼女は、勾留されて以来、重度の精神的苦痛を味わってきたもようだ」と、《バース・クロニクル》の記者は書いている。「以前は朗らかで元気のよかった顔が、すっかり意気消沈してやつれている。このほんのわずかの勾留期間だけで、彼女の顔つきががらりと変わってしまったことに驚きを禁じえない」。彼女は記者たちに、ロード・ヒル・ハウスに戻ってお産の床につくミセス・ケントの手助けをするつもりだと語った――数週間のうちにも赤ん坊が生まれるのだ。

そのあと記者たちはホールへ入れてもらい、治安判事のひとりから話を聞いた。この事件の捜査はウィッチャー警部にまかせられることになった、サヴィルを殺した者たちの有罪判決につながるような情報の提供者には、政府から百ポンド、サミュエル・ケントから百ポンドで、計二百ポンドの報賞が出る、という。仲間が殺人者を引き渡した場合、その仲間の罪は赦免される。審問は金曜日まで延期となる。

ウィッチャーは、二週間遅れで殺人事件の捜査に加わった。被害者の遺体はもう棺に入れて埋葬され、証人たちの証言はすでに繰り返され、証拠は集め終わり、あるいは隠滅されてしまっていた。傷口をもう一度開き、現場の封印を解くしかないだろう。ともにウィルトシャー州警察に属するフォーリー警視とウルフ警視が、彼を丘の上の屋敷に案内していった。

ロード・ヒル・ハウスは、村の上のほうにじっと隠れていた。なめらかなクリーム色のバース産石灰岩の建物で、木立や塀で道から見えないようにかくまわれている。トマス・レッドヤードという織物商が、ロード・ブリッジ縮充工場を経営していた一八〇〇年に築いた財産だった。この地域では屈指の広々とした屋敷だ。[注6] イチイやニレの木陰に私道が曲線を描いて、建物ののっぺりした前面から番小屋のように突き出している奥行きのない玄関ポーチへと続く。正面の芝生の右手、低木の陰に隠れているのが、サヴィルの発見された屋外便所だ

——地面に掘った穴に小屋を架けただけの便所だった。

屋敷の玄関を入ると、大きなホールの向こうが主階段になっている。ホールの右手が食堂——建物側面まで広がる優雅な長方形の部屋——で、左手はこぢんまりした正方形の書斎。書斎の高いアーチ形の窓から芝生が見晴らせる。書斎の裏手に客間があって、こちらは半円形に張出した部分に窓があって裏庭に面している——サラ・コックスが六月三十日に見たとき開いていたのがこの窓のうちのひとつだ。

分厚い絨毯敷きの階段が、二階そして三階へと延びる。階と階のあいだの踊り場から、敷地の裏側が見渡せる——花園、菜園、果樹園、温室、それらの先に牛や羊、牧草地、フルーム川に沿った縫い目のような木立ち。

二階の主寝室と育児室のうしろには、予備室がひとつと物置が二つ、水洗便所がひとつある。最上階の三階には、使われている四寝室のほかに、予備室が二つと屋根裏部屋へのはしご。この階は下のほうの階よりも暗く、天井が低くて窓も低い。屋敷内のほとんどの寝室は南側の私道や芝生、眼下の村といった眺めを共有しているが、ウィリアムの部屋から見えるのは東側、近所のコテージやクライスト教会の対になった小塔と尖塔だった。

ウィリアムの部屋の裏には急ならせん階段があり、巻きつくようにして二階と一階へくだっている。その階段のふもとはキッチンへ続く廊下で、食器洗い場やキッチン、洗濯室、配膳室、地下室の階段へと、やたらにドアがある。廊下の端にあるドアは、馬車置き場と馬屋、納屋に囲まれ舗装された、中庭に通じている。問題の屋外便所はすぐ右手、〝ナイフ小屋〟

のそばにある門を通ったところだ。この地所の右手に沿って、商人が出入りする通用門のある高さ十フィートの石塀が伸びている。村人たちの〝コテージ・コーナー〟がある側だ。

ホルコム、ナット、ホリーの家族らが暮らしていたこの界隈を、ステイプルトンがじつに色彩豊かに描き出している。「ビール店が真ん中に頭を突き出し、それにならぶ一軒の家は、地面に突き刺した何本かの木の杭にあぶなっかしく支えられてかろうじてくずれずにすんでいた。とっくに居住者が出ていった住居の窓は、割れたり、くずれ落ちた壁に押し出されたたりしている。ほかに数軒の家がまわりに寄り集まって、ミスター・ケントの屋敷を見渡せる家もあった。まさに〝貧民窟〟――セント・ジャイルズの一部が街を出て田舎にひっこんだとでもいうような場所であり、いかにも浮浪者の根城や泥棒の巣と誤解されそうなところだ」

殺人事件以来、ロード・ヒル・ハウスは三次元のパズルとなり、その間取り図や家具は秘密の暗号となっていた。ウィッチャーの仕事は、犯罪現場として、そこに住む家族の人柄を案内してくれるものとしての、その家を解読することだった。

サミュエルが所有地のまわりに築いた塀や囲いからは、プライバシーを守ろうとすることがうかがえる。ところが、屋敷の中では子どもと大人、使用人と雇い主が奇妙にからまり合っていた。ヴィクトリア朝中期の富裕層はたいてい、使用人を家族と離し、子どもは子どもだけの部屋に置いておくことを好んだ。[注7] ところがこの屋敷では、子守が主寝室から数フィートのところで眠り、五歳の子が両親と一緒の部屋に眠っていたのだ。ほかの使用人と前妻の子どもたちはいっしょくたに、屋根裏部屋の不用品よろしく最上階に放り込まれていた。この配置から、一代目ミセス・ケントの子どもたちの地位が低いことが、浮き彫りになる。

　スコットランド・ヤードへの報告[*1]の中でウィッチャーは、この所帯の一員でひとり部屋なのはコンスタンスとウィリアムだけだということに着目している。これは地位を示すものではなく、どちらにも部屋を共有するような同性で同年代のきょうだいがいなかったからにすぎない。そしてこの点は、論理的に重要な意味をもつ。二人の子どものうちどちらも、夜、誰にも気づかれずに部屋を抜け出すことができたということだ。

　ウィッチャーは育児室で、殺された晩にサヴィルの寝具のあいだから毛布が引き出され、シーツと上掛けが小児用ベッドのすそに「きちんともとどおり折りたたまれていた」様子を説明してもらった——彼いわく、「男性がしたこととはとても思えない」。そのあと彼は、フォーリーとウルフとともに、子どももその部屋にいるほかの人間も起こさずに三歳の子どもをベッドから連れ出すことが可能かどうか実験した。どういう三歳児を使って実験したのかも、どうやって子どもを繰り返し眠らせたのかも、新聞報道では明らかにされていないが、

＊1　この殺人事件についてウィッチャーが展開した分析は、警視総監サー・リチャード・メインへの三通の報告書に述べられたもの。一通目は紛失している。二通目をウィッチャーは七月二十二日に書いた。そして、そのちょうど一週間後に三通目にとりかかった。残存している報告書は、英国国立公文書館《ナショナル・アーカイヴズ》の MEPO 3/61、ロード・ヒル・ハウス殺人事件についての首都圏警察ファイルに入っている。

警官たちはその仕事を三度やりおおせたという。

客間では、ウィッチャーは窓の錠がはずせるのは内側からだけだと確かめた。「約十フィートの高さがあるこの窓は、下が地面から何インチかしか離れていない」と、サー・リチャード・メインへの報告書に書いている。「そして、屋敷の裏の芝生に面し、底辺の窓枠を持ち上げて開けるようになっているが、その開閉部分は底辺からおよそ六インチのところにある。開閉部分は内側からかんぬきで固定されているため、外から入ることはできない」。仮に何者かがこの窓から屋敷に押し入ったとしても、客間のドアが反対側からロックされていたので、そこから先には行けなかったはずだ、とも指摘している。「したがって、この窓から入った者はいないことがはっきりする」。また彼は、この窓から屋敷を逃げ出した者がいないことも確信していた。折りたたみ式の鎧戸が内側から一部閉められていたと、サラ・コックスから聞いたのだ。これで、屋敷に同居していた者が男の子を殺したという確信がますます固まったという。

犯罪現場に外部からの侵入者がいたかもしれないというただひとつのしるしは、屋外便所のそばで発見された血染めの新聞紙だった。だが、ウィッチャーはこれも、審問で示唆された《モーニング・スター》ではなく、サミュエル・ケントが毎日とっていた新聞《タイムズ》から切り裂かれたものと見ていた。

ウィッチャーは報告書の中で、殺人者はサヴィルを客間の窓からではなく、まるっきり別のルートで連れ出したのではなかろうかと説く。裏側のらせん階段をおりて、キッチンの前の廊下を通って中庭へ出て、中庭の先の門から低木の植え込みを通って屋外便所へだ。殺人者はキッチン前の廊下から出るドアを開錠してチェーンをはずし、かんぬきもはずし、さらに中庭への門のかんぬきをはずした。そして屋敷へ戻るときにはまた両方をしっかり戸締りしなければならなかったことになるが、このルートは文句なしに実現可能で、その手間をかけるに値する。キッチンの廊下から中庭へ出るドアは、屋外便所から歩幅にして二十歩、あるいは二十ヤードほどしか離れていない、とウィッチャーは指摘する。一方、客間の窓から屋外便所までの距離は七十九歩ほどになる。それに、客間から屋外便所まで行くとすれば、建物の正面、つまりほかの家族や使用人が眠っている部屋の窓のすぐ下をぐるりと回ることにもなる。屋敷内に暮らす者なら誰でも、キッチン前の廊下のほうがはるかに直接的で目立たないルートだと知っているだろう。ウィッチャーの言葉によれば、「最短にしていちばん人目につかない道のり」だ。番犬のいるところを通ることにはなるが、犬は顔見知りに吠えはしないだろう。「犬はまったく無害だ」とウィッチャーは書いている。まるっきり初めての相手である刑事が昼間に近づいていったときでさえ、屋敷の犬は吠えたりかみついたりしなかったのだ。[*2]

「そこでわたしは、子どもがさらわれたように思わせるために、窓の鎧戸が家人のひとりの手で開けられただけだという確信を得た」とウィッチャーはしめくくる。

ウィッチャーはこの種の見せかけ、警察を惑わそうとして仕掛けられる偽の手がかりに精通していた。一八五〇年、彼はある記者に、ロンドンの〝ダンシング・スクール〟という上階からしのび込む泥棒たちの手口を説明している。彼らは何日もかけて一軒の家を見張り、住人たちが何時ごろ食事をするのかをさぐる。食事時には使用人も雇い主も拘束され、泥棒にとって理想的な時となるからだ。その時間に一味のひとりが最上階に音もなくしのび込み、つまり〝ダンス〟して、上階にある小ぶりな貴重品、たいていは宝飾品を略奪する。戦利品とともに屋根伝いに逃亡する前に、泥棒はメイドのベッドマットレスの下に宝飾品のひとつを隠しておいて、彼女を〝売る〟（罪に陥れる）。ロード・ヒル・ハウスの開いていた窓と同様、隠された宝飾品は捜査員の目を間違ったほうへ向けるのがもくろみの、〝目くらまし〟なのだ[注8]。

　殺人者は、サヴィルがどんなふうに運ばれたかばかりでなく、どこへ連れていかれたかについても警察の目を欺こうとした、とウィッチャーは推理している。開いた窓は家の裏手の庭と野原に面している。殺人者は、反対方向にある屋外便所の死体が警察に見つからないことを望んだのではないだろうか。ウィッチャーの推測はこうだ。殺人者の「当初の意図は、子どもを屋外便所に投げ捨ててしまうことだった。……汚物に沈んで見えなくなってしまうと思っていたのだ」。屋外便所には「深さ十フィート、七フィート四方ほどの大きな汚水だめがあった。……事件当時は水と汚物が数フィートたまっていた」。子どもが糞便の中で溺死あるいは窒息死したあと、姿が見えなくなってしまうというのが犯人のもくろみだったと、ウィッチャーは考えた。その計画がうまくいっていたら、血痕など残らず、殺人現場も殺人者も特定するすべがなかっただろう。ところが、サミュエル・ケントの指示で最近、傾斜はねよけ板が便座と内壁のあいだに隙間を数インチしか残さず取り付けられていたため、それがじゃまになって子どもの体は穴に落ちなかった。殺人者は「計画をくじかれ、ナイフという手段に訴えた」とウィッチャーは書いている。キッチンの廊下からすぐのところにあるバスケットから凶器を取ってくると、子どものどと胸を刺して確実に死に至らしめたのだ、と。また彼が《サマセット・アンド・ウィルツ・ジャーナル》に語ったところによると、バスケットにあったナイフのうち少なくとも三本が使われたのではないかという。

その日の午後、ウィッチャーはコンスタンスの寝室を調べた。整理だんすの中に彼女が学校から持ち帰ったリネン類のリストがあり、三着のナイトドレスも含まれていた。そのうちの一着がなくなったことはすでに知らされている。彼はコンスタンスを呼びに行かせた。

「これは、あなたのリネン類のリスト？」

「はい」

＊2　三十二年後に、シャーロック・ホームズものの短篇「名馬シルヴァー・ブレイズ」（一八九二年）の中でアーサー・コナン・ドイルが、「あの夜の、犬の奇妙な行動」に触れている。奇妙な行動とは、誰かが入ってきたときに犬が吠えなかったというもので、入ってきたのが犬のよく知っている人物だったというのがその謎への答えである。しかし、フィクションではなく現実であるロード・ヒル・ハウス殺人事件では、もっとややっかいであいまいな手がかりが出てきた。殺人があった晩、実際に犬は吠えたものの、たいした吠え方ではなかったのだ。

「誰が書いたものですか?」

「わたしが自分で書きました」

彼はリストを指さす。「ここに、ナイトドレス三着とある。それはどこに?」

「あるのは二着です。一着は、事件のあとの週に、洗濯に出したらなくなりました」

彼女は、まだ手もとにある二着を彼に見せた――質素な、織り目の粗い服だった。ウィッチャーは、もう一着のナイトドレスとナイトキャップがベッドの上にあるのに目をとめた。コンスタンスに誰のものか尋ねる。

「姉のです」と彼女は答えた。ミセス・ホリーは依然としてこの家族の洗濯物を拒んでいたので、コンスタンスのナイトドレス二着はもう汚れてしまい、土曜日にメアリ・アンかエリザベスからきれいなものを借りたのだった。ウィッチャーはコンスタンスに、リネン類のリストと残っている寝間着類を押収させてもらうと伝えた。なくなったナイトドレスこそ、彼の最初の糸口だった。


〝糸口/手がかり(clue)〟という言葉は、〝糸玉(clew)〟に由来する。それが〝道しるべ〟を意味するようになったのは、テーセウスがアリアドネーのくれた糸玉を頼りにミノタウロスの迷宮を出る道を見つけたというギリシャ神話による。十九世紀なかばの作家たちがこの言葉を使うとき、彼らの頭にはまだこのイメージがあった。「謎を解くこと、確信に導いてくれるかすかな糸口をつかもうとすることには、つねに喜びがある」と、小説家エリザベス・ギャスケルは一八四八年に述べている。「うまく糸玉から出ている糸の端を見つけたようだ」と言ったのは、アンドルー・フォレスター『女性探偵』（一八六四年）の語り手だ。ディケンズの副編集長ウィリアム・ウィルズは、一八五〇年、「糸口はみな断ち切れているらしい」にもかかわらず刑事は道を求めていったと、ウィッチャーの明敏さに敬意を表した。[注9]ウィルキー・コリンズの『白衣の女』では、連載中の一八六〇年六月に発表された回で、「わたしは糸口を摑んだと思ったのだ」と語り手が言明した。「そのときはまだ、これからわたしをさんざん迷わすことになる曲がりくねった迷路については、ほとんど何も知ってはいなかったのだ！」。事件《プロット》は結び目《ノット》であり、ストーリーの結末は〝解決〟、つまり結び目を解くことなのだった（岩波文庫、中島賢二訳）。

今でもそうだが当時も、糸口は文字どおり布にあることが多かった――織物の断片から犯罪者が特定されるのだ。そういう証拠が決め手となった事件が、ジョナサン・ウィッチャーの生家のすぐそばであった。一八三七年、悪名高い殺人犯が、ウィッチャーがまさに住んでいたキャンバーウェル区のウィンダム・ロードで見つかったのだ。その通りに八軒の家を所有する家具職人のジェイムズ・グリーンエイカーは、一八三六年十二月、自分が貸していた部屋で婚約者のハンナ・ブラウンを殺害し、死体を切断した。頭部は麻袋に包んで乗合馬車でロンドン東部のステップニーに運び、運河に投げ込んだ。胴体をシティ北西のエッジウェア・ロードに捨て、脚をキャンバーウェルの排水口に捨てた。警察の捜査の花形は、ハンナ・ブラウンの胴体を発見したS（ハムステッド）管区のペグラー巡査だった。彼は、一枚の布きれ――死体の部位が包まれていた袋地――からグリーンエイカーを突き止め、もう一枚から自白を引き出した。エッジウェア・ロードで見つかった厚手のナンキン木綿の切れ端が、彼の恋人の赤ん坊のスモックにあったつぎあて布と一致したのだ。この一件は熱狂的に報道され、グリーンエイカーは一八三七年五月、絞首刑に処せられた。[注10]ウィッチャーが警察に仲間入りしたのは、その四カ月後のことだ。

一八四九年には、ウィッチャー、ソーントン、フィールドらロンドンの刑事たちが、駅の手荷物預かり所に隠された血染めのドレスを介して、バーモンジーの殺人犯マリア・マニングを見つけ出した。[注11]マニングと夫は、彼女のもとの愛人を殺してキッチンの床下に埋めたのだ。刑事たちは電報、急行列車、蒸気船の助けを借りて、この夫婦を追跡した。[注12]ウィッチャーはパリのホテルや鉄道駅を、さらにはサウサンプトンからプリマスへ渡る船を調べてまわった。[注13]彼は経験を生かし、銀行券の出所をたどることで殺人者に不利な証拠固めの一助とした。やがて、マニングはエディンバラで、夫のほうはジャージーで捕まり、互いに罪をなすりつけ合ったあげく、二人とも死刑を宣告された。彼らの死刑執行は何万という見物人を集め、この事件を扱った[注14]〝ブロードサイド・バラッド〟（片面刷りの大判紙に書かれた流行歌の歌詞。街頭行商人が歌いながら売る。第十七章参照）が二百五十万部も売れた。その年、刑事たちを颯爽たるアクション・ヒーローとしてとりあげた一連の木版画が印刷され、警視総監は部下たちを「並はずれた技能と努力」で事件に取り組んだと称賛した。[注15]ウィッチャーとソーントンにそれぞれ十ポンド、警部のフィールドには十五ポンドの報賞があった。[注16]

その翌年、ウィッチャーはウィリアム・ウィルズに、布が犯罪者逮捕の助けとなったもっと平凡な話を聞かせている。ある部長刑事が――おそらくウィッチャー自身のことだろう――前の晩に客の旅行かばんを奪った者を探し出してほしいと、ロンドンのあかぬけたホテルに呼ばれた。トランクが奪われた部屋の絨毯の上に、刑事はボタンを見つけた。彼は一日じゅうホテルの客と従業員を観察し、近くに寄って着ている服をじろじろ見た――ウィッチャーに言わせれば、「変人のシャツ鑑定家じゃないか」と思われるのもいとわずに。彼はとうとう、ボタンがひとつとれて、糸がぶらさがっているシャツを着た男を見つけ出した。残りのボタンは、その刑事が見つけた「ちっぽけな証拠《テルテール》」と一致したのだった。[注17]

ロード・ヒルの事件には織物が目立つ。殺人の舞台はたまたま布の産地、羊と羊毛工場の土地だった。家族の汚れた洗濯物が捜査の中心を占め、洗濯婦は重要な証人、そして捜査からは三点の布の手がかりがもたらされた――胸当てフランネル、毛布、なくなったナイトドレスだ。ウィッチャーは、最後のひとつに肉薄していった。まさに、ウィルキー・コリンズの一八五六年の短篇「アン・ロドウェイの日記」の語り手が、破れたクラヴァット（男性用スカーフ、ゆるく結ぶ幅の広いネクタイ）に肉薄していったように。「わたしはある種の熱にうかされていた――どんな犠牲を払うことになろうとも、この第一の発見から進めてさらなる発見をしたいという、猛烈な熱望だ。そのクラヴァットは今まさに……わたしがたどっていこうと決意した糸口となっていた」

テーセウスを迷宮脱出に導いた糸は、ウィッチャーの捜査のもうひとつの原則にもあてはまる。犯罪捜査の進め方は、あと戻りにある。危険と混乱を脱するためにテーセウスは、来た道を引き返し、始点に戻らなくてはならなかった。犯罪の解決は、ストーリーの結末にはもちろん、はじまりにもあるのだ。

ケント一家や彼らを知る人たちとの面談から、ウィッチャーは家族の歴史をさかのぼってたどった。欠けていたり矛盾したり、もっと何か隠されていそうな部分はいくつもあるが、彼は話をつなぎ合わせて殺人を説明してくれるに違いない物語をまとめた。その大半は、ジヨゼフ・ステイプルトンがこの事件について一八六一年に発表した本に載っている。この外科医の書き方はかなりサミュエル・ケント寄りではあるが、綿密に書かれ——そのせいで品もよろしくない——この家族の物語が亀裂だらけであることをうかがわせるものだ。

一八二九年のロンドン東部。北東郊外クラプトンの絨毯製造者の息子、二十八歳のサミュエル・ケントは、近隣のスタンフォード・ヒル地区の裕福な馬車製造者の娘、二十一歳のメアリ・アン・ウィンダスと結婚した。結婚の前年に描かれた細密画《ミニアチユール》のメアリ・アンは、褐色の巻き毛、青白い顔に濃い色の瞳、明るい色のきりっとした唇で、顔つきには慎重で用心深そうなところがある。彼女の父親は王立古美術研究家協会の会員で、ポートランド壺の専門家だった。家庭内には絵画や骨董品がごろごろしていたという。

新婚夫婦は、ロンドン中心部、フィンズベリー・スクウェア付近の家に住むことになった。第一子トマスが一八三一年に痙攣で死亡したものの、二人はその年が終わる前に第二子メアリ・アンを、その翌年には第三子エリザベスをもうけた。サミュエルは保存肉やピクルスを商う会社で共同経営者として働いたが、一八三三年、明記されていない病気のため辞職している。「健康状態が不安定になったため、ケント氏はその事業の株を放棄せざるをえなかった」とステイプルトン。彼は家族をデヴォンシャー沿岸のシドマスへ連れていった。そこで、羊毛取引の中心地、イングランド西部の工場監査官補という地位を得たのだ。

ミセス・ケントが初めて精神錯乱の徴候を見せたのは、サミュエルによると、一八三六年、もうひとりの息子エドワードが生まれた翌年のことだという。彼女は「虚弱と知力混乱」、そして「さまざまの、ただし無害な妄想」に苦しんだ。サミュエルはのちに、妻の精神障害の例を三つ挙げている。子どもたちを連れて自宅のすぐ近くへ散歩に出かけ、道に迷った。日曜日に彼が教会にいるあいだ、彼の蔵書の一冊から絵を引き裂いて燃やした。彼女のベッドの下にナイフが隠してあるのが見つかった……。サミュエルはミセス・ケントの健康状態について複数の医者に相談し、エクセターのブラッコール医師は精神が衰弱しているのだと確認した。彼女は身体的にも健康を害していた。

にもかかわらず、サミュエルは妻をみごもらせつづけ、この夫婦は立てつづけに四人の赤ん坊の死を経験する。ヘンリー・サヴィルが一八三八年に十五カ月で、エレンが一八三九年に三カ月で、ジョン・サヴィルが一八四一年に五カ月で、ジュリアが一八四二年にまた五カ月で息をひきとったのだった。Savile や Savill とつづられることもある〝サヴィル〟の名は、エセックスの裕福な家の出だったサミュエルの母親の旧姓だ。赤ん坊の何人かは、〝萎縮

エドワード・ケント、1850年代初め

メアリ・アン・ウィンダス、1828年
（一代目ミセス・ケントになる前年）

症〟で死んだ、つまり衰弱死だったという。全員、シドマスの墓地に葬られた。

コンスタンス・エミリーは一八四四年二月六日に生まれた。サミュエルは新たな子どもの世話を、その前の年に姉娘たちの家庭教師《ガヴァネス》として住み込むようになっていた農家の娘、二十三歳のメアリ・ドルー・プラットにまかせた。それまで事務弁護士や聖職者の家庭に通いの家庭教師として雇われていた、小柄で魅力的な自信家の娘で、シドマスのある医師の紹介でやってきた。ミス・プラットはコンスタンスの監督を全面的に任され、一心にその責任を果たそうとした。虚弱な赤ん坊を太らせ、色つやのいい元気な女の子に育てた。幼くして死ぬことなく育ったのは、ケント夫妻にとって十年ぶりのことだった。

翌一八四五年七月十日、ミセス・ケントは、彼女の最後の子どもとなる、ウィリアム・サヴィルを産んだ。コンスタンスとウィリアムのお産のあいだに、彼女の精神錯乱が激化したとサミュエルは言う。家事の切り盛りは全面的にミス・プラットの手に委ねられた。

一八四八年、サミュエルの上司、四人いる主任監査官のひとりが、引っ越しを促してきた。精神を病んだ妻をもつ行政監督官と彼が好意を寄せる家庭教師、つまり前年に出版されたシャーロット・ブロンテの『ジェーン・エア』そっくりの三角関係だという、家族にまつわる陰口から逃れるためだとのことだ。ケント一家は崖の上にある格子垣と草ぶき屋根のコテージを出て、ウォルトン・イン・ゴーダノというサマセットシャーの小さな村にある〈ウォルトン・マナー〉に居を定めた。だが一八五二年、近所の詮索を避けて、今度はウィルトシャーはイースト・コールストンの〈ベイントン・ハウス〉へ引っ越しをする。五月二日、ミス

・プラットがデヴォンシャーにいる両親を訪れているあいだに、ペイントン・ハウスでミセス・ケントは「腸管閉塞」[*3]のため四十四歳の生涯を閉じた。そして、近所の教会墓地に埋葬された。

一八五三年八月、サミュエル・ケントはこの家庭教師と結婚する。彼らは挙式のため、ロンドンのすぐ南のルイシャムへ旅行した。サミュエルの三人の娘、メアリ・アン、エリザベス、コンスタンスが新婦付き添い《ブライズメイド》を務めた。十八歳の無鉄砲な青年になっていたエドワード・ケントは商船に乗り組んで、父親とミス・プラットが結婚したときは海に出ていた。戻ってきてすぐ結婚のことを知り、ひどいショックを受けた彼は、父親と激しく口論した。数カ月後──一八五四年でコンスタンスが十歳、ウィリアムが九歳になる年──エドワードの乗った輸送船がバラクラヴァ（ウクライナのクリミアにある黒海に臨む海港）への途上で沈み、乗組員は全員水死したと思われた。ケント一家が喪服を買いにバースへ出かけようとしたところへ、郵便配達人がエドワードからの手紙を届けにきた。彼は難破を生き延びていたのだ。「父親はよろよろと、あやうく気を失いそうになりながら家の中に戻っていった」とステイプルトンは書いている。「あとに続く場面には扉を閉ざすことにしよう──喜びのあまり彼の心臓が動かなくなってしまいそうなほどのショックを受け、感情の激変が起こる場面には」

その年の六月、気持ちが激しく動揺するようなことがもうひとつ起きた。サミュエルの新しい妻が最初の子どもを早産し、死産となったのだ。

二番目のミセス・ケントは、厳格な家庭を営む気の短い女性だったと言われている。コンスタンスは家庭内のやっかい者になり、横柄な態度をとることもあった。するともと家庭教師である夫人は、罰として彼女の横っ面をひっぱたいた。それよりも日常的にしたのは、彼女を客間から玄関ホールへ追い出すことだった。

一八五五年、前妻が死んで世を忍ぶ必要はなくなったのだからと、サミュエルの上司はまた別の家を探すよう促す。ベイントン・ハウスはあまりに辺鄙なところにある、ケントには監査先の工場や、イングランド南東部のレディングから西の端であるランズエンドまで数百マイルにわたる担当地域を回るための鉄道に、もっと近いところへいてもらわなければ――と主任監査官は言うのだった。家族、特に二十代になってとうてい結婚しそうにないメアリ・アンやエリザベスのために、同じ階級のほかの人々ともっと近いところで暮らすべきだ。

それまでよりもわずかながら質素なロード・ヒル・ハウスへ移れば、財政困難もいくらか軽減するだろう――ステイプルトンいわく、ベイントン・ハウスは六人の家族をかかえた行政雇い人の収入では維持できない、「少なからぬ不労所得があるような、田舎住まいの紳士階級の欲求と自負に」適する屋敷だったという。*4

一八五五年六月、二番目のミセス・ケントはメアリ・アメリア・サヴィルを産む。翌年八月には、彼女の初めての息子フランシス・サヴィル、通称サヴィルが生まれた。そして二番

＊3　この病気には、腫瘍、ヘルニア、麻酔薬（たとえばアヘン）の使用、代謝異常、腎臓病など、さまざまな原因が考えられる。

目の娘イーヴリンが、一八五八年十月に生まれる。ケント夫妻は二人の新しい子どもたちに夢中になった。その年、二十二歳だったエドワードは商船で西インド諸島へ渡り、七月、ハヴァナで黄熱病のため死んだ。

ステイプルトンの伝えるうわさ話によると、エドワードが、異母弟と思われているサヴィルの父親なのだという。もしそうだったとすると、エドワードが父親の再婚に怒ったのは、結婚に反対だったのではなく性的な対抗心からだったのだろう。だが、新しいミセス・ケントと義理の息子は愛人関係になかったと、ステイプルトンは主張する――おかしなことに、その証拠として挙げるのは、死産だった彼女の最初の子どもだ。この出来事は、彼女が少なくとも一度はサミュエルの子をみごもったことを示す（その子を妊娠したころ、エドワードは海の上だった）。しかし、だからといって彼女が続いて産んだ子ども二人、メアリ・アメリアとサヴィルの父親については何も示していないのだ。[注18]

ウィッチャーがロード・ヒル・ハウスでつなぎ合わせた家族の物語は、サヴィルの死が複雑にからみ合った欺瞞と隠蔽の一部であることを暗示していた。一八六八年の『月長石』をはじめとするこの事件が生んだ探偵小説は、これを教えとしている。古典的殺人ミステリの容疑者たちはみな秘密をかかえ、その秘密を守るために嘘をつき、しらばくれ、捜査する者の質問をはぐらかす。誰もが隠しごとをしているために、誰もが罪を犯したように思える。ところが、そのほとんどの者がかかえる秘密とは、殺人ではない。それが探偵小説の主題とするトリックなのだ。

　現実の殺人事件の場合の危険性は、捜査に派遣された探偵が犯罪を解決しそこなうかもしれないことだった。それどころか、もつれ合った過去で道に迷い、みずから掘り起こした収拾のつかない泥沼に陥ってしまうかもしれないのである。

＊4　報道によると、サミュエル・ケントの年収は八百ポンドで、彼はその金額を訂正しなかった。ただし、内務省保管文書には、一八六〇年の彼の給与は実際には三百五十ポンドでしかなかったと示されている。彼にはちょっとした個人的な収入もあったのかもしれない。『ビートン夫人の家政読本』（一八六一年）でミセス・ビートンは、家計で使用人三人の賃金を賄うには年に五百ポンドの収入が必要だと計算している（同書によると、料理人の平均賃金は二十ポンド、ハウスメイドが十二ポンド、子守が十ポンド）。

ロード村の道路図

バースへ
10マイル
フルーム川
ウィルトシャー
ロード・
ブリッジ
縮充工場
ロード・
ブリッジ
ロード・
ヒル・ハウス
ロード・ヒル
コテージ・コーナー
トロウ
ブリッジへ
5マイル
教会
サウス
ウィックへ
2.5マイル
牧師館
ロウアー・
ストリート
アッパー・
ストリート
テンパランス・
ホールがあった
およその場所
ロード村の市が
開かれる広場
ウォーミン
スターへ
5マイル
サマセットシャー
ロード
パブ
〈レッド・ライオン〉
ベキントンへ
1.5マイル
フルームへ
5マイル

第六章　彼女の浅黒いほおの中で、何かが

七月十七日

七月十七日火曜日、ジョナサン・ウィッチャーはロード村の外での捜査に着手した。なくなったナイトドレスを糸口として、まずベキントンにコンスタンスの学校を訪ねることにする。屋外便所の穴で見つかった胸当てフランネルを携えた彼は、一マイル半ほど離れたところにあるその村へ向かって、左右にキイチゴ、牧草、イラクサが丈高く茂る中に雑草の白い花が点々と咲く細い道をたどっていった。好天に恵まれ、干し草づくりがだいたい片づいていた。

庭師の息子のウィッチャーは、牧草地や花に囲まれていると、心がやすまるのだった。『月長石』の探偵、カッフ部長刑事も、彼と同じような素姓だ。「好きなものがあっても、暇がなくてね」とカッフ。「でも、ちょっとでも暇があると、やっぱりね、……バラにとられるよ。小さいときから父のバラの苗床で花にうずまって育ったから、できることなら、バラの花にうずまって一生を終わりたいものだね。そうだ、いずれ泥棒相手の商売から足を洗

うだろうが、そしたら、バラ作りをやってみたいものだ」

「あなたのようなご職業の方にしては、変わったご趣味でございますね」と、そばで聞いていた者が言う。

「ぐるりを見まわしてみたまえ（たいていの人は、こういうことをやらないんだがね）」とカップは言い返す。「そしたらわかるよ、趣味と職業というものが、たいてい、まるで相反するということがね。バラの花と泥棒、こんなかけはなれたものがあったら、教えてもらいたい、すぐにも趣味をかえるよ」。カップはほころんだ白いマスクローズ（ジャコウ・バラ）の花をいとおしみながら、まるで子どもにでも話しかけるように、「なんておまえはきれいなんだろう！」と言う。彼は花を摘むのが好きではない――「花を茎から切り取るのは胸が痛む」と言って（以上創元推理文庫、中村能三訳）。

村に着いたウィッチャーは、コンスタンスがそれまで九カ月間、最後の六カ月は寄宿生として通っていた学校、マナーハウスを訪ねた。校長のメアリ・ウィリアムズと彼女の補佐、ミス・スコットが、四人ほどの使用人と二人の教師とともに、学期中は三十五人の少女を引き受けていた。ここのような施設は要するに、歌、ピアノ演奏、刺繍、ダンス、行儀作法、フランス語やイタリア語のちょっとした知識といった、淑女としてのたしなみを教えたり磨いたりする教養学校だ。良家の子女はだいたい、家庭教師にしつけを受けたあと、十代で一年か二年、こういう学校に通うものだった。ミス・ウィリアムズとミス・スコットが、コンスタンスは申し分のない生徒だと語った。前の学期には、この学校の善行賞の第二位を受賞していた。ウィッチャーは二人の教師に、フォーリーが屋外便所で見つけた、ちぎれた紐の付いているフランネルを見せて、見覚えがあるかどうか尋ねた。二人は知らないという。コンスタンスの特に親しい友人たちの名前と住所を教えてもらい、彼はその週の後半、その友人に話を聞くことになる。

ベキントンにいるあいだ、妻と七人の子ども、三人の使用人とともに十七世紀の双破風づくりの家に住む、ケント家の家庭医、ジョシュア・パースンズも訪ねた。専門職の新中流階級に属するパースンズは、社会的にサミュエル・ケントとほぼ同等の生活だった。息子のひとり、サミュエルが、まさにサヴィルよりほんの数カ月早く生まれている。

ジョシュア・パースンズは、ベキントンの数マイル北西、レイヴァートンでバプテスト派信徒の両親のもとに、一八一四年十二月三十日に生まれた。黒髪、ふっくらした唇、丸みのある鼻、褐色の大きな瞳の医師だ。一般医としての教育を受けたロンドン時代の彼は、のちに《パンチ》の編集者、そしてディケンズの友人となるマーク・レモンや、コレラの原因を発見した疫学者で麻酔医のジョン・スノウと親しかった。パースンズとウィッチャーは、ほんのちょっとのあいだ街の同じ地域に住んでいたことがある。ウィッチャーが警察に入ってホウボーンに移り住んだのが、パースンズがソーホー・スクウェア近くの下宿を引き払ってサマセットシャーへ戻るひと月前のことだ。一八四五年、パースンズは当年三十六歳の妻レティシアとともにベキントンに居を定める。彼は庭仕事に熱心で、とりわけ岩生植物や耐寒性多年生植物に目がなかった[注1]。

　パーソンズはウィッチャーに、検死から自分が引き出した結論を説明した。サヴィルはナイフで襲われる前にある程度まで、あるいは完全に窒息していたはずだと、彼は確信するようになっていた。それが原因で遺体の唇のまわりが黒ずんでいたのだろうし、屋外便所の壁に血がつかなかったのだろう。男児の心臓がのどに傷を受けるより早く動かなくなっていたために、血が勢いよく噴出することなく、だらだらと便所の下の穴に流れ込んだのだ。実際に息の根を止めた凶器はナイフでなく、長い布だったと、パーソンズは考えていた。だがパーソンズとともに検死にあたったジョゼフ・ステイプルトンは、窒息死説に賛成していない。ステイプルトンのほうは、のどをかき切られたことが死因で、サヴィルの唇が黒ずんだのは屋外便所に頭を下にして放置されていたせいだと確信していた。血は毛布にほとんど吸い込まれてしまったのだと考えた。

　医師たちの見解が分かれたことには、重大な含意がある。サヴィルの死因が窒息で、刺し傷は死因をごまかすためだけのものだとすると、しっかり黙らせようとして衝動的に殺されてしまったのかもしれない。同衾していた子守と父親が、驚いて殺してしまったということもありうる。サヴィルがナイフによる攻撃の犠牲となったとすると、そういう筋書きはあまり考えられなくなる。

　パーソンズはいずれにせよ、その筋書きをよしとしなかった。コンスタンスが犯人だと確信していたのだ。殺人のあった土曜日に彼女のベッド上にあったナイトドレスを調べたところ、たんにきれいなのではなく〝異様にきれい〟だったという。あれは六日のあいだ使っていたものではなく、おろしたての寝間着だったのではなかろうか。彼はそのようにフォーリーに指摘したが、警視はその助言を顧みなかった。パースンズはウィッチャーに、コンスタンスには情緒不安定で意地悪だった過去があることを教えた。彼女は「人殺しでもしかねない精神錯乱に襲われた」に違いない、その原因は血統にあるのではないか、というのだ。

　マッド・ドクターとかエイリアニストと呼ばれた十九世紀の精神病専門医は、狂気は遺伝的なものだと考えていた――母親からの遺伝が最も強力で、娘が素質を最も受け継ぎやすいと。最初のミセス・ケントはコンスタンスを妊娠中に精神錯乱の発作を起こしたと言われ、そういう状況で生まれた子どもならなおさら精神に異常をきたしがちだと考えられた。一八八一年、ジョージ・ヘンリー・サヴェッジが、ベツレヘム精神病院で出会った二人の赤ん坊は「まだ胎内にいるあいだにも狂気に浸かり……生まれつき、まるっきり小さな悪魔のようだった」と書いている。[注2] また別の、生理学というよりは心理学の説では、遺伝的に精神病の気《け》をかかえていることを気に病んでいると、おのずから発症することがあるとしている（この考え方が、ウィルキー・コリンズの一八五二年の短篇「マッド・モンクトン」のプロットのもとになった）。どちらも結果は同じだ。パースンズはウィッチャーに、自分なら「ミス・コンスタンスとひとつ屋根の下では、部屋の戸締りをしっかりせずには眠らない」と言った。

　コンスタンスについての申し立てが、パースンズにはね返ってくるおそれもあった。一八五〇年代後半に、数人の医師が正気の女性たちを精神病院に引き渡していたことが発覚し、医師が軽々しく異常を証言したことが全国的なスキャンダルになった。議会が選定した委員会が一八五八年にこの事件の調査に乗り出し、一八六〇年には事件を脚色した『白衣の女』が世に出た。大衆はもう、「ある女性の精神がおかしいと偽る医者」という人物像をよく知っていたのだ。

　ロード村に戻ったウィッチャーは、胸当てフランネルをテンパランス・ホールに展示して、村人たちを呼んで確認してもらった。《サマセット・アンド・ウィルツ・ジャーナル》の記者いわく、このフランネルはサヴィルにクロロフォルムをかがせるか彼の悲鳴を抑えるかに使われたに違いないという。それが屋外便所にあった説明としてほかには、「かがんでむごたらしい作業をしている拍子に偶然落ちた」としか考えられず、「だとすると、この人物がどちらかというと裸に近い状態だったことを示すように思える」と記者は書いている。フランネルが落ちていたという事実から、裸同然の女が屋外便所で男児を刺している図を思い描いたのだった。[注3] 遺留品の意味をさぐることばかり考えた彼は、第四の可能性を忘れてしまっていた——フランネルは事件とまったく無関係かもしれないのだ。

　ウィッチャーは報告書の中で、その屋外便所はロード・ヒル・ハウスの使用人全員と屋敷を訪れる商人の男女にも使われていたと指摘している。フランネルは遺体と一緒に見つかったわけではなく、その下の汚水だめの「やわらかい汚物《ソイル》」の上にあった。「殺人事件以前に屋外便所に落ちたもので、それを見せられた持ち主が疑いをかけられるのではないかと怖れて知らないと言った、ということも大いにありうる」というのが彼の見解だ。[*1] 見たところ陳腐な品が、本当に陳腐だということがありうると、また、人はやましいからではなく怖いから嘘をつくかもしれないと認めるには、冷静な頭が必要である。ウィッチャーはさらにもうひとつの可能性も明らかにした。ひょっとしたら、殺人者は警察をだまそうとしてフランネルを屋外便所に落としたのかもしれない。「罪のない人物に疑いをかけようとして、意図的にそこに置かれたのかもしれない」と彼は書いている。

　胸当てフランネルは、この事件を調べた警察、記者、新聞の読者たちが意味を賦与しよう、手がかりにしようと試みた、いくつかの糸口のひとつだ。殺人事件が未解決のあいだは、どんなものにもひょっとしたら重要な意味があるかもしれないし、ぎっしり秘密が詰まっているかもしれない。事件を見守る者たちは偏執狂さながら、至るところに意味を見いだすのだった。そうしたものは、殺人者が捕まって初めて無害なものだったということになり、いわば汚名を返上できるのだ。[注4]

　ウィッチャーは犯人が屋敷の内部の者だと確信していたので、容疑者たちは全員いまだに

＊1　メインへの報告書でウィッチャーは、強調したい語句や文にはアンダーラインを付した。（訳者注　原書ではイタリック体になっているが、ここでは、そのアンダーラインの箇所に傍点を付す）

犯罪現場にいるわけだった。この事件は、捜査する者がある人物を探し出すのではなく、人物の隠された真の姿をさぐり出さなくてはならないという、カントリーハウス・ミステリの原型だ。[注5] まさにフーダニット、探偵と殺人犯との知力と度胸の戦い。屋敷にいたのは十二人だった。ひとりは犠牲者だ。裏切り者は誰だろう?

　ケント家の家庭に秘められた考えや感情を知るには、論理よりも本能が、シャーロット・ブロンテ言うところの「鋭い感受性――あの独特な、明敏な感知《ディテクティヴ》能力」[注6]が頼りだった。いわく言いがたい新たな探偵手法を言い表わす語彙が、登場しはじめた。一八四九年に初めて、〝hunch(直感)〟という語が解決へのひと押し、ひと突きという意味で用いられた。そして一八五〇年代には〝lead(先導)〟が、教え導いてくれるしるし、解決のきっかけ、手がかり/糸口という意味をもつようになった。

　ウィッチャーは、ロード・ヒル・ハウスの住人たちの癖や声の抑揚、体や顔の表情の無意識の動きを観察した。ふるまいから人柄を推理した。彼自身の言葉によると、「総ざらいした」[注7]のだった。こういうプロセスのことを、一八五六年、バークシャーのある式典で紳士風のスリをつかまえたいきさつをジャーナリストのアンドルー・ウィンターに語った姓名不詳の刑事が、説明しようとしている。女王がウェリントン・カレッジの礎石を据えようとしていたときのことだ。「ひと目でその相手が泥棒とわかったわけを訊かれても、わたしには教えられない」と刑事。「自分でもさっぱりわからないんだから。なんとなく、スリというのはみんなそうなんだが、わたしの目をそっちへ向けさせるようなところがあった。あっちはわたしが目をつけていることに気づいた様子もなく、いっぱいの人混みの中へ入っていったが、そこで振り返ってわたしのいるあたりに目を向けた――それで十分だった。見たこともない男で、わたしの知るかぎり誰かのポケットに手を伸ばそうとしていたわけでもないんだが。すぐにやつのほうへ向かっていって、肩をぽんとたたいて〝ここで何をしている？〟と訊いた。ためらうことなく小声で返事が返ってきた。〝おたくらに出くわすかもしれないってわかってりゃ、来やしなかったんだが〟とね。誰か仲間がいるのかと訊くと、〝いや、誓ってわたしひとりです〟と言う。それですぐに、スリたちにおとなしくしておいてもらえるよう用意した部屋へ、その男を連れていったというわけだ[注8]」。この刑事の大胆さ、相手が「疑わしい」と本能的に察するところ、紳士風の悪漢への精通ぶり、率直で劇的な語り口からして、ウィンターの情報提供者はウィッチャーではないだろうか。その証拠《テルテール》に、彼の口癖もまじっている。ディケンズが記録した会話の中でもウィッチャーは、「それで十分だった[注9]」というフレーズを使っていたのだ。

探偵の直感が働く、瞬間的な顔のゆがみ――ほんのつかの間のそぶりといったたぐいのとらえにくい動きを、言葉で伝えるのは難しい。エディンバラ警察のジェイムズ・マクレヴィ刑事が、一八六一年に出版した回想録の中で、それをうまくやってみせている。彼が窓辺にいる使用人の娘を見ていたときのことだ。「目がきょときょとと落ち着かなげだったし、あの男を見かけたときに顔をひっこめ、彼が忙しそうにしていると見てちょっと顔をのぞかせるという、こそこそした動きにも気づいた[注10]」。著述家のウィリアム・ラッセルは、一八五〇年代に〝ウォーターズ〟という偽名で発表した探偵物語において、見るという行為の複雑さをとらえようとしている。「まさににらみつけるとしか言えない彼女のきつい視線は、ずっとわたしに据えられたまま――しかもなお厳しく内省的な視線でもある――わたしの顔に書かれていることはもちろん、自分自身の頭に刻まれた記録をさぐっている――その両方を考慮に入れて比較検討しているのだ」[注11]。書き表わすとしたら、それが熟練した刑事のやり方だ。外の世界に厳しい目を向けると同時に、それに劣らず鋭く内省して、覚えている記録をさぐる。他者の目は読もうとする本であり、自分自身の経験は読解力をつけてくれる辞書なのである。

ウィッチャーは、目を見ればその人の考えていることがわかると公言している。「目というのは偉大な検知器だ」と、彼はウィリアム・ウィルズに語った。「人混みの中で紳士風のスリが何をしようとしているのか、その目つきでわかる」[注12]。ウィッチャーの経験が、「ほかの人間の目にはまったく見えない手がかりへ導いてくれる」と、ウィルズは書いている。マクレヴィもまた、顔つきには「必ず判読できるものが何かしらあるものだ。……わたしは顔に目を向けさえすれば、めったにはずすことがない」と書いている。

ウィッチャーは、顔はもちろんのこと、体も読んだ――ひきつったり、ぎくっとしたり、ケープの下で手がさっと動く、仲間へ鋭くうなずいてみせる、すばやく横丁へ駆け込むといったことだ。彼はかつて、アデルフィ劇場やライシーアム劇場の外をぶらついていた身なりのいい若者二人を、「挙動不審」だからと逮捕したことがある（彼らの身体検査をしてみたら、一階のいちばん安い席のチケットを買うだけの金さえ持っていなかったので、人の懐をねらっていたのだろうという推測が確かめられた[注13]）。彼には不審な動きを見抜くことができたからこそ、エミリー・ローレンスやルイーザ・ムートットが盗んだダイヤモンドを見つけ出せたのだ。

超自然的な視覚でももっているように思える初期の探偵を、ディケンズは「無数の目」をもつ「観察機械」であるバケット警部に体現させた。彼は「頭の中で高い塔に登って、広くあたりを見廻す」のだ。バケット氏の解釈の「速さと確実性」は、「ほとんど奇跡と言っていい」ほどだった。ヴィクトリア朝中期の人々は、顔や体を〝読む〟ことができる、心の底にあることが顔つきや指の震えに表われる、という考え方に釘づけになった。そんなふうに魅入られてしまったのは、プライバシーを尊ぶところに由来するのかもしれない。考えていることが目に見える、きわめて用心深く防護している内心がやすやすとむきだしになりかねないとは、恐ろしい。ポーの「告げ口心臓」（一八四三年）に出てくる殺人者の心臓が、罪を暴こうとばかりに激しく打ったように、体がその持ち主を密告するかもしれないのだ。その世紀後半には、無意識のうちに秘密を明かしてしまうしぐさや話し言葉が、ジクムント・フロイトの理論を実証することになった[注14]。

顔を読む観相術の権威あるテキスト[注15]は、ヨハン・カスパー・ラーファターの『観相学断片』（一八五五年）だった（ドイツ語版は一七七二年）。観相学者の「目は、とりわけ優秀で明晰、明敏、敏速、堅固でなくてはならない」とラーファター。「精密な観察はまさに観相学の極意である。観相学者は、このうえなく精緻に、敏捷に、確実に観察する、徹底的な観察精神をもたねばならない。観察することは精選することである」。捜査活動にも言えることだが、すぐれた目の持ち主とは弁別できる者、重要なことが見える者のことなのだ。「ここで必要なのは、何を観察の対象にするか知ることだ」と、ポーの描くオーギュスト・デュパンは言う。探偵にも観相学者にも共通するのがこの、心の底まで見通す神のまなざしにも似た（挑んでもいるかもしれない）優秀な目なのだ。

「態度と結びつけて考察した場合の人間の容貌、これにまさる真理というものはこの世にない」と、ディケンズの短篇『追いつめられて』（一八五九年）の語り手は言う。彼は、スリンクトンという名の男をどうやって判断したかを説明する。「私は頭の中で時計みたいに彼の顔をすっかり分解し、精密に調べ上げた。彼の目鼻立ちの一つ一つについて、さしたる反感を持ったわけではない。それを全体として並べた時には、さらに反感が弱まってきたのだ。〝これはめちゃくちゃではないか〟私は自問した。〝だれかがたまたま髪の毛をまん中でまっすぐに分けたからといって、その人を不信の目でみたり、いわんや反感を抱くなんて！〟」それでも、彼はスリンクトンの真ん中分けがどうしようもなく気にくわないことを自己弁護する。「他人の一見つまらない点でたえず反感を覚える人間の観察者は、その点を重大に考えても誤っていないのだ。それがすべての謎を解く糸口となるのかもしれないのだから。一本か二本の毛からライオンの隠れている場所がわかることもある。ほんの小さな鍵が重い扉を開けることだってあるのだ」。顔や体に手がかりや鍵がある。小さなものが巨大な問いに答えてくれる（岩波文庫『ディケンズ短篇集』小池滋・石塚裕子訳より）。

　ロード・ヒル・ハウス殺人事件の本の中でステイプルトンは、ケント家の秘密は家族の顔の至るところに書いてあったと述べている。「家族の歴史と秘密を、子どもたちの顔つきや表情以上に忠実に明かすものはあるまい。子どもたちの顔つきに、ふるまいに、気性に、短所に、そしてまさにしぐさや表情に、彼らが育った家庭の歴史が書きつけてある。まさに植物が、生えている場所の土壌の質に、未熟な巻きひげを引きちぎったりいたいけな若枝をたいたりした嵐に、手入れや水やりといった世話に順応した姿に生長していくように。……子どもの人相こそが、家庭内の天候を最もよく表わす指標なのではあるまいか」。ステイプルトンの書き方は、その前年に発表されたダーウィンの『種の起源』に頂点を極めた、初期ヴィクトリア朝時代の混乱した考え方からきている。ダーウィンは、「わたしたちが、自然が生み出したものにはどんなものにも歴史があるとみなすような、複雑な構造はどれも、それぞれがその持ち主にとって役立ったくさんの仕組みの集大成であることを熟慮するような」時代を期待していた。人は積み重ねた過去の総和ということになっていたのだ。

　事件後の何週間か、ロード・ヒル・ハウスを訪れた人々は、手がかりを求めて家人を細かく調べた。いちばん文字どおりの意味では、医者たちがサヴィルの遺体を調べて、そこに語られている物語を読んだ。そのほかの人々は、屋敷で生活している面々の顔や体を注視した。弁護士のローランド・ロドウェイは、エリザベス・ゴフについて「わたしの見たところ、彼女の顔には感情と疲労の痕跡があった」と言っている。事件発覚当日に屋敷に忍び込んだアルバート・グロウザーという若い記者は、ゴフの「動揺した、不安そうな」ふるまいに気づいた。彼らの疑いは子守のしかめ面やそわそわした態度にかきたてられたわけだが、ウィッチャーはというと、表現の欠如、沈黙に痕跡を見いだすことになる。

サー・リチャード・メインへの報告書の中でウィッチャーは、ケント家について気づいたことの概略を述べている。ケント夫妻は彼らの幼い子どもたちを「溺愛して」おり、ウィリアムは「しょげかえっている」、コンスタンスとウィリアムには「共感」と「隠された《クロウス》親密さ」がある、と（一八六〇年当時の close《クロウス》 は secretive ＝秘密主義のという意味だった）。ウィッチャーは、サヴィルの死に家族がどう反応したかを確かめた。エリザベス・ゴフが「二人の姉に、夜のあいだに子どもが連れ去られたと伝えた」ときのことを、彼はこう書いている。「服を着たミス・コンスタンスが自室のドアを開けてその言葉を聞いたが、何も言わなかった」。コンスタンスがそのときもその後も落ち着きはらっていたのは、やましいところがない、平常心だということに思えるかもしれないが、もっと不吉な解釈をすることもできる。冷静さは狡猾な犯罪の必要条件なのだ。[注16]

ロード・ヒル事件の謎は、殺人者の憤怒と冷静さ、計画性と激情が奇妙にも組み合わさっているところにある。サヴィル・ケントを殺し、切り刻み、汚した誰かは、異様なまでに強烈な感情に心を乱され、とりつかれていたはずだ。しかもなお、これまでのところ未知のままであるその同じ人物は、驚くべき力で自制している。ウィッチャーは、コンスタンスの冷淡な平静さを弟殺しの証拠と見た。

ウィッチャーがナイトドレスの件でコンスタンスと対面したのには、彼女の神経を試そうという意図があったのかもしれない。だとしたら、動揺もしない無関心ぶりに彼の疑いはいや増した。無表情な様子は、消えたナイトドレスに対しても同じだった。手がかりはこの空所に、隠されたものの気配にある。ウィッチャーがコンスタンスの中に見たと思ったのは、バケット氏が殺人者マドモワゼル・オルタンスの中に感知したのと同様、かすかなものだった。「落ち着きはらって腕を組み……〔しかし、〕彼女の浅黒いほおの中で、何かがぴくぴく時計のように動いている」。そして、自分が疑っている者が犯人だと、ウィッチャーはバケットと同様に確信している。「やったな、と第六感でわかったのであります！」。あるいは、ウィルキー・コリンズがウィッチャーに触発されて小説に登場させた探偵、カッフ部長刑事の言葉にあるように。「疑ってなんかいるんじゃないよ。知っているのだ」

　ウィッチャーがやってくる前でさえ、ロード・ヒル・ハウス殺人事件は英国の新聞読者のあいだに探偵気取りを大量生産した。彼らは警察に助言を送ってきた。「夢を見て、大いに不安になったのですが」と書いてきたのは、イングランド中部ストーク・オン・トレントの男だ。「殺人現場から半マイルほどのところにある家で、三人の男が計画を練っている夢でした。……夢に出てきた男たちの詳しい人相をお教えすることができます」。バークシャーのレディングにいる新聞売りは、七月四日に彼女の店にやってきた男が怪しいという。前日の《デイリー・テレグラフ》に事件のことが何か載っているかと「びくびくしながら」尋ねたからだ。[注17]

ウィッチャーがロード村に到着した日、村にはもうひとりよそからの訪問者があって、骨相学の教授と名乗った。彼は、殺人事件の容疑者たちの頭部を調査しようと申し出た。頭蓋の輪郭をさわってみれば、誰が犯人なのかわかるというのだ。耳のうしろの隆起が破壊的な性質を示す。そして頭蓋のその部位のすぐ上には、隠しごとをする中枢があるのだ、と。[注18]この教授は、その一週間前、五マイル離れたウォーミンスターから警察に捜査協力を申し出る手紙をよこした骨相学者と、同一人物だろう。「信用のおける、公平無私な科学」を実践するのだと請け合った。「殺人者の頭を見つけ出すのはわけもない。トラを羊から選り分けるようなものだ[注19]」。警察はその申し出を丁重に断わった――一八六〇年当時、一般的に骨相学はいかさまだと片づけられていたのだ。だが、ある意味それは探偵のわざとも似たり寄ったりだ。さぐり出すという行為のおもしろ味というのはたいてい、珍しい、不可解、科学のような雰囲気があるといった、かつて骨相学につきまとっていたのと同じ性質にある。ポーは自分の探偵物語についてこう書いている。「こういう推理する物語に人気があるのは、何よりも目新しい様式のものだというおかげだ。独創的でないという意味ではない――ただ、本来よりももっと独創的だと買いかぶられている――その表現様式と様式の雰囲気のために」

ウィッチャーの考察の基盤も、ほかの物見高い人々の憶測とそう変わらなかったかもしれない。神秘めかしてみせる達人、常識を複雑なもので覆い隠し、推測を科学らしく見せる人間ということでは、探偵も骨相学者も同じようなものだったのではないだろうか。

ロード村周辺の地図

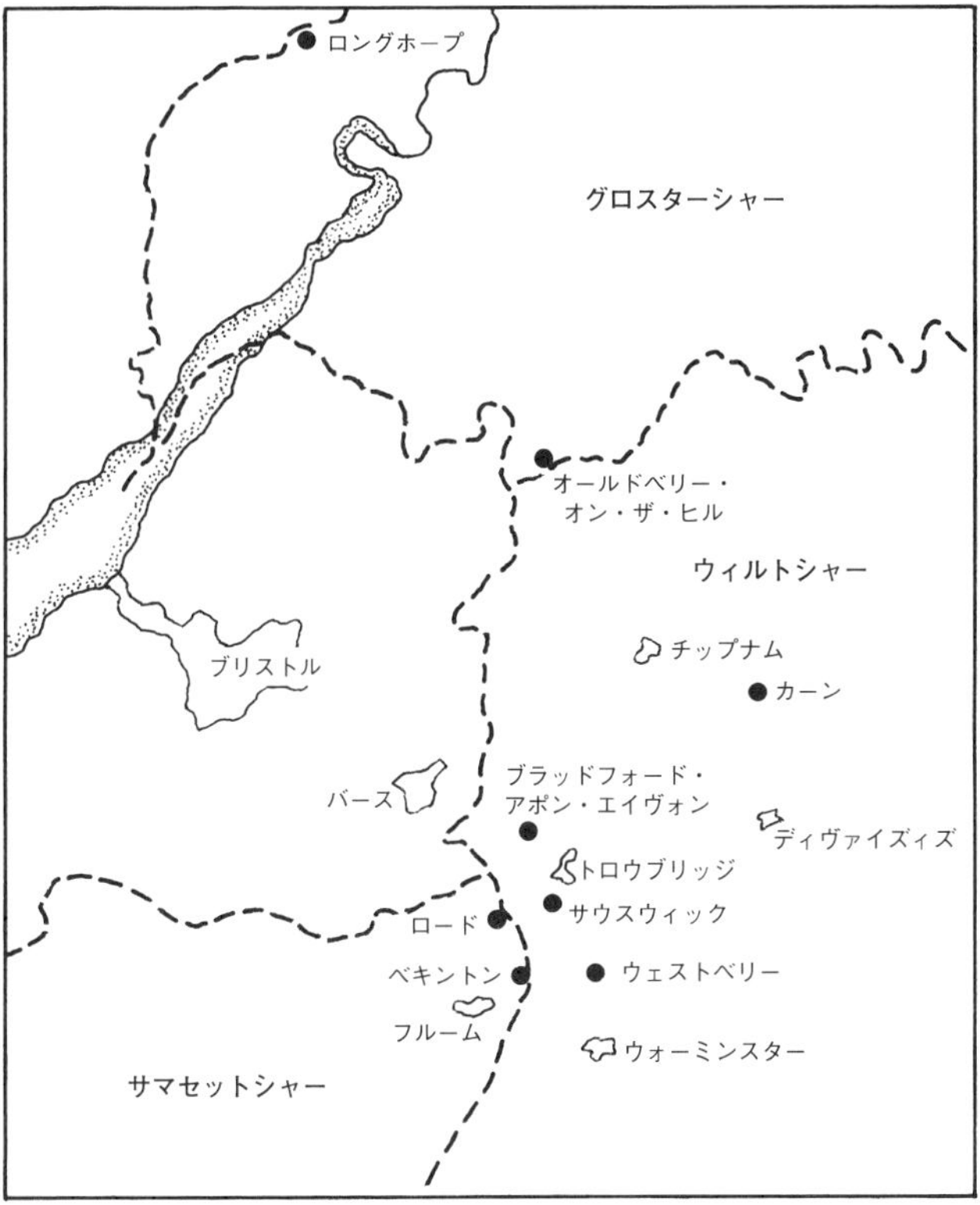
ロングホープ
グロスターシャー
オールドベリー・
オン・ザ・ヒル
ウィルトシャー
ブリストル
チップナム
カーン
ブラッドフォード・
アポン・エイヴォン
バース
ディヴァイズィズ
トロウブリッジ
サウスウィック
ロード
ベキントン
ウェストベリー
フルーム
ウォーミンスター
サマセットシャー

第七章　変身するものたち

七月十八日

暖かい天候が続いたが、水曜日の午後になると雲が西部地方を横切り、部分日食をおおい隠した。[注1] 地元警察は引きつづきロード・ヒル・ハウスを厳重な監視下に置いて、サヴィル殺しの有罪判決につながる情報に二百ポンドの報賞金という宣伝ビラを千枚まいた。

ウィッチャーは調査の範囲をさらに広げた。トロウブリッジから列車でブリストルへ向かい、バースでは辻馬車を二時間雇った。そこで、四年前の一八五六年七月に起きた妙な出来事[注2]について、警察とグレイハウンド・ホテルのオーナーに話を聞いた。

ケント一家はそのころ、ロード・ヒル・ハウスに住んで約一年になろうとしていた。二代目ミセス・ケントはサヴィルを妊娠して八カ月の身重。十二歳と十一歳のコンスタンスもウィリアムも、ともに寄宿学校から休暇で帰省中で、コンスタンスは足首を痛めていたようだ。家族で夏のフラワー・ショーが開かれるバースを訪れる際、彼女は車椅子に乗り、押してもらっていた。

ある日、コンスタンスとウィリアムが家出した。七月十七日、低木の植え込みにある屋外便所で、コンスタンスはこのために繕って隠しておいたウィリアムの古着に着替えた。それから髪の毛を切り落として、脱ぎ捨てたドレスとスカートとともに便所の穴に投げ捨てた。彼女とウィリアムはキャビンボーイ（船の客室付きの給仕）になって海に出るつもりで、ブリストルへ向かった。兄エドワードのように、この国から逃れたかったのだ。二人は、日暮れまでにバースへの十マイルを歩いた。その晩はグレイハウンド・ホテルに泊まろうとしたところ、身なりも行儀もいいこの二人を家出人ではないかといぶかしんだ宿の主人が、詳しい話を聞こうとした。コンスタンスは「態度も言葉づかいも、落ち着きはらっていて、横柄ですらあった」が、「ウィリアムはたちまち取り乱して、どっと涙をこぼした」と、ステイプルトンは物語っている。ステイプルトンによると、ウィリアムはそのホテルに寝かされ、コンスタンスのほうは警察に引き渡された。警察署にひと晩留め置かれた彼女は、そこで「断固とした沈黙」を守ったという。

　地元の新聞がこの一件を報じた記事は、コンスタンスに目立つ性質をひきたてるべくウィリアムの感じやすさを強調したような、ステイプルトンの話と違う。ステイプルトンは、ほぼ間違いなくサミュエル・ケントの話に基づいて書いている。この逸話を「まれに見る親愛の情と向こうみずな冒険の一例」ととらえたある新聞では、ウィリアムは泣きくずれていないし、コンスタンスは強情を張っていない。宿の主人から質問されたとき、二人とも「すこぶる礼儀正しく」、ただ海へ向かうところだと繰り返した。ウィリアムも警察署へ連れていかれ、二人は朝まで秘密を守ったが、そこへロード・ヒル・ハウスから使用人がバースへやってきて子どもたちの身元を確認し、二人を捜しまわって三頭の馬をくたくたに疲れさせたとぼやいたというのだ。

ウィリアムは警察に家出してきたと白状し、出ていこうともちかけたのは自分のほうだと主張した。「少年は海に行きたいのだと言い、彼が連れてきた妹は、一緒にブリストルへ行くために兄の服を着て、髪を短く切った。ブリストルで、どこかの親切な船長にキャビンボーイにしてもらおうと思ったという。二人の所持金は十八ペンスきりだったが、現金の不足もはるかな距離も、少年の決意や妹の思慕をくじくことができなかったのだ」[注3]。もうひとつ別の記事でも、コンスタンスには連れの、ウィリアムには保護者の役がふられていた。「少年は海へ行きたいと思い、妹にその思いを打ち明けた……兄思いの妹は万難を排してついていくことにした」。そして彼女は「横で分けていた自分の髪を兄に切らせた」[注4]のだった（記事中の「兄」「妹」は原文ママ）。

ステイプルトンとバースの記者たちはコンスタンスの決意が並々ならぬものだったことについては同感しながら、その評価のしかたが違っている。ある新聞によると、「幼い少女は小さな英雄のようにふるまい、その姿を見た者がみな感心するほど男の子になりきっていたらしい。ノリス警部から聞いた話では……ミス・ケントは見るからに利発で果敢、着ていた男児用の服は彼女には小さめで、携えた小さな杖をいかにも手慣れた様子で使っていた。しばらくするうちに警部は、これは女の子なのではないかと思ったのだが、それは男の子にしては座り方が妙だとようやく気づいたからだった」[注5]という。

使用人が子どもたちを家に連れ帰った。サミュエルはデヴォンシャーの工場監査に出張中だったが、その日の午後にロードへ戻った。スティプルトンによると、ウィリアムは「すぐさま精いっぱい悔いていることを表現し、さんざん泣きじゃくった」という。ところが、コンスタンスは父親にも継母にも詫びようとしなかった。「独立したかった」とだけ言うのだった。

「りっぱな人物の、慈しみ育てられた家庭にしては、あまりにも妙な出来事だ」と、《バース・エクスプレス》は述べている。

水曜日、バースでの調査を終えると、ウィッチャーはロードの五マイル東にあたるウォーミンスターへ列車で向かい、コンスタンスの学友のひとりと話をした。

十五歳のエマ・ムーディは、兄と姉、夫に先立たれた母とともに、ゴア・レインの家に住んでいた。その全員が毛糸細工師である。[注6]ウィッチャーはエマに胸当てフランネルを見せたが、見たことがないという。彼は、コンスタンスがサヴィルを話題にしたことがあったかどうか尋ねた。

「その子のことが嫌いで、つねってやったって言うのを聞いたことがありますけど、それはふざけてやったことです」とエマ。「そう言いながら笑っていました」。コンスタンスはどうして幼い子たちをいじめるようになったのかと訊かれて、エマいわく、「きっと、嫉妬からです。それに、両親がすごくえこひいきするから」。彼女は説明した。「あるとき、休暇のことを話しているときに、わたし、言ったんです――わたしたち、ロードのほうへ散歩にいこうとしてました――〝もうすぐしたらおうちに帰れるっていいわね〟って。彼女、〝そう、あなたのおうちへ帰るんだったらたぶんいいでしょうけど、わたしのうちは違うから〟って……自分と弟のウィリアムよりも、新しい家族のほうがずっとだいじにされてるんですって。このこと、そのときだけじゃなく何度も言ってました。いつかドレスの話をしていたときは、ママはわたしの好きなものを着せてくれやしないって言いました。わたしが茶色いドレスがほしいって言っても、ママは黒とか、違う色のを着せるんだって[注7]」。コンスタンスにしてみれば、継母は彼女に対して意地悪で、黒か茶色かの選択ですら彼女の要求は拒まれた。あの粗末なナイトドレスのように、さえない服が、不当な扱いを受けて傷ついた継子、ほかの女の子たちの世界から閉め出されたシンデレラの役をコンスタンスに振り当てたのだ。

　ウィッチャーから上司への報告書によると、エマは、ケント夫妻のお気に入りだという理由で、コンスタンスがサヴィルへの反感を表わすのをたびたび聞かされたと主張している。エマはその件で、「その子のせいじゃないんだから、そんな理由で嫌うのは間違っているって言って」コンスタンスをいさめたことがあるという。コンスタンスは、「ええ、そうかもしれないけど、あなたがわたしの立場だったらどうかしら？」と言葉を返したのだった[注8]。

　ウィッチャーの仕事はさぐり出すことばかりではなく、出てきたものを秩序立てて並べることでもある。実際の探偵業とは、筋をこしらえることなのだ。ウィッチャーはコンスタンスの動機を解明したと思っていた。彼女はサヴィルを、半分血のつながった子どもたちに対していだく「嫉妬と悪意」により、狂気に「いくぶん冒された頭」を働かせて殺したのだろうか。最初のミセス・ケントが受けた扱いのせいで、彼女の末娘が復讐心をいだくようになってしまったのかもしれない。コンスタンスをわが子のように育てた女性、二番目のミセス・ケントが、自分が子どもをもうけたとたんに彼女をはねつけたことは、少女の憤怒の対象になったことだろう。

子どもたちのバースへの逃避行は、コンスタンスとウィリアムが尋常でなく不幸であり、その不幸をばねに行動に出ることができるということを、ウィッチャーにほのめかした。その一件から、二人が密かに計画を立て、計画を遂行できること、二人に人目を偽ったりごまかしたりする力があることがわかる。とりわけ重要なのは、子どもたちの隠れ場所、コンスタンスが証拠品を捨てて新しい自分になったところが、あの屋外便所だったということだ。報告書でウィッチャーは、そこに注意を引きつけている。「家を出る前に彼女が女ものの衣装と髪の毛を投げ捨てたのと同じ屋外便所で、遺体が発見されたという事実……男の子に変装するのに、彼女はひとりぶんの男ものの服を前もって用意して、出発の日まで家からちょっと離れた生垣にそれを隠しておいた」。彼女が逃げ出したその日を、サヴィル殺しへ向かう一歩として組み込むこともできるだろう。

ウィッチャーはその週、単独で働いた。彼は「意欲的に根気よく調査を続けている」と、《サマセット・アンド・ウィルツ・ジャーナル》が報じている。「フォーリー氏はもちろん別として、誰にも情報を明かそうとしない。ひとりでこつこつ働き、この大きな悲劇に引き込まれた全員を訪ねて話をし、薄光が射したかと思えるたびに、全力でどこまでも追うのだった」。《ウェスタン・デイリー・プレス》は、この刑事の捜査を「精力的」で「独創的」と評している。

ウィッチャーは戸別面談でわかったことを口外しなかった。彼は地元紙に、「まもなく謎を解明できるはずの手がかりをもっている」と知らせ、それを《バース・クロニクル》がうやうやしく報じた。これは大げさな話だった――彼がもっていたのはひとつの説にすぎないのだ――が、犯人を動揺させて自白に追い込むチャンスを生む方法でもあった。《ブリストル・デイリー・ポスト》は、ウィッチャーが成功する見込みを疑問視していた。「賢明なる刑事が謎を解明することが、期待されるというよりはむしろ望まれる」と。

〝賢明（sagacity）〟というのは、新聞や書物における議論で、探偵にあるとされることの多い資質だった。《タイムズ》は、ジョナサン・ウィッチャーの「いつもの賢明さ」に言及している。ディケンズは、チャーリー・フィールドの「ぞっとするような鋭さ……博識ぶり、賢明さ」を称賛した。〝ウォーターズ〟による探偵物語は、主人公の「狐のような賢明さ」[注9]をほのめかす。当時のこの言葉が表わすのは、知恵（wisdom）ではなく直感的洞察（intuition）のほうだった。十七、十八世紀、〝賢い（sagacious）〟獣は鋭い嗅覚を備えていた。初期の探偵たちは、敏捷さや鋭敏さで狼や犬にたとえられていた。シャーロット・ブロンテは探偵のことを「スルースハウンド（警察犬）」[注10]、つまり獲物の通った跡（スルース）のにおいを追跡する犬になぞらえた。[＊1] 一八五〇年代に刊行したウォーターズの作品では、ハンターと猟犬《ハウンド》が合体したような主人公が獲物に迫っていく。「その男を激しく追跡《チェイス》した」、「わたしは彼を追い詰めた」、「間違いなく臭跡をたどっている」[注11]。前述のエディンバラ警察警部ジェイムズ・マクレヴィは、こう書いている。「当節、冒険が活気を添えてくれるような職業があるとしたら、それは刑事の仕事だ。たいていは罪のない動物を追い詰めて殺すだけが目的のスポーツマンと同じ意気込みで、刑事は社会の害悪を一掃して人類のためになるという貴い動機に駆りたてられる」[注12]。都市の探偵たちは、街の通りを縦横に獲物を追跡し、サインや署名、意図せずしてつけた痕跡や形跡から強盗や詐欺師たちの身元を推理する。ロンドンは「広大な森林」だと、一世紀前にヘンリー・フィールディングが書いている。「そこにひそむ泥棒は、アフリカやアラビアの砂漠にひそむ野生の獣に負けず劣らず、大いに安全でいられそうだ。ある地域からまた別のところへとさすらい、居どころをたびたび移していれば、見つかる可能性をほぼ排除できるのではなかろうか」[注13]。ヴィクトリア朝時代の探検家たちが広く帝国領土をまたにかけ、新たな土地を海図に記していくの

＊1　スルースハウンド（sleuthhound）を省略した〝スルース（sleuth）〟が初めて〝探偵〟の同義語として使われたのは、一八七〇年代のことだった。

をよそに、探偵たちは都市の中心部へ、中産階級の人々にとってアラビアと変わらない異国の地へと、内側に向かっていった。探偵たちは、さまざまなグループに分かれた娼婦、スリ、万引き、強盗の見分け方を身につけ、彼らを潜伏先まで追跡していくのだった。

ウィッチャーは、都市の変身するものたち《シェイプ・シフター》の専門家だった。アンドルー・フォレスターの『女性探偵』の主人公のように、彼は「仮面をかぶっている人々とさんざんかかわってきた」のだ。たとえば一八四七年に彼は、リチャード・マーティン、別名オーブリー、またはビューフォート・クーパー、またの名をキャプテン・コニンガムという、紳士を装って注文品の高級シャツを受け取っていた男をつかまえた。その翌年には、フレデリック・ハーバートという、ロンドンの馬具屋をだまして銃ケースを巻き上げ、絵描きからエナメルで描いた絵を二枚巻き上げ、鳥類学者からハチドリの皮十八枚を巻き上げた、「上流階級のように見える」若い男を捕らえた。[注14]ウィッチャーにそっくりな架空の人物といえば、トム・テイラーの戯曲『仮出獄者』（一八六三年）中の探偵、その姓が視力抜群の猛禽を思わせるジャック・ホークショーだろう（ホークはタカ。ホークショーはその後、探偵、刑事、デカを意味する口語になった）。彼は「警察一の切れ者」で、「偽名の数と同じだけたくさんの顔をもつ」大物犯罪者を追跡する。「今日は悪党だと見抜いたとしても、明日には聖職者だと思って帽子を脱いで挨拶しているかもしれない」と、ホークショーは言う。「だが、わたしは彼をとことん追跡するぞ[注15]」

ウィッチャーがウィルトシャーにいることを歓迎する地元紙もあった。「都会の凶悪犯罪の風潮に慣れた、熟練したロンドンの探偵が、われらが有能な警官たちの援護に呼ばれたのだ」と、その水曜日の《バース・クロニクル》は報じている。「捜査は順調に進んでいると思わずにはいられない」。だが、この美しい村で起きた犯罪は、ウィッチャーを都会で踏み込んだ領域よりも暗いところへ引き込んでいった。偽名や偽の住所ではなく、隠された夢想、奥底に沈められた欲望、秘められた自我をさぐることになったのだ。

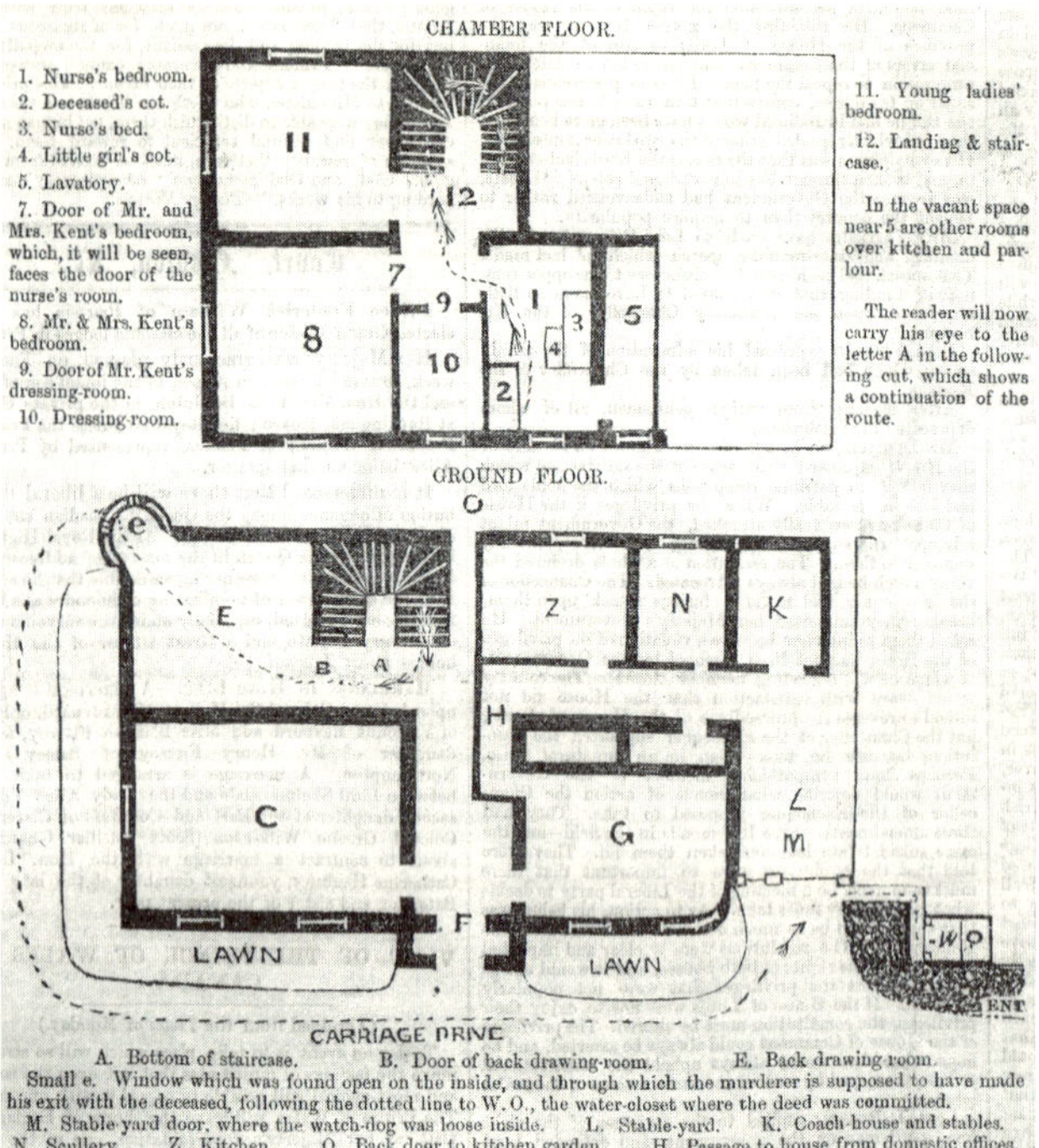
CHAMBER FLOOR.
1. Nurse's bedroom.
2. Deceased's cot.
3. Nurse's bed.
4. Little girl's cot.
5. Lavatory.
7. Door of Mr. and Mrs. Kent's bedroom, which, it will be seen, faces the door of the nurse's room.
8. Mr. & Mrs. Kent's bedroom.
9. Door of Mr. Kent's dressing-room.
10. Dressing-room.
11. Young ladies' bedroom.
12. Landing & staircase.
In the vacant space near 5 are other rooms over kitchen and parlour.
The reader will now carry his eye to the letter A in the following cut, which shows a continuation of the route.
GROUND FLOOR.
LAWN
LAWN
W O
ENT
CARRIAGE DRIVE
A. Bottom of staircase. B. Door of back drawing-room. E. Back drawing-room.
Small e. Window which was found open on the inside, and through which the murderer is supposed to have made his exit with the deceased, following the dotted line to W. O., the water-closet where the deed was committed.
M. Stable-yard door, where the watch-dog was loose inside. L. Stable-yard. K. Coach-house and stables.
N. Scullery. Z. Kitchen. O. Back door to kitchen garden. H. Passage to house from domestic offices.
C. Front drawing-room. G. Parlour. F. Front door. ENT. Entrance from turnpike road.
[The above View and Plans are COPYRIGHT, and have been engraved expressly for this paper.]

《バース・クロニクル》1860年7月12日付に載った、
ロード・ヒル・ハウスのずさんな間取り図。
バース・セントラル・ライブラリ、
『バース・イン・タイム』ダニエル・ブラウン氏提供

第八章　何もかもぴったり閉ざされて

七月十九日

七月十九日木曜日、ウィッチャーはフルーム川の水位を下げて水底をさらえるようにする手配をした。フルーム川はケント家の庭の縁の、急勾配の土手を下ったところにあり、みっしり羽毛状に茂る木々の下になっている。ほぼ三週間というもの雨が降らなかったので、月はじめのころほどの水量はなかったが、それでもたっぷりの水がたゆまず流れていた。水位を低くするために、男たちは上流の堰から溢れ出す水を遮断したあと、乗り込んだ船を櫂で突いて出し、捨てられた凶器か衣服を引き上げられるのではと、川底に沿ってレーキでひっかいたりフックでひっかけたりした。

警察は、屋敷のまわりの花壇や庭を掘り返した。芝生の向こうの牧草地を隅から隅まで捜した。サミュエル・ケントは、地所のうしろにある場所についてこう述べている。「屋敷の裏には広い庭と、草刈りをしていない牧草地がある。牧草地の広さは約七エーカー……かなり見通しがきく場所だ。この家屋敷は広くて、非常に出入りしやすい[注1]」。まるで背後が平原に隣接しているかのような、開放的で頼りない自宅の描写には、サヴィルの死後の彼の無防備な気持ちが表われている。家族のプライバシーがなくなり、家族の秘密が暴露され、屋敷も庭もその中のみんなの生活も衆目にさらされたのだ。

当初、サミュエルは警察を家族と使用人の部屋に近づけないよう手を尽くした。エリザベス・ゴフと同様、外部の者がサヴィルを殺したと言い張った。そして、殺したのは不満をいだいているもとの使用人で、家族への腹いせだったのではないかとほのめかした。ウィッチャーがやってくる前、サミュエルはウルフ警視に、侵入者が身を隠せそうな場所を見せて回っていた。「ここに、あまり使われることのない部屋があります」と、家具付きの予備室があることを教えた。ウルフは、外部の者にはその部屋に人がめったに出入りしないとわかるはずがないと指摘する。ケントは警視を、おもちゃのしまってある物置に連れていった。誰かがおもちゃを取りにくるかもしれないのに、こんなところに隠れようとする者はいない、とウルフ。小さな屋根裏部屋については、「かなりほこりが積もっています……ここに誰かいたとしたら、跡が残っているはずじゃありませんか」と言った[注2]。

外部の者の犯行だと予測する新聞も数紙あった。「ロード・ヒル・ハウス内の各部屋に精通しているところから……あの晩、気づかれる心配なく屋敷内にひとりどころか五、六人の人物が隠れていた可能性が間違いなくある」と、のちに《サマセット・アンド・ウィルツ・ジャーナル》は、建物のプライベートな場所を驚くほど詳しく公開して報じた。

部屋数十九の中に、隠れ場所となる設備がこれほどふんだんに存在する例が、あっただろうか。大小六区画に仕切られた地下室へは、別々の二つの出入り口と何カ所かの階段から入れる。裏階段を中ほどまで上ったところに、からっぽの大きな戸棚がある。客間の上にある予備室には、掛け布のある寝台架《ベッドステッド》、床まで届くカバーをかぶせた化粧テーブル、大型のクローゼットが二つあって、そのひとつはほとんどいつもからっぽ、しかも内と外の両側から錠をおろすことができる。この階には、互いに通じている、それぞれ部分的に不用品でふさがった二つの小部屋もある。その上の階に、もうひとつの予備室、掛け布のある寝台架、テーブル、ついたて、下の部屋にあるようなクローゼット……二つの小部屋のうちひとつはほとんどからっぽで、もうひとつにはケント氏の旅行用品がしまってある。端から端まで十人あまりも男が並んで入りそうな、丈の高い大型のクローゼット。水のタンクが二つと、屋根裏部屋と屋根につながるはしごがある、窓のない小部屋。……全部をわれわれはこの目で確かめた。

ロード・ヒル・ハウスの隠れ場所や人目につかないところを、何人もの村人たちがとっくに知っていた、と《サマセット・アンド・ウィルツ・ジャーナル》の記者は言う。「不思議なことだが、ケント氏が住むようになる前、空き家だった二年間に、村人たちはこの家に自由に出入りできた。……それが知れ渡っていたものだから、入居準備のときには、村のいたずらっ子たちが侵入するせいで、階段をそれぞれ六回も塗り直さなければならなかった」注3。

この建物は「公共の財産とみなされているようなものだった」と《フルーム・タイムズ》は言う。「歩き回ろうと思えば、なんの障害もなくそうできたのだから」

ウィッチャーがロードに滞在した最初の週、ケント一家は家に閉じこもっていたが、馬屋番のホルコムがメアリ・アンとエリザベスを二、三回、フルームの町の店に馬車で連れていった。ロードやトロウブリッジと違ってフルームでは、ケント家の一員でもたいてい、はやしたてる声や嫌悪のささやきに悩まされずに午後のひとときを過ごせたのだ。

エリザベスもメアリ・アンも、その具体的な描写が残っていない。二人でひとりというような存在だったのだ。ほんのちらっとだけ見える光景の中に——エリザベスがひとり立って夜空をじっと見ていたり、サヴィルの亡骸が厨房に運び込まれたときに赤ん坊のイーヴリンを抱きかかえていたり——彼女たちはつかのま別々の自我を獲得する。この若い女性二人は、とことん人と交わろうとしなかった。メアリ・アンは裁判所に呼び出されてヒステリーを起こした。エリザベスは使用人に、洗濯の前だろうとあとだろうと自分の衣類に手を触れさせなかった。「ミス・エリザベスはご自分の包みをご自分でまとめられます」と、ハウスメイドのコックスは言う。「わたしは決して手出しいたしません」。メアリ・アンとエリザベスは三十歳近くなっていたから、二人とももう結婚はしそうにない。この姉たちも、コンスタンスとウィリアムのように、自分たちの意見を胸に秘め、互いに結束していたので、ほかの誰ともあまり話をする必要がなかった。

その週末には、サミュエルが警察にコンスタンスの精神障害のことをかいつまんで話しはじめていた。娘が犯人である可能性を否定していた彼が、今になってそれを提案しているように思える。七月十九日付《ディヴァイズィズ・アンド・ウィルトシャー・ガゼット》はこう言っている。「ケント氏は、ためらいもせずにほのめかした――それも、あまりにもわかりやすく――自分の娘が殺人を犯したと！　理由として申し立てたのは……子どものころに異様な精神状態だったことだった」。彼は娘に罪をきせて護身を図ったのか？　家族のほかの誰かをかばおうとしていたのか？　それとも、精神不安定をはっきり表に出して、コンスタンスを死刑から救おうとしたのだろうか？　サミュエルにまつわる不穏なうわさが流布していた。彼とメアリ・プラットが最初の妻を毒殺した、と、デヴォンシャーで死んだケント家の幼児四人は彼が殺したのだとまで言う者もいた。最初のミセス・ケントは、『ジェーン・エア』でロチェスター氏の屋敷の屋根裏部屋に閉じ込められていた妻のような荒れ狂う精神異常者ではなく、口封じのために屋敷の一翼に閉じ込められた『白衣の女』のヒロインのような無垢な女性だったのだろう、と。

公には、亡くなった妻の精神状態について、サミュエルは依然として直接のコメントを避けていた。「以前にも家族のどちらかの家系に精神異常者が出ていたかについてだが」と、木曜日の《バース・クロニクル》は言う。「ケント氏はその点について綿密な尋問を受けた。その種のことに関して、医者にかかったことは一度もないと彼は断言した」。これは、彼がステイプルトンに、エクセターの医者が亡き妻の精神錯乱を診断したと伝えている内容と食い違う——ただ、彼女が精神異常だったことを否定するまでには至らなかった。ともにサミュエルの友人でもあるパースンズとステイプルトンが、コンスタンスの不安定な性質を強調しようとしていたのだ。「二人の医者が……個人的に診察したところ、コンスタンスは精神状態が突発的な激情の発作に影響されやすい気質という意見だった」。ウィッチャーに対してサミュエルは、前妻の一族は精神障害だらけだったとあからさまに話した。「父親は……〔ミス・コンスタンスの〕母親も祖母も精神状態が正常でなかったことを打ち明けた」と、警部は書いている。「彼女のやはり母方のおじは、精神病院に閉じ込められたことが二度ある、とも」

ウィッチャーは、サヴィルが二歳だった一八五九年の春にロード・ヒル・ハウスで起きた奇妙なできごとを掘り起こした。ある晩、当時サヴィルの子守をしていたエマ・スパークスは、彼に毛糸のソックスをはかせて、いつものようにベッドに寝かしつけた。翌朝、エマが気づくと、「子どもの衣服がはがされ、ソックスも両方とも脱がされていた」と、ウィッチャーは書いている。ソックスはあとで見つかった。片方は子ども部屋のテーブルの上、もう片方はミセス・ケントの寝室にあった。ウィッチャーは、コンスタンスのしわざではないかと疑う。「そのとき在宅していた家族の中で、もう子どもではない者といえばミセス・ケント以外に彼女しかいなかったからだ。ミスター・ケントは仕事で留守にしていたし、姉二人は泊まりがけで出かけていた」。ウィリアムがどこにいたかには触れていない——おそらく寄宿学校にいたのだろう。この、そこはかとなく悪意を感じさせるいたずらが、振り返ってみると、もっと残酷な関与のリハーサルだったとも解釈できそうだ。サヴィルがこっそり人目を盗んで殺されたことと、ぞっとするくらいそっくりではないか。眠っている男児をベッドからそっと持ち上げ、注意深く階下へ運び、屋外へ連れ出して殺す。脱がされたソックスの件をウィッチャーに教えたのが、エマ・スパークスとケント夫妻の誰だったのかはわからない——彼はこの件で、三人全員に話を聞いている。

　ソックス騒動は、証拠として何の価値もない。「この話を基盤として考えることはできない」と、ウィッチャーはこの話について言っている。それでも、彼はこの一件を心理学的な手がかりとした。ウォーターズの『実在刑事体験談』（一八六二年）で、〝F〟という警部が説明している。「わたしはなんとか特定の事実を導き出そうとした。法的な証拠としては二束三文にしかなるまいとも、精神面できわめて示唆に富む事実を[注4]」

　ジクムント・フロイトは一九〇六年に、探偵術を精神分析と比較しようとしている。

> いずれも、われわれが関わるのは秘密、隠されたもの……犯罪者の場合、犯罪者にはわかっていて相手には隠されている秘密であるのに対して、ヒステリー患者の場合は、患者自身にもわかっていない、本人にすら隠されている秘密だ。……したがって、この一点に、犯罪者とヒステリー患者との根本的な違いがある。しかしながら、セラピストの仕事は治安判事の審理と同じだ。われわれは、隠されている精神のデータを見つけ出さなくてはならない。そして、見つけ出すために、われわれは数々の探知《ディテクティヴ》手段を考

案してきた。[注5]

要するに、この犯罪の隠された事実はもちろん、ウィッチャーはコンスタンスの精神状態、隠された精神のデータをさぐる手がかりも集めていたのだ。この殺人には象徴性が濃密で、解釈を寄せつけないと言っていいほどだ。子どもは使用人たちが使う便所に押し込まれ、まるで排泄物のように扱われた。手をかけた者は、逆上のあまりなのか儀式的になのか、彼を一度ならず四度殺そうとしている。窒息させ、のどを切り裂き、心臓を突き刺し、糞便に沈めて。

サミュエルはウィッチャーに、精神面で示唆に富む事実をもうひとつ教えた――一八五七年の夏、マデレン・スミスの殺人事件裁判に、娘が夢中になっていたことだ。

スミスは二十一歳のグラスゴーの建築家の娘で、ホットチョコレートにこっそり砒素を混入して恋人のフランス人事務員を殺した罪に問われていた。[注6]伝えられるところでは、彼女の動機は、もっと金持ちの求婚者と結婚するにあたり、彼がじゃまになったことだという。裁判がセンセーショナルかつ大々的に報道されたのち、陪審は彼女に不利な証拠が「不十分」と宣言した。スコットランドの裁判所でなければ出ない評決だ。スミスは一般に有罪と考えられていたが、驚くべき度胸で司法制度に敢然と立ち向かったことで、かえって彼女の魅力が増したようなものだった。一例を挙げると、ヘンリー・ジェイムズが称賛者だった――彼女の犯罪は「たぐいまれな芸術作品」だと書いている。ジェイムズは彼女を自分の目で見たがった。「そのときの彼女の顔を描写して真実を語らせてみせるものを」

サミュエルがウィッチャーに語ったところでは、二番目のミセス・ケントは裁判の記事が出ている《タイムズ》をコンスタンスの目に触れさせないよう用心していた——たった十三歳にして、この少女が忌まわしい犯罪に異様な関心を寄せていると知られていたことが、うかがえる。「特異な事件であるため、裁判の記事が載った新聞は、ミス・コンスタンスから極力遠ざけておかれた」とウィッチャーは報告している。「裁判のあと、ミセス・ケントはその新聞を鍵のかかる引き出しに隠した」。何日かして、ミセス・ケントが引き出しをあらためたところ、新聞が消えていた。「疑われて問いただされたミス・コンスタンスは何も知らないと答えたが、彼女の寝室を探してみると、寝台架とマットレスのあいだに隠してある新聞が見つかった」

ひょっとしたら、マデレン・スミスの裁判と無罪放免の記事を読んだことで、コンスタンスは殺人を思いついたのかもしれない。一八五七年十二月に、自分を袖にした女性に青酸を盛ったジョン・トムスンという男が、スミスの事件に触発されたと言ったようにだ。サヴィルは毒殺されたわけではないが、入念に計画された、音をたてない、素朴な方法によって殺された。毛布は、ホットチョコレートと同様、ものやわらかで気分を楽にする凶器だ。狡猾で冷静であれば、中産階級の女殺人者が妖しい魅力をもつ謎めいた人物、ある種のヒロイン[注7]（トマス・カーライルがこのフレーズでバーモンジーの女殺人者マリア・マニングを描写している）ともなることを、マデレン・スミスは示してみせたのだ。そして、度胸を失わずにいれば、捕まらずにすむかもしれない。

　秘められた情念がゆがんですさまじい暴力を生み出す、不気味な新種の女性犯罪者が出現したかのようだった。たいていの場合、その情念というのは性的なものだ。マリア・マニングやマデレン・スミスは一見まっとうな女性だったが、まず不義密通という罪を、そして次にはある意味でみずからの肉欲の炎を手荒に消すかのように、もとの愛人を殺すという罪を犯した。『白衣の女』のフォスコ伯爵夫人は、支配的影響力をもつ伯爵への情念から犯罪に巻き込まれていく。「今の抑制状態からすると、彼女の本性には、以前の負担のない人生ではあたりさわりなく消散していた、何か危険なものが封じ込められているのかもしれない」。マリア・マニングをモデルにした『荒涼館』のマドモワゼル・オルタンスは、「長いこと感情を抑制し、本音を出さないようにすることに慣れていた」。彼女は「自分だけの目的のために修業していた。心の中のありのままの感情を、琥珀の中の虫のように閉じ込めてしまう修業を」。

　一八五〇年代に報道機関が見せためまぐるしい伸展ぶりは、新聞記事中の性や暴力描写に読者が堕落したり染まったり、そそのかされたりするのではないかという懸念を生んだ。新たに生まれたジャーナリストたちには、刑事と共通するところが多い。真実を追求する改革の戦士だと見られる一方、うすぎたないのぞき魔とも見られたのだ。一八五五年に英国で発刊された新聞は七百紙、一八六〇年には千百紙になっていた。[注8] ロードのごく近くで発行されていた新聞のうち、《トロウブリッジ・アンド・ノース・ウィルツ・アドヴァタイザー》は一八五五年に創刊され、《サマセット・アンド・ウィルツ・ジャーナル》も同年、ケント家がとっていた《フルーム・タイムズ》は一八五九年の創刊だ。電信でニュースを速やかに伝えられるようになったこともあり、犯罪報道はとんでもなく増大し、新聞読者は毎週のように非業の死と出くわした。ディケンズの『大いなる遺産』（一八六一年）に登場するウォプスル氏は、新聞を読むと「眉毛まで血にひたってしまう」と言っている。

　サヴィル・ケント殺人の前月にも、凄惨な家庭内殺人が少なくとも三件、新聞で全国的に報道されている。ロンドン東部ショアディッチ（旧メトロポリタン・バラ、現ハックニーの一部）では、パイプ製作者が内縁の妻を殺した。《アニュアル・レジスター》誌によると、「のどがざっくり切られて、頭部が胴体から離れてしまいそうだった。彼女はもがいたり音をたてたりする間もなく即死したに違いない」。ワイト島のサンダウン・フォートでは、砲兵隊のウィリアム・ウィットワース曹長が妻と六人の子どもを、カミソリで「頸椎が見えるほど深く切り裂いて」殺した。ロンドンのオックスフォード・ストリートにある菓子屋の上階ではフランス人の仕立て屋がのこぎりで妻の首を切り落としたあと、ハイド・パークまで行って銃で自殺した。「兄弟の話によると、彼はドクター・カーンズ・ミュージアムへ足しげく通って首とのどの動脈について勉強し、特に頸静脈の位置に精通していたという」。この仕立て屋は殺し方を独学で身につけたわけだが、新聞を読めば誰にでも同じことができそうではないか。[注9]

その週のなかば、ウィッチャーは治安判事らに同行して、ロード・ヒル・ハウスでコンスタンスの詳しい聞き取りを実施した。質問に答えて、彼女は家人の何人かとの関係を述べた。「サヴィルのことは大好きでした。……あの子はわたしのことをあんまり好きじゃありませんでした。この休暇中はわたしになついてくれたみたいでしたけど。あの子がわたしのことを好きじゃなかったのは、わたしがからかったからです。でも、あの子をたたいたりつねったりしたことはありません。……きょうだいの中でウィリアムが特に好きです。学校にいるときは手紙をやりとりします。……あの犬は、わたしだとわかれば飛びかかってきたりはしません。わたしだとわからなければかみつくでしょうけど。……猫を飼っていますけど、世話は何もしていません。……使用人の中では料理人がいちばん好きです。子守も大好きです」

自分の性質について訊かれると、こう答えた。「あんまり気が弱いとは思われていません。暗くなってから外に出るのは好きじゃありません。……亡くなったあの子なら、この部屋の端から端までくらい楽々かかえて運べました。学校ではみんなから、すごい力持ちだって思われてます」。休暇に帰省したくないと友だちに話したことはないという。マデレン・スミス裁判のことを訊かれて、何の気なしに新聞を持っていってしまったことがあったかもしれないと認めた。「マデレン・スミスの友人が毒殺されたそうですね。パパがそんな話をしていたのを聞いたことがあります」。四年前にバースへ家出した話もした。「髪の毛を切って、下の弟が見つかったのと同じ場所に捨てたことが確かにあります。髪の毛を一部自分で切って、あとは弟に切ってもらいました。あそこに捨てればいいやと思ったんです。わたしと弟のウィリアムは、バースへ遠回りして行きました。……逃げたのは、叱られて頭にきたからです。一緒に行こうって、弟のウィリアムを誘いました」[注10]

その週の終わりごろ、州警察のあまりの無能ぶりとサミュエル・ケントの捜査妨害が、うわさになりはじめた。特に、サヴィルの遺体が見つかった日の夜に起きたことが取り沙汰された。[注11]

六月三十日土曜日の夜、フォーリー警視はウィルトシャー警察のヘリテージ巡査とサマセットシャー警察のアーチ巡査に、ロード・ヒル・ハウスにひと晩滞在しろと命じた。「ケント氏の指示を仰ぐように」とフォーリー。「静かにな、ミスター・ケントはきみたちが来ていることを使用人に知られたくないそうだから」。ミセス・ケントだけが、警官が屋敷に来ていることを知らされた。サヴィルがロード・ヒル・ハウスの住人に殺されたことはすでにかなりはっきりしていたのに、なんと、それでもフォーリーはその晩の警察の仕事をサミュエル・ケントにまかせてしまったのだ。

サミュエル以外の者がみな床についた十一時ごろ、ヘリテージとアーチは、書斎の窓をノックして屋敷に入れてもらおうとした。サミュエルが中に入れてくれ、彼らをキッチンへ案内すると、そこにいてくれるように言った。キッチンの火で証拠隠滅を図る者がいないか見張っているようにという。彼は警官たちにパンとチーズとビールを出し、自分が出たあとでかんぬきをかけた。二人が閉じ込められたと気づいたのは午前二時を過ぎたころ、ヘリテージが外に出ようとしたときだ。ドアが施錠されていると知って、彼はケント氏を呼ぼうとドアをノックした。答えがないので、ステッキでドアをたたいた。

「そんな音をたてると、屋敷じゅうの者が起きてしまう」とアーチが注意した。

「閉じ込められたんだぞ、外に出なくちゃ」とヘリテージが言い返す。

二十分ほどしてから解放されたヘリテージは、サミュエルに、自分たちが閉じ込められていたとわからなかったのかと言った。「あたりを歩き回っていたものですから」と、サミュエルは苦情に耳をかさなかった。アーチはそのあとも朝まで、ドアにかんぬきのかかったキッチンにいた。サミュエルが二、三度様子を見にきて、巡査は午前五時に辞去した。「その晩はしばらく書斎にいました」と、サミュエルはのちに語っている。「でも、一、二度、家を出ました。明かりが消えていないか、外へ見にいったんです。同じ目的で、何度か外に出ました」。屋敷まわりを巡回して、ロウソクが燃えているか、芯を手入れする必要があるか点検していたのだという。[注12]

殺人のあった翌晩、サミュエル・ケントの屋敷のキッチンに警官がむざむざ閉じ込められたことを、警察は口外しないでいた。《サマセット・アンド・ウィルツ・ジャーナル》の言う、この「とんでもない事態」のせいで、屋敷内の誰もが好きなだけ証拠を隠滅できたことになる。サミュエルの行動には警察への侮辱めいたところがあり、自宅を詮索させまいとする決意も感じられる。家長の第一の責務は自分の家族を守ることなのだ。

息子が殺されたあと何週間も、ロード・ヒル・ハウスの間取り図を警察から要求されると、サミュエルはまるで誰かが家の屋根をはずそうとしていると言わんばかりにむきになってはねつけた。彼は間取り図を提供することも、誰かに部屋の寸法を測らせることも拒否した。「ミスター・ケントはただただ無作法な侵入に憤慨していると申しあげれば説明として十分です」とローランド・ロドウェイは言った。

英国の家庭生活は、その世紀初頭から変化していた。家庭であると同時に仕事場でもあった家が、独立した、内輪だけの、排他的な家庭空間になったのだ。十八世紀の〝家族（family）〟は、血縁関係で結ばれた〝一族（kin）〟という意味だったが、その主たる意味は、ひとつ世帯の使用人を除く住人ということになっていた。つまり、核家族である。一八五〇年代にはなばなしいガラス造りの温室、つまり一八五一年大博覧会のクリスタル・パレスが現われたというのに、同じ年代の英国の家庭は閉鎖的に暗くなっていき、プライバシー礼賛と肩を並べて家庭生活が礼賛された。「英国人はすべからく……〝家庭〟といえば、自分が選んだ女性とのもの、自分たち夫婦と子どもたちだけのものを思い描くのだ」と、フランス人学者のイッポリート・テーヌが一八五八年の訪英後に記している。「そこは世間に対して閉ざされた彼自身の小さな宇宙である」[注13]。プライバシーはヴィクトリア朝時代の中流階級《ミドルクラス》家庭に欠くことのできない属性となり、中産階級《ブルジョワジー》は秘密主義（secrecy）における熟練の技を獲得した（〝秘密主義の〔secretive〕〟という語は一八五三年に初めて記録された）。塀をめぐらせて他人を寄せつけず、家庭の内部はほとんど見えない。例外的に開かれるのは、はなばなしく催す家庭生活ショー——たとえば、ディナー・パーティやお茶会——に厳選した客を招待するときだけだ。[注14]

だが、この家庭生活の時代はまた、情報の時代、旺盛で貪欲な報道の時代でもあった。七月七日、《バース・クロニクル》の記者がロード・ヒル・ハウスに刑事を装ってしのび込み、部屋の配置を書きとめた。五日後には新聞に不正確な間取り図が載る。サミュエル・ケントが気に入ろうが気に入るまいが、屋敷は誰の目にも見えるように解剖され、不器用に切り開かれて各階ごとに詮索されることとなった。大衆はその図が示す情報をつかんだ。屋敷の景観は感情的な抑揚を帯びていた——錠のおりた地下室、ほこりだらけの屋根裏部屋、使われていないベッドやクローゼットのある物置、くねくねした裏階段。「屋敷全体の正しい室内図を、ありのまま大衆に示すべきだ」と、《バース・エクスプレス》は論じている。

こういう殺人事件は、鎧戸を閉じた中流階級の屋敷の内部に展開していたものを暴いてしまいかねない。[注15]ヴィクトリア朝社会で尊敬されている深窓の家族に、不健全で有毒な、性的で感情的な瘴気がひそんでいることもあるかのように見えた。ひょっとしたら、プライバシーが罪の源泉、楽しい家族の光景を芯から腐らせてしまう病なのかもしれない。家が閉鎖的であればあるほど、その内側の世界が汚れやすいのかもしれない。

ロード・ヒル・ハウスの中で何かが膿んでいた。ヴィクトリア朝時代の人々を震撼させた空気を介する伝染病にも似た、感情の病だ。事件のひと月前、《ディヴァイズィズ・アンド

・ウィルトシャー・ガゼット》が、一八五九年に初版が出たフローレンス・ナイティンゲールの『看護ノート』新版についての記事で、病気や変性が閉ざされたりっぱな家庭にはびこるという一節を引用している。ナイティンゲールは「りっぱな私有地にある屋敷」で「膿血症」、つまり血液の中毒が重症化する例を見てきたと書く。その原因は、「汚れた空気……使っていない部屋に日が射さず、掃除や通気がされないこと。――戸棚がつねによどんだ空気をため込んでいること。――夜間に窓がつねにぴったり閉ざされていること。……ひとつの人種がこのようにして退化していくことがよくあるが、ひとつの家族でそうなることはもっと多い[注16]」ということだった。

七月十九日木曜日、《バース・クロニクル》はロード・ヒル・ハウス殺人事件を論説欄でとりあげた。

この国の家庭にこれほど異常な、これほど痛切なセンセーションを巻き起こした殺人は記憶にない。今のところ犯行を隠している謎だけが興味をかきたてるわけではない。……想像力と同情心をそれぞれかきたてるのは、その犯行の性質が奇妙なことと、犠牲になったのが無力で無垢な者だったことだ。……英国の母親たちは、すやすやと眠るけがれなきわが子を思って、わが子と同じあどけない無邪気な子どもがしんとした明け方に眠りから引きずり出され、無残にも犠牲となった話におののき震えた。誰よりも真剣に、誰よりも憤慨して新聞社の経営者に手紙を書き、徹底的な調査とたゆまぬ分析を求めて叫ばんばかりなのは、英国の母親たちだ。……たくさんの家庭で、何にも代えがたい家族の一員への深い愛情に、大きな不安がつきまとう。ロードの恐ろしい物語を思い起こしては、この先何日ものあいだ、母親の心の平安は破られ、夢はかき乱されることだろう。奇妙な疑惑、漠然とした疑念が頭に浮かぶことだろう。……英国のあらゆる家庭を戦慄させる事実には、その問題に注目が集まることを正当化するだけの社会的重要性がある。

いつもなら、殺人事件が未解決の場合、大衆は殺人者がまた犯行に及ぶのではないかと怯える。しかしこの事件では、恐ろしいのはどんな家庭でも似たようなことが起こりかねないということだった。この事件は、戸締りをしっかりした家の中は安全だという考えそのものをゆるがした。解決されるまで、英国の母親は家の中に子ども殺しがひそんでいるという考えにとりつかれ、枕を高くして眠れないだろう――それは夫かもしれない、子守かもしれない、娘かもしれない。

もしもその家の主人、保護者がみずからの悪行を隠蔽するために息子を殺したのだとしたら、中流階級の規範が打撃を受けることになりそうだったが、新聞も大衆もサミュエル犯人説に驚くほど早くとびついた。ほぼ同じくらい恐ろしい――そしてどうやら同じように信じられるらしい――考えは、その子の世話をするために雇われている子守が、息子を殺害する主人に手を貸すというものだ。また、この犯罪の原型として、カインがアベルを殺したという聖書の殺人が思い起こされる。七月十九日の《ディヴァイズィズ・アンド・ウィルトシャー・ガゼット》は、サヴィルのきょうだいが彼の死の原因ではないかとほのめかした。「アベルのような罪のない者の血の声が、地から殺人者に抗議の叫びをあげることだろう」[*1]

同日の《ブリストル・デイリー・ポスト》（その年に創刊された）は、サヴィルの目を調べれば殺人者の姿が明らかになるかもしれないと考える男らの投書を掲載した。寄稿者は、一八五七年にアメリカで結論の出ずじまいだったある実験に基づいて提案したのだった。「人生の最後に見た像は、目の網膜に焼き付いて、そのままのかたちで残る」と彼は説明する。「そして、死んだあとでも明らかにすることができるのだ」。この仮説によると、目は印象を記録する一種の銀板写真感光板で、暗室で写真を感光するような具合にできることになる――死者の目に閉じ込められた秘密にさえ、新しい技術なら手が届くかもしれないというのだ。目が推理の象徴となった、極端な表われだ。目は〝偉大な検知器〟であるばかりか、秘密を明かしてしまうもの、偉大な暴露器官でもある、と。その投書は英国じゅうで各紙に転載された。しかし、《バース・クロニクル》は、襲われたときにサヴィルは眠っていたので網膜に殺人者の像はないはずだという理由で、この事件での有効性をしりぞけた。

＊1　聖書の文言は以下の通り。「主はカインに言われた、『弟アベルは、どこにいますか』。カインは答えた、『知りません。わたしが弟の番人でしょうか』。主は言われた、『あなたは何をしたのです。あなたの弟の血の声が土の中からわたしに叫んでいます』」

七月十九日の夕方にものすごい豪雨がサマセットシャーとウィルトシャーを襲い、一八六〇年の短い夏が終わった。干し草の山はまだ乾いていなかったので、ほとんどがだめになった。太陽を浴びて熟す時間のなかったトウモロコシや小麦の畑は、いまだに青々としていた。[注17]

第九章　おまえのことはお見通しだ

七月二十日〜二十二日

七月二十日金曜日の午前十一時、ウィッチャーはテンパランス・ホールで治安判事たちに、現時点までの捜査について報告した。自分はコンスタンス・ケントが殺人犯ではないかと思う、と語ったのだった。

治安判事たちは協議し、ウィッチャーにコンスタンスを逮捕してもらいたいと告げた。だが彼は躊躇した。「そういう方針に出ると、州警察とのあいだでわたしは不愉快な立場に立たされるであろうということを指摘した」と、彼はサー・リチャード・メインへの報告書の中で説明している。「それは誰が犯人かということに関して州警察がわたしとは反対の意見をもっているからなのだが、彼ら（治安判事たち）は決定を変更しようとはせず、取り調べは全面的にわたしに委ねたつもりだし、委ねたいと述べた」。主席治安判事はヘンリー・ゲイズフォード・ギブズ・ラドロウ。第十三ライフル銃隊指揮官、サマセットシャー副統監にして、ロードから五マイル東のウェストベリーで妻と十一人の使用人とともにヘイウッド・

ハウスに暮らす裕福な地主だ。ほかの治安判事の中でいちばん著名なのは、トロウブリッジの新興上流地区であるヒルパートン・ロードの向かい側に大邸宅を建てた、工場所有者のウィリアム・スタンコームとジョン・スタンコーム。刑事の協力を要請して内務大臣に圧力をかけたのはウィリアムだった。[注1]

午後三時少し前、ウィッチャーはロード・ヒル・ハウスを訪れて、コンスタンスを呼んでもらった。彼女は客間にいる彼の前にやってきた。

「わたしは警察官です」と、彼が口を開く。「弟のフランシス・サヴィル・ケントを殺したかどであなたを逮捕する令状を持っていますので、読み上げましょう」

ウィッチャーが令状を読むと、彼女は泣きはじめた。

「わたしじゃない。わたしはやっていないわ」

コンスタンスは、寝室から喪装用ボンネットとマントを取ってきたいと言った。ウィッチャーはついていって、彼女が帽子とマントを身につけるのを見守った。二人でトラップ馬車に乗り、黙ってテンパランス・ホールへ向かった。「彼女はわたしにそれ以上口をきかなかった」とウィッチャー。[注2]

テンパランス・ホールの外には、ロード・ヒル・ハウスで犯人が逮捕されるらしいといううわさを聞きつけて、村人たちが大挙して押しかけていた。ほとんどの者は、サミュエル・ケントが治安判事の前に連れてこられるものと思っていた。

ところが、彼らが見守る中、その日の午後早い時間にホールへやってきたのは、エリザベス・ゴフとウィリアム・ナットだった。証言をするために呼び出されたのだ。……と思うと、三時二十分、目の前で停まったトラップ馬車に乗っている人物を見て、みな驚いた。「ミス・コンスタンスじゃないか！」

彼女はウィッチャーの腕につかまり、顔をうつむけて泣きながらホールへ入っていった。正式喪服をまとい、顔にしっかりとヴェールをおろしている。「しっかりとした足どりだが、涙ながらに歩いていた」と《タイムズ》は報じた。彼女の姿を見ようと群衆は押し合いへし合いになった。

コンスタンスが治安判事の並ぶテーブルに向かって、ウィッチャーは彼女の隣に、ウルフはその反対側の隣に座った。

「あなたの名前はミス・コンスタンス・ケントですか？」と、主席判事のラドロウ。「はい」。彼女は小声で返事をした。

コンスタンスが濃いヴェールで顔をおおい、ハンカチを顔に押し当てていたにもかかわらず、記者たちは彼女の顔つきや挙動をこと細かく書きたてた。まるで、そういう外面を注視することによって彼女の内面が明らかになるとでもいうように。

「まだ十六歳だということだが、彼女は十八歳くらいに見える」と報じたのは《バース・エクスプレス》だ。「かなりの長身でしっかりした体格だ。丸顔はかなり赤らみ、顔をしかめているためか、ひたいにさざ波のようなしわが寄っている。顔の奥にすえられたごく小さな独特の目は、好ましくない印象を残すかもしれない。そのほかには、きのうの様子から判断するに、外見上感じのよくないところは何もない。同時に、罪に問われている恐ろしい犯罪のために、いつもの顔つきの印象、いつもむっつりしているとかいう特徴は、きっとある程度変わっていることだろう。この若いレディは黒い絹のドレスとマント姿で喪章をつけ、法的手続きのあいだずっとヴェールをおろしたままでいた。じっと目を伏せて涙をこぼし、一度も顔を上げずじまいだった。なるほどふるまいから察するに、自分がたいへんな立場に立たされていることをきわめて痛切に感じているようだが、連れてこられてから審問がすんで出ていくまで、彼女は激しい感情を表わしはしなかった」。正式服喪の初期のあいだ着ていたそのドレスの喪章は、きつく撚った絹糸製の薄織物で、ゴム糊で取り付けてあった。

《ウェスタン・デイリー・プレス》によると、コンスタンスは「丈夫な体つきで、一見、底知れない決断力も意欲的な知性もにじみ出る印象などないぽっちゃりした丸顔をしている。落ち着いた態度で、審問のあいだはずっと変わらず平静な表情を失わなかった」

《フルーム・タイムズ》の記者は、彼女の中に抑えつけられた性衝動、あるいは渇望という不穏な素質を認めたようだ。彼女は「どことなく奇妙」に見えた、と書いている。「少女の顔つきなのに、彼女の姿はまだ十六歳という年にしては成長著しい。いまは紅潮している顔の造作は愛敬があるが、険悪な、不機嫌と言ってもいいほどの顔つきは、この家族の特徴のように思える」[*1]。

　ウィッチャーは裁判官へ陳述した。

「去る六月二十九日金曜日の夜、ウィルトシャー州ロード所在の父親の家で起きた、フランシス・サヴィル・ケント殺害に関連するあらゆる事情を、わたしは去る日曜日以来、捜査してまいりました。署長のメレディス大尉、フォーリー警視ほか警察のメンバーとともに屋敷を捜査し、殺害はその家の住人によるものだと考えました。数々の尋問から、またわたしの得た情報から、去る月曜日にコンスタンス・ケントを寝室へ呼びにやり、まずあらかじめ調べさせておいた引き出しにリネン類のリストを発見いたしました。今それを呈示いたしますが、リネン類の中に、彼女のものとしてナイトドレスが三着と記されております」

彼は、そのナイトドレスについて尋ねたときの、コンスタンスの返答を読み上げた。

「そこで、被告人が故人に対していだいていた悪意を示す証拠を集め、存在するならばおそらく見つかるはずの、なくなったナイトドレスを探し出すことができるよう、裁判官どのに被告人の再勾留を願うものです」

治安判事たちは、サヴィルの失踪と発見について、エリザベス・ゴフ（すすり泣いていた）とウィリアム・ナットの両方から証言を聞いた。そしてウィッチャーに、コンスタンスに不利な証拠を集めるのに必要な期間を尋ねた。彼は翌水曜日あるいは木曜日までの再勾留を願い出た。

「水曜日まででいいのですか？」と、牧師のミスター・クロウリーが訊いた。

＊1　ありそうもないことだが、うわさによると、ケント家は王室の庶出の子孫だという。記者たちがたまに、コンスタンスがヴィクトリア女王に似ていると書くこともあった。

「通常ですと、再勾留の期間は一週間です」とウィッチャー。

治安判事は彼に一週間の猶予を認め、コンスタンスの身柄を次の金曜日の午前十一時まで勾留するよう指示した。それから彼女のほうを向いて言った。「意見を求めるわけではありませんが、何か言うことがありますか？」。彼女は答えなかった。

ウィッチャーとウルフはコンスタンスに付き添ってホールを出ると、ロードから東へ約十五マイルのディヴァイズィズにある拘置所まで、彼女をブリッカ――折りたたみ式幌付きの無蓋馬車――で連れていった。曇り空のもと馬車で立ち去るとき、「彼女は道中ずっと、いわば不機嫌に黙り込んだまま、いささかも感情を表に出さなかった」とウィッチャーは書いている。

「まるっきり身に覚えがない人間でも、同じような状況でそんなふうにふるまうだろうし、ひどくやっかいな人間もやはりそう（いずれにしても彼女に覚悟が十分にあるとして）ふるまうだろう」と、《ブリストル・デイリー・ポスト》は指摘している。

集まっていた人々は立ち去る馬車を黙って見送った、と《ウェスタン・デイリー・プレス》。だが《トロウブリッジ・アンド・ノース・ウィルツ・アドヴァタイザー》によると、コンスタンスは「繰り返し励まされ」つつ見送られたという。ほとんどの村人は彼女の無実を信じていた、と同紙は報じる。彼女はただ「変わり者」なだけだ、本当の殺人犯が彼女を巻き込もうとしてナイトドレスを盗んだのだ、と。

ウィッチャーとコンスタンスが行ってしまうと、治安判事たちはフルームへ、サヴィルの名付け親であるドクター・マラムと、「以前ミスター・ケントのもとに住み込んでいた女性」――おそらくはもと子守のエマ・スパークスを――迎えにやった。ウィッチャーがその二人の証言を引き合いに出し、治安判事たちが直接話を聞きたがったのではないだろうか。

治安判事たちから、ロード・ヒル・ハウスでもう一度ナイトドレスを捜索するようにという指示が出された。サミュエル・ケントは警察を屋敷に入れ、その日の午後遅く、屋敷内ではあらゆるものが「屋根裏から地下室まで、ひっかきまわされたりひっくり返されたりした」と《フルーム・タイムズ》。だがナイトドレスは見つからなかった。

ウィッチャーは、逮捕のショックでコンスタンスが自白することを期待していたに違いない。彼が好んだ策略のひとつは、証拠がなければはったりをかける、自信たっぷりに責めるという手だったのだ。彼の初めて報じられた逮捕――ホウボーンの売春宿で羽毛の襟巻きを身につけていたハウスメイドの逮捕――の際にもこの手が使われたし、ディケンズに話して聞かせた、うらさびれた田舎のパブで馬泥棒をつかまえた話にもこの手が出てくる。「むだだね」。ウィッチャーは、怪しいと思ったものの一度も会ったことがない男にそう言った。「おまえのことはお見通しだ。わたしはロンドンから来た警官で、おまえを重罪で拘引する」。泥棒の仲間二人を、連れが大勢いるふりをして追い払った。「わたしひとりで来ているわけじゃないぞ、どう考えようと勝手だが。お呼びじゃないんだ、引っ込んでろ。それが身のためってもんだ、おまえたち二人のこともよくわかってるんだからな」。そのときの馬泥棒と仲間たちは、くじけた。[注3] だがコンスタンスはくじけなかった。公判のために彼女を拘禁したことを正当化する証拠を見つけ出すのに、ウィッチャーには一週間しかなかった。

ウィッチャーはトロウブリッジから、スコットランド・ヤードに近いストランドにある昼夜営業の電信局へ五シリングの電文を送信、サー・リチャード・メインに応援の派遣を願い出た。「本日、確証のもとに三女のコンスタンスを逮捕、彼女は一週間再勾留されます。治安判事はこの件の証拠固めを全面的にわたしに委ねました。わたしは困難な立場にあって、援助を望みます。部長刑事のウィリアムスンまたはタナーをよこしていただけないでしょうか」。ウィリアムスンとタナーは、ウィッチャーが最も信頼する相棒である。後刻このメッセージを受け取ったメインは、返事を返した。「ウィリアムスン部長刑事またはタナー部長刑事を至急行かせる」

ウィリアムスン部長刑事が、ベルグレイヴィアのチェスター・スクウェアにあるメインの自宅へ、金曜日の午後、緊急に呼び出された。警視総監にロード行きを指示されたウィリアムスンは辻馬車でストランド電信局へ向かい、そこからトロウブリッジへメッセージを送って、ウィッチャーに自分が行くことを伝えた。

フレデリック・アドルファス・ウィリアムスン——通称〝ドリー〟は、ウィッチャーの秘蔵っ子だった。たびたび一緒に仕事をし、ごく最近では名高い宝石泥棒のエミリー・ローレンスとジェイムズ・ピアスを逮捕していた。ドリーは二十九歳の賢い精力的な男で、勤務時間外にはフランス語を勉強していた。注4柔和な丸顔にやさしげな目の持ち主だ。父親は警視で、初の警察署図書館を設立した人物である。ドリーはグレイト・スコットランド・ヤードのパレス・プレイス一番地にある宿所に、十六人の独身警官とともに住んでいた。[注5] 同宿のひとり、ティム・キャヴァナーがのちに、その寄宿寮にいた猫とドリーの話をしている。キャヴァナーによると、トンマスというこの猫には「そのへんの猫を殺して食べる」習性があって、警察寮の近所から始末するようにと要求されていた。「残念でしかたがなかったけれども、そいつの首のまわりに石をくくりつけて川に流した。〝トンマス〟をいたくかわいがっていた〝ドリー〟にはそれがひどいショックでね。今だからばらしてしまうが、じつはやつがあの〝猛者〟に夜中の仕事を仕込んでいたんだ。一度といわず、〔トンマスが〕鹿肉とか野ウサギや飼いウサギを近所から持ち帰ってきた」。[注6] この話からは、猫を訓練して殺しをさせるかと思うとその死を悼む、冷酷さとやさしさの両面をもつウィリアムスン像が浮かび上がる。のちのち、彼は刑事課を率いていくようになるのだ。

ロード・ヒル・ハウス殺人事件のように残酷で計画的な犯罪をする能力が、思春期の少女にあると一般大衆が信じるかどうか、ウィッチャーには知りようがなかった。だが、ロンドンの貧民街での経験から、彼は凶悪ないたずらっ子たちがどんなことをしでかすか知っていた。一八三七年十月十日、ウィッチャーが警官になった最初の月のうちに、ホウボーンのセント・ジャイルズ貧民窟付近で、八歳の女の子が狡猾ないたずらをしてつかまった。彼女が通りに立って派手に泣いていると、やがてまわりに人だかりができる。泣きじゃくりながら彼女は、二シリングをなくしてしまった、うちに帰ったらお仕置きされてしまうと集まった

フレデリック・アドルファス・“ドリー”・
ウィリアムスン、1880 年代
（部長刑事から警部、警視正に昇進）

首都圏警察の
総監サー・リチャード・メイン、
1840年代

人々に説明する。そして小銭をめぐんでもらうと、何本か先の通りへ移動しては同じ手を繰り返すのだ。E管区の巡査が、彼女がそれを三回やるのを見届けてから逮捕した。治安判事裁判所で、彼女はまた両親の恐ろしさを訴えた。弁明しようとしているのか、それともここでもまただまそうとしているのか、見分けるのは難しい。「被告人は泣きながら、父親と母親に櫛を売らされていたと言い、毎晩二シリングか三シリング持って帰らないとひどくぶたれる、ひとつも売れなかった日にはそのようにして必要な金を手に入れたのだという」と、《タイムズ》は報じている。翌十月十一日には、十歳の少女がホウボーンの時計屋を襲おうと窓ガラスを割ったという嫌疑をかけられた。治安判事裁判所には、仲間の十歳の子どもたち一団が彼女に同行した。「彼らの格好は裏社会ふうで、外見も態度も、年端もいかないというのに泥棒や売春婦を思わせる」と《タイムズ》。そのうちのひとりの少年が、窓の取り替えにかかる三シリング六ペンスという少女の罰金を払いにきたと言い、軽蔑したようにその金を投げつけた。

罪を犯す子どもたちは、ほぼ決まって虐待されている。ホウボーンに勤めた最初の何週間かでウィッチャーは、親が子をぞんざいに、あるいはひどく扱う例をいやというほど目にしてきた。同僚のスティーヴン・ソーントンは、酔っぱらった交差点掃除婦のメアリ・ボールドウィン（別名ブライアント）を逮捕した。セント・ジャイルズ一の悪名高い家族の一員である彼女は、自分の三歳の娘を殺そうとしていたのだ。彼女は子どもをかばんに入れて、手荒く舗道に投げつけた。通りかかった人が女の子の悲鳴を聞いて母親をいさめると、ボールドウィンは車道に駆け出していって、乗合馬車の行く手にかばんを置いた。子どもは数人の乗客に助けられた[注7]。

そのころから、中流階級の子どもたちもまた、傷ついたり堕落したりすることがあると明らかになってきた。犠牲になる者と犠牲にする者を見分けることがほとんど不可能なこともある。一八五九年、十一歳のユージニア・プラマーという少女が、彼女の個人家庭教師でウォンズワース刑務所付き牧師のミスター・ハッチを、彼の家に寄宿していたとき自分と八歳の妹に性的ないたずらをしたと言って告発した。八歳の妹ステファニーがその話を認めた。被告人のハッチには証言が許されないという忌まわしい裁判を経て[*2]、彼に重労働の懲役四年の判決が下る。しかし、一八六〇年五月、ロード・ヒル殺人事件の数週間前に、ハッチはユージニアを偽証罪で訴えることに成功した。今度は被告人は彼女のほうで、したがって証言することができない。陪審は、何もかも彼女のでっちあげだったという判決を下した。牧師の弁護士による、彼女の告発は「まったくの作り話、性的関心過剰で下劣な想像力の産物」だという主張が認められたのだった[注8]。

ロード・ヒル殺人事件について、《モーニング・ポスト》は影響力の大きい社説でこうほのめかしている。「中には邪悪さにかけてとんでもなく早熟な子どももいるということをユージニア・プラマーが教えてくれていなければ、〔サヴィルを殺したのが〕子どもだということは信じられなかっただろう」。ユージニアは性的に早熟だったわけだが、その冷静なまし方、プレッシャーに耐える平静さ、抑制、自分の不安を露骨な嘘へ向けるやり方においても早熟である。一八五九年に聖職者が子どもに性的ないたずらをしたとして有罪判決を受けたことに、新聞の読者はおののいたかもしれないが、一年後、状況がひっくり返って、悪の化身、自分のみだらな妄想でひとりの男の人生を破滅させたのは子どものほうだったと明らかになったときには、それ以上の不安な気持ちになったはずだ。[*3] しかし、これでもまだ確かではない。《ブラックウッズ・エディンバラ・マガジン》が一八六一年に指摘しているように、議論の余地がない事実はただひとつ、「どちらか一方の陪審が罪のない人間に有罪判決を下した」ということなのだ。

土曜日の朝、ウィッチャーはトロウブリッジの北西二十五マイルにあるブリストルへ赴き、妻と四人の息子、二人の使用人とともにその街に住む、ジョン・ハンドコック警視正を訪ねた。ハンドコックはウィッチャーの昔の仲間で、二十年前に二人とも巡査だったころ、ホウボーンの通りで一緒に仕事をしていた。ウィッチャーは二時間ほどブリストルを辻馬車で捜査して回り、そのあと列車で北へ二十マイルのグロスターシャー、チャーベリーへ向かった。そこから十八マイルほど馬車に揺られて、オールドベリー・オン・ザ・ヒルの、コンスタン

＊2　一八九八年まで、被告人は自分が審理される裁判で証言することを許されなかった。
＊3　もしユージニアが嘘をついていたとしたら、彼女が十一歳で早くも婚約していた、家族の主治医でもあるミスター・ゲイは、彼女の生活でどういう役回りだったのだろうかと考えさせられる。この外科医は彼女のことを自分の〝幼な妻〟と呼び、彼女の体に性的いたずらをされた徴候があるか調べたのは彼だった。「わずかながら暴行の痕跡」を認めた、とゲイは述べている。

スのもうひとりの学友、十五歳のルイーザ・ハザリルの家へ。[注9]
「彼女から、家にいる幼い子どもたちの話を聞いたことはあります」とルイーザ。「両親がその子たちをえこひいきしているってことでした。弟のウィリアムが子どもたちの乳母車を押してやることになっているんだけれど、弟はいやがっているって言ってました。お父さんが幼い息子を上の息子と比べて、ずっとりっぱな男になるだろうって言うのを聞いたことがある、とも。……亡くなったあの子のことでは、特に何か言ったことはありません[注10]」。ルイーザの話からは、コンスタンスがかかえていた怒りはすべてウィリアムのことを思うあまりだったかのように思える。

ルイーザもエマ・ムーディと同様、ウィッチャーにその友人がタフな女性だということを認めた。報告書の中で彼は、コンスタンスは「頑丈でたくましい体つきの少女で、学校の仲間たちは彼女がみんなとレスリングするのが好きだった、自分の強さをひけらかし、いつかヒーナンやセイヤーズと戦いたがっていたと言っている」。アメリカのジョン・ヒーナンと英国のトム・セイヤーズのヘビー級ボクシング試合には、国じゅうがとりことなり、最後の試合は情け容赦のない、グラブをつけない旧式ルールで戦われることになった。ヒーナンはセイヤーズより六インチ背が高く、四十六ポンド重い。二時間に及ぶ血みどろの戦いは引き分けに終わり、セイヤーズはパンチを防いで右腕を骨折、ヒーナンのほうは右手をだめにしたうえ殴られた両目は失明寸前だった。少女たちはウィッチャーに、コンスタンスは力自慢で、彼女相手の格闘は「みんながいやがっていた」と教えてくれた。

いちばんウィッチャーの見解に好意的だった新聞、《サマセット・アンド・ウィルツ・ジャーナル》の土曜日の小記事が、ウィリアムの共謀をそれとなくにおわせた。その少年が「厚いブーツをはいていたので、裏階段を使う習慣だった」というゴフの発言を、読者に伝えたのだ。ケント夫妻がウィリアムをおろそかにしていたという意見を裏付け、殺人者がサヴィルを家から連れ出すときに使ったとウィッチャーが考えている使用人用階段に彼を結びつける内容だった。その記者は、サヴィルを刺したのは「共犯者だったのではなかろうか。もし本当に二人が関わっていたとすれば、二人の関わり方は対等だったかもしれない」と示唆した。コンスタンスが拘置所にいるあいだ、ウィリアムも収監されているといううわさが流れた。注11

ブリストルで、そしてトロウブリッジに戻って、ウィッチャーは記者たちに捜査の要点をかいつまんで話し、コンスタンスの不満と母系の精神障害を強調した。「精神障害があるかもしれないというのが、ウィッチャー氏が捜査において特に注意を向けた問題だった」と、《トロウブリッジ・アンド・ノース・ウィルツ・アドヴァタイザー》。記者たちが聞かされたその理由は、「二、三歳の子どもが犠牲になる殺人事件で、犯人が精神を病んだ状態でなかった例は、あったとしてもほとんど記録に残っていない」というものだった。動機については、「殺された子どもは家庭内の寵児で、母親に溺愛されていたという」。使用人と最初の結婚で生まれた子どもたちはつらく当たられ、二番目のミセス・ケントは「あらゆることを自分の支配下に、容赦なく押さえ込んでいた」と、記者たちは聞かされた。

ウィリアムスン部長刑事が七月二十一日の午後、トロウブリッジに到着した。ディケンズの雑誌《オール・ザ・イヤー・ラウンド》のその日の号では、フランス人探偵フランソワ・ユージーン・ヴィドックの新しい伝記について、ウィルキー・コリンズが書いている。コリンズはヴィドックの「生意気で巧妙、大胆な」手法、「獲物である人間を突き止め、捕まえる際の対応ぶりや忍耐力」、「賢さ」を称賛した。犯罪王から転じて警察のチーフとなったこのフランス人は、英国の刑事たちが比較の対象とされる、英雄的存在なのだった。

七月二十二日日曜日、泊まっているウールパック・インの部屋から、ウィッチャーはサー・リチャード・メインへの第二の報告書、コンスタンスに不利な証拠の概要を述べる五枚の文書を書いた。自分の証拠は、なくなったナイトドレスと、コンスタンスの学友たちの証言に頼るものだ、と。そして、その他の疑わしい状況を列挙した。事件はコンスタンスとウィリアムが寄宿学校から帰省した直後に起きた。屋敷内でひとり部屋に寝ていたのは彼女とウィリアムだけだった。この二人は以前、屋外便所を隠し場所に使ったことがある。彼女にはサヴィルを殺すだけの力が身体的にも精神的にもあったと、メインに断言した――「彼女の精神力は非常に強いように思える」。ウィッチャーはメインに、ウィリアムスンを派遣してくれた礼を述べ、地元警察との関係がうまくいっていないことを念押しした。「今回の件で州警察が当然いだいている嫉妬心により、彼らと行動をともにすることに関してはじつに不愉快な状況にある。彼らはミスター・ケントと子守を疑っており、最終的にわたしの意見が正しいということになれば、彼らが間違っていたとなるわけだが、わたしはできるかぎり彼らと協力して行動するよう慎重に努めてきた」[注12]。ウィッチャーは、ほかの警官たちに対して失礼にならないよう、慎重に自己弁護している。

メインへの報告書の中で、ウィッチャーはウィルトシャー警察の推測をしりぞける理由を述べている。彼は事件直後のサミュエル・ケントのふるまいを弁護した。サミュエルが出かけたことを不審に思う者は多い——もし彼が殺人に関与していたなら、トロウブリッジへ行くことで遺体発見時に居合わせずにすむばかりか、有罪の証拠となるものを処分する機会ができただろう、と。しかし、なんでもないという解釈もある。知らせが伝わっていることを確かめたい、心配でいても立ってもいられない気持ちから、というものだ。「ミスター・ケントに対する疑いに関しては、事件後の彼はトロウブリッジへ四マイルほど馬車で駆けつけ、子どもがさらわれたと警察に知らせたのだと判明。あの状況下では完全にすじが通った、ごくあたりまえの行動だと考える。わたしの考えでは、それまでに敷地内を一部捜索し、彼が出かける時点では捜索が継続していた自宅に残っていたほうが、よほど不審ではないだろうか」

サミュエルがトロウブリッジに行くのにどのくらい時間がかかったか、ピーコックが彼に追いついたのはフォーリーを迎えにやる前だったのかあとだったのかには、諸説ある。七月七日の《サマセット・アンド・ウィルツ・ジャーナル》の説では、ピーコックはケントがトロウブリッジに着く前に追いつき、ケントはすぐさま引き返したが、聖職者のほうは町まで馬を走らせてフォーリーと彼の部下たちを呼んできた。ケントが出かけてから一時間たっていたとし、トロウブリッジはロードからほんの四、五マイルなので、この説だと説明のつかない時間がたっぷり残る。この時間に、ケントは凶器なりその他殺人の証拠となるものなりを始末することができただろうか？　ひと月後、同紙はもとの話を訂正した。ケントがロードへの帰途についていたところへピーコックが声をかけた。ケントは子どもがいなくなったことをすでにフォーリーに知らせていた、と。七月五日付《バース・クロニクル》で初めて公表された説と一致するこの話だと、無理のない時間配分になる。

村人たちの中には、ケントのことを尊大で気難しい主人だと言う者もいた。彼が使用人に対して乱暴だったりみだらなことをしたりしたせいで、彼がロード・ヒル・ハウスに移ってきて以来、多くの使用人が去っていったという。だがウィッチャーは、彼はりっぱな男で、感傷的ですらあると見ていた。「品行については、彼に不利なところは見つからなかった。今住み込んでいる使用人と辞めて出ていった使用人からは、彼とミセス・ケントの夫婦仲は申しぶんないと聞かされた。そのうちのひとり（産後付き看護婦）の話では、彼はあきれるくらい妻にぞっこんで、殺された子どもを目に入れても痛くないくらいかわいがっていたという。まさにそのせいであの子が早死にすることになったのだと考える」

もうひとりの容疑者は、自分がサヴィルの遺体を発見すると予言したかのように思えたウィリアム・ナットだった。彼は、ロード・ヒル果樹園のリンゴを盗んだと自分の家族の一員を訴えたサミュエルに、恨みをもっていた。ナットはエリザベス・ゴフの愛人ではないかと言う者もいた。「子どもを発見した証人のナットに関して取り沙汰されている疑いには、根拠がないと思う」とウィッチャーは書いている。「〝生きている子どもが見つからなければ死んだ子どもも捜す〟という発言をしたのは、彼とベンガーがほかのところを捜したあげくに屋外便所へ捜しにいこうとしていたときのことで、ごく自然に思えるからだ」。「子守とあるまじき関係を結んでいる」というほのめかしについては、「何の根拠もないいいがかりで、彼女のほうはそもそも彼のことを知りもしなかった。もし知っていたとしても、彼女が彼に声をかけたことはなさそうだし、思いを寄せてくれる相手として以上に気さくに声をかけもしないだろう。彼女は身分のわりに容姿や態度がかなりすぐれているが、一方ナットはだらしなく下卑た男で、いくじなしの喘息もちのうえ、足も不自由なのだ」

ウィッチャーは一貫してゴフを無罪だと弁護した。彼女のふるまいに容疑者らしく思わせるところは何もない、と。サヴィルの毛布がなくなっていることにいつ気づいたかについて、彼女が奇妙に矛盾した発言をしたことは無視している。初め彼女は遺体が見つかる前に気づいていたと言い、次には遺体が見つかったあとになってやっと気づいたと言った。ただ、もしそれが混乱ではなく嘘だったとしたら、無意味な嘘に思える。毛布が持っていかれたと知っていたことを、ゴフが隠す必要などない——寝具をよく確認することは仕事上自然なふるまいだからだ。話を変えたことによって、彼女は自分に疑いを招くことにしかならなかった。午前五時にサヴィルがいないことに気づいたとき、彼女はどうしてすぐに異常を知らせなかったのかという話にも、同じようなあいまいさが残る。ぐずぐずしていたのは妙に思える。

それでも、もし彼女が犯人だとしたら、きっとまるっきり知らせようとしないのではなかろうか。サヴィルの姿が見えなくなった朝、七時少し前に、ゴフが子守手伝いのエミリー・ドールに子どもがいないことを言わなかったのが怪しいと考える者もいた。だがウィッチャーは、何も言わなかったことが「彼女の有利を語っているようだ」と考える。なぜなら、母親が子どもを連れていったものと信じて疑わなかったこと、騒ぎだてする理由がなかったことを示すからだ。彼はまた、彼女が七時十五分にミセス・ケントを起こしたときの、「坊っちゃんたちはお目ざめですか？」という言い方からも、彼女の潔白がうかがえると指摘した。

ゴフの故郷アイルワースの警察が、彼女の人柄について調査するよう指示を受け、七月十九日に報告書を送ってきた。それはウィッチャーの感じていたことと一致した。「りっぱで頭がよく、思いやりがあってやさしい、たいへんな子ども好き」。恋人らしき存在については、刑事たちは「ロードあるいはその近辺で、彼女に男性の知り合いがいるかどうかさえ」形跡を見つけることができなかった。[注13]

ミセス・ホリーが、娘のひとりと結婚しているウィリアム・ナットをかばおうとして、コンスタンスに罪をきせるために彼女のナイトドレスを隠滅したのではないかと憶測する人々もいた――この説の完全版には五人の共謀者が関わる。ナット、ホリー、ベンガー（サミュエル・ケントが石炭の代金をふっかけた彼を非難したことがある）、エマ・スパークス（ソックス事件のことを証言した、前の年にサミュエルが解雇した子守）、そして川で釣りをしてサミュエルに起訴された姓名不詳の男。[注14] ミセス・ホリーが七月二日月曜日より前にナイトドレス紛失のうわさを聞いたと主張しているという、少し怪しい事実以外には、五人のうちの誰にもほとんど証拠がない。ウィッチャーはこう説明している。「ナイトドレスのうわさは……警察が押収して調べたがその日の午前中に返却された、メアリ・アンの汚れたナイトドレスのことだったに違いない」

日曜日、サミュエル・ケントは拘置所に娘を訪ねる許可を受けた。ウィルトシャーのもうひとつの羊毛の町、ディヴァイズィズへ、彼はロンドン生まれでフルーム住まいのやもめの事務弁護士、ウィリアム・ダンを同伴した。ローランド・ロドウェイはコンスタンスが犯人と考えていたため、サミュエルの法的代理人を辞した。のちに、彼と同意見だったに違いないミセス・ケントの代理人は引き受けている。今回の事件は、ダンが日ごろ付託されている件とはかけ離れていた。前月の彼は州裁判所で、欠陥品のカブ切り器を売りつけられた男と、もうひとり、牛が競争相手の農民に棒で突かれてこぶし二個ほどの大きさのコブをつくったという男の、代理人を務めていたのだ。[注15]

中心部に所長のオフィスがあって、そこから放射状に監房が百室配されている車輪形に設計された刑務所に到着すると、サミュエルは娘に面会できる気分ではなくなり、ダンを代わりに監房へ行かせた。理由は推し測れない。《タイムズ》には、「父親としての感情に圧倒されて、面会を果たせなかった」と書かれたが、その書き方からはサミュエルの感情がコンスタンスの父としてのものなのかサヴィルの父としてのものなのかは、はっきりしないのだ。

コンスタンスへの憐れみ、あるいは憎悪の重さにくじけたのだろうか。《バース・クロニクル》の論調も、同じく判然としない。「娘に面会するという試練に耐えきれなかったので、彼は隣室に残り、事務弁護士がミス・ケントと相談した」。サミュエルが息子の死について は何も話したがらなかったのかもしれない。事件後何週間も、彼はだんまりを決め込んでいたようだ。「ミスター・ケントは最初から最後まで、わたしに対し、殺人事件のことはおくびにも出そうとなさいませんでした」と、エリザベス・ゴフがのちに述べている。「若いお嬢さまがたは話されましたし、ミス・コンスタンスもですけれど、ミスター・ケントは話されませんでした。ウィリアムさまは、そのことでよく泣いておいででした」

弁護士であるダンが監房にコンスタンスを訪ねると、彼女は自分は無実だと繰り返し訴えた。ダンは地元のホテルに寝心地のいいマットレスを取りにやって、彼女の監房生活が少しでも快適になるようにし、特別の食事が出されるよう手配した。

その後刑務所職員が、待機している記者たちにかんたんな説明をした。「確かな筋によると、拘置所内でのミス・ケントの様子は落ち着いて静かだということだ」と、《ウェスタン・モーニング・ニューズ》。「自分は無実だと強く意識し、そういう立場に置かれていることを恥じているらしい」

「面会のあいだ、彼女は終始穏やかで落ち着きはらっていたということだ」と、《バース・クロニクル》。「もちろん、収監されて以来ずっとそうだったものの、きわどい立場にあるつらさから、無理もないことだが、どことなく面変わりしたとのこと。それでも、彼女の全般的な様子が刑務所職員に感銘を与えたことから、職員らは、ともかく、今回の忌まわしい一件で彼女は無実のように見えると言ってはばからない」

第十章　星に流し目をくれる

七月二十三日〜二十六日

ロード村で起こった殺人事件を任された時点で、ウィッチャーには二度ほど幼い男児の不審死の捜査を率いた経験があった。ひとつは教区牧師ボンウェル師と非嫡出子である息子の事件で、その一件はロンドンの控訴裁判所であるアーチ裁判所でなお審理中だ。もうひとつは、十年ほど前の一八四九年十二月に起きた。ノッティンガムシャーから警視がスコットランド・ヤードへやってきて、嬰児殺しらしき一件にロンドンの刑事たちの協力を求めたのだった。

ノッティンガムシャー、ノース・レヴァートンのある男が、郵便で男児の死体が入った箱を受け取ったと警察に通報してきた。子どもはスモック、麦わら帽、ソックスとブーツを身につけ、「S・ドレイク」という名前入りのエプロンに包まれていた。男は警察に、自分の妻にはサラ・ドレイクという、ロンドンで料理人兼家政婦として働いている姉妹がいると伝えた。

ウィッチャーとノッティンガムシャーの警視は、サラ・ドレイクが働いているアッパー・ハーリ・ストリート三十三番地の屋敷へ直行し、彼女を子ども殺しの罪で告発した。「どうしてわかったんでしょう？」と彼女は訊いた。二人が名前入りのエプロンのことを教えると、彼女は座り込んで泣いた。

その晩、ドレイクは警察署で、彼女の着衣と持ちものを調べるために雇われた女性検査官相手に、ルイスという名の男の子を殺したと自白する。ドレイクが検査官に語ったところでは、男児は彼女の私生児で、生まれてから二年間、ほかの女性に金を払って世話をしてもらいながら、自分はなんとか使用人としての仕事を続けてきたのだという。ところが、支払いが滞って、腹を立てた養い親はルイスを彼女に返した。年に約五十ポンドを払ってくれるアッパー・ハーリ・ストリートの〝働き口〟を失いたくないばかりに、サラ・ドレイクはハンカチーフで息子を絞め殺した。そして箱に詰め、埋葬してもらいたいと願って地方にいる姉妹とその夫に送ったのだった。

ウィッチャーは証拠を集めてドレイクの自白を固めた。あわれなほど容易な仕事だった。彼女の寝室に、箱に入っていたのと同じエプロンが三枚と、箱の錠に合う鍵があったのだ。彼は、生後三カ月から週給五シリングでルイスの世話をしてきたミセス・ジョンストンに話を聞いた。十一月二十七日に、アッパー・ハーリ・ストリートでルイスを母親に返したという。ドレイクがもう一週間ルイスを預かっていてほしいと頼むのを、彼女は断わった。子どもはかわいかったが、母親が約束どおりに支払ってくれないことがたびたびあって、もう何カ月か未払いのままだとのことだった。ルイスをアッパー・ハーリ・ストリートに置いて帰る前に、ミセス・ジョンストンは自分の息子の世話をするようサラ・ドレイクを説得した。

わたしは彼女に、すごくすくすく育って、元気な坊やになったと言いました。それから、帽子とペリース〔毛裏付きの上着〕を脱がしてあげたほうがいい、出かけるときに風邪をひいてしまうから、とも言いました。あの人はそのとおりにしました。坊やの首に小さなハンカチーフが巻いてあって、あの人が、「あなたのでしょう、お持ちください」って。わたしは、「ええ、でも、そのままにして、外に出るときも暖かいように」と言いました。この子はもうすぐ何か食べたがるはず、とも言いました――そしたら、「わかりました。何でも食べるんでしょう?」という答えでした。わたしは「ええ」って言って、おいとましました。

帰っていく彼女をドレイクが呼び止めて、未払い金はいったいいくらになっているかと訊いた。ミセス・ジョンストンが九ポンド十シリングだと答えると、それに対してドレイクは何も言わなかった。

ミセス・ジョンストンがウィッチャーに語ったところでは、翌週金曜日にルイスを訪ねていったら、サラ・ドレイクは、あの子は友だちのところにいると言ったという。「わたしの代わりにあの子にキスしてあげてって頼みました。あの人、〝ええ、そうします〟って言ったんですよ」

　ウィッチャーは、アッパー・ハーリ・ストリート三十三番地の使用人たちにも話を聞いた。キッチンメイドは、十一月二十七日の夜、ドレイクが自分の寝室から執事のいる食料貯蔵室へ箱を持っていってほしいと頼んできたことを思い出した。「やっと持ち上げられるくらいの箱でした」。執事は、ドレイクから箱に宛て先を書いて、翌朝ユーストン・スクウェア駅に届ける手配を頼まれたという。従僕《フットマン》は、自分がその駅へ運び、そこで重さを量ると三十八ポンドだったので、八シリング払ってノッティンガムシャーへ送ったのだと言った。

　ミセス・ジョンストンは警官に同行してノース・レヴァートンへ行き、男児の身元を確認した。ルイスに間違いなかった。「わたしが首に巻いてあげたハンカチーフも、見覚えのあるペリースもケープもありました」。検死した外科医によると、男児を殺してしまうほどきつくハンカチーフが引っぱられていたかどうか確かではないという。子どもには殴られた形跡があり、それが死因となったという見込みのほうが大きかった。

　裁判でのサラ・ドレイクは、目を伏せて体を前後に揺らし、時おり痙攣を起こした。激しく苦悶している様子だ。裁判官が陪審に、彼女には精神障害の既往歴はないが、子どもを自分のもとに突然置いていかれたショックと脅威から理性が錯乱したと判断していいかもしれないと告げた。「そう判断する前によくよく考えなくてはならないのは……陪審が残虐な犯罪から精神障害のみを推論することは決してできないし、絶対にあってはならないということだ」と警告して。陪審はサラ・ドレイクを、一時的な精神障害という理由で無罪とした。

彼女は気を失った。[注1]

ヴィクトリア朝時代の英国には、貧しくて絶望した女性による私生児殺しが多かった。一八六〇年、子どもが殺されたという事件は新聞で毎日のように報道されていた。たいてい、犠牲になるのは新生児、手にかけるのはその母親だ。一八六〇年春には、サラ・ドレイク事件が気味悪くも再現される。アッパー・ハーリ・ストリートから一マイルかそこらのアッパー・シーモア・ストリートで家政婦兼料理人として働くサラ・ゴフが私生児を殺し、小包にして、パディントンから列車でウィンザー付近の修道院に送った。彼女もやはりすぐに突き止められた。包みの中に、彼女の雇い主の名前が入った紙片があったのだ。[注2]

陪審はサラ・ドレイクやサラ・ゴフのような女性たちに憐れみを示し、邪悪なのではなく精神に異常をきたしたと考えたがった。彼女らは法律と医学の新しい考え方に救われた。法廷では一八四三年以降、〈マクノートン・ルール〉によって〝一時的精神錯乱〟を弁護に用いることができるようになっていた（一八四三年一月、スコットランドのろくろ師、ダニエル・マクノートンが、首相と見間違えてサー・ロバート・ピールの秘書官を撃ち殺した）。精神科医たちが、正気の人間が陥りやすい種類の精神錯乱状態を詳述した。女性は出産の直前や直後に産褥精神病にかかることがある。女性は誰でもヒステリーを起こすことがある。そして、人は誰しも、知力と無関係な精神障害の一種、偏執狂に陥ることがある――そういう精神障害をわずらうと、感情的には錯乱しながらも冷静な狡猾さを見せることがありうる、と。[注3]こうした基準によると、どんなありふれた暴力的犯罪も精神錯乱の現われとして理解できそうだ。《タイムズ》は、一八五三年の論説でそのジレンマを適切に説明している。

　正気と精神錯乱の境界を画する一線ほど、かすかにしか定義できないものはなさそうだ……あまり狭義にしてしまっては意味がない。かといって定義の幅を広げすぎると、人類全体がその網にひっかかってしまう。厳密に言うなら、情熱、偏見、悪徳、虚栄に負けるときのわれわれはみな頭がおかしくなっているのだ。だからといって、情熱的で偏見をもった虚栄心の強い人々がみな精神病院にとじこめられるとしたら、誰がその精神病院の鍵を預かればいいのだろう？[注4]

　コンスタンス・ケントやエリザベス・ゴフが精神異常なのではないかという疑いは、新聞の紙面に現われつづけた。ミセス・ケントが産褥精神病の発作中に息子を殺したとほのめかす記事さえあった。[注5]コンスタンスが拘置所に引き止められているあいだに、ミスター・J・J・バードなる人物から《モーニング・スター》へ、サヴィル殺しは夢遊病患者のしわざではないかという投書があった。「夢遊病者がどんなに几帳面に苦心した行動をとるか、ご存じのかたばかりだろう。思い当たるふしがある人たちを夜間しばらくのあいだ観察してみるといい」。彼が引き合いに出した事例によると、幻覚を起こした夢遊病患者が、開いたままじっと動かない目で、人のいないベッドを三回突き刺したという。もしも夢遊病者が無意識のうちに暴力をふるうことがあるとすれば、サヴィル殺しの犯人が自分のしたことに気づいていないということもありうる、と彼は言うのだ。ひょっとしたら、殺人者は二重人格かもしれない[注6]。精神異常がそういうかたちをとることもある、ひとりの体にいくつもの人格が宿ることもあるという考え方は、この世紀半ばの精神科医や新聞読者を魅了した。バードの投書は、翌週のあいだいくつもの地方紙に転載された。

七月二十三日月曜日、ウィッチャーはドリー・ウィリアムスンにそれまでの捜査の概要を伝えた。バース、ベキントン、ロードへ彼を連れていった。そして火曜日、テンパランス・ホールに貼り紙をした。「報賞金五ポンド――ミスター・ケントの住まいから紛失した女性用ナイトドレス。川に投げ込まれたか燃やされたか、あるいは近所で売られたと思われる。そのナイトドレスを見つけてトロウブリッジの警察署に届けた方に、上記報賞金を進呈する」。彼はその日、自分が集めたコンスタンスに不利な証拠を用意した――治安判事の書記官、ヘンリー・クラークが、調査結果をフールスキャップ判の用紙四枚に書き出した。水曜日、ウィッチャーはウォーミンスターへ出かけて、重要な証人、エマ・ムーディへの召喚状を送達し、ウィリアムスンをグロスターシャーのロングホープにあるウィリアムの寄宿学校へ派遣して、少年のことをさぐらせた。

雨が降るなか、二人の刑事はロード・ヒル・ハウスの敷地でナイトドレスを探した。

その週末、『白衣の女』の連載第三十四回で、主人公はサー・パーシヴァル・グライドが死にもの狂いで隠そうとしてきた秘密、卿の家族の過去に埋もれた恥辱を発見する。だが、彼が知っただけでは十分ではない。その浅ましい男をつかまえるには、証拠を見つけなくてはならない。ウィッチャーの苦境もそれと似ていた。サラ・ドレイク事件では、エプロンを容疑者に突きつけて必要な自白を引き出した。コンスタンスのナイトドレスを見つけられさえすれば、きっと同じように物的証拠と自白をまとめて用意してみせるのだが。

ポーのデュパンは述べている。「経験が示すように、また真の哲学ならつねに示すであろうように、巨大な、もしかしたらそれをうわまわる量の真実が、一見的はずれに思えることから現われる[注7]」。人の注意をひかないようなできごとには隠れた物語が記されている。その読み方がわかりさえすればいいのだ。「先週、私は個人的にある事件の調査をしましてね」と、『月長石』のカッフ部長刑事は言う。「調査の一端には殺人事件があり、もう一方の端には誰にも説明のできないテーブル・クロースの汚点《しみ》があったのですよ。このけがらわしい世界でも、いちばんけがらわしい犯罪をあつかってきた私の経験からして、まだ、とるにたりない些細なことというものにお目にかかったことはありませんよ[注8]」

ナイトドレスを見つけることができなかったので、ウィッチャーはそれが消えた時点に立ち返った。メイドのサラ・コックスに、ナイトドレスをいつ洗濯に出したか尋ねた。事件のあとの月曜日、審問の直前ということだった。七月二日の十時ごろ、彼女は家族の汚れたリネン類をそれぞれの寝室から回収した。「ミス・コンスタンスの分はたいてい、いくらかが日曜日のうちに、いくらかは月曜日に、お部屋か踊り場に放ってありました」。コンスタンスのナイトドレスは踊り場にあったと、コックスは覚えていた。染みはついていなかった、いつもどおり少しばかり汚れていただけだという。「汚れてはいましたよ、ミス・コンスタンスが一週間近くお召しになっていたらそんなものだなというくらいに」。コックスは二階の物置へ衣類を運んで選り分けた。作業を終えると、メアリ・アンとエリザベスに洗濯物台帳に品目を記入してもらい、ミセス・ホリーに回収してもらうよう衣類をバスケットに詰めた。彼女の記憶では、ナイトドレスは三着入れた——ミセス・ケントのとメアリ・アンのとコンスタンスのを。メアリ・アンが台帳にそれを書き込んだのも覚えている（エリザベスは自分の衣類を別にして包み、別の台帳に書き込んだ）。

ウィッチャーがさらにつっこんだ質問をすると、コックスは洗濯物を整理しているあいだにコンスタンスが物置にやってきたことを思い出した。メイドはもう衣類を詰め終わり——「ぞうきん以外はみな片づけてしまってました」——メアリ・アンとエリザベスは洗濯物台帳を置いて部屋を出たあとだった。コンスタンスは「部屋に一歩踏み込んで……ちょっとスカートのポケットを確かめたいんだけど、財布を入れたままだったかもしれないの、とおっしゃいました」。コックスは大きめのものを入れたバスケットをさがして、スカートを見つけた。引き抜いて、ポケットを確かめた。「財布はありませんねと申しあげました。そうすると、お嬢さまが下に行って水を一杯持ってきてとおっしゃいました。わたしは水を取りにいきました。お嬢さまは、部屋を出て行くわたしに裏階段のところまでついていらっしゃいました。水を入れたグラスを持って戻ると、その同じ場所にいらっしゃいましたよ。戻るまで一分とかからなかったと思います」。コンスタンスは水を飲むと、グラスを置いて自室へ行ってしまった。コックスはぞうきんをほかの洗濯物といっしょにして、仕上げとしてひとつのバスケットにテーブルクロス、もうひとつのバスケットにはミセス・ケントのドレスをかぶせておいた。

十一時にコックスとエリザベス・ゴフは、検死官の要請により、〈レッド・ライオン〉での審問に向かった。コックスは物置に鍵をかけずに出かけたという。もうすぐミセス・ホリーが洗濯物のバスケットをとりにやってくるはずだったからだ。[注9]

ウィッチャーはコックスの話を考えてみた。小説『ある退職探偵の日記』（一八五九年）の語り手はこう言っている。「すっかり混乱してしまったときには、ベッドに寝転がって、疑問や混乱が解決するまで待つのがわたしの習慣だ。目は閉じているがはっきり覚醒した頭で、何ものにもじゃまされずに、自分がかかえている問題に取り組むことができる」[注10]。初めから、探偵とはひとりきりで考える人と思われていた。感覚の世界からひきこもって、みずからの仮説という束縛のない空想の世界に入り込む必要がある人間だ、と。集めた情報をつなぎ合わせて、ウィッチャーはナイトドレスについての筋書き《ストーリー》を組み立てた。

コンスタンスがコックスに財布を探してほしいと頼んだのは、彼女にバスケットをあけさせる方途だったと見る。それで、少女にはナイトドレスがどこに入っているかわかる。そして、コックスが水を取りに階下へ行くと、コンスタンスは急いで部屋に入り、自分のナイトドレスを取って隠す。おそらく、自分のスカートの下にだろう（たっぷりしたスカートが一八六〇年に流行の最盛期にあった）[*1]。重要なことだが、このナイトドレスは血のついたものではなく、彼女が土曜日から着ていた替え玉のナイトドレスである。ウィッチャーの考えでは、コンスタンスは血のついたナイトドレスをすでに隠滅していた。バスケットからナイトドレスをこっそり取り返した理由は明確。染みのついていないナイトドレスを洗濯屋がなくしたように思われれば、サヴィルを殺したときの血まみれのナイトドレスはなくなっていないことになる。

ウィッチャーはこう書いている。

> 殺害時に着ていたナイトドレスはあとで彼女が燃やしたか隠したと考える。しかしそれにしても、学校から帰ってきたときにナイトドレスが何枚あったか警察に訊かれることが心配だった。そこで、きっと彼女は偶発事件を用意したのだと思う。非常に巧みな策略に訴えて、数が足りない分は洗濯屋が、事件の翌週なくしてしまったのだと見せかけるようにしたのだ。それを、彼女は以下のようにやってのけたのではないだろうか。
>
> 家族の汚れたリネン類が、事件の（二日）あとの月曜日に、いつものように集められる。そのうちのミス・コンスタンスのナイトドレスは、彼女が殺害のあとに着たものだったのではないか。集められたリネン類が二階の予備室へ運び込まれ、ハウスメイドが枚数を数えて、姉娘たちが洗濯物台帳に記入する。それからハウスメイドが洗濯物を二つの衣類バスケットに入れる。だが、部屋を出ようとする直前、ミス・コンスタンスが

やってきて、バスケットの中を見てほしいと頼む……スカートのポケットに財布を入れたままになっていないかと……どちらのバスケットに自分のナイトドレスがあるのか確かめるためで、彼女の策略の一部だったものと思われる。彼女はすぐに、下に行って水を一杯とってきてほしいとハウスメイドに頼んでいるのだ。メイドは彼女を部屋のドアのそばに残して下階へおりていき、水を持って戻ったときにもそこにいた。このすきに、彼女はナイトドレスを手に入れたものと考える。そのときには洗濯物台帳に記入済みだったナイトドレスをもう一度使い、週末に洗濯物が戻ってきたときになくなっていると言えば、洗濯屋のせいになり、その点を尋問された場合、ナイトドレスが一枚足りないことをうまく説明してもらえる。

コンスタンスは証拠隠滅を隠すため、なんでもないナイトドレスが自分以外の者のせいで紛失したのだと思われるよう工作したのだと、ウィッチャーは考えたのだった。姉とハウスメイドが、ナイトドレスはバスケットに入れたと断言するだろう。ナイトドレスには血の染みなどついていなかったことも。彼女は染みのついたナイトドレスから、屋敷から、注意をそらした。回避であり、殺人を離れたところに隠す手だてだったのだ。

＊1　《ニューズ・オブ・ザ・ワールド》によると、その月、シェフィールドにあるスカートの張り輪鋼工場で働く女性が、機械の回転軸にスカートが挟まって引きずられ、死亡している。

『荒涼館』のバケット氏が殺人者のあざやかな手際に感心して言うように、「みごとな事件——あざやかな事件」だ。バケットはそこで、お上品な若い女性の前でしゃべっていることを思い出して、言い直す。「みごとな事件と申しますのは、お嬢さま、わたしの観点からということです[注11]」

　探偵の仕事は、ちっぽけな指標や糸口や発掘物から過去のできごとを復元することである。そういう証跡は経路でもあり遺物でもある。過去にあった具体的なできごと——この場合は殺人事件——やそのできごとのちっぽけな破片、思い出へさかのぼってたどる道。十九世紀なかばの自然史家や考古学者のように、ウィッチャーは発見した断片を結びつけるストーリーを見いだそうとしていた。ナイトドレスは彼の失われた環《ミッシング・リンク》、それさえあれば彼のその他の発見が意味をなす、あるはずのもの、人間はサルから進化したと証明するのにチャールズ・ダーウィンに必要だった骨格化石に匹敵するものだった[注12]。

　ディケンズは探偵を、天王星の軌道の偏りを観測して、一八四六年に同時にそれぞれ別個に海王星を発見した天文学者、レヴェリエとアダムズにたとえている。この二人の科学者が新たな惑星を発見したのは、探偵が新種の犯罪を発見したような不思議なことだ、とディケンズは言うのだ[注13]。ロード・ヒルについての著書の中でステイプルトンも、天文学者と探偵を結びつけている。「特殊な才能に磨かれた探偵の本能は、誰の目にも見えない、天文学上の計算でしかありかがわからない、見つからない《ミッシング》惑星の位置を、あやまたず示す」。レヴェリエとアダムズは観測から手がかりを集めたわけだが、発見することができたのは推理のおかげ、ある惑星の存在を、その惑星が別の惑星へ及ぼすと考えられる影響から推測したおかげだった。ダーウィンの進化論やコンスタンスのナイトドレスに関するウィッチャーの説と同様、論理と想像力のなせるわざだ。

「星に流し目をくれるとでも言おうか、〔目の網膜の〕外縁を向けてやれば、はっきり星が見えてくる」と、「モルグ街の殺人」でデュパンは言っている（光文社文庫『黒猫／モルグ街の殺人』小川高義訳）。


一方、ウィルトシャー警察は、ウィッチャーを疑う運動を展開していた。殺人犯についての彼の説は彼らの意見と対立するもので、自分がロンドンから呼び寄せられるまでの二週間の捜査は不手際だったと、彼が考えを明らかにしてしまいかねない。よく言えば目立たず独立独歩、悪く言ってそっけない彼のやり方が、地元警察をますますいらだたせたのかもしれない。若くて有能な仲間の〝ドリー〟・ウィリアムスンがやってきたことも、事態を悪化させる結果にしかならなかった。

七月二十五日水曜日、ウルフ警視と署長のメレディス大尉がベキントンにコンスタンスの学校を訪ねて、一週間前にウィッチャーがしたようにミス・ウィリアムズとミス・スコットに話を聞いた。それから《バース・クロニクル》に、訪問の概要を伝えた。教師たちは「コンスタンスをこのうえなく褒め、あらゆる面で彼女は品行方正な生徒だと語った……学業にもよく励み、半年ごとの試験で有望視されるようになって、二位の成績をさらったという。

休暇で帰省する前の何学期かでうかがうかぎり、今回のような恐ろしいことをたくらんでいたはずはないと思われる」

ウルフは《バース・クロニクル》と《トロウブリッジ・アンド・ノース・ウィルツ・アドヴァタイザー》に、子ども時代からのコンスタンスの生活をたどってみたところ、精神異常の証拠は見つからず、「きわめてまともな幼年期だった」と語った。「ミス・コンスタンスが亡くなった子に対してひどく反感をいだいていたという趣旨の、根拠のないうわさが根強く出回っているが、間違っているばかりか悪意あるものだ」と《バース・クロニクル》は書いている。

《フルーム・タイムズ》は、ウィリアムとコンスタンスのバースへの逃避行と、二人の母親の家系に精神異常が出ていることを、重要ではないとする論調になった。代わって同紙が繰り返したのが、「家族の親しい友人」からの、コンスタンスとサヴィルはたいへん仲がよかったという情報だ。「悲しい死を遂げたまさにその日、彼が彼女のためにつくったビーズの指輪をプレゼントしたということからもわかるだろう」。《ブリストル・デイリー・ポスト》は、真犯人が「陽気でいたずら好きな」コンスタンスを罪に陥れたという説を繰り返した。

コンスタンスに不利な事実について懐疑を表明する新聞も、いくつかあった。木曜日の《バース・クロニクル》は、「事件を物語る新たなエピソードは、たんなる仮説としかみなせない。それをよく考えてみると、捜査が実質上前進したとはとても思えない」。新たな証拠は「少しもない」。《マンチェスター・エグザミナー》も同じく納得していなかった。
「このたびの処置には、世論をなだめるため誰かに罪をきせようとする、ロンドンの刑事側の意向といった趣がある」

水曜日、ピムリコーを通り抜ける新しい通り、ヴィクトリア・ストリートに住むミスター・ナイト・ワトスンなる人物がスコットランド・ヤードに立ち寄り、刑事と話をさせてほしいと言った。知り合いにハリエットという女性がいるのだが、以前ケント氏のところで働いていたことがあり、彼女がウィッチャーにあの家族に関する有用な情報を提供できるかもしれないという。リチャード・タナー部長刑事が、今はパディントン近くのグロスター・テラスでハウスメイドをしているその女性に、話を聞きにいく役を買って出た。タナーは、一八五七年に刑事課に配属されて以来、定期的にウィッチャーと組んで仕事をしてきたのだ。メイン警視総監は彼に正式許可を出した。

翌日、タナーはウィッチャーへ、ハリエット・ゴロップとの面談について報告を書き送った。彼女は一八五〇年に、当時サマセットシャー、ウォルトン・イン・ゴーダノに住んでいたケント家で四カ月間、手伝い《ハウスメイド》兼小間使い《パーラーメイド》として働いていたという。

そのころ、最初の〝ミセス・ケント〟が存命だったが、彼女がそこに勤めていたあいだ、〝ミセス・ケント〟が〝ミスター・ケント〟と同室で寝たことは一度もなく、夫人はいつも別の寝室がある区画に寝起きしていた。彼女（ハリエット・ゴロップ）がその家にいたあいだずっと、〝ミセス・ケント〟はひどく悲しそうなみじめな様子だった。当時の〝ミス・プラット〟はその家の家庭教師《ガヴァネス》で、彼女の寝室は〝ミスター・ケント〟の寝室に近く、屋敷の使用人たちは彼女と〝ミスター・ケント〟のあいだにはきっと不適切で親密な関係が続いていると思っていたし、〝ミスター・ケント〟の妻もそう思っていた。このミス・プラットというのが、今の〝ミセス・ケント〟、殺された子どもの母親のことらしい。

ゴロップの言うには、ミス・プラットは「子どもたち全員の監督をすっかり任され、〝ミスター・ケント〟は使用人全員に〝ミス・プラット〟のことを女主人と思うようにと指導した」という。このもとハウスメイドは、そのやり方が気にくわなかったらしい。「〝ハリエット・ゴロップ〟は、最初の〝ミセス・ケント〟はたいへん上品な人で、自分には夫人がまったくの正気に思えたと言っている」

ウィッチャーは金曜日の朝、その手紙に目を通した。ゴロップの証言で、サミュエル・ケントとメアリ・プラットが最初のミセス・ケント存命中に愛人関係にあったといううわさが中身のあるものになり、ケント家の家庭生活の闇がはっきりと描き出された。だが、ウィッチャーにはその証言の使い道がない。このメイドの回想で、コンスタンスに不利な証拠が弱くなる。最初のミセス・ケントが正気だったとすると、その娘が精神異常ということもなさそうだ。そして、姦通者と確認されたサミュエルが、ゴフとベッドにいる不意をつかれたために息子を殺してしまったという説の信憑性が、強くなりかねない。

ヴィクトリア朝時代半ばの家庭で、使用人は、スパイや誘惑者に、さらには侵略者にさえなりかねない部外者として危険視されることが多かった。住み込んで働く者の入れ替わりが激しいケント家の屋敷には、そういう危険な使用人が大勢いた。家族の性生活やちょっとした過ちを密告する役を演じた、エマ・スパークスやハリエット・ゴロップもそうだ。サミュエル・ケントが容疑者かもしれないと名を挙げた者も二人いた。彼が刑務所送りにした料理人と、子どもたちを常習的につねっていたため給料を払わずにクビにした子守だ。二人とも、事件のあった晩はロードから少なくとも二十マイルは離れたところにいたと判明した。

サミュエルによると、一八六〇年の初めにある女性使用人が、ミセス・ケントと彼女の「憎らしい子どもたち」、特にサヴィルに、復讐してやるとののしりながらロード・ヒル・ハウスを辞めていったという。男児がおそらく彼女のことを告げ口したのだろう。彼女につねられていたのかもしれない。あるいは彼女は、屋敷の隣の家で恋人と逢い引きするのをサミュエルが禁じたという子守だったのかもしれない。「ものすごく怒って辞めていきました」とサミュエル。「度を超して横柄な女だった」という。そして、その家族に深く根をおろしているのは、屋敷の女主人に変身した、もと使用人、主人を誘惑し、彼を手管にかけて最初の妻を裏切らせ、その妻とのあいだの子どもたちをないがしろにさせた家庭教師なのだった。

女性の使用人が堕落させるのは、親ばかりでなく子どものこともある。一八四九年の手引書、『家庭教師の人生――試練、責務、やりがい』のなかで、メアリ・モーリスは忠告している。「若者の世話を任されている立場でありながら、その純真で純粋な心を守らずに堕落させてしまうという、恐るべき例も見つかっている。家庭教師が率先して罪に導き、手ほどきし、密通をそそのかしたり続けたりしたあげく、平和な家庭を破壊するきっかけとなってしまうのだ」[注14]。高名な精神科医、フォーブズ・ビニグナス・ウィンズロウは一八六〇年に、そういう女たちは「どんなに用心深い親たちだろうと子どもたちを守りきれるとは限らない、倫理的汚染と精神的退廃のもと」だと述べている[注15]。

サヴィル殺しに関する有力な説も、ひとりの使用人を屋敷内にひそむ蛇のような誘惑者とみなしていた。それによると、エリザベス・ゴフが子どもの父親を誘惑して背信行為に引き込んだ結果、彼は息子を殺してしまうことになったというのだ。新聞紙上では、すきっ歯のエリザベス・ゴフが性的妄想の対象になった。《ウェスタン・デイリー・プレス》の記者は、彼女の容姿を「断然魅力があって、今のような身分にしておくのは惜しいかぎり」と考えていた。《シャーボーン・ジャーナル》には、「すこぶる美しい」娘で、夜となれば「身を横たえるのは……寝室のドア近く、カーテンのないフランス風のベッド」と書かれた。しかも、彼女がいるのは物騒な場所で、主人の部屋のすぐ近くだというのだ。

刑事もまた労働者階級の一員であり、想像力をたくましくして中流階級の家庭をおとしめることが可能だとされた。[注16] サラ・ドレイクと死んだ男の子の事件のときもそうだったが、たいていの場合、彼が捜査するのは使用人の生活場所に限られていた。だがたまには、ロード村でのように、主人とその家族のところへ踏み込んでいくことになる。一八五九年に《暮らしの言葉》に掲載された記事は、警察の弱点はその出自にあるとしている。「自由裁量による権限や権力を下層階級の者にもたせるのは、決して賢明な、あるいは安心なやり方ではない」

二週目になったウィッチャーの捜査は、新たな証拠をまったくもたらさなかった――ナイトドレスについて、新たな着想が生まれただけだ。

第十一章　奇怪なことが起こる

七月二十七日〜三十日

七月二十七日金曜日午前十一時、コンスタンス・ケントの審理のため、治安判事たちがテンパランス・ホールに集合した。彼らに課せられた仕事は、彼女を上級裁判所の公判に付すべきかどうか審理することだ。報道関係者が二十四人、外で待ちかまえていた。裁判が開会する前に、ウィッチャーはサミュエル・ケントに内々で話しかけた。あなたの無実を信じている、その趣意で声明する気がある、と伝えたのだ。ケントはその申し出を断わった——「慎重を期して」と彼の事務弁護士は言った。父親と娘、そして刑事、三者間の微妙な関係にはやりにくいところがある。コンスタンスを告発した人間と結託しているように見られては、サミュエルに害になるかもしれないのだ。

ほかにも前兆があって、ウィッチャーはコンスタンスに対する訴訟がうまくいくという自信をもてなかった。その日の朝、職人の一団に金を払って、サヴィルが発見された便所を解体、汚水だめと排水管を洗浄させた。最後の望みをかけて、なくなったナイトドレスかナイフを見つけようとしたのだ。捜索の成果はあがらなかった。ウィッチャーは男たちに六シリング六ペンス払い、軽食のための一シリングを上乗せした。

コンスタンスは十一時半に、ディヴァイズィズ刑務所長に付き添われてロードへ到着した。若干遅れて訴訟手続きが開始され、そのあいだ馬具屋のチャールズ・ストークスの家で待機していた彼女がホールへ近づいてきた。「彼女は前回と同じ装いだった」と《タイムズ》は報じた。「正式喪服という姿だが、濃いヴェールをまとい、顔つきを見られぬよう外に集まった大勢の好奇の視線からさえぎっている」。ヴェールはしとやかさと礼儀正しさのしるしと考えられていた。女性が自分の姿や家族の私生活を隠そうとするのは、不吉でもなんでもなく、品のよいことなのだ。だが、それが人をじらしもする。一八六〇年の小説、『一家にひとつの骸骨』の中でウォーターズは、「薄っぺらいヴェールの下に脈打ち、息づく、暗い秘密」と書いている。

《タイムズ》の記事は次のように続く。「ホールに連れていかれると、ミス・コンスタンスは父親の両腕に倒れこむようにして、彼にキスした。それから用意された席につくと、どっと涙にくれた」。《サマセット・アンド・ウィルツ・ジャーナル》には、彼女が震えながら法廷に入っていく様子がとりあげられた。「ふらつく足どりで父親のところまで行くと、わななきながらキスをした」

はかなげな彼女とは対照的に、集まった人々はたくましく熱心だった。ホールは「たちまち満員になった」と《タイムズ》。見物人が「ものすごい勢いで詰めかけ、一寸の隙もなく会場を埋め尽くした」というのは《サマセット・アンド・ウィルツ・ジャーナル》の記事だ。半分ほどしか中に入れず、残りは外に殺到して、ニュースを待った。部屋の端から端まで報道陣が列をなした。彼らが審問を一語一句あますところなく再現した記事が、翌日には英国じゅうに発表されることになる。

治安判事たちが壇上の席につき、その横にウィッチャー警部とウィリアムスン部長刑事、メレディス署長、ウルフ警視、治安判事の書記官ヘンリー・クラークが並ぶ。裁判官の代理でクラークがコンスタンスを審理することになった。

壇の前のテーブルには、サミュエル・ケントと彼の事務弁護士であるフルームのウィリアム・ダン、その二人の前にはコンスタンスを弁護するために雇われた法廷弁護士、ブリストルはクリフトン在住のピーター・エドリン。エドリンは「にらみつけるような目つき、明瞭な話し方で、どことなく死体を思わせるような顔の表情」をしていたと、《サマセット・アンド・ウィルツ・ジャーナル》に書かれている。

コンスタンスは頭を前方に傾け、動きもせず口もきかなかった。終始、座ったまま固まってしまったように頭を垂れた姿勢でいた。「先月の出来事が、彼女には明らかにこたえているようだ」と《サマセット・アンド・ウィルツ・ジャーナル》。「やせた青白い顔に、数週間前のたくましく血色のいい少女の面影はほとんどなかった。しかし、不思議に人を寄せつけないような相変わらずの表情は、特徴的だった」

サミュエルはあごを片手に載せて、じっと前を見ていた。《バース・エクスプレス》によると、彼は「すっかり意気消沈した」様子で、「顔つきはまごうことなく深い悲しみの色を帯びている。……刑事被告人に次いで、彼とウィッチャー氏が傍聴人の注目を二分していた」。その三人のうちに、その日の法的手続きで公式に果たす役割がある者はいない——彼らがそこにいるのはなりゆきを見守るため、そして見られるためだった。特に被告人のコンスタンスは、法律によって、証言することを許されなかった。

エリザベス・ゴフが最初に呼び出され、治安判事は先週金曜日の審問を再開した。《サマセット・アンド・ウィルツ・ジャーナル》によると、「彼女はかなりやつれてしまっていた」という。この新聞の記者は、今回の事件で疑いをかけられた女性たちが、まるで彼女らを見たいという世間の渇望にじわじわとすり減らされていくかのように、目の前で細っていくという印象を持っていたようだ。

クラークがゴフに、毛布のことを尋ねた。「毛布が坊やのベッドからなくなっていることには、遺体と一緒に運び込まれてくるまで気づきませんでした」と彼女。

エドリンは彼女に、自分の依頼人と母親違いの幼い弟との関係について尋ねた。「コンスタンスさまがサヴィルさまに、思いやりのない言いかたをなさるのは聞いたことがありません」とゴフは言う。「やさしくなさってないところを見かけたことはありません」。亡くなった当日サヴィルがコンスタンスにビーズの指輪をあげたことや、コンスタンスがサヴィルに写真をあげたことを裏付けることはできなかった。

ウィリアム・ナットがまた呼ばれた。エドリンが、サヴィルは死体で発見されるという

〝予言〟について尋ねると、ナットは、最悪の場合を考えて言っただけだったという検死審問のときの証言を繰り返した。

　コンスタンスの学友、エマ・ムーディが次に審問を受けた。

「被告人が死亡した者に対して悪意のある表現を用いるのを聞いたことがありますか？」と、ヘンリー・クラークが尋ねる。

「嫉妬心から、その子を嫌っていました」

　ここでエドリンが割り込んだ。「質問への答えになっていません。被告人は何と言ったのですか？」

　エマは、ウィッチャーに話したことの一部を繰り返した。コンスタンスが、サヴィルやイーヴリンをいじめたりつねったりしたと認めたこと、休暇に帰省するのを楽しみにしてはいなかったこと、両親は幼い弟妹をひいきしていると感じていたこと。

　クラークは彼女に、コンスタンスがそれ以外にサヴィルについて言ったことを覚えているかと尋ねた。エマはウィッチャーに、義弟のことを憎んでいるというコンスタンスをとがめたという話をしたことがあったのに、少女はここではそれをもちださなかった。「亡くなった子どもについて彼女と話したことでは、それ以外覚えていません。あの子の話は、ほんのちょっとしか聞いたことがありませんから」

「亡くなった弟さんに関して、彼女はもっとほかに何か言っていませんでしたか？」。クラークがさらに迫ったが、エドリンがさえぎった。

「異議あり。この審理はきわめて異常で不適当だ。……わたしにはきわめて異常で前例のない審理のしかたに思えます」

「事実を引き出そうと努めているだけです」とクラークは抗議した。

「職務を果たしたいという誠実なお気持ちはわかりますが」とエドリンが切り返す。「職務を果たしたいと思うあまり、思わず知らずその範囲を大きく超えてしまっておられる」

　今度は治安判事のヘンリー・ラドロウが割り込んで、クラークを弁護した。「なんということを。今のはずいぶんな言い方ではないか」

「このうえなく丁重に申しあげました」とエドリン。「ミスター・クラークは職務の範囲を超えておいでした。思い違いをなさっているのではないでしょうか。相手は被告人の学校のお友だちなのですよ。質問するだけにとどまらず、また、答えに満足せずに、むしろ反対尋問するようなやり方で審理をなさるとは。主尋問のやり方ではない。こういう重大な事件ではなおさらです」。会場から拍手が沸き上がり、ラドロウが腹立たしげに制した。

「もう一度こういう騒ぎがあったら、治安判事の命令で全員法廷から出ていっていただく」と警告して、彼はエドリンに向き直った。「何か特定の異議を申し立ててください、ミスター・エドリン。一般的な話を進めるのではなくて」

　クラークが言い添えた。「もし証人が尋ねられたことを理解しなかったら、もう一度質問せずにどうやって証言を得ればいいのか、わかりませんね」

「しかし、答えを得たあとまで、反対尋問のようなやり方で質問を繰り返すものではありません」

「わたしは証言規則にのっとって質問していました」とクラーク。「答えが得られなければ、もう一度質問しなくてはならない」

「そこでたびたび質問を繰り返されたわけですから、あなたのなすべきことは終わりでしょう」

クラークはエマに向かって言った。「あなたは、被告人が亡くなった弟さんに関して何か言うのを聞いたことがありますか？」

「それはたびたび繰り返された質問です」とエドリン。「否定の答えを得たわけですから、その質問はもう終わりだ」。エドリンは、まさにクラークのしていたことを自身で行なっていた。繰り返すことによって威嚇するのだ。

ラドロウがクラークのあとを引き継いだ。「実際に起きたことを話してもらいたいんです」とエマに言う。「あなたと被告人のあいだで交わされた会話を――伝え聞いたことではなく。合法的かつ正当でない話を引き出したくはないのでね。たぶんあなたはこれまで、こんなに重要な事件で法廷に立ったことはないでしょう。さあ、学校にいるとき、あなたと被告人のあいだで、亡くなった弟さんへの気持ちについて、何か会話をやりとりしたことがあるかお尋ねします」

「さっき申しあげたこと以上は思い出せません」

反対尋問でエドリンは、ウィッチャーがウォーミンスターを訪ねたときのことを詳しく訊き出した。「一度は自宅に訪ねていらっしゃいました」とエマ。「もう一度は、引退してらっしゃる紳士のミスター・ベイリーのお宅へいらっしゃいました。既婚者です。わたしのよく知っているかたです。真向かいにお住まいなので。ミスター・ベイリーがうちの母の庭にいるわたしを見かけてお呼びになりましたので、お宅にうかがってミスター・ウィッチャーにお目にかかりました。そこにいらしても驚きはしませんでした。ミスター・ベイリーはこの事件に興味をおもちで、いろいろ訊かれたことがありましたから」。彼女は、ウィッチャーから胸当てフランネルを見せられたと証言した。

エドリンは、ウィッチャーが裏からうまく手を回したと思われるように質問を運んでいた――エマ・ムーディから、ウィッチャーは彼女にしつこくつきまとい、道を挟んだ向かいの家からおとりを送って彼女を釣り上げておいて、フランネルの下着を見せ、彼女をうまく説きつけて学友を破滅に追い込むような記憶をあおろうとした、とほのめかすような証言を引き出したのだ。

なりゆき上、ウィッチャーは割り込んで、エマに直接話しかけた。「そして、わたしは念を押しましたね、本当のことを、本当のことだけを話してもらうのが大事だと」。このせりふで彼は、自分のほしがっている証言を彼女が口に出す励ましになることを願った。

エドリンはその訴えをくじこうとした。「それはもちろんのことです」と、ウィッチャーに言う。

「被告人の口から聞きたいものです」とウィッチャー（エマは被告人ではなく証人だ――ウ

イッチャーの言い間違いに、少女へのフラストレーションが見てとれる)。

エマは、ウィッチャーから本当のことを言うようにさとされたことを認めた。

ラドロウがもう一度、サヴィルについてコンスタンスと交わした会話をほかに覚えているかと訊いた。彼女は覚えていないと言う。

「それはたびたび繰り返された質問です」と、エドリンがまたもや言う。

「会話したことについて、被告人に忠告したことがありますか?」とラドロウ。

「はい、あります」とエマが、ウィッチャーに報告したことのある会話に近づこうとした。だが、エドリンが即座に異議を唱えた。判事席からそういう質問をすべきではない、と。人道的見地から、エマをもう解放してやるようにと訴えた。

エドリンと非公式に協議したのち、判事はエマ・ムーディを退場させることに同意した。

ジョシュア・パースンズが、検死について証言した。検死審問で報告したことをなぞったものだ。「殺された男の子を、わたしはよく知っていました」と付け加え、事件が発覚した日の午前中、コンスタンスのベッドに非常にきれいなナイトドレスがあるのを見たと証言した。エドリンの質問に答えて、そのナイトドレスは「一週間、または一週間近く着ていたものかもしれない」と、また、サヴィルの心臓を突き刺すには「たいへんな力」が必要だっただろうと認めた。コンスタンスの精神が異常かどうかについての意見は訊かれなかった。

ヘンリー・クラークが、コンスタンスのもうひとりの学友、ルイーザ・ハザリルに質問すると、彼女は新しい家族がひいきされていること、ウィリアムが冷たく扱われていることでコンスタンスから聞いた話を述べた。

サラ・コックスは、なくなったナイトドレスについて証言した。事件のあとの月曜日、彼女が洗濯物を仕分けしている部屋にコンスタンスがやってきたこと、ナイトドレスがなくなっているとわかって屋敷で騒ぎになったことを話した。ただし、コンスタンスが犯行時に着ていたナイトドレスの隠滅を隠すために、犯行とは無関係なナイトドレスをこっそり取り戻したというウィッチャーの説を、クラークはもちだしそこなった。

コックスはコンスタンスに対する敵意も疑惑も示さなかった。「事件のあと、普通の悲しみ以外、被告人の態度にもふるまいにもふだんと違うところはありませんでした」と証言する。「亡くなった子に、不親切だとかお姉さんらしくないことをなさるのは、見たことも聞いたこともありません」

ミセス・ホリーが最後の証人だった。彼女はなくなったナイトドレスについて質問を受けた。ケント家の洗濯物を引き受けて五年になるが、これまで紛失したものはたった二つしかない、と彼女は言う。「ひとつは古いぞうきん、もうひとつは古いタオルでした」

エドリンが、判事にコンスタンスを即刻解放するよう願うかたちで結びのスピーチを始めた。「この若いレディに不利な証拠はみじんもありません」。なんとも大胆に、犯罪捜査と犯罪そのものを同等に扱った。「残虐な殺人事件があったわけですが、それに続いて残虐さではひけをとらない司法による殺人が犯されたのではないでしょうか。

決して、絶対に忘れられることはないでしょう」と彼は続ける。「この若いレディが自宅からひきずり出され、卑しい重罪犯人――粗野な浮浪者といってもいい――そういう扱いでディヴァイズズィズ刑務所送りにされたことは。そうです、ですから、慎重なうえにも慎重な熟慮を経たのち、はっきりした証拠のようなものがあって初めて、このような段階に至るべきだったのです。ナイトガウンが一枚なくなったなどというくだらない事実ごときではなく――ウィッチャー警部にはそれがあの家にあるとわかっていたし、ミスター・フォーリーは医者とともに事件の翌日にそれを調べているのです。この若いレディのたんすをのぞいて」。エドリンは、コンスタンスの下着をかきまわした大勢の男たちというところに注意を引きつけた。意図してかせずにか、ナイトドレスの隠滅が隠蔽されたというウィッチャーの説を彼は曲解した。ナイトドレスに染みがついていなかったのなら、始末する目的などあるでしょうか、とエドリンは問うた。ナイトドレスがなくなったことは「あの日に証言を聞いた誰もが納得するようなかたちで決着しているし、この恐ろしい告発の根拠となったちょっとした言いがかりは無に帰したのです」と、彼は主張した。

「この若いレディをあんなやり方で、それでなくともかわいい弟さんの死に心を痛めているあんなときに、自宅からひきずりだすとは、彼女のために、この州のどんな人間も、いやそればかりか、そうと知った――知らない人間はほとんどいないでしょうが――この国の偏見をもたない人間なら誰しも、同情心をおおいにかきたてられずにはいられません」

この時点で、サミュエル・ケントとコンスタンス・ケントの両人が涙をこらえられなくなって両手で顔をおおった。エドリンは続ける。

「あなたがたのとった処置は、彼女の一生をめちゃめちゃにしてしまう――この年端もいかない少女に関しては、すべての希望がなくなってしまった。……証拠はどこです？　あるとすればひとつだけ――この自由と正義の国にあって口にするのも恥ずかしいことですが――殺人犯の追跡に熱心な、提供された報賞金を気にしている男、ミスター・ウィッチャーがかけた嫌疑《サスピション》です。……ミスター・ウィッチャーに不必要にけちをつけるつもりはありません。しかし、本件の場合、犯罪者追跡にかける職業的熱意から、あまりにも前例のないやり方で動機を証明しようとしたのではないでしょうか。品性に欠けるのではないかと言わずにはいられない――ぬぐい去れない下品さと申しましょうか、不面目と申しましょうか、恥辱とさえ言ってしまいたいほどですが、今後に好ましくない印象を残すような表現を用いたくはない――しかし、女生徒二人を追い回してこのような場へ、先ほど聞かされたような証言をさせるために引き出すなど、言語に絶する不面目だと申しあげる。証人たちをここへ連れてきたかたがたには、責任と不名誉を知っていただこうではありませんか！　……彼はへんに調子に乗ってしまったように思えます。いたずらにあせり、手がかりが見つからないことに悩んで、まるで手がかりにならないものに飛びついたのです」

法廷弁護士はこう話を結んだ。「証拠から引き出された事実を顧慮するに、これほどの重罪を問う、こんな不当な、あるまじき、信じがたい事件がどこかの法廷にもちだされ、ミス・コンスタンス・ケントのような身分の若い女性にその罪をきせようとするなど、わたしの知るかぎりかつてなかったことです」

エドリンの弁舌には会場から大いに喝采が送られた。彼が話を終えたのが午後七時少し前。治安判事たちは協議に移った。傍聴人たちが再びホールに入れてもらえたときにラドロウは、要請があればもう一度法廷に出頭する保証として父親が二百ポンド支払うという条件で、コンスタンスを釈放すると告知した。

コンスタンスはウィリアム・ダンに付き添われてテンパランス・ホールを出た。外につめかけていた群衆がしりぞいて道をあけた。

コンスタンスがロード・ヒル・ハウスに着いたときのことを、《ウェスタン・デイリー・プレス》はこう報じている。「姉たちや両親がこのうえなく熱烈に力いっぱい彼女の手を握り、どこまでもやさしく彼女を抱き締めた。むせび泣く声や涙ながらの抱擁がひとしきり続く。しかし、とうとうそれもおさまると、それ以降、その若い女性はすっかり静かな黙想的態度になってしまった」。彼女は再び沈黙した。

どう見ても、ウィッチャーの論拠には説得力がなかった。彼の不首尾には実際的な理由がいくつかある。彼は遅ればせに事件現場へ呼ばれ、無能で保身に走る地元の警官たちに足を引っぱられた。逮捕をせかされ、法廷での代弁ときたらお粗末だった——メイン総監への報告で、彼はこの件で犯罪訴追手続きをする専門家がいなかったと強調している。普通の状況ならば息子の殺人容疑者の訴追を手配してしかるべきサミュエル・ケントが、自分の娘を攻撃する資金を出すわけにはいかなかった。専門の弁護士ならきっと、なくなったナイトドレスの説をもっとうまく説明できただろうし、エマ・ムーディが彼に聞かせた、コンスタンスはサヴィルを嫌っていたという話をもう一度するよう説得してくれたはずだと、ウィッチャーは思った。その二つで、何もかも変わっていただろうに。治安判事が最終的にコンスタンスの有罪判決を下さなくとも、彼女を裁判にかけるのを正当化するだけの証拠があるかどうかだけは、はっきりさせなければならなかった。

この日ウィッチャーを不利な状況に陥れたのは、エドリンの弁舌、彼が語った低俗で貪欲な、卑しげに若い娘の人生をめちゃくちゃにしようとする刑事像だった。そこには性的な意味合いが、この警察官は無骨な手で無垢な乙女を汚そうとする下層階級の者だというほのめかしが、込められていた。世間はエドリンの分析に引き寄せられた。ロードの村人たちは、サミュエル・ケントの風変わりで不幸な思春期の子どもたちが幼い弟を殺したのだと今にも信じるところだったのだが、ほとんどの英国人男女がその考えをグロテスクだとしてしりぞけた。ちゃんとした家の娘が、人を殺すほどの憤怒や情動をいだき、それを隠すだけの冷静さを備えているとは、とうてい信じられなかった。世間の人々は刑事の悪行だと思いたがり、刑事に堕落をなすりつけたがったのだ。

ジョナサン・ウィッチャーの捜査は、閉ざされた家に光を入れ、窓をさっと開け放って風を通した。だが、そのために家族を外の世界の好色な目にさらすことにもなった。警察のとる処置には、避けられない卑しさがある。胸のサイズを測り、ナイトドレスに汗や血の染みがないか調べ、上品な若い女性たちにぶしつけな質問をする。『荒涼館』でディケンズは、自分の屋敷が捜索されるときのレスタ・デッドロック伯爵の心情を推し測っている。「なにを見ているのか、だれにもわからない。チェスニー・ウォールドの緑の森か。立派なお屋敷か。先祖の肖像か、それを汚す他所者《よそもの》か。いと尊い先祖伝来の家宝に遠慮会釈もなく手をつける警官か。彼にうしろ指差す幾千もの指か。彼をあざ笑う幾千もの顔か」。一八三〇年代から四〇年代の犯罪小説はロンドンの貧民窟を題材にしていたが、一八五〇年代の扇情的な犯罪は、小説にしろ現実にしろ、中産階級の家庭に押し寄せはじめた。「さまざまな家族の中には、たいそう奇妙な事が起こって、私どもの目につくこともございます」とバケットは言う。「さようでございます。身分のあるご名家、やんごとなきご名家、立派なお家柄でもそうであります……閣下でも思いもかけぬ……奇怪なことが起こるのでございます」

ウィッチャーの捜査中、《フルーム・タイムズ》が「報道関係者の一部のふるまいに憤然たる抗議」をした。「信頼できる筋から、刑事を装って屋敷内に潜入した者があると知らされた――一方、もうひとりはずうずうしくもミスター・ケントの面前に無理やり出ていって、彼の息子が殺害された顚末を聞き出そうとしたのだ！　われわれの意見では、この人物のずうずうしさと無情は、あの恐ろしい罪を犯した悪漢にほとんどひけをとらない」[注1]。エドリンも展開したこのレトリックが成り立つのは、ヴィクトリア朝中期の人々が〝露顕〟に対して、つまりスキャンダルやプライバシー喪失に対して、敏感だったことによる。報道機関や、とりわけ刑事たちの調査の手が中流階級家庭の中まで伸びたことは、一連の暴行のように感じられたのだ。露顕は破壊につながりかねない。殺人が明らかにするように――肺や気管、動脈や心臓は突然むきだしにされると、つぶれてしまう。ステイプルトンはそういう見地からサヴィルの死を表現している。「命をはぐくむ家」に住んでいた者が、「独断的で暴力的な侵入者によって、荒々しく追い出された」と。

「detect（看破する、探偵をする）」という語は、ラテン語の「de-tegere」つまり「おおいをはがす（unroof）」に由来し、探偵（detective）のもともとの姿はユダヤの悪神アスモデ、家々の屋根をはがしてその中の生活を密かにさぐる跛行《はこう》の魔神だった。「魔神アスモデは観察する悪魔である」と、フランスの小説家ジュール・ジャナンは説く。ロード・ヒル殺人事件に関する著書のなかでステイプルトンは、ケント一家が暮らす家の「プライバシーをのぞき込む」アスモデの姿に模して、この事件への世間の熱中ぶりを表現した。[注2]

「家の中のどの部屋にもこっそりのぞいている者がいるとしたら、部屋は巡業博覧会などよりよほどおもしろい見世物になるだろう」[注3]と一八六一年に書いているのは、スコットランドの刑事マクレヴィだ。私服警官というのはまさに、そんなふうにこっそりのぞく者、のぞきを許可された者だった。探偵のヒーローも、いつなんどきもうひとりの自分、にやにや笑うのぞき魔の姿を現わすかわからない。

「天使になったり悪魔になったり、だな？」と、バケット氏は言う。

コンスタンスが保釈されると、ウィッチャーはラドロウ治安判事に、自分がウィルトシャーに残る意味はないだろうと言った。「滞在を延ばしてもこれ以上の証拠が得られる望みはないと思う」と、報告に述べている。「これ以上の証拠といえばナイトドレスの発見しかないが、どうやら隠滅されてしまったのではなかろうか」。ラドロウも彼が引き揚げることに同意した。彼はウィッチャーに、自分はコンスタンスが有罪だと確信している、その旨、内務大臣のサー・ジョージ・コーンウォール・ルイスにもメイン総監にも手紙を出しておくと請け合った。ヘンリー・クラークがすぐにその手紙を用意した。「治安判事の要請により……ウィッチャー警部およびウィリアムスン部長刑事のご尽力に対するお礼を申しあげます。証拠事実によって逮捕者の有罪を確定するには至らなかったものの、治安判事はミス・コンスタンス・ケントが罪を犯した当事者であるという考えにいたく感じ入り、やがて証拠が現われて罪を犯した者を法に照らして処断することとなるよう願うものです。上記お二人のお骨折りには十二分に満足しております」

ウィッチャーとウィリアムスンは翌日ロンドンに戻った。ウィッチャーは捜査の記念品を持ち帰った。コンスタンスの残り二着のナイトドレス、リネンのリスト、血まみれの新聞紙だ。《オール・ザ・イヤー・ラウンド》の新しい号では、『白衣の女』の主人公もまた地方での調査を終えていた。その回の結びはこうだ。「三十分後、わたしは急行列車で急ぎロンドンへ戻っていた」

その週末、ロードのあたりは激しい雷雨に見舞われた。稲妻が牧草地を照らし、フルーム川の水位がおよそ三フィート上がり、雹《ひょう》が穀物を打ち倒した。

　テンパランス・ホールでの訴訟手続き中、ミセス・ケントは出産の床についていた。「再審理の結果を待つという興奮や不安がこたえ、結果として早期分娩になった」と、《バース・クロニクル》は報じている。赤ん坊は死産だといううわさだったが、それは間違いだとわかる。ミセス・ケントは七月三十日月曜日、息子が殺されたひと月後に男児を出産し、その子にアクランド・サヴィル・ケントと名づけた。注4

ロンドン中心部の地図

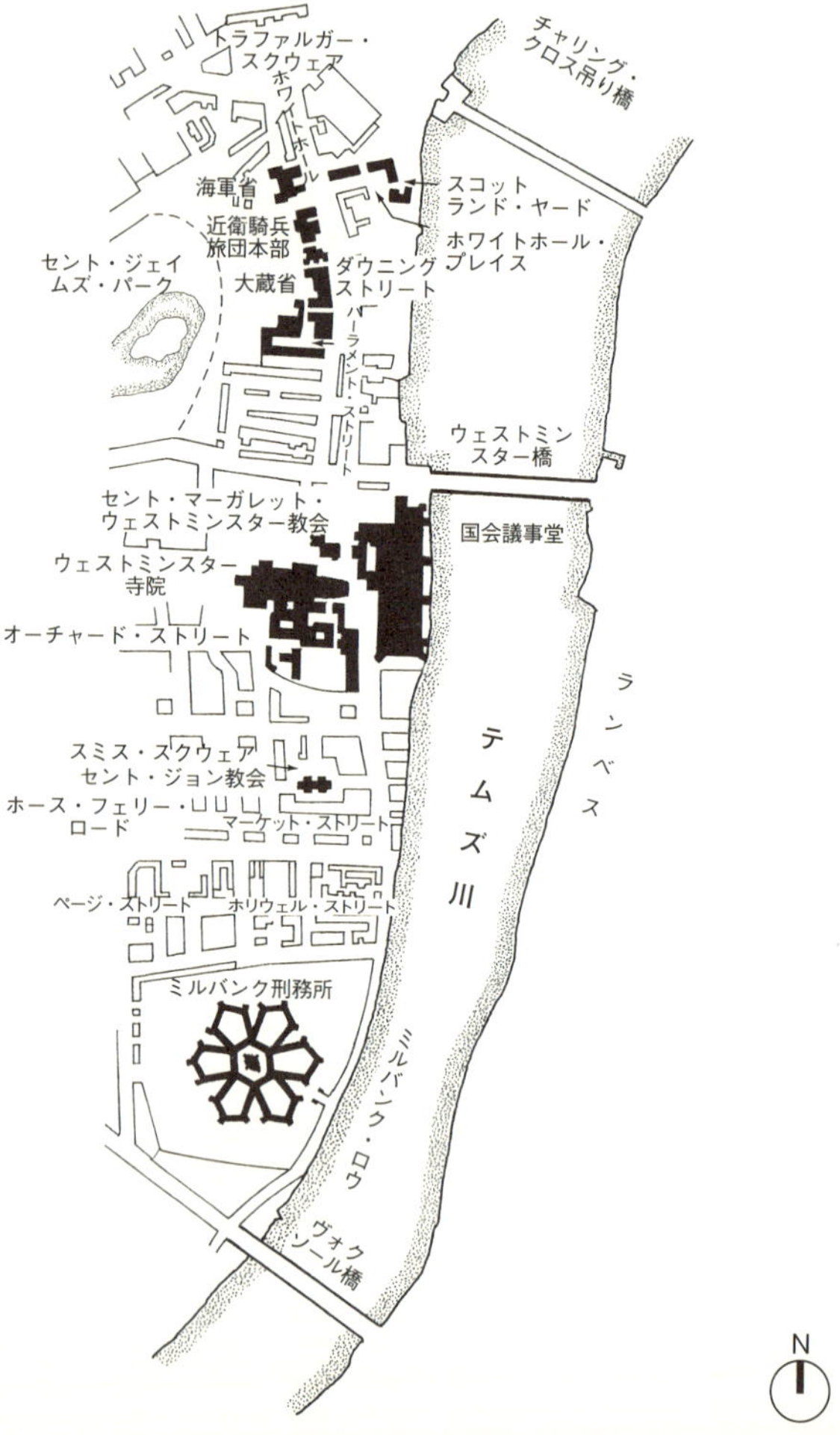
トラファルガー・スクウェア
チャリング・クロス吊り橋
ホワイトホール
海軍省
スコットランド・ヤード
近衛騎兵旅団本部
ホワイトホール・プレイス
セント・ジェイムズ・パーク
ダウニング・ストリート
大蔵省
パーラメント・ストリート
ウェストミンスター橋
セント・マーガレット・ウェストミンスター教会
国会議事堂
ウェストミンスター寺院
オーチャード・ストリート
ランベス
テムズ川
スミス・スクウェア
セント・ジョン教会
ホース・フェリー・ロード
マーケット・ストリート
ページ・ストリート
ホリウェル・ストリート
ミルバンク刑務所
ミルバンク・ロウ
ヴォクソール橋
N

第十二章　探偵熱

一八六〇年七月〜八月、ロンドン

ウィッチャーは七月二十八日土曜日の午後、パディントン駅に着き、辻馬車を呼んで荷物ともどもピムリコーへ向かった——おそらくミルバンク・ロウのはずれ、ホリウェル・ストリート三十一番地だろう。三十歳独身で家政婦をしている姪のサラ・ウィッチャーがそこに部屋を借りていた。三年後には、彼が自分の住所としているところでもある。[*1] 一八五〇年代、彼の友人で同僚のチャーリー・フィールドが二十七番地に、妻と義母とともに住んでいたし、ウィッチャーの姪のメアリ・アンは四十番地の室内装飾業者の家庭で使用人として働いていた。[注1]

　この地区はめまぐるしく変化していた。西には鉄道のヴィクトリア駅がほぼ完成し、北にはサー・チャールズ・バリーのゴシック様式のウェストミンスター宮も竣工間近だった——まだ針が一本だけで鐘もなかったものの、大時鐘〝ビッグベン〟が一年前に取り付けられている。ウェストミンスター橋の上に、その夏、ライムライト灯が十三本設置された。酸素と水素の連続的爆発をエネルギーに、石灰製の棒を白熱させてまぶしい白光を放つものだ。[注2] 一八六一年一月のあるうららかな日にディケンズはミルバンクを訪れ、川沿いに西へ向かった。「テムズ川にせりだす広々としたりっぱな遊歩道を、まっすぐ三マイルほど歩いた。川の上には巨大な工場、鉄道の建造物、その他もろもろが直立し、富裕な通りのなんとも不思議な始まりと終わりは、今にもそのテムズ川に突っ込んでいこうとしている。わたしがあの川で舟をこいでいたころ、あのへんはでこぼこの地面やどぶだらけで、パブが一、二軒、工場がひとつと背の高い煙突が一本あるだけだった。このあたりが変わっていくところはこれまで見たことがない。わたしはかなり大きいこの街のことを、ここにいる誰にも負けずよく知っていると自負しているが[注3]」

ミルバンクのウィッチャーが住んでいたあたりは、ぱっとしない黄色い家が並ぶ、騒々しい川沿いの工業地域で、その上手には六叉に大きく花開いたようなミルバンク刑務所がそびえていた。小説家のアンソニー・トロロープはこの地域のことを、「ひどくつまらない、見苦しいと言ってもいいくらいの場所」と描写している。ホリウェル・ストリートは、刑務所の境界の塀からわずかに、ガスタンクいくつかと製材所と大理石工場を隔てたところだった。三十一番地はそれらと背中合わせで、大きな醸造所と墓地に面していた。ブロードウッドのピアノ工場が一ブロック北に、シーガーのジン蒸留所が一ブロック南にあった。蒸留所のすぐ先では埠頭に石炭船がつながれ、その川向こうがランベスの広大な陶器製造所と悪臭を放つ骨挽き工場だ。外輪船が仕事の行き帰りのロンドンっ子たちを運び、テムズ川に注ぎ込む

汚水をかきたてる——空気には川からの異臭が濃くたちこめていた。[注4]

七月三十日月曜日、ジャック・ウィッチャーは、ホリウェル・ストリートからほんの一マイル北へ、テムズ川沿いに〝悪魔の区域《デヴィルズ・エーカー》〟の不快な貧民窟、続いてウェストミンスターやホワイトホールの背の高い建物群を通り過ぎて、スコットランド・ヤードの自分のオフィスに出向いた。この警察本部への一般出入り口はグレイト・スコットランド・ヤードにあったが、住所はホワイトホール・プレイス四番地だった。壁に掛かった大きな時計が構内を睥睨し、屋根の上に風見、建物内には五十の部屋がある。ここには首都圏警察の本部が一八二九年か

＊1　一八六一年の国勢調査に彼の名前は出ていないが、一八六〇年までウィッチャーがこの家に住んでいたらしきふしがある。一八五八年の警察の回覧状で、彼はスコットランド・ヤードの仲間の警官たちに、行方不明になった「頭がおかしくなっていると思われる」二十四歳の紳士を見かけたら知らせてほしいと頼んでいる。二週間後には《タイムズ》に、この「やや青白い丸顔」をした若い男の情報を求め、十ポンドの報賞金をもちかける個人広告が出た——おそらくウィッチャーが出した広告だろうが、情報はホリウェル・ストリート三十一番地の〝ミスター・ウィルスン〟へ寄せられたしとある。その病弱な紳士を捜しているのが警察だということを、偽名で隠したのだ。『警察の刑事たちが使う手口は無数にある』と、『女性探偵』の語り手は述べる。「さりげなく出された広告が捜査の足どりを隠していることも多いのではないだろうか」。一年後の一八五九年、警視総監室が、ホリウェル・ストリート三十一番地からいなくなった狼の血統をひく白い犬の情報を求める依頼文を発行した。通常なら迷い犬はスコットランド・ヤードの扱う件ではない——この白い猟犬はウィッチャーの女性家主（シャーロット・パイパーという四十八歳の不労所得がある寡婦）、もしくは警部自身の飼い犬だろう。

ら、刑事課は編成された一八四二年から（三つの小部屋に）、入っていた。ドリー・ウィリアムスンがほかの独身警官たちと共同生活をしていた寄宿舎が、グレイト・スコットランド・ヤードのかたすみ、魚屋グロウヴズの裏手にあった。別のかたすみにはパブが一軒あり、土曜日の夜ともなるとその外で酒びたりの老婆が豚の足を売る。一画の北側がトラファルガー・スクウェア、東側はテムズ川だ。[注5]

やはりスコットランド・ヤードにオフィスをもつサー・リチャード・メインは、ほかのどの警官よりもウィッチャーを高く買っていた。一八五〇年代末、「サー・リチャードによって重要な事件はことごとく彼に任された」と、ティム・キャヴァナーが回想録で語っている。当年六十六歳のメイン警視総監は、「身長約五フィート八インチ、やせているがしっかりした体つきだ」とキャヴァナーは記す。「ほっそりした顔、しっかり固く引き結ばれた唇、灰色の頭髪とほおひげ、タカのような目」の持ち主で、「股関節のリウマチ性疾患のためだと思うが、歩き方にはかすかに足をかばうようなところがある」。彼は「全職員から敬われつつも恐れられていた」。ウィッチャーとウィリアムスンが職務に戻ると、出張手当（一日につき警部に十一シリング、部長刑事に六シリング）の請求も含め、二人の必要経費をメインはとどこおりなく署名承認した。そしてウィッチャーに、ロード・ヒル事件の謎解きを提案する一般人からの手紙をどっさり渡した。その月のあいだじゅう、メインや内務省に宛てて絶え間なく手紙が届いていたのだ。[注6]

「謎を解明しそうな考えが浮かびましたので、提言させていただきます」というのはミスター・ファラーという人物からの手紙だ。「申し分のない確信をもってお便りするとともに、筆者であるわたしの名前は厳に内密にしていただけるようお願いします。……子守のエリザベス・ゴフがあの晩、ウィリアム・ナットと一夜をともにしていたところ、子ども（F・S・ケント）が目を覚まし、声をあげて両親を呼ぶのではないかと恐れた二人は彼を絞め殺した。ナットが死体を便所に運び、彼女はベッドを整えたのです」。ミスター・ファラーは追伸を添えている。「ウィリアム・ナットは洗濯屋の一家とは姻族になりますから、他人に嫌疑をなすりつけるべくナイトドレスを盗むこともできたのではないでしょうか」

　ナットとゴフが男児を殺したという説は、圧倒的多数に支持されていた。コンスタンスのことを「あまりにもひどく利用されてスケープゴートにされた」と考えたある書き手は、医者の証言からして「切っ先が曲がった」ナイフが殺害に用いられたのだと説いた——「すぐに思い当たるのは使い込まれた靴屋のナイフだ」。ナットは靴職人だった。「喉は左右の耳から耳まで、脊椎に達するまでぱっくり切り裂かれていて、神経質な十六歳の少女というよりは大の男のきっぱりとした力を思わせる」、そして「靴屋ならナイフを二本持っていることも多いので、一本は便所に沈んでいるのかもしれない」。マイル・エンドからの手紙の差出人も似たような意見で、バースにあるバース・ユニオン救貧院の施設付き牧師も、サマセットシャーはアクスブリッジの救貧院院長も、サザークのミスター・マイノット、マンチエスターのホテルから手紙を書いたミスター・ドルトンもそうだった。チェルシーの仕立て屋は、ゴフを「厳しい監視下に置く」ことを望んでいた。

自分も治安判事だというランカシャーの牧師補は、その説の一部始終を記述している。

これから述べようとしている疑いは、わが家で取り調べの始まりからたびたび話題にのぼったというのに、一般の報道（《モーニング・ポスト》）は個人名を特定していないので、もっと広めないのは不当ではないかと思う次第です——ケント家殺人事件のことです。

子守に、屋敷内かどこかに、あの家のことをよく知っていて夜中に屋内に入ることができる愛人がいたということはないでしょうか。……もちろん、聞くところによると、誰もがすぐに思いつくのはナットです。……彼がその娘に思いを寄せていたとすれば、医師の診察で彼女が夜の訪問を受けていたらしいかどうかはわかるのではありませんか？　彼には、あの晩の状況に合った手段がそろっています——ナイフその他。彼は洗濯屋の姻戚ですから、洗濯屋の夫人が二人の間柄に何か気づいていたとしたら、すぐに疑いがきざしたでしょう。なんといっても、彼がひどくあっさり遺体を見つけたことですし——彼女が問題のナイトドレスを隠匿して当面疑いの目を向けられる方向をそらし、しばらく前に男のなりをして家出したことがある、あの風変わりなミス・ケントに押しつけたのではないでしょうか。もちろん、何もかもただの疑いにすぎません——しかし、これまでのところあまりにも的はずれなことばかりですので——捜査に従事する人々は事件についての思い込みで動いてきて、自分たちの疑いに沿わないことを受けつけなかったか、とにかくおろそかにしたのではないかと思えます。……かなり荒っぽい地区で判事席についた経験がありますので、わたしは人々がもちうる動機を調べるには人並み以上に覚えがあるのです。

八月上旬、内務大臣サー・ジョージ・コーンウォール・ルイスに宛てて、エリザベス・ゴフと愛人を殺人犯と特定する手紙が二通届いた。一通はギルフォードの法廷弁護士からで、ウィッチャーの仕事ぶりをさもかばってやっているという書き方だった。「警官というのは、犯罪者を見つけるのはうまいかもしれない。でも、犯罪を見破って謎を解明するには、知性と、観察力によって広げられた思考力が必要なのです」。もう一通の手紙はバースの准男爵でもと法廷弁護士のサー・ジョン・アードリー・ウィルモットからで、彼は事件にひどく興味をいだくあまり、サミュエル・ケントを説き伏せてロード・ヒル・ハウスを訪れ、家人数名に話を聞かせてもらっていた。内務省事務次官で侮りがたい人物であるホレイショ・ワディントンが、この手紙をメイン総監に転送してきた。ワディントンは一通の封筒に「今大人気の説」と、とげとげした筆跡で書いている。「この二通の手紙について、ウィッチャー警部の意見を聞きたい。あの娘に愛人がいたとしたら、それを知っていたか少なくとも感づいていた者がきっといるはずだ」。だが、ウィッチャーが反論の概要をまとめた報告（「サー・ジョンは事実を十分に調べていらっしゃらないのではないでしょうか……」）で応ずると、ワディントンは認めてくれた。「わたしは警官の意見にくみする」

アードリー・ウィルモットがもう一通、今度はゴフには兵士の男友だちがいたのではないかという手紙を送ってきたとき、ワディントンは封筒にこう書きつけている。「兵士のことなど聞いたこともない。どこからそんな人物を見つけてきたことやら」。続々と届くこの准男爵の手紙に、事務次官はいちいちコメントを走り書きした。「不思議なのぼせあがりぶりに思える」、「この紳士はこの件に固執している」、「探偵として雇われたいとでもいうことなのだろうか？」[注7]

ほかにも何人かを容疑者として挙げる手紙もあった。ロンドン東部、ウォッピングのジョージ・ラーキンは次のように打ち明けている。

　拝啓　この三週間というもの、起きているあいだずっとフルーム殺人事件のことが頭にあって、どうしてもそのことを考えずにはいられません。以下のようにミスター・ケントが犯人であると思われ、彼が報賞金を申し出たのはまったくの惑わし（たわごと）です。わたしの考えでは、ミスター・ケントはとある目的で子守の部屋へ行っていた。子どもが目を覚まして父親に気づいた。家族への露顕を恐れた父親は、子守が眠ったあと室内で子どもを絞め殺した。そして子どもを便所へ運んで喉をかき切ったのです。

ドーセット州ブランドフォードの住人は、「ロードの事件では、ミセス・ケントが子どもを殺したにちがいないと思います」と書いてよこしたし、ロンドン西部に住むサラ・カニンガムの主張は、「一歩一歩たどっていくと、殺人犯はウィリアム・ナットの兄弟、つまり洗濯屋のミセス・ホリーの義理の息子です」だった。

ロンドン、ハノーヴァー・スクウェアのモーム中佐からの手紙。

謹啓　……子どもが殺されたあの家にクロロフォルムが置いてあったかどうか、調べてみてはいかがか。……さもなくば、近隣や、ミスター・ケントの一家の子どもたちの学校のある町、あるいは村で、購入されたことがなかったか。……さらには、凶器となるようなものが、学校の近辺で盗まれたり購入されたりしたことはなかっただろうか。

メインへのメモのなかでウィッチャーは、ジョシュア・パースンズはサヴィルの遺体にクロロフォルムの痕跡を検出しなかったと述べている。「凶器はミス・ケントが近所で購入したか学校から持ってきたのではないかという指摘については、そのあたりのことをすでに調査済み」

一般人からの手紙のほとんどに、ウィッチャーは「捜査の助けになるようなことはなし」と走り書きしている。ときにはもどかしげに敷衍《ふえん》したものもある。「どの点をとっても、わたしがもうちゃんと考えてみたことばかり」、「どの人物にもわたしが現地にいるあいだに話をして、みんな事件とは結びつかないと納得した」

空論ではなく情報を提供してくれていた唯一の手紙は、バースのウィリアム・ジーからのものだった。「ミスター・ケント自身について、わたしの友人である教師の未亡人から、四年前にはひどく困窮して、半年分十五ポンドか二十ポンドの子息の学費を払えなかったと聞きました。あんなにりっぱな屋敷（あのあたりでは一、二を争う）に住んでいながら、気の毒な教師を〇〇〇〔判読できず〕とは、承服できません」。息子の学費を払えなかったというのは、ジョゼフ・ステイプルトンがほのめかしていたようにサミュエルが金に困っていたことをうかがわせる。また、ウィリアムの生活がないがしろにされていたしるしでもある。

スコットランド・ヤードへの手紙は、英国人がとりつかれたように探偵するようになったという新たな風潮の産物だった。猫も杓子も殺人に、とりわけ家庭内の謎めいた事件に魅せられ、殺人事件の捜査にも夢中になった。[注8]「解決しそうにないみごとな殺人が好き」と、エミリー・イーデンの小説『二戸建住宅』（一八五九年）のミセス・ホプキンスンは言う。「もちろん、とてもショッキングだけど、そんな話を聞くのが好きなの」と。ロード・ヒル事件によって、不可解な犯罪への全国的熱狂は新たなレベルに移行した。『月長石』でウィルキー・コリンズはこういう熱狂ぶりを、「探偵熱《ディテクティヴ・フィーヴァー》」と称している。

新聞や一般人はウィッチャーの好色で無礼な推測を非難しておきながら、自分たちは思うさま好色で無礼な考えをめぐらせた。英米文学に最初に登場した探偵は、彼らのような安楽椅子探偵《アームチェア・ディテクティヴ》だった。ポーのオーギュスト・デュパンは、現場で手がかりを調べるのではなく、新聞記事から手がかりを拾い出して犯罪を解決する。職業人としての刑事の時代がかろうじて始まったばかりのころ、アマチュア探偵の時代はすでに全盛を迎えていた。

マンチェスターで印刷された発行者不詳の安もの小冊子《ペニー・パンフレット》——全十六ページの『ロード殺人事件の犯人は誰だ？——血痕を追って』——の中で「エドガー・アラン・ポーの弟子」は、ウィッチャーの捜査に軽蔑を浴びせている。「これまでのところ、かのごりっぱな刑事がしたのは、あのナイトドレスからミス・コンスタンス・ケントを連想することだけ。彼女の罪がそれにくるまれていると証明するだと！　ナイトドレスのありかを捜すだと！　大間違いだ！　ナイトドレスの紛失にわたしは、彼女の潔白を感じる。そしてその紛失に、別人の罪を感じる。その人物はあのナイトドレスを盗んで、自分と同性の人間に疑いをなすりつけることによって彼女自身の身を守ろうとしたのだ」。このパンフレットの発行者は、早くも探偵小説の教義のひとつを身につけていた。解決は必ず迷路のように入り組んだ、遠まわしで逆説的なものでなくてはならない。ナイトドレスの紛失は、それが意味しているように思えることとの正反対の意味でなくてはならないのだ——「ナイトドレスの紛失にわたしは、彼女の潔白を感じる」

　この筆者は、血の染みついた服を捜して村じゅうを徹底的に捜索したのだろうか、証拠の燃えかすがないかロード・ヒル・ハウスの煙突を調べたのだろうか、地元の刃物を扱っている店の記録を確認したのだろうか、と書いている。彼だか彼女だかは、人騒がせにも想像をたくましくして、サヴィルの喉は左から右にかき切られていたのだから、殺人犯は左利きのはずだと主張している。「ぽっちゃりした子どもの体に、想像上の線を引いてみるといい。……そういう罪を犯すとき、たいていの人間は、（ごく普通に）左手を子どもの胸に当ててめつけた記事を掲載、名誉毀損の訴訟を起こされた。

ケントがやったのではないかとほのめかした。《バース・クロニクル》はサミュエルだと決

ーム・タイムズ》はエリザベス・ゴフを指摘し、《バース・エクスプレス》はウィリアム・

新聞もいろいろな憶測に走った。《グローブ》はウィリアム・ナットに罪をきせ、《フル

右手で切りかかっていくだろう」

ある娘が不義の相手と通じ、その密通相手が露顕するくらいならいっそ殺すことにしたという仮説に十分な根拠があるとすれば、遺憾ではあるが、そういう事態が露顕すれば身の破滅となる、あるいはとにかく恐慌をきたして、瞬間的な激情から極端な手段に訴えて露顕を避けようとするような人物を見つけようとしなければなるまい。そういう条件にあてはまりそうな人物といえば？……誰もが考える力をうんざりするほど鮮明にもつ、夜明けの不思議な薄闇の時間に、誰もが起き上がり、はりきって一日の務めに向かおうとするときにみなぎるような、意志と分別ある決意をなくして……気弱で後ろ暗い、おびえて凶暴になった男が、自分と破滅のあいだにひとりの子どもを目にする——そして、無我夢中のうちに恐ろしい行為がなされるのだ。

ここまで、「凶暴になった男」とは誰のことなのか、ともかく部分的にはぼかしてあるのだが、この記事の結びの文章で、筆者はサミュエル・ケントの名前を出したも同然の書き方

をしている。

子どもが寝室からいなくなる。無防備な寝室ではなく、二階の、屋敷の内部にある部屋から、外からの訪問者にはその部屋に近づくことなどできない時間に。そして、その子がいちばん慕っているはずの男、その子の捜索にいちばん必死になって立ち回るはずの男が、子どもが放浪者にかどわかされたなどという小説に出てくるようなばかげたことを考えるとは！　子どもが天使に連れられて飛んでいったとでも言うほうが、そういう状況での思いつきとしてはまだましなのではないだろうか。

セックスが殺人の動機になった、という点で世論は一致していた――もっと踏み込んで言えば、子どもに不倫の現場を見られたことからもちあがる破局があったという見方だ。ウィッチャーの見解では、コンスタンスは自分の父親ともと家庭教師との性的関係に対し、二人のあいだにできた子を亡きものにすることで復讐したのだ。世間の見方は、性交現場を目撃したのはサヴィルで、見てしまったために殺されたというものだったが。

新聞報道に目立つ論旨は、困惑したものだった。あまりに多くのことが判明してなお、結論はほとんど出せずにいる。報道に載るコラムは謎を大げさに書きたてるだけだった。「ここにきてわれわれの理解は行き詰まった」と書くのは、《デイリー・テレグラフ》の論説だ。「調べてもわからないままだ。われわれは戸口でつまずき、その先に横たわる犯罪の全貌は解明されぬままにある」。殺人事件の裏にはきわめて重大な物語があるのに、視界から隠されている。ロード・ヒル・ハウスは地下室から屋根裏部屋までくまなく捜索されたかもしれないが、象徴的な意味で、屋敷の扉はしっかり閉じられていたのだ。

　解決がつかないまま、サヴィルの死にかこつけて無制限な憶測がとびかう。事件はある種の途方もない想像を解き放った。「夜明けの不思議な薄闇の時間」に、どんな隠れた正体が現われるやらわかりはしない。事件の関係者たちは二重人格をもたされるようになった。コンスタンス・ケントとエリザベス・ゴフはあの家の天使なのか、あるいは毒婦か。サミュエルは情愛あふれる父親で、悲嘆と侮辱にうちのめされているのか、無情な色情狂の暴君なのか。ウィッチャーは先見の明がある人間なのか、それとも品のない愚か者なのか。

《モーニング・ポスト》の論説は、屋敷内のほぼ全員、そしてそれ以外にも数人には、依然として嫌疑がかかることを示した。サミュエルかウィリアムがサヴィルを殺したのかもしれないし、あるいはミセス・ケントが「ああいう状態の〔つまり妊娠中の〕女性が陥りやすくなることもある妄想にかられて」やったのかもしれない、とその記事は述べている。サヴィルを殺したのは、「嫉妬にかられた、家族の中のひとりないし複数の子ども、それとも親のいちばん痛いところを傷つけてやろうとした誰か」ということもありうる。筆者は、サラ・カースレイクの素姓、ウィリアム・ナットのナイフ、ヘスター・ホリーの嘘について考えをめぐらせている。筆者の興味は、ロード・ヒル・ハウスのさまざまなくぼみやへこみ、いちばんやわらかいところへ及ぶ。「井戸のような穴は調べられたのだろうか？　池や下水溝、煙突、木の幹は、庭の土のやわらかいところは?」

「謎は深いが、ナイトドレスとナイフしだいだと確信する」と筆者は書いている。

ロンドンに戻って数日のうちに、ジョナサン・ウィッチャーとドリー・ウィリアムスンは起きたばかりの殺人事件に駆り出される。またもや、ナイトドレスとナイフが登場する家庭内のホラー・ショーだった。《ニューズ・オブ・ザ・ワールド》は次のように述べている。「身の毛のよだつような惨殺事件が起き、その事件は解明されそうもないと知ったばかりで早くも、罰せられるべき者が刑を免れている当然の結果が招かれていることがわかって、ぎょっとする。殺人に次ぐ殺人があちこちで発生し、まるで突発する恐ろしい伝染病のようだ」。未解決の殺人事件は感染性のものに思えた。殺人者をひとりつかまえそこなうと、刑事が大勢の殺人者をちまたに放ってしまうことになるのか。

七月三十一日火曜日、キャンバーウェルとテムズ川にはさまれたロンドンの南部地区、ウォルワースにある家に警察が呼ばれた。夜が明けてすぐ、家主と間借り人が悲鳴とドシンという音を聞いたのだ。地元の警官たちが駆けつけると、小柄でひどく青ざめたナイトシャツ姿の若者が、母親と二人の弟（十一歳と六歳）、二十七歳の女性の死体を見下ろすようにして立っていた。全員が寝間着姿だった。「母親がやったんだ」とその男は言った。「母が、弟とぼくが眠っているそばにやってくると、ナイフで弟を殺し、ぼくに切りかかってきた。ぼくは身を守ろうと母の手からナイフをもぎ取って、母を殺してしまったんだ、もし死んでいるとしたらだけど」。惨事を生き延びたこの男は、ウィリアム・ヤングマン。殺人の容疑で逮捕されたとき彼は、「ご勝手に」と言った。

ウィッチャーとウィリアムスンは、ランベス管区のダン警部の手伝いに割り振られた。フォーリーと違ってダンは有能な警官で、そのまま捜査を担当した。まもなく警察は、ヤングマンが死んだ若い女性、メアリ・ストリーターと婚約していたこと、死の六日前に彼女を百ポンドの生命保険に入れていたことを明らかにする。ウィッチャーは、すでに教区教会で二人の結婚予告（教会での挙式前連続三回日曜日に行ない、異議の有無を問う）がされていることを確かめた。ヤングマンが殺害の二週間前に凶器を購入していたことが判明――彼は、パンやチーズを切るために買ったのだと主張した。

ロードとウォルワースの殺人事件にはいくつも類似点があった。第一容疑者の落ち着き、近親者へ向けられたすさまじい暴力、ちらつく狂気の気配。だが、《タイムズ》は違いのほうが大きいと見ている。ロンドンの殺人は「むかつくほど事実どおりでわかりやすい」と述べ、ヤングマンが家族を虐殺した動機は、まるっきり金銭的なものと了解しているようだ。「世間があやふやな状態にさいなまれることも、疑わしい状態にはらはらすることもない」。解決は見え透いていて、犯罪自体の見苦しい恐怖以上の意味は何もない。紛失したものは何もない。対照的にロードの事件は興味をかきたてる謎を提示し、事件の解決が多くの中産階級家庭にとって他人ごとではない切迫したことのように思えた。

《ニューズ・オブ・ザ・ワールド》も、ロード・ヒル殺人事件には「ひとつの階級内だけで断然目立つような」何かがあると認めている。それでも同紙は、一八六〇年にあったさまざまな凶悪殺人事件に通底する不穏なつながりにも着目する――どれにもみな、動機がないも同然なのだ。「すぐに驚かされるのは、犯罪の残忍さと動機の貧弱なことにである」。ロードとウォルワースの殺人者はともに、はっきりとではないまでも精神障害の気がある。どんな利得があるとしても釣り合わないほど残忍だし、それなのに注意深く犯行を計画して、そのあとは犯罪を隠蔽しようとする。同紙はウォルワース殺人事件をこう評する。「そういうわけで、この犯罪が狂気の発作であろうとなかろうと、人間が手を下したものとしては過去に例を見ない恐ろしくすさまじい殺人事件である」

　捜査が始まってからちょうど二週間たって、ヤングマンはオールドベイリー（ロンドンの中央刑事裁判所）で裁判にかけられた。《タイムズ》によると、彼は「まるっきり無関心のようで、並はずれた冷静沈着ぶりを見せ、……感情のかけらも表わさなかった」。陪審が殺人で有罪と判決すると、「ぼくは悪いことをしていない」と言い、くるりと向きを変えて「しっかりした足どりで被告席から出ていった」。心神喪失という提議は却下され、彼は死刑を宣告される。ヤングマンは独房に着くやいなや、夕食をせがんだ。そして、さもうまそうに食べた。刑務所で刑の執行を待つ彼に、ある女性が宗教的な小冊子を送ってきた。彼の境遇にあてはまると思われる一節にアンダーラインが引いてある。彼は、「こんなんじゃなくて食べものを送ってくれりゃいいのに」と言った。「ぼくはまるまる一羽の鶏に塩漬け豚だって食べられるんだから[注9]」

ウィッチャーがウォルワース事件に関わっていることは、新聞にはほとんど顧みられることがなかった。新聞は引き続き、ロード・ヒルでの彼の捜査を憤然と批判していたのだ。スコットランド・ヤードに届く手紙に反論を走り書きしていたものの、ウィッチャーは、みんなが彼のやり方についてあれこれ言うのに沈黙を決め込むほかなかった。

八月十五日、ヤングマンの裁判の前日、ウィッチャーは国会で弾劾された。ローマカトリック教会の先導的スポークスマンであるサー・ジョージ・ボウヤーが、英国警察の警部たちの資質について不服を唱える際、ウィッチャーを例にとったのだ。「最近のロード殺人事件についての捜査は、現職警官の一部に不適任な者がいるというまたとない証拠である」と。「ウィッチャーという名の警部が事件の捜査に派遣された。わずかばかりの根拠に立って、たまたまナイトドレスが一枚なくなっているというだけのことで、その警官は殺人が起きた屋敷に住む若い女性を逮捕し、数日のうちに彼女を殺人罪に服させる証拠を出す用意があると治安判事に請け合った」。彼は、ウィッチャーのとった行動を「なんともけしからぬ」と非難した。「証拠を出すと大きく出たはいいが、結局、その若い女性は治安判事に解放されることになった」。内務大臣サー・ジョージ・コーンウォール・ルイスが、「その刑事のとった行動は正当なものだった」と言って、控えめにウィッチャーを弁護した。

しかし、国民の気分はボウヤー寄りだった。「われわれは世間の心情を躊躇なく代弁することができる」と、《フルーム・タイムズ》は主張している。「故殺というあまりにも恐ろしい罪をでたらめにもてあそぶ、また果たすことができそうにないとわかっている約束をする警官は、不信の目で見られてもしかたがない」。《ニューカッスル・デイリー・クロニクル》は、「ウィッチャー説は、今回の恐ろしい謎という深い暗闇に解決の光明を投ずることができなかった」と述べる。「裁判が入り組んだロード事件の迷宮を抜け出すには、新たな手がかりが発見されなければならない」。《モーニング・スター》は、ウィッチャーが「うわついたうわさ話同然の、中身がからっぽな女学生の証言」に頼ったことを軽蔑した。《バース・クロニクル》は、「心もとない推測が、いいかげんにつなぎ合わされて証拠として提示された……そんな試みがなされたとは、あまりにもひどい」と批判している。《コーンヒル・マガジン》の評論では、著名な法律家サー・ジェイムズ・フィッツジェイムズ・スティーヴンが、殺人事件を解決しようとする対価――人目にさらされるダメージ、警察の介入――は時としてあまりに大きいと論じる。「ロード殺人事件の事情が格別に好奇心をそそるのは、たまたまその代償の大きさをはっきり示す実例となったからであり、故意にそうしたのではこれほどの条件はそろわなかっただろう」。問題の元凶にできそうな者がほかに見当たらなかったために、ウィッチャーがロードの混乱と謎の責めを負うことになった。〝エドガー・アラン・ポーの弟子〟は自作の小冊子で、「一度は首都の魔力《メトロポリタン・ウイッチャリー》によって危険にさらされたが、コンスタンスは無実だと認められた」と、悪意をこめて彼の名前を連想させている。

ウィッチャーにとっていちばん痛手だったのは、彼が欲に駆られているという非難だった。

初期の探偵／刑事というのは、みずからが追いかける悪漢と紙一重の、魅力的なならず者と思われがちだ。極悪人転じて探偵となったフランスのユージーン・ヴィドックの潤色はなはだしい回想録が、一八二八年に英訳され、一八五二年には芝居になってロンドンの舞台で上演されたが、[注10]彼はそのほうが実入りがいいからというので悪党から警察官に軽やかに転身したのだった。

刑事のものになる報酬は、十八世紀に盗賊の捕り手や情報提供者に対して支払われた〝報《ブラ》賞金《ッド・マネー》〟の跡を継ぐものだ。一八六〇年八月、《ウェスタン・デイリー・プレス》は、ウィッチャーが「熱心だったのは、手厚い報酬をもちかけられたからだ」とほのめかしている。《ディヴァイズィズ・アンド・ウィルトシャー・ガゼット》への〝正義《ジャスティス》〟と名乗る人物からの投書は、不器用で死刑囚をひどく苦しめたことで名高い十七世紀の絞首刑執行人、ジャック・ケッチにウィッチャーをなぞらえている。ウィッチャーは「まったく無責任にも、二百ポンドの報賞金に目がくらんで、いたいけな十六歳のレディを一週間も粗野な刑務所に閉じ込めた」というのだ。投書の多くがそうだったが、この〝ジャスティス〟も、労働者階級の男が中産階級の問題に手出しをすることに不快感を示している。刑事は育ちがよくないから貪欲で無能なのだ。ウィッチャーがこれほど手ひどく糾弾されたのは、生まれたての新聞読者たち多数が心の目でしていたことを彼が現にやってみせたからかもしれない——他人の罪や受難をのぞき、詮索し、つつき回して知りたがる。ヴィクトリア朝の人々はそういう刑事の中におのれの姿を見、集団自己嫌悪に駆られて彼をつまはじきにしたのだ。[注11]

　ウィッチャーを弁護する意見もいくつかあった。[注12] 一貫して彼を擁護してきた《サマセット・アンド・ウィルツ・ジャーナル》は、エドリンが「言葉巧みなだまし方」や「狡猾なかけひき」でナイトドレスをめぐる仮説をゆがめたと批判している。《デイリー・テレグラフ》も同意見だ。「ミスター・エドリンが若い女性を逮捕するのはひどいと激しく弾劾したことには承服しかねる……この若い女性の弁護士による大衆に媚びた論法によると、彼女のナイトドレスが出てこないという重要な問題は納得のいくかたちで解決しているというが、この場合はまったく逆ではないのだろうか。ナイトドレスはどこにあるのか？……血痕のついたナイトドレスが見つかっていたなら、事態はまるっきり違っていたはずだ。ベアトリーチェ・チェンチの話で、シーツが血まみれでひどい状況だったことをご記憶の読者もあろう。その環《リンク》ひとつで証拠の鎖《チェーン》がつながり、それがすみやかに麻綱の絞首索に変わったのだ」。ベアトリーチェ・チェンチは、父親を殺して処刑された十六世紀ローマの貴族の女性。十九世紀には、家族を虐待する暴君に復讐を遂げた美しい娘という、小説のヒロインじみた存在になっていた。血によごれたシーツが彼女の有罪のあかしとなった。パーシー・ビッシュ・シェリーは詩劇『チェンチ家』（一八一九年）で、ベアトリーチェを情熱的な反逆者にしたてている。ナサニエル・ホーソーンの『大理石の牧神』（一八六〇年）の登場人物は、彼女のことを「堕ちた天使、堕ちてなお罪なき天使」と評した。

　《ノーザン・デイリー・エクスプレス》はこう書いている。「コンスタンス・ケントのあっさりしたフリルを——おとなの年齢に達していない少女が着ていたのでレースではなく——

あしらったナイトドレスは、エリザベス女王やシェイクスピアのひだ襟、ドクター・ジョンソン（文人サミュエル・ジョンソンの通称）の黄褐色のスーツ、ロムニー（肖像画家ジョージ・ロムニー）が描いたクーパー（詩人ウイリアム・クーパー）のナイトキャップ、バーンズ（詩人ロバート・バーンズ）の縞のチョッキほどに有名になりそうだ」

　ウィルトシャー主席治安判事のヘンリー・ラドロウは、ウィッチャーを応援しつづけた。メインに宛てた手紙にこうある。「ウィッチャー警部どののロード殺人事件に関するやり方がずいぶん非難を浴びてきました。ラドロウ氏においては、事件における警部の判断および能力がすぐれていたという証言を喜んでお伝えしたく存じます。今回のきわめて不可解な殺人事件を犯した者について、わたしはウィッチャー氏のお考えに全面的に同意するものです……氏のやり方はまったく正当なものでした」。おそらくラドロウは、ウィッチャーにコンスタンスの逮捕を促す役回りをさせたことで心苦しく感じていたのだろう。事件への非難は警部が一手にかぶることになってしまったのだから。

「続報させていただく」と、ウィッチャーは七月三十日月曜日に書きはじめる。「サー・R・メインへの報告。六月二十九日夜、ウィルツ、ロードで発生した〝フランシス・サヴィル・ケント〟殺害事件について、去る金曜日にロード、テンパランス・ホールにて〝コンスタンス・ケント〟の再尋問……」

　十六ページにわたってぐいぐい先を急ぐような筆跡で、ウィッチャーは自分の論拠を述べている。手紙の差出人や新聞記者たちが提案してきた、彼に対抗するさまざまな説は、じれったそうにしりぞけた。地元警察の捜査には不満を表明した。「警察が駆けつけてすぐに、所持品のなかにナイトドレスが何着あるはずなのか確かめてさえいれば」、コンスタンスに不利な証拠は「もっとはるかに決定的なものだったはずだ」と。コンスタンスのベッドにあったナイトドレスが清潔すぎるように見えたというパースンズの言葉から、フォーリーが「そのほのめかすところを察知し、すぐさまナイトドレスを何着持っているか質問して」さえいれば、「きっと血のついたナイトドレスはただちになくなっていると判明し、おそらく発見されていたものと考える」。ウィッチャーは、コンスタンスの弁護士のことも批判している。弁護士は「紛失したナイトドレスの謎は解決していると言ったが、そうではない。彼女が学校から持ち帰った三着のうちの一着は依然見つかっていない。残りの二着はさしあたりわたしが預かっている」。遠からず自白が出てくるだろうが、「打ち明ける相手は間違いなく家族だろうから、外には知られないかもしれない」というのが彼の推測だった。

ウィッチャーは署名したが、その文書を送らなかった。直後に署名を取り消して、続きを書いたのだ。「続報させていただく……」のあと、さらに二ページ書いて、所見を詳述してわかりやすくした。その九日後、まだ終止符を打てずにいたが、報告を再開する。「以下の記述と説明を追加させていただく……」。八月八日にメインへ提出されたその報告書は——全部で二十三ページになっていた——アンダーライン、訂正や修正、挿入、アステリスク、ダブルアステリスク、削除線などで真っ黒になっていた。

第十三章　あれやこれやをすべて誤解する

一八六〇年八月〜十月

八月のはじめ、内務省の許可を得て、ウィルトシャー警察はサヴィル・ケントの遺体を掘り出した。サヴィルの姉のナイトドレスが棺に隠されていないかを調べたかったらしい。行き詰まった警察は、ふりだしに戻ることしかできなかったようだ。警官たちが、掘り出した棺のねじを抜いてふたを開けたが、現われたのは死衣をまとったサヴィルの遺体だけだった。棺から出る腐敗臭が強烈で、ウルフ警視は具合が悪くなり、回復するまでに数日かかった。

巡査たちが昼夜兼行でロード・ヒル・ハウスを見張った。彼らは屋敷から川まで引かれた下水溝をもう一度調べさえした。警察署長らは地元の新聞に、自分たちのたゆみない努力を知らせた。「今回の不可解な事件の事情を捜査するにあたって、地元の警察がミスター・ウィッチャーにしかるべき協力をしなかったというのは、まったく事実無根の主張である」と、《バース・クロニクル》は報じた。「必要に応じてあらゆる機会に同行したほか、それまでに得ていた情報はすべて渡してあった。先ごろウィッチャー警部が性急な処置をとったことで、州警察がみずから捜査を進めるうえで取り組まなくてはならない困難が、増大しないままでも、たいへんな妨げになったことは間違いない」

警察へは引き続き一般人からの手紙が寄せられていた。アイルランド、クイーンズタウンの男性は、コンスタンス・ケントが殺人を犯したのだと知らせてきた。運賃を送ってくれるなら、なくなったナイトドレスを持って参上しようと書き添えてある。警察はその申し出を断わった。

バッキンガムシャーのウルヴァートン駅で、八月十日金曜日――サヴィル・ケントが生きていれば四歳になった翌日――丸い赤ら顔のずんぐりした男が、ノースウェスタン鉄道警察のローパー巡査部長のところへやってきて殺人を自白した。「やったのはわたしです」と。ロンドンに住むレンガ職人で、男の子を殺したらソヴリン金貨を一枚（約一ポンド）やると言われたのだという。雇った人物の正体も、自分の名前も言おうとしない――母親に居どころを知られたくないのだと。自首したのは、どこにいても目の前を殺した男の子が歩いているのが見えるからだった。線路に頭を載せて列車に轢かれてしまおうとしたが、思いとどまって出頭することにしたという。

翌朝、警察はその男を列車でトロウブリッジへ連行した。逮捕のニュースは電信で流され、ウルヴァートンからオックスフォードとチップナムを経由する鉄道線路沿いには、何百人という人だかりができた。停車中、客車に首をつっこんで、どいつが殺人犯だと聞いた男もいた。レンガ職人は手錠でつながれた両手のこぶしを固めて震わせ、隣の警官にぼそりともらした。「ぶん殴ってやりたい」。トロウブリッジ警察署に到着すると、治安判事が刑事被告人を月曜日まで再勾留した。《サマセット・アンド・ウィルツ・ジャーナル》によると、その男は「赤らんだ顔色で、大きな頭のてっぺんが妙に平らだった。頭痛を訴えて大騒ぎし、何も食べようとしなかった」という。

　月曜日になると、レンガ職人は無実を訴えていた。彼には六月二十九日夜のアリバイがあり――ポーツマスの宿で、背中に腫れものができて砂糖水浴をしていたという――ジョン・エドマンド・ギャグ、と自分の名前を書いて治安判事に渡した。なぜやってもいない殺人を自白する気になったのかと訊かれると、「金に困って、絞首刑にしてもらったほうがましだと思ったから自白しました。生きているのがほとほといやになったんです」と言う。彼には昏倒、癰《よう》（皮膚や皮下組織に生ずる急性化膿性炎症）、痙攣、「頭部への血流過多」などの病歴があったが、どうやら気は確からしい。未解決殺人事件の重圧が、すでに心を圧迫されていたもろい人間に影響したのだろう。多くの人と同様、ギャグもこの事件にとりつかれていた。アマチュア探偵の功名心が極端なかたちをとって、彼は自首することにした。自分が犯人だと言うことによって殺人事件を解決しようとしたのだ。

　治安判事はスコットランド・ヤードのジョナサン・ウィッチャーに電報を打って、ロンドンにいるギャグの妻を探し出してほしいと頼んだ。その妻は「自分の稼ぎで、母親と子どもたちと一緒に暮らす、たいへんりっぱな女性」だったと、ウィッチャーは彼らに通知した。ポーツマスにいたというギャグのアリバイは堅いと判明、八月二十二日水曜日に彼は釈放され、治安判事はパディントン行き列車の運賃を払ってやった。

その週のこと、エリザベス・ゴフはケント家に、仕事を辞めたいと伝えた。《サマセット・アンド・ウィルツ・ジャーナル》は、彼女は「一家のきわめて不愉快な監視に甘んじてきた」と説明している。のちに、フルームのジャーナリスト、アルバート・グローサーが《タイムズ》への投書で伝えたところによると、サヴィルが殺されてから、ケント家は幼い女の子たち、メアリ・アメリアとイーヴリンを、ゴフの部屋では寝かせないようにしていた。八月二十七日月曜日、父親に連れられてロード・ヒル・ハウスをあとにした彼女は、父と一緒にアイルワースの家族が営むパン屋の、母と二人の妹、二人の弟のもとへ帰っていった。

八月二十九日、一八五九年にウィッチャーが捜査したボンウェル師の事件が、結論に達する。外聞の悪い関係を結び、子どもの誕生と死を隠そうとしたことに対する罰として、英国国教会はボンウェルの聖職を剝奪した。一週間後の九月五日、ホースモンガー・レイン刑務所の外でウォルワースの殺人犯、ウィリアム・ヤングマンが処刑されるのを見物しに、二万人を超すロンドン住民が集まった。これほど大勢が絞首門に群がったのは、一八四九年に同所でフレデリックとマリア・マニングが絞首刑に処されて以来のことだ。死を迎える日のヤングマンは、ココアとバター付きパンの朝食をとった。外では男の子たちが絞首門の下で馬跳びに興じ、〝絞首台《ドロップ》〟に面したパブは大繁盛。ヤングマンがはね上げ戸の穴に落ちていきながら、「空中で震え身をよじった」と、《ニューズ・オブ・ザ・ワールド》は報じている。「朝からずっとちびちび飲んでいた数人の男女が、つつしみのない雄たけびをあげた[注1]」。ヤングマンの母親、弟たち、恋人という四重殺人から、やっとひと月あまりが経ったところだった。八月二十五日の『白衣の女』最終回で、フォスコ伯爵が英国を「家庭的幸福を旨とする国」と記しているのは、まぎれもない皮肉だった。

九月になったロードのあたりの畑では、大鎌で最後の小麦やトウモロコシが収獲された。月初めに、特別委員会にロード殺人事件を捜査してもらいたいという請願書が二通、内務省へ送られた——一通は《バース・エクスプレス》、もう一通は《サマセット・アンド・ウィルツ・ジャーナル》がまとめたものだ。内務大臣のサー・ジョージ・コーンウォール・ルイスは請願をしりぞけたが、ウィルトシャー治安判事の提案で、バースの事務弁護士E・F・スラックに捜査をするよう内々に命じた。スラックがどこから権限を付託されたのか当初はよくわからず、ケント家の代理人を務めるウィリアム・ダンは、一家が協力をしぶっているとした。「よくは存じませんが、この件で以前のやり方にほとんど国じゅうから非難の声が浴びせられた刑事の指示で動いていらっしゃるのかもしれませんから」。最終的に、スラックは政府のために働いていることを明かす。特に《バース・エクスプレス》は、パーマストン卿（一八五五〜五八、五九〜六五年の首相）の自由党政権が捜査を指揮することをけなした——同紙はコーンウォール・ルイスのことを、小心者、批判におびえた、ばかげた秘密主義者だなどと評した。

スラックは事件の関係者全員に話を聞いた。バースの自分のオフィスやベキントンのパブ、ロード・ヒル・ハウスの客間で、三週間以上にわたって非公式の審問を重ねた。ある時点で、敷地内の小さな一区画が「ミス・コンスタンスの庭」と呼ばれていることを知り、そこを掘り返すよう命じたが、特に何も見つからなかった。五歳になるメアリ・アメリア・ケントにも話を聞こうとしたが、ダンに、その依頼人の娘は尋問を受けるには幼すぎるといって阻止された。後日、ダンはどうして彼女に証言能力がないと言えるかを説明している。彼女は年齢を訊かれて、四歳と間違って答えた。家族が毎日教会に行くと彼女は言うが、クライスト教会は毎日開いてはいない。彼女は殺された弟、サヴィルの名前をつづることができなかった。「すみません、教えてもらってないの」

九月二十四日月曜日、スラックは捜査を打ち切り、コンスタンス・ケントは事実上無実だと思うと公表した。[注2] 彼女の財布は整理だんすの裏で見つかっていて、審問の日、サラ・コックスに洗濯物のバスケットを見てほしいと頼んだのはそれを捜していたからだという主張を裏づけたという。スラックに促されて、ウルフ警視はアイルワースでエリザベス・ゴフを逮捕した。

十月一日月曜日、ゴフがトロウブリッジ警察裁判所の治安判事の前に連れてこられた。ケント一家はフライ（一頭立て貸し馬車）でやってきて、「運よく人目につかずに入っていった」と《ブリストル・デイリー・ポスト》。「そのため、集まった人々からその場で不愉快な思いをさせられずにすんだ」

法廷でゴフは、まるで祈っているか身を守ろうとしているかのように、両手を喉もとまでせて、いっそう青ざめてやつれ」、続く四日間の手続きを「非常に心配」そうに見ていた。

ゴフの訴追者は、単独でサヴィルを拉致して殺すことはできなかったはずであり、二人の犯行であるならばひとりは子守にちがいない、と論じた。彼は、ゴフのこれまでの供述の信頼性を疑った。サヴィルの母親は妊娠中で子どもを抱き上げることもできなかったのに、なぜあの朝、サヴィルを母親が連れていったと思ったのか？　毛布がなくなっていることに気づいたときのことで、なぜ話を変えたのか？　ベッドから出ないで、どうやってサヴィルが子ども用ベッドにいるかどうかわかったのか？

サミュエル・ケントが証人台に立つと、なぜ自宅の間取り図を作成させたがらなかったのか、息子の行方がわからなくなった日の朝になぜトロウブリッジへ馬を走らせたのか、その日の晩にはなぜ警官二人をキッチンに閉じ込めたのかと訊かれた。彼は、サヴィルが死んだ日のできごとについては混乱していると述べた。「ひどく動揺していたので、はっきりさせたいと思ってもよくわからないことが多いのです」。巡査たちをキッチンに閉じ込めた件には、「ドアにかんぬきをかけたのは、家がいつもどおりに見えるように、うちの中に警官がいることを誰にも知られないようにと思ってのことでした」と答えた。この一件について、フォーリーが質問を受けた。「閉じ込めてもらいたくはありませんでしたね。話を聞いたときにはたいへん驚きました」と警視。このぶざまな仕事に自分が関与していたことを、たいしたことではないように見せようとして、へたながらも辛辣な冗談を飛ばす。「二人は屋敷全体を活動の範囲《レンジ》にすべきだったのですが、キッチンのレンジしか相手にできなかったというところでしょうか」。サミュエルは、ピーコックから息子が殺されたと聞かされたときの話をしながらすすり泣いた。

そのほかのケント一家の証言にはあたりさわりのなさが目立つ。ミセス・ケントは気が進まない様子で、厚い黒のヴェールを上げて証言した。声が聞き取りにくく、はっきり話すようにと繰り返し求められた。ゴフについて話す。「わたしの知っているかぎりでは、彼女はあの子をとてもかわいがってくれて、すごく気に入ってくれているようでした。あの子も彼女が大好きでした。あの日の朝、彼女がひどく悲しんでいたかどうかはわかりません。自分自身と夫の気持ちのことだけで精いっぱいで……あの子は、かわいらしくてお茶目で気だてのいい、人なつっこい坊やで、みんなにかわいがられていました。うちの家族や坊やに恨みをいだいていた人物には思い当たりません」

メアリ・アン・ケントの言葉。「殺されたかわいそうなあの子は、わたしの弟です」。エリザベスの言葉。「わたしは……殺されたかわいそうな坊やの姉です」。この二人は、彼が死んだ晩に就寝した時間と目を覚ました時間以外のことをほとんど明かさなかった。

コンスタンスはヴェールで顔を隠したまま証言した。サヴィルは「陽気な、気だてのいい子で、よく跳ね回っていました。わたしもよく遊び相手になりました。あの日も一緒に遊びました。わたしのことを好いてくれているみたいでしたし、わたしはあの子が好きでした」。グロスター近くの寄宿学校から呼び出されたウィリアムは、自分へ向けられた質問に「はい」と「いいえ」で答えた――「あまり強そうには見えない若者」と、《ブリストル・デイリー・ポスト》は述べている。エリザベスが五歳のメアリ・アメリアを法廷に連れてきていたが、証言させるのが適当かどうかで紛糾した。教理問答を知っているだろうか？ 宣誓を理解するだろうか？ 結局、彼女は審理を受けずに法廷から連れ出された。

ロード・ヒル・ハウスの使用人たちは、部外者がサヴィルを連れ去った可能性を示すことによってゴフを救おうと、独創的な――いじらしくもある――試みをしていた。火曜日、料理人のサラ・カースレイクは裁判官に、メイドのサラ・コックスと一緒にその日の朝、客間の窓で実験をしてみたという話をした。その窓を地面から六インチと離れていないところまで、つまりサヴィルが死んだ日と同じ状態にまで、家の外にいる者にも引き下ろすことができるかどうか確かめたかったのだ。「みんなは外からは無理だと言いましたが、コックスとわたしはできるかできないかどうしても確かめたかった。外からすごくかんたんに引き下ろせるってわかりましたよ」。主席治安判事が、もしそのとおりだとしても、そもそもその窓を外から開けるのは不可能だということに変わりはないと指摘した。

その翌日に呼び出されたサラ・コックスは、この実験の続きとして、客間の窓についた鎧戸を家の外から調整してみようとしたが、風が強かったためにうまくいかなかったという話をした。ウルフ警視が彼女の話に異議を唱えた。やっているところを見ていたが、うまくいかなかったことに風は関係ない、と。ついでに、その日の朝、彼自身も実験をして、ゴフの話のようには子どものいないことがわかったはずがないという自分の説が裏づけられた、と付け加えた。ウルフの実験では、ミセス・ケントが生後二十三カ月になったイーヴリンを子どもも部屋へ連れてきて、エリザベス・ケントが彼女をサヴィルの使っていたベビーベッドへ寝かせて寝具にくるんだ。ゴフと体格の似ている、ダリモア巡査の妻のイライザが子守のベッドに膝をついて、子どもの姿が見えるかどうか確かめた。枕のごく一部しか見えなかったという。

法廷に最も激しく不満をかきたてたのは、イライザ・ダリモアのアマチュア探偵仕事だった。彼女は証言台に立つと、七月はじめにゴフが警察署にとどめおかれていたあいだに彼女とゴフが交わした会話のことを、こと細かに語ったのだ。

イライザ・ダリモアによると、あるとき、ゴフに「ミセス・ダリモア、ナイトドレスが一着なくなっているのをご存じですか？」と訊かれたという。

「いいえ――誰のナイトドレス？」

「ミス・コンスタンス・ケントのです」とゴフ。「きっと、ナイトドレスをたどっていけば犯人が見つかります」

またあるときは、イライザがゴフに、コンスタンスが犯人だろうかと尋ねた。「ミス・コンスタンス・ケントがそんなことをなさるとは思いません」と、ゴフは言った。ウィリアムが犯罪に協力したということはあるだろうかと訊くと、ゴフは声をあげた。「まあ、ウィリアムさまは男の子っていうより女の子って言ったほうがいいようなかたなんですよ」。ミスター・ケントについては、「まさか、あのかたが犯人だなんて考えられません。お子さまがたをすごくだいじになさってるんですから」

ある晩、イライザはもう一度ゴフに訊いた。「ミス・コンスタンスが犯人って話をどう思う?」

「何も申しあげられません」と子守は答えた。「でも、わたし、あのナイトドレスがバスケットに入っているのを見ました」

その会話の終わりの部分が、入ってきたウィリアム・ダリモアの耳に入った。「じゃあ、ナイトドレスがバスケットに入っていたのを、コックスだけじゃなくてきみも見たのか?」「いいえ」とゴフ。「それについてお話しすることはありません。自分の問題で手いっぱいなんですから」。彼女はそう言うと寝てしまった、というのがイライザ・ダリモアの話だった。

イライザはほかにも、ゴフが彼女に話したことを報告したが、どうも疑わしいものもあった――たとえば、配管工が便所を捜しても証拠は見つからないだろうと予測したとか、サヴィルのことを告げ口屋だと言ったとか。

ゴフの弁護人のミスター・リブトンは、「すばらしい記憶力」という皮肉な言い方でイライザをあざけり、その証言は信用できないとした。イライザは胸当てフランネルのことに触れ、年配者や病人はもちろん、若い女性も着用すると言った。「このわたしも着けます」。どっと笑いが起こり、リブトンが「あえてお年をうかがうのはやめておきましょう、奥さん」とやり返すと、また笑いが湧いた。

イライザは法廷のはしたない雰囲気にうろたえた。「こんなにまじめな問題を笑いものにするべきじゃないでしょう。考えるだけでぞっとします」

「気が短くていらっしゃいますな？」とリブトン。

「ええ。あなたもでしょう」

「では、わたしたちをぞっとさせないでいただきたい」とリブトン。「その胸当てフランネルはいかがです？　着け心地がいいですか？」

「ええ」

「すごく？」

「ええ」

「年季が入っているんでしょうね？」」。今度はさっきよりも大きな笑い声があがった。

「誰が人を殺したのかという、非常に深刻な問題なのですよ」

イライザは、十九世紀の小説に登場するヒロイン——W・スティーヴンス・ヘイワードの『ある婦人探偵のさまざまな経験』（一八六一年）やアンドルー・フォレスターの『女性探偵』（一八六四年）に登場するようなアマチュア女性探偵——の実在人物版だった。[注3]イライザは、『荒涼館』のバケット夫人がそうだったように、警官である夫やその仲間の警官たちがしているのと同じ意気込みで本格的にさぐりを入れる。それでもバケット氏は自分の妻に対し「生まれながら探偵になる才能に恵まれ」ていると敬意を表しているが、イライザは金棒引きの愚か者並みに扱われている。理屈では、探偵というのは断然女性が得意とする仕事のように思われる——フォレスターいわく、女性は「深い観察」の機会と、目にしたものの意味を読み解く天性に恵まれている。だが実際のところ、探偵仕事にたずさわる女性は、『荒涼館』に登場するスナグズビー夫人の同類とも考えられる。詮索好きなこの「スナグズビー氏の細君」の嫉妬は、彼女に「夫のポケットを毎晩検査させ、手紙を密かに通読させ、……窓辺で見張りをさせ、ドアのうしろで立聞きをさせ、あれやこれやをすべて誤解」させるようになるのだ。

木曜日の事件要点説示でリプトンは、「ダリモアという女性の証言は、めったにないほど恥ずかしいと申しましょうか、誰もがぞっとして自分の生活や自由や品性を危ぶむことをねらったようなものでした」と言った。イライザはスパイを体現するものとして、ウィッチャーと同じ立場に置かれたのだ。リプトンは、ゴフが毛布についての証言で矛盾したのを、なくなっていることには朝早く気づいていたが、その後の混乱と不幸のせいでそれを忘れてしまったと解釈した。胸当てフランネルが彼女に合うものだということは重視せず、いずれにせよそれは犯罪と無関係ではなかろうかと述べた。

治安判事が、必要とあらばまた改めて審理に出頭するという保証に家族が百ポンドの保釈金を積むという条件で子守を釈放すると、大喝采が起きた。ゴフを迎えにきた二人のおじのひとりが、保釈金を払った。一行はチップナム経由パディントン行き最終列車に間に合い、午後七時五十分、トロウブリッジをあとにした。その路線のどの停車駅でもプラットホームに人だかりができて、みんなが窓から客車をのぞき込んできた。

ゴフが釈放された二日後の《タイムズ》は、次のように述べている。「亡くなったエドガー・アラン・ポー[注4]が謎めいた物語を創作するとしても、さすがの彼もこれほど不思議なこんがらかった筋書きは思いつかないのではないだろうか。……この事件は依然、これまでと変わらぬ謎のままであり、三、四人が集まれば、必ず集まった人数ぶんの説が出てくると言ってもいいくらいだ。……みんな落ち着かない気持ちでいる。……ロードの子ども殺しの原因にたどりつきたいという、抑えきれない願望がある」

その不安と混乱が、翌日のロードに目に見えるかたちで現われた。十月七日日曜日、りっぱな身なりの口ひげをたくわえた男が六人、馬でロード・ヒル・ハウスへ乗り込んできて、笑い声をあげ、煙草を吸い、冗談を飛ばした。黒馬にまたがった砂色の髪の男は、黒いスーツにスコッチキャップをかぶっている。葦毛の馬には、ふわふわの縮れ毛の男。窓辺に少女の姿を見た彼らが声をあげる。「コンスタンスだ！」。そこでサミュエル・ケントが出てくると、彼らは立ち去った。

同日、クライスト教会へ向かうケント夫妻に、大集団が叫び声や野次を浴びせた。「誰が殺した、彼の息子を？」、「誰が殺した、あの子どもを？」（マザー・グース「誰が殺したコック・ロビン」のもじり）――あまりのことにケント夫人は卒倒しそうになる。警察によるロード・ヒル・ハウスの見張りが翌週になって解除されたときには、《サマセット・アンド・ウィルツ・ジャーナル》の記事によると、「好奇心の強い良家の人々」がケント家の敷地を通り抜けるようになった。《ウェスタン・デイリー・プレス》によると、日曜日ごとにクライスト教会へ行くサミュエルには引き続き警官が二人随行している。

《マンチェスター・エグザミナー》は、それとはまた別の刺激を求める人種がいることを明らかにした。コンスタンス・ケントに、何人もの相手から結婚の申し込みがあったのだという。《サマセット・アンド・ウィルツ・ジャーナル》はそれを否定している。「ただし、見知らぬ人から遊びに来てほしいという招待は数え切れないほどあり、貴族からの誘いもあった」。同紙はコンスタンスの有罪をほのめかしているにもかかわらず、ウィッチャーが彼女を告発したことは殺人よりもずっとひどい犯罪となりかねないという考えを繰り返し述べている。「ミスター・ウィッチャーの意見が間違っていた場合には、言うまでもなく、フランシス・サヴィル・ケント殺害よりもはるかに重大な犯罪だ。コンスタンスはかわいそうに、死ぬまで苦しむことになるだろう」

地元警察はエリザベス・ゴフにつきまといつづけた。十月末、ウルフ警視はスコットランド・ヤードに、彼女はナイツブリッジでの勤めを「兵士をかくまった」としてクビにされたことがあるといううわさを伝えた。ウィッチャーは、ウルフの情報は「正しくないようだ」とそっけない報告を返している――彼女がロンドンのそのあたりで雇われていた形跡はない。何週間かのちに、前歯の一本欠けたエリザベス・ゴフという使用人が、バークシャー、イートンのある家から「不行跡」で解雇されていたとわかる。イートンの雇い主がアイルワースのゴフのパン屋まで出向いて確認したが、彼女はその家のもとメイドとは別人だった、とウイッチャーは報告している。

ゴフがウィルトシャー治安判事の法廷で告発されたとき、間接的にサミュエル・ケントも告発されたことになる。「ミスター・ケントはまだ公判に付されていないとしても、エリザベス・ゴフの裁判にかこつけて汚名をきせられたも同然だ」と、ジョゼフ・ステイプルトンは記している。子守が釈放されたあと、ジョシュア・パースンズとミセス・ケントはともに——サミュエルへの反感がそれまでにもまして高まったと感じて——新聞に対して彼を弁護する声明を出した。ミセス・ケントは、サヴィルが死んだ晩にサミュエルが自分のそばを離れることはなかったと言う。確信をもって言えるのは、妊娠末期だった彼女は、眠りがひどく浅くなっていたからだ。パースンズのほうは、サミュエルの「心は、神経が異常に高ぶったこと、迫害を耐え忍んだことによって動揺が激しく、そのような状況下で彼が何を言ったとしてもこれっぽっちもあてにならない」と言う。彼の精神状態は「不安定」だと考えていたのだ。ステイプルトンも、友人のために同じような弁明をしている。この外科医は、サミュエルは息子の死によって「麻痺したようになって頭が混乱している」、そのため「思考が、広範囲にわたって変則的で散漫で不安定に、とりとめもなくなっているように思える」と言う。

ディケンズは、ゴフと彼女の雇い主が犯人だと考えた。この小説家は、刑事たちの推理力への信頼をなくしてしまっていた。十月二十四日にウィルキー・コリンズへ宛てた手紙で、彼は自分の説をこう説明している。「ミスター・ケントが子守と密通していたところ、ベビーベッドの幼な子が目を覚まし、起き上がって、恍惚の行為をしげしげ見る。子守がその場で子どもを絞め殺す。ミスター・ケントは遺体に深手を負わせて発見者の目をごまかそうとし、その遺体を処理する」注5

新聞は推理というものに失望した。九月の《サタデー・レヴュー》は、ポーの作品さえもよくできた「妄想」、「右手対左手でチェスを指しているようなもの」と片づけている。生身の探偵については、「彼らもごくごく普通の人間で、決まりきった仕事以上のこととなるとさっぱり役に立たない」。注6《ウェスタン・デイリー・プレス》によると、ロードで一致した見方は、疑いを晴らすものは自白しかないだろう、そしてその自白が出てくるまでには長い時間がかかるのではないか、というものだった。村人たちの予測。「ああ！　死の床で打ち明けるってやつだろうな」

英国は急激に発生する暴力の犠牲にされるという考え方が根をおろした。天候のせいだという意見もあった。「今、日々の新聞紙上に恐ろしい記事が満載なのはどうしたことだろう?」と、雑誌《ワンス・ア・ウィーク》は問いかける。同誌が見積もったところ、大判の新聞は一日あたり十六ないし二十段を殺人事件報道に割いているという。「ちまたでは……長いあいだぱっとしない天候が続き――ずっと陰気な雰囲気だった――過去一年を通じて雨が多かったため、ある程度はむっつりととげとげしい気分がこの国の国民的気質になってしまったと言われている」注7

その年が明けるころ、ウィルトシャーは気まぐれな嵐に見舞われていた。一八五九年十二月三十日、ロードの二十マイルかそこら北東のカーンをハリケーンが襲い、六マイル幅の土地の上にあるものを帯状になぎ倒していった。根こそぎにされた木々がマッチ棒のようにポッキリ折れ、幹が逆立ちして枝のほうから地面に突き刺さるほどの旋風だった。家々の屋根は引き裂かれ、吹き飛ばされた。荷馬車は生け垣越しに投げ飛ばされた。巨大な雹の粒が空から降ってきて、受け止めようとした者は手にけがをした。地元のある女性の言うことには、その氷のかたまりが十字架や歯車や槍の形で、小さな子どもの形をした粒もひとつあったらしい。一月には嵐の現場を観光客が訪れるようになる。同じ年が暮れようとするころ、サヴィル・ケントが死んだ場所にもやってきたように。[注8]

第十四章　ご婦人がた！　黙っていなさい！

一八六〇年十一月～十二月

十一月はじめの寒さのなか、この期に及んで不思議きわまりない審問がテンパランス・ホールで開かれた。ウィルトシャー、ブラッドフォード・アポン・エイヴォンの法廷弁護士で治安判事でもあるトマス・ソーンダーズが、ロードの村人たちは事件に関する重要な情報をもっていると確信するに至り、その情報を引き出す役を買って出たのだ。まったく自発的な行動ではあったが、ウィルトシャー治安判事という身分からしていかにも権限がありそうなために、当初、彼が事件を取り調べる正当性を疑う者はいなかった。

十一月三日から先、ソーンダーズは地元の人々を大勢呼び出して意見や判断を聞いた。村やロード・ヒル・ハウスの生活を明らかにするものもあったが、ほとんどが事件とはまったく無関係の発言だった。こんなものはウィッチャーがロード滞在中の二週間にひととおりふるい分けたあとにうずたかく積もった、うわさと些事の山で、警察の捜査から放り出されて、普通なら世間の耳にまで届くはずではなかった。ソーンダーズはそんなはんぱな断片を、疑いようもなくでたらめなやり方でおおやけにしたのだ。「それを証拠と呼んでいいものならば、証拠は珍妙きわまりない、威厳のないやり方で提示された」と《ブリストル・デイリー・ポスト》。「笑いをねらった話し方に、居合わせた人々が笑いを隠そうともしないことが何度かあり、終始一貫して、不可解な恐ろしい犯罪を解明するためなどではなく特別な娯楽のために行事が催されているとでも思われているようだった」

ロードのそれからの二週間は、舞台上でよろよろ歩いては自分の前に置かれたものをぶちこわしたり誤解したりするソーンダーズを道化とした、悲劇の幕間喜劇といった様相を呈する。彼は気まぐれに議事を開始したり終了したりし、証人たちの名前を忘れてしまい、「わたしの胸ひとつにおさめた秘密」という遠まわしな言い方で得意がる一方、《ブリストル・デイリー・ポスト》によれば「どう見てもブランデーのような」液体入りの瓶を携えてテンパランス・ホールに出入りした。ソーンダーズは、その建物の窓の隙間風のせいでひいた風邪の治療薬だと言っていた（彼はホールの管理人のチャールズ・ストークスに、断熱性がなっていないと文句をつけた）。この治安判事は議事の最中にもこの薬を飲み、ビスケットをかじった。しょっちゅう証人の発言をさえぎって、うるさい赤ん坊をホールから連れ出せだの、女性たちに静かにしろだのと要求した。「ご婦人がた！　黙っていなさい！」

典型的な証人としては、ロード・ヒル・ハウスのそばの家に住んでいるミセス・クワンスという老女がいた。七月三十日午前五時ごろサミュエル・ケントが畑にいるのをテリスフォードの工場で働く夫が見かけた——そう彼女が話していたといううわさで、それについて火曜日にソーンダーズが審理した。彼女はその話をこともなげに否定し、そのことについてはとっくに警察から質問を受けたと不平を鳴らした。

「じょうずにやってのけたから見つからないんじゃないでしょうかね、関係者がチクれば別ですけど」と、彼女はついでに言った。

「じょうずにやってのけたとは、何を?」。ソーンダーズが訊く。

「子ども殺しですよ」。そこでミセス・クワンスはいきなり立ち上がり、ぎこちなく歩き回った。「まあ、まあ、こうしちゃいられない、お鍋を火にかけたままなんだよ」と言って、あたふたと出ていき、傍聴人たちから面白そうにはやしたてられた。

配管工でガラス屋のジェイムズ・フリッカーは、うるさく言われて六月最後の週にサミュエル・ケントのカンテラを修理したと証言した。「最初は、夏の時期に明かりのことでそんなに急ぐこともないだろうって思えましたが、してみると急ぐことがあったんだね」

ソーンダーズは審問を開く前に、何日かロード周辺をうろうろとかぎまわってきたのだが、この場でその偵察結果を報告した。ある晩彼は、ひとりの警官と一緒に、黒い服に白いスカートの女性がロード・ヒル・ハウスに向かうところを見かけたという。その女性は門の前で立ち止まり、少し先まで通り過ぎてから戻ってきて中に入っていった。しばらくしてソーンダーズは、おそらく同一人物らしい若い女性が上の階の窓辺で髪をとかしているのを見た。このどうでもいいようなできごとの話にケント一家から苦情が出て、その週のうちに彼は謝罪することになり、女性が「ちょっとおびえた様子」を見せたのは「見知らぬ人物二人が自分の動きを見ている」と気づいたせいだったのだろうと認めた。聴衆のなかから、その若い女性はメアリ・アンだと声をあげる者があった。

ソーンダーズが最後に審理した証人は、労働者のチャールズ・ランズダウンだった。「彼の発言の要点」を、《フルーム・タイムズ》があっさりと述べている。「六月二十九日の夜、ロード・ヒル・ハウスであったことについては何も見ていない、何も聞いていない、何も知らない」

七月以来この事件を追いかけてきた新聞記者たちは、ソーンダーズの審問にめんくらっていた。《モーニング・スター》の記者は、「頭がどうかしているへマな輩」の「ばかばかしい行為」に驚きあきれ、「〔ソーンダーズの〕無謀さに目をみはるやら彼の愚かさが恥ずかしくなるやら」だったという。《ブリストル・マーキュリー》には、あの治安判事は「偏執狂だ」とある。本人にそのつもりはないまま、ソーンダーズは諷刺家になっていた。彼は、どんな陳腐なこと、些細なことにもいちいち意味を見出し、われこそが専門家を悩ませてきた謎を解明してみせると思い込んだアマチュア探偵のカリカチュアそのものだ。彼には「取るに足らない発言の甚大な重要性という意識」が強く、一般の人々から届いた手紙を大いに重視している、と指摘するのは《サマセット・アンド・ウィルツ・ジャーナル》。「ひとつひとつがきわめて重要なヒントになる」。彼は法廷でそういう手紙を何通か読み上げたが、そのうちの一通に仲間の法廷弁護士からのものがあった。「きみは、たちの悪い、おせっかいでひとりよがりの、まぬけなじいさんだ」

それでも、この審問で明らかになった重要な事実がひとつある。フルームの巡査部長、ジェイムズ・ワッツがソーンダーズに進言して、ロード・ヒル・ハウスで事件当日に警察が発見しておきながらのちに隠蔽したあることについて、数人の警官が審理に付されたのだ。十一月八日木曜日にテンパランス・ホールで、ソーンダーズはその件についてアルフレッド・アーチ巡査に質問し、金曜日にはジェイムズ・ワッツ巡査部長とフォーリー警視の証人喚問をした。

ワッツが聴衆に聞かせたところによると、六月三十日午後五時ごろ、彼はキッチンのボイラーホール――料理用レンジの下の火たき穴――に、新聞紙に包まれた女性用シフトドレス（シュミーズ）を見つけた。アーチとダリモア巡査も見ていた。アーチはソーンダーズに言った。「乾いていましたが、ひどく汚れていて……まるで長いこと着古したようで……血がついていました……わたしはさわっていません。ワッツ巡査部長が包みを開き、中を見て、馬車置き場へ運びました」。生地のきめは粗かったか細かかったかとソーンダーズが尋ねた。「使用人のものだと、わたしは思いました。……われわれは、そこにいた二、三人ですが、サイズが小さいことに気づきました」

シフトドレスとは、当時ドレスの下に着る、あるいはそれだけで寝間着として着るものだったリネンの肌着のことだ。丈は膝やふくらはぎ、かかとまでのものがあった。たいてい袖は短めで、飾りけのない型。ナイトドレスといえば概して裾を床にひきずるくらいのたっぷりした衣類で、手首までの袖丈、襟元や袖口や裾にレースや刺繍の飾りがついたものになる。

シフトドレスなのかシンプルなナイトドレスなのか判然としない、どっちつかずの領域があるのだ。ともかく、ボイラーホールにあったものが例のなくなったナイトドレスだった可能性はある。

「夜用のシフトドレスか、それとも昼用のシフトドレスだったのか？」ソーンダーズはアーチにそう尋ねて、聴衆の笑いを買った。

「うーん、とにかくシフトドレスでした」

「きみはシフトドレスをちゃんと知っているのかね？」。傍聴人はこれに大喜びで爆笑した。

「静粛に！」とソーンダーズが声をあげる。「静粛に！」

ワッツは馬車置き場でシフトドレスを調べてみていた。「血まみれでした」と言う。「もう乾いていましたが、ついてからあまり時間が経っていないのではないかと思いました。…血痕は前面にもうしろのほうにもありました。シフトドレスをまた包み直して外へ出たところで、中庭のオランダ扉のすぐ外にミスター・ケントを見かけました。ミスター・ケントに何が見つかったのかと訊かれ、見せてもらわないといけない、ドクター・パースンズにも見てもらわないといけないと言われました。わたしはミスター・ケントには見せず、ミスター・フォーリーに手渡しました」

フォーリーはすぐ、シフトドレス発見を隠しにかかった。法廷で彼は、「ぞっとして、見つけた男が開けてみたのは考えが足りなかったと思いました」と釈明した。きっと犯罪とは無関係の染みで、そのシフトドレスは使用人が恥じて隠したものだと彼は思った。医者が――

―ステイプルトンのことだ――それは「自然な原因」からついた染み（つまり、月経の血がついたもの）だという彼の意見を裏づけてくれた。

ソーンダーズはフォーリーに尋ねた。「彼〔ステイプルトン〕が顕微鏡で調べたのですか？」

フォーリーは憤然と答えた。「いや、そこまでしてないと思うね！」注1

警視はそれから、ダリモア巡査にその衣類を渡し、巡査はストーラード・ストリートにある警察署に持ち帰った。

九月になってから、ロード・ヒルのチーズと畜牛見本市でダリモアにばったり会ったワッツは、あのシフトドレスはどうなったのかと尋ねた。「シミー」（「シュミーズ」の英国風の言い方）なら、審問のあった月曜日にキッチンへ返しにいった、とダリモアは言った。もとどおりボイラーホールに置いておこうと思ったところが、料理人が食器洗い場に入ってきたのに驚いてボイラーの脇に押し込んだ。そのすぐあとには、折りしも幼い女の子二人を連れて散歩から戻ってきた子守が、キッチンの上の屋根を探してはどうかと言うので、そのとおりにした――蔦のはびこる窓をよじのぼっていかなければならなかった。三十分ほどしてキッチンに戻ってみると、持ち主が引き取っていったのだろう、シフトドレスは消えていた。

シフトドレスがナイトドレスか肌着か区別するのが、警察の手に負えない領域なのだとしたら、血の種類を区別することにもお手上げのはずだ。月経の血や女性の肌着の識別法はそれでなくとも不確かだというのに、調べるべきものがそれほどさっさと片づけられてしまってはなおさらではないか。下着とその染みをめぐって紛糾した主な原因は、気おくれだった。

ボイラーホールの話が出た木曜日、不思議な偶然で、私立探偵のイグナティウス・ポラーキーがロードにやってきて、ソーンダーズの訴訟手続きを傍聴していた。ハンガリー人のポラーキーは、スコットランド・ヤードを一八五二年に退職したチャーリー・フィールドが経営する探偵事務所の、〝警視〟だった。フィールドはチャールズ・ディケンズやジョナサン・ウィッチャーの友人でもある。私立探偵《プライヴェート・インクワイアリー・エージェント》と呼ばれるようになった新人種には、フィールドのような退職した刑事もいたのだ（フィールドは一八五〇年代の一時期、前職の肩書きである〝警部〟を個人営業でも不当に使い続けたとして、警察の恩給を取り上げられたことがある）。探偵社の主な業務は、離婚裁判所のくだらない問題だった——一八五八年に離婚が法律上正当と認められたが、男性側が妻から自由になろうとすれば姦通の証拠が要求され、女性の側が結婚に終止符を打つためには虐待を証明しなくてはならなかったのだ。

《タイムズ》の言葉で言うと「わけありげなミスター・ポラーキー」は、当初、ソーンダーズにも警察にも話をしようとしなかった。その週末、バースやブラッドフォードで彼の姿が見かけられた。翌週、彼はフルーム、ウェストベリー、ウォーミンスターを訪れてロンドンへの帰途につき（おそらく調査結果を報告し、その先の指示を仰ぐため）、またロードへやってきた。「もっともな理由から、彼の直接の目的は犯人さがしではないように思われる」と《ブリストル・デイリー・ポスト》。そうではなくて、この探偵はソーンダーズを監視するために来ているのではないか、と同紙の記者は推測する。他紙もこの意見を追認した。捜査するのではなく威圧することが彼の仕事なのだ。たぶんフィールドは、ウィッチャーのためにポラーキーをロードへ派遣したのだろう。ソーンダーズがウィッチャーの捜査の成果をだいなしにしそうだ、と。ポラーキーはソーンダーズがひときわ奇矯な発言をするたびにメモをとり、この治安判事の落ち着きを失わせた。《フルーム・タイムズ》が報じたところによると、「ミスター・ソーンダーズはあの紳士と会見し……自分がばかげた調査をしているという証拠を集めるのが任務だというのは本当かと尋ねた、との情報がある。ミスター・ポラーキーは答えようとしなかったようだ」。ここへきて、ロード・ヒル殺人事件の捜査官たちまでが愚行で非難されるおそれが出てきた。ソーンダーズの審問は十一月十五日に中止された。

意図せずして、ソーンダーズはウィッチャーの言い分を助成したことになる。血だらけのシフトドレスについての記事が《タイムズ》に掲載されると、ウィッチャーはサー・リチャード・メインに、その記事に注意を促すメモを送った。「読んだ」と、その翌日、メインはメモに書きつけた。

事件を捜査していけば解決につながるどころか、隠蔽につながる危険性が出てきた。「内々に秘密に関与していそうな人たちが良心を動かされやすくなることも、すでに数々の手続きを経てきてでっちあげが減ることもなさそうだ」と《タイムズ》。「無益な捜査はいちいち犯人の利益となる。どういう食い違いを抑えるべきか、どういう矛盾を避ければいいかがわかってしまうのだ」。筆者は探偵／捜査のやり方に方法論がない——想像力や直感、当て推量に頼っている——と気をもみ、もっと感情を排した冷静な手順を切望する。「まずは誰かを犯人と想定し、しかるのちに、その仮説がどこまで状況にうまく適合するか試していくというのが周知のやり方である。もっと科学的方法を適用する余地があるし、事実をもっと冷静かつ偏りなく審問に付すことによっておのずと筋書きが現われてくるのではないだろうか」。《サタデー・レヴュー》もこの意見を踏襲し、観察に基づく事実から推理するという「もっと厳密な帰納法」をと呼びかけた。推測から出発するのではなく、探偵は「厳密、不偏、冷徹に現象を記載」することに徹するべきだ、と。完全無欠の探偵とは、科学者というよりむしろ機械のように思える。

サミュエル・ケントへの反感がしつこくあって、それがソーンダーズの審問を支えていたことが、匿名の「ある法廷弁護士」が作成した安価なパンフレットによく表われている。筆者は「一介のアマチュア探偵、鋭い理解力と法医学の心得を持つ新聞読者、地元の詮索屋、何も見逃さない有閑人」を自認し、事件当日のサミュエル・ケントの行動について十五の疑問を（たとえば、「馬車を出させて、もっと近くにもいたのに、遠くまで警官を呼びにいったのはなぜか？」）、また、エリザベス・ゴフについては九つの疑問を（「自分のベッドから、ベビーベッドの子どもが見えただろうか？」）、コンスタンスについてはひとつ疑問を（「あのナイトドレスはどうなったのか？」）挙げている。注2

トロウブリッジの事務弁護士ローランド・ロドウェイは、サミュエルをかばい、《モーニング・ポスト》へ抗議の投書をした。「新聞はほとんど例外なく、ミスター・ケントを息子殺しの犯人と名指し、世間の憤りを彼のまわりに殺到させているようだが、それによって彼の家族の社会的立場はつぶれ、彼自身の身の安全がおびやかされるまでになった」。いまやサミュエルが正監査官に任命される見込みはなくなっていた。

彼が担当していた工場の監査は、同僚たちがするほかなかった。「現状ではケントがトロウブリッジの工場を訪れることなどできそうにもない」と、同僚のひとりが書いている。「下層社会の彼への反感がこれほどでは……ミスター・ステイプルトンが……ブラウン・アンド・パーマーの工場に、ある紳士を連れていったところ、機織り工場の人々が彼をケントと見間違えてたちまち抗議の叫びがあがり、それは彼らが誤解に気づくまで続いた」。この監査官は、ケントへの敵意は労働者階級のあいだで特に優勢だと付け加える。「トロウブリッジでも学識あるりっぱな人々は、彼が犯人とは考えていないと思う」。また別の監査官は内務省に、「はなはだ不当な非難を受けている」ケントへの悪感情は「彼の近所ばかりでなく至るところで」激しいため、転任したところで無駄だろうという手紙を出した。そのうえ、「いずれはミスター・ケントが出かけて夜も家を留守にするなど、ほとんど不可能」だと。

この文面から、ケント一家がどんなふうにその冬を過ごしたかがうかがえる。不安が大きく、おそらく互いに恐れもあった状態で、父親としては日が暮れてから家族だけにしておくことはできないと感じていた。コーンウォール・ルイスはその封筒に返事を走り書きしている。

「わたし自身はケントが犯人とは思っていないが、いずれにせよ、彼が世間の疑惑の対象にされている以上、職務遂行には無理がある——しばらく停職させるか？」。二週間後の十一月二十四日、サミュエルは六カ月の休暇をとった。注3

その十一月の下旬、ジョナサン・ウィッチャーは、ブリストル警察にいるもと同僚のジョン・ハンドコックに手紙を書いて、なくなったナイトドレスについての自説を繰り返している。

今回の事件について、また出てきたさまざまな説についてさんざん取り沙汰されてきたが、私見によれば答えはひとつしかない。もしきみ自身がわたしと同じように捜査していれば、きっときみも同じ結論に達したことだろう。だが、きみだってほかのみんなのように、耳に入ってくる話にすっかり引きずられているかもしれない。特にあの、ミスター・ケントが子守の部屋にいたのではないかという漠然とした疑いだけに基づいた、二人が事件に関わっているという説なんかに。さて、わたしの考えでは、いくらあわれんでも足りない、誰よりもひどく誹謗中傷されてきた人間がいるとしたら、その気の毒な人物とはミスター・ケントだ。かわいいわが子をむごたらしく殺されただけでもひどいことなのに、人殺しの汚名まで着せられるなんてあんまりだ。おまけに、今の世論の情勢によると、わたしが犯人だと確信している人物が自白しないかぎり、彼は死ぬまで殺人者の烙印を押されたままになりそうだ。ほぼまちがいなく、あともう一週間ミス・

コンスタンスを再勾留していればその自白を得られただろうに。思うに……家族が二つあったことが……あの事件の第一の原因だった。殺人の動機は、二番目の結婚でできた子どもたちへの嫉妬だったのだ。殺された子は寵愛されていた。両親への、特に母親への怨恨、それがコンスタンス・ケントを殺人へと駆り立てた動機だったはずだ。……ミス・コンスタンスは並はずれた精神力の持ち主だ。

サミュエルの立場についてのウィッチャーの怒りは、自分もまたこの事件でいつまでも消えない汚名をきせられた身であるだけに、いや増しただろう。この男たちは二人とも官給をもらって調べる《インスペクター》立場にありながら、ひどく批判的な調べ《インスペクション》の対象となったのだった。

手紙の中でウィッチャーは、ウィルトシャーの治安判事がひとり訪ねてきて、「へまな」警察が取りのがしたシフトドレスについて話し合ったと記している。ウィッチャーは、警察がシフトドレスをボイラーホールに戻したのは、それをえさに持ち主をその場へおびき寄せて現場で押さえようとしたのではないかと考えた。それなら、夜に巡査たちがキッチンに配置されたわけもわかる。「フォーリーがわたしにその説明をしてくれたことはない。……ミスター・ケントが証言の中で、フォーリーからは誰か起き出して隠滅を図る者がいないか確かめるためだと聞いたと言っている」。ドレスが消えてしまったので、警察は「秘密にする盟約」を結んだのだというのがウィッチャーの結論である。[注4]

ソーンダーズの審問でことが明らかになって、ウィルトシャーの治安判事はシフトドレスがボイラーホールにあった件を調べにかかった。十二月一日に公聴会を召集、コックスとカースレイクの両人がそれは自分のシフトドレスではないと述べた。ワッツがその衣類を見つけた状況を話す。「それは……まるで焚きつけにでもするように……ぎりぎりいっぱい奥に押し込んでありました」。つまり、そのシフトドレスがそこに隠されたのは、カースレイクが火を消した午前九時以降ということになる。ワッツは、シフトドレスは薄っぺらで、「前で閉じるたれ《フラップ》がひとつ、うしろにもうひとつ」あって、ずいぶん着古されていた——腕の下にあたるところに穴がいくつもあいていた——と言う。血は「前面と背面のほとんどに及んでいました。腰より上には血がついていなかった。血の広がりは裾から十六インチくらい。見た感じでは、内側からついた血ではないかと思えました」

イライザ・ダリモアは、「すごく汚れていて、丈がすごく短く……わたしが着たら膝までもないくらい」だったから、カースレイクのシフトドレスだと思った、と言った。料理人が彼女に、「仕事がどっさりあるから、肌着がすごく汚れる」と話したことがあったのだ。サヴィルが死んだ土曜日には、カースレイクもコックスもきれいなシフトドレスを着てはいなかったのを、イライザは知っている——彼女たちが胸当てフランネルを着けてみる際、下着が見えたのだ。

イライザが使用人たちの下着のことを一生懸命詳述したのは、フォーリーがこの話題を嫌悪したのとくっきりした対照をなした。警視は、シフトドレスが見つかったことを治安判事と話し合わなかったのは、あまりにも「恥ずかしかった」からだと言う。「ちょっとのあいだも手もとに置きませんでした。さわりたくもなかった。……〝なあ、いやらしい汚れたシユミーズじゃないか、片づけちまえ〟と言って……見苦しい、はしたないものを人目にさらすわけにはいかないと思いました。わたしは汚れた衣類をさんざん目にしてきました。わたしほど見慣れた男はいないでしょう。日曜日の朝から、バースで五十二もベッドを調べて回ったことだってあるんです、そりゃあ見ものでしたよ……でも、さすがのわたしもこんなけがらわしいものにはお目にかかったことがありません」。そのシフトドレスの持ち主を「かくまう」ようにしたかった、と彼は言った。

治安判事はフォーリーをきびしく非難したが、彼は「鋭敏、賢明な」警官であり、たしなみと配慮の心から出た過ちだとして、彼を許した。

ヘンリー・ラドロウの指示で、書記官がウィッチャーからの手紙を読み上げた。食器洗い場に隠されていたシフトドレスのことは、「ロードで捜査に協力してともに仕事に取り組んだ二週間のあいだ、フォーリー警視やその補佐たちと毎日のように連絡をとる中でも、警察の誰からも聞かされたことがありません」と警部は言う。「……したがって、その件が秘密にされていたことを治安判事が不快に感じておられるとしたら、わたしは関係していなかったと申しあげます。……決してわたしのせいではないことをご理解いただけますように」

事件に関するジョゼフ・ステイプルトンの著書に、ウィッチャーからの手紙がさらに引用されていて、そこにはそのシフトドレスとなくなったナイトドレスは同一のものだという主張がある。「炉筒に血だらけの衣類が見つかり、それにまつわる〝恐るべき秘密〟とされていたことがにじみ出たとき、わたしはそれこそがまちがいなく犯行時に着用されていたナイトドレスだと確信した。……きっとあそこは一時しのぎの隠し場所だったはずで、警察はあとから、不用意にもそれを手の中からするりとのがしてしまった。つまり、にじみ出たあとにもその前からも、隠しておかねばならなかったというわけだ」。ウィッチャーが〝にじみ出た《ウーズド・アウト》〟という言い方を繰り返しているのが印象的だ。彼の手がからくも届かなかった血の感触を、巡査たちの指のあいだを液体のようにすり抜けたドレスのイメージに重ねて、ありありと本能的にとらえていたかのようではないか。

第三部 解明

「わたしは謎が解けるどころか、ますます暗い闇の中にのめり込むような気がしました。そのうち、同情心の中からおそるべき考えが浮かんできて、ひょっとしたらこの子は何も悪いことはしていないのかもしれないと思いはじめると、一瞬、底なしの混乱に陥りました。もしこの子が無実だとしたら、わたしは一体何をしているのか？　考えただけで全身が麻痺してしまい、わたしは抱いていた手を緩めました」

ヘンリー・ジェイムズ『ねじの回転』（一八九八年）より

レディ・オードリーと精神科医
メアリ・エリザベス・ブラッドンの連載小説『レディ・オードリーの秘密』より。
1863 年《ロンドン・ジャーナル》

第十五章　渇望のごとく

一八六一年〜一八六四年

ロード・ヒル・ハウス殺人事件の捜査は尻つぼみになっていった。一八六一年のはじめ、主席裁判官はサミュエルを調べなかった検死官の行動は不適当だという申し立てを退け、サヴィル・ケントの死に関する新たな審問を求める訴えを却下した。[注1]さらにバース警察は、事件の直後、手がかりになりそうなうわさをいくつかつかみ、一月に新聞でも報道されたが、結局、それ以上には発展しなかった。事件の直後、裏階段の上がり口に一足のゴム製オーバーシューズが脱ぎ捨てられていた、ストッキングが一足、行方不明になっている、といったもので、ジョゼフ・ステイプルトンは、裏階段の下の戸棚に汚れて濡れたソックスが一足あったとも語っていた。また《フルーム・タイムズ》は、何年も前、バースにあるミス・ダッカーの学校に通っていたコンスタンス・ケントは「家庭教師にばかにされたと言って、彼女の持ち物をめちゃくちゃにし、トイレに捨てたことがある」と報じている。また、この学校に在学していた当時のコンスタンスが、ガス栓をひねり、爆発を起こそうとした、とも広く報道されていた。

二月一日、チャールズ・ディケンズはスイスの友人に宛てた手紙に犯人についての自分の推理を述べている。「ローザンヌにいてもこのロード殺人事件のことをうわさにしているんじゃないかい？　じつはわたしの頭の中には、刑事が束になってかかっても否定することができないこの事件の真相が徐々に構築されてきているんだ。あの夜、父親は子守のベッドにいた。しかし、ベビーベッドに起きあがった子どもが自分たちを見ているのに気がついた。この子は絶対に〝ママに言いつける〟。子守はベッドから飛び出すと、子どもをその父親の目の前で窒息死させてしまった。一方父親は自分に向けられる疑いの目をそらすために子どもの首を切り裂くと（これは手際よく行なわれた）、遺体が発見されたあの場所に運んでいったのだ。彼は、警察に出向いたとき、あるいは警官を邸内に閉じ込めたとき、またはその両方の機会にナイフを捨て、そのほかの証拠も隠滅したのだ。おそらくもう真相が明らかになることはないだろう[注2]」

それは「群衆の人」（一八四〇年）の中でポーが言った次の言葉が当てはまるかもしれない。「秘密の中には口外してはならないもの……けっして公にしてはいけない謎もある。なんとしても墓場にまで持って行かなければという思いから、人はそのような重荷を背負いこむこともあるのだ」

一方ジョゼフ・ステイプルトンは、サミュエルを弁護する本を書くための資料を集めていた。二月、彼はバース警察署の警視正、ウィリアム・ヒューズに、ケント氏が女性の使用人たちを「常習的に誘惑していた」といううわさに対し正式に否定してほしいという手紙を書いている。これに応え、三月四日、ヒューズは二十人以上に事情を聞いた結果「全員が、そのようなうわさは根も葉もないものだと否定した。わたしが知る限り、女性の使用人に対する彼の態度は親しげというよりはその反対、むしろひどく横柄だったと言えると思う」と語っている。

その月の末、六カ月間の休職期間のほぼ半分が過ぎたころ、サミュエルは内務大臣に、早期の引退と俸給の全額にあたる三五〇ポンドの年金給付を願い出た。「一八六〇年六月、わたしは子どもが殺害されるといういたいへんな不幸に見舞われました」と彼は説明した。「この惨事により、わたしは死ぬまで癒えることのない苦しみを味わわされただけでなく、無責任な報道によって生じた世間の偏見にもすっかり打ちのめされております。……わが家は大家族でありますが、収入は限られており、退職によって年金が大きく削られては生活が立ちゆきません」。これにコーンウォール・ルイスは「このような奇妙な申し入れは聞いたことがなく――彼の要求に応えることはできないと回答した」としている。[注3]新聞は、コンスタンスがサヴィルを殺害したと三月に親族のひとりに打ち明けたが、この事件を担当していた刑事たちは捜査の再開は〝得策ではない〟と判断したといううわさを報じた。

一八六一年四月十八日、ケント家はロードを離れた。コンスタンスは、フランス北部、中世の城郭都市ディナンにある教 養 学 校《フィニッシング・スクール》に送られ、ウィリアムは七歳から十六歳の少年、約二十五人と生活をともにするロングホープの寄宿学校に戻った。他の家族はサマセットシャー北岸のリゾート、ウェストン・スーパー・メアにあるカムデン屋敷に移った。ミセス・ケントはふたたび妊娠した。

ケント家はトロウブリッジの競売人に家具や備品の処分を依頼し[注4]、その競売人は家族が引っ越した二日後、ロード・ヒル・ハウスを内覧のために一般公開した。しかしあまりの問い合わせの多さに、彼は前代未聞の措置を取り、カタログを一部一シリングで販売することにした。このカタログはひとりにつき一部に限って販売されたが、なんと七百部が飛ぶように売れてしまった。土曜日の午前十一時、ロード・ヒル・ハウスには人々がつめかけた。やってきた人たちは客間に入り、順繰りに中央の半円形にせり出した部分にある窓を持ち上げて重さを確かめ、育児室ではエリザベス・ゴフのベッドからサヴィルのベッドが見えるかを一様に確認した（見える、というのが彼らの一致した意見だった）。また、彼らは階段やドアも細かく調べていった。混乱を防ぐために来ていたジョン・フォーリー警視は若い女性たちに取り囲まれ、まだ血痕が床に残っている便所を見せてほしい、とねだられた。しかし来場者たちは、売りに出されている家具にはさしたる興味を示さなかった。競売を開始するにあたり、競売人は、屋敷内にある家具は「それほど上品な類のものではない」ものの、作りは悪くなく、「これらの家具や備品には、ものとしての価値だけでなく歴史的価値もあるのです。文明社会を驚愕させ、恐怖に震撼させた犯罪の現場にあったのですから」と語った。

絵画には悲しいほど安い値段しかつかなかった。フェデリコ・ツッカリの筆によるスコットランドのメアリ女王の絵は百ポンドで売りに出されたが、落札された値段は十四ポンドだった。しかしケント夫妻が使っていたスペイン製の四柱式ベッドはなんと七ポンド十五シリングで売れ、彼らの寝室にあった洗面台と陶器類は七ポンドの値がついた。競売人はさらに二百五十オンスの銀の皿や、五百冊を超える本、ゴールデンおよびペールのシェリーを含むワインを数ケース、ジョージ・アダムズの顕微鏡（ガス灯の明かりを使うと、壁面に拡大像が投射される顕微鏡）ひとつ、望遠鏡が二基、鉄製の庭用家具がいくつか、そして見事な二歳馬も一頭売った。サミュエルの一八二〇年もののポートワイン（格別に芳醇で甘いヴィンテージもの）は一本十一シリングで売れ、彼の雌馬は十一ポンド十五シリングで、馬車は六ポンド、純血種のオールダニー種の乳牛（クリームのような乳を出す小型で淡黄褐色の乳牛）は十九ポンドで売れた。小型パイプオルガンはベキントンのメソジスト教会が競り落とした。フルームのペアマン氏はコンスタンスのベッド、エリザベス・ゴフのベッド、そしてサヴィルが赤ん坊のときに使っていたイーヴリンのベビーベッドをそれぞれ一ポンドで買い、この競売の総売上は一千ポンドに上った。サヴィルがさらわれる前に寝ていたベビーベッドは、マダム・タッソー蠟人形館の〈恐怖の部屋〉に展示されることになっては困るとの懸念から競売にはかけられなかった。

競売が行なわれている最中、人混みの中にいたひとりの女性が四ポンド入りの財布をすられた。フォーリーの部下たちはロード・ヒル・ハウスのドアにすべて鍵をかけて調べ、容疑者を逮捕はしたが、結局犯人は見つからなかった。[*1]

サミュエルとメアリの最後の子ども、フローレンス・サヴィル・ケントは、一八六一年七月十九日、サマセットシャーの海辺の新居で生まれた。その夏、工場の理事たちはサミュエルをどこに赴任させるかについて話し合った。ヨークシャーとアイルランドのポストが空いていたが、これらの地域ではサミュエルへの敵意が強く、彼はじゅうぶんな権力を行使できそうにない。しかしこの年の十月、北ウェールズの工場の監査官補のポストが空いたため、ケント一家はディー・ヴァレーにあるスランゴスレンに移った。[注5]

一八六一年にディナンに住んでいたある英国人女性は、のちに《ディヴァイズィズ・アンド・ウィルトシャー・ガゼット》紙にコンスタンス・ケントのことを次のように書いている。「わたしは見たことがありませんが、わたしの知り合いはみな彼女を見たことがありました。みなが口をそろえて言うことには、彼女は髪が赤っぽく、平たい顔をした醜い娘で、愚鈍でもなければ賢くもなく、明るくも暗くもなく、特徴と言えばただひとつ、幼い子どもたちにとてもやさしかったということだけでした……彼女の学校の生徒の中でもおそらくもっとも目立たない生徒だったでしょう」。学校でのコンスタンスは極力目立たないように努め、名前もミドルネームのエミリーを名乗っていたが、学友たちはみな彼女が誰か知っており、うわさ話やいじめの対象になることが多かった。その年の終わり、サミュエルは彼女を、街を見下ろす崖の上にあるラ・サジェス修道院の修道女たちに預けた。

数カ月のあいだ、ウィッチャーは世間の目から離れ、人目につかなそうな事件の捜査だけを手がけていた。[注6] その中で、多少なりとも新聞で報道されたのはわずか一件、伯父の遺言書を偽造して六千ポンドをせしめた聖職者を逮捕した事件だけだ。[注7] ウィッチャーの後輩で当時警視総監室の書記官だったティム・キャヴァナーは、ロード・ヒル・ハウス殺人事件は「刑事課史上最も優秀な刑事」をつぶしてしまったと語っている。この事件は「ウィッチャーをすっかり打ちのめし」、彼は「すっかり意気消沈して本部に戻ってきた。今回の失敗は彼にとって大打撃となり……このとき初めて、彼は警視総監や警察幹部たちからの信頼を失った」。キャヴァナーはまた、ロード・ヒル事件によってドリー・ウィリアムスンもすっかり変わってしまったと語っている。ウィルトシャーから戻ってきたウィリアムスンからは、かつての陽気さが失われ、悪ふざけや無分別もすっかり影を潜めた彼は、控えめでさめた男になっていた。

一八六一年の夏、ウィッチャーはロード・ヒル事件以来初めて、殺人事件の捜査を任された。[注8] その事件はいかにも明快そのものだった。六月十日、サリー州ライゲイトにほど近いキ

＊1　次の十年のあいだに、ロード・ヒル・ハウスはランガム・ハウスと名前が変えられた（近隣の農場にちなんでつけられた名だ）。一八七一年には、その家には六十六歳の未亡人、サラ・アン・ターバーウェルが住み、執事、侍女、家政婦、ハウスメイド、キッチンメイド、下男と総勢六人の使用人を雇っていた。二十世紀になると、郡の境界が改められ、屋敷はこの村の他の場所同様サマセットシャーに属するようになり、村自体の名前もロード（Road）からロード（Rode）に変わった。

ングズウッドの教区牧師館で、留守番をしていたメアリ・ハリデイという五十五歳の女性の遺体が発見されたのだ。強盗に誤って殺されたらしく、ミセス・ハリデイは猿ぐつわ代わりに口に突っ込まれた靴下で窒息したのだ。強盗は現場にいくつかの手がかりを残していた。ブナの木の棍棒、被害者の手首と足首を縛った特殊な麻ひも、そして書類が入った袋だ。書類の中にはドイツの有名オペラ歌手からの手紙と、〝アドルフ・クローン〟と署名された、金を無心する手紙、そしてザクセン出身のヨハン・カール・フランツという男の身元証明書も入っていた。

警察はその日、現場近くに二人の外国人——背の低い黒髪の男と長身で明るい髪の男——がいたという情報を得ていた。彼らはパブや牧師館、ライゲイトの店で目撃されており、その店では殺人現場で発見されたのと同じ紐を購入していた。二人のうち背の高いほうの男は、身元証明書に記された本人の特徴と一致していた。このクローンとフランツと思しき二人の捕獲には二百ポンドの報賞金がかけられた。

牧師館で発見された手紙の主である有名なオペラ歌手、マドモワゼル・テレーズ・ティーティエンスから事情を聞くために、ウィッチャーはパディントンの近くのセント・ジョンズ・ウッドにある彼女の自宅にロビンスン部長刑事を差し向けた。彼女の話では、一週間前、背が高く明るい茶色の髪のドイツ人青年が彼女の家を訪れ、金に困っているのでハンブルクに帰るのを助けてほしいと訴えたという。彼女は男の帰郷費用を払うことを約束し、その旨を記した手紙を彼に渡した。そこでウィッチャーは、ドリー・ウィリアムスンに、ハンブルク向けの船の出航時刻を調べ、オーストリア、プロイセン、ハンザ同盟加盟都市の大使館や領事館に問い合わせるように頼んだ。

さらに彼は、渡りのドイツ人労働者が多く宿泊するイースト・エンド、ホワイトチャペルの製糖業者地区（ドイツ人が多かった）にも巡査を派遣した。何人かのドイツ人が尋問のために連行され、ウィッチャーはそのひとりひとりを容疑者リストから除外していった。六月十八日に連行されてきたある容疑者について彼は、「ミセス・ハリデイ殺害犯のひとりの人相に似ている点はあるが、彼ではないと思われる」と報告書に記している。

しかし翌週、ホワイトチャペルでアウグスト・ザルツマンと名乗る二十四歳のドイツ人無宿人が捕まり、ウィッチャーはメインに、ついにヨハン・フランツを捕まえたと告げた。当初、ウィッチャーは彼がミセス・ハリデイを殺害したドイツ人強盗のひとりだと断言できる目撃者を見つけることができなかった。それどころか「事件の前日および翌日に外国人の二人組を近所で見かけたというライゲイトとキングズウッドの住人三人に面通しをしたが、彼らはその男が二人組のひとりだと特定できなかった」と六月二十五日のメインへの報告書に書いている。「また、事件当日の朝、サリー州のサットンでドイツ人の二人組を見たというP管区のペック巡査にも彼を見せたが、巡査は彼のことがわからなかった。目撃者たちは彼のことを特定できなかったが、それでもわたしはこのドイツ人が現場に残された書類の所有者〝ヨハン・カール・フランツ〟本人だと確信していたため、犯行現場の近辺で二人組外国人を見た目撃者たちをロンドンに連れてきてこの容疑者を見てもらいたいとロビンスン部長刑事に頼んだ」。ウィッチャーのこの確信、あるいは執念は報われた。六月二十六日、ライゲイトのパブと紐店でその外国人二人組を見た目撃者たちが、この男こそあのとき町に来ていたドイツ人二人組のひとりだと証言したのだ。ウィッチャーは犯人を確保したと〝確信〟した。

彼が身元証明書の写真をドイツのザクセン王国の当局に送ると、その証明証が本物であるばかりでなく、持ち主が前科者であることも判明した。また、殺害事件の二日後、この容疑者が大家に青いチェックのシャツを預けたこともわかった。そのシャツは、キングズウッドで目撃された二人組のうちのひとりが着ていたものと一致したうえ、ミセス・ハリデイの体を縛っていた紐とそっくりの紐で縛られていた。刑事たちは紐を作った業者を突き止め、その業者はシャツを縛っていた紐も、ミセス・ハリデイの足首に巻かれていたものも自分が紡いだものだと断言。「どれもみな同じ糸で撚《よ》られていると断言できますよ」と証言した。さらに多くの目撃者たちが、サリー州で捕まった容疑者を見たと証言。ペック巡査までが、その容疑者は自分がサットンで会った二人組のひとりだと思うと言いはじめた。ウィッチャーは強力な状況証拠を積み重ねていき、七月八日、容疑者は自分がフランツであると認め、起訴された。

そのドイツ人の話は最初から最後まででっち上げに聞こえた。彼によれば、四月にイングランド北東部のハルで下船したあと、彼はヴィルヘルム・ゲルステンベルクとアドルフ・クローンという二人のドイツ人放浪者と行動をともにするようになったという。体型も髪の色もフランツとよく似たゲルステンベルクは、身元証明書を貸してくれとしつこく彼に頼んだが、フランツは頑として首を縦にはふらなかった。しかし五月のある夜、ヨークシャーのリーズ近くのわら山の裏で眠っていたとき、彼は連れの二人に荷物を奪われ、身元証明書はおろか荷物や着替えまで取られてしまった。ちなみにその着替えは、今、彼が着ているシャツと同じ生地で作られたものだった。だから彼のシャツとキングズウッド周辺で目撃された外国人が着ていたシャツは似て見えるのも無理はなく、ゲルステンベルクと彼の外見も似ているため、目撃者たちはサリー州でフランツを見たと錯覚しているというのだ。身ぐるみはがされたフランツはひとりでロンドンに向かった。しかしロンドンに着くと、フランツという名のドイツ人が殺人犯として指名手配されていると聞き、あわてて名前を変えたのだという。また、彼の部屋で見つかった紐は、下宿近くの煙草屋の前で拾ったのだとも言った。つまり彼の言い分は、自分は自分に良く似たドイツ人放浪者に服と身元証明書を盗まれたのであり、偽名を使ったのは殺人犯に間違われないためで、ロンドンの通りで拾った紐が、偶然にも犯行現場で見つかった特殊な紐とまったく同じ紐だったというのだ。

　これはまさに窮地に追い込まれた男が苦し紛れにでっち上げたつくり話に聞こえた。しかし裁判が始まるまでに、フランツの説明を裏付けるさまざまな事実が明らかになった。ノーサンプトンシャーの無宿人が警察に、フランツが盗まれたと語る荷物に入っていた書類を持ってきたのだ。その男は、道路沿いにあったあばら家のわら山でそれを見つけたと語った。となると、少なくともフランツの身元証明書の一部は彼が言ったとおり行方不明になっていたことになる。またマドモワゼル・ティーティエンスも、六月のはじめに自分の家に来た髪の色の明るい男とフランツは別人だと証言した。これにより、黒髪のクローンとつるんでいる髪の色の明るいドイツ人が本当に実在する可能性も出てきた。さらに、ライゲイトで販売され、メアリ・ハリデイを縛っていた麻紐をロンドンで納入していた業者があるのは、ホワイトチャペル、それもフランツがシャツを縛っていた紐を拾ったと語る舗道のすぐそばだということも明らかになった。

審問でのウィッチャーの風向きは悪くなっていった。そこで彼は血眼でクローンを捜した。彼を見つけければ、フランツの言い分を必ず覆せると考えたのだ。しかし、クローンを見つけようと必死になるあまり、彼を捕まえたと早とちりしたことも一度ならずあり、「アドルフ・クローンと呼ばれているその男は、実際にはポーランド系ユダヤ人のマルクス・コーエンに違いありません」とメインに報告書を書いたこともあった。しかしそれが思い違いだと判明。その直後、今度こそクローンだとウィッチャーが〝確信する〟男が現われたが、それもまた間違いだとわかり、結局、ウィッチャーはクローンを見つけることができなかった。

メアリ・ハリデイ殺害事件の裁判は八月八日に開かれた。フランツの弁護人は四時間にわたって熱弁をふるい、この事件の状況証拠には、有罪を決定付けるものもなければ、無罪を否定するものもないと主張した。十二人の陪審のうち十人はフランツが殺人犯だと確信して陪審室に入ったが、結局、彼らは陪審室から出るとフランツを無罪と宣言。ザクセン大使館が彼の帰国の船賃を払った。

翌日、ミセス・ハリデイを殺したのはフランツだとする《タイムズ》は、状況証拠というものはつねに――少なくとも理論上はつねに――無実と両立しうるものだと指摘した。そのような状況証拠は何かを証明するものではなく「特定の事実を結びつける仮説でしかないが、ときにはその仮説は自然の法則に鑑みて、それが正しいと思わざるをえないものだ」と報じた。

キングズウッドの捜査は、ウィッチャーの捜査能力をからかう悪い冗談のような展開を見せ[注9]、刑事の仕事とは勘の鋭さだけでなく運にも大きく左右されることが思い知らされた。ウォーターズの『実在刑事体験談』（一八六二年）の語り手、〝F〟警部は、「わたしは世の中でもっとも明敏な探偵ではないかもしれないが、もっとも幸運な探偵であることは間違いない」と言い、「口をあけて待っていると、おいしいものが向こうからとびこんでくる」と語っている。[注10]だがさすがのウィッチャーの運ももう尽きたかに見えた。おそらくキングズウッドの犯人がフランツだという彼の勘は正しかったのだろう。だが、フランツが釈放されてしまうと彼の確信は何やら他のもの、すなわち傲慢さや妄想、あるいは執着に見えはじめてしまった。そしてこれが、彼が捜査をした最後の殺人事件となったのだった。

十九世紀、人間による証言、すなわち告白や証拠の証人は主観的すぎてあてにならないという考え方が、広く受け入れられるようになっていた。たとえばジェレミー・ベンサムは『司法証拠論』（一八二五年）において、証言は物的証拠によって裏付けられなければならないと論じている。信用できるのは、ボタンや羽毛の襟巻き、ナイトガウン、ナイフといった物的証拠だけなのだ。ウォーターズのＦ警部は「物的証拠によって覆すことができない一連の状況証拠は……人間が判断の基準とするうえで最も信頼の置けるものだ。なぜなら状況証拠は偽証することも、信用できないでたらめな証言をすることもないからだ[注11]」と言っている。これと同様の考え方は、エドガー・アラン・ポーの物語にも認められる。「彼の作品は、人よりも事物がより重要な役割を持つ科学的、分析的な作品の先駆けとなった」と、フランス人作家のエドモン・ド・ゴンクールとジュール・ド・ゴンクールの兄弟は一八五六年に述べている。物言わぬ事物はそれゆえに揺るがしがたい。事物は歴史を見つめてきた沈黙の証人であり、その断片には――ダーウィンが集めた化石もその一例だ――過去が封じ込められているのだ。

しかしキングズウッドやロード・ヒルの事件は、事物もまたあてにはならないことを暴き出し、事物も記憶同様に解釈しだいでどうにでも取れることが明らかになった。化石の意味を読み解かなければならなかったダーウィン同様、ウィッチャーもまた犯行現場を読み解かなければならなかったのだ。一連の証拠は掘り出すものではなく、構築するものなのだ。フォレスターの作品に登場する女性探偵はこれを「探偵の能力は事実を見つけ出すことより、事実をつなぎ合わせその意味を見出すことにある[注12]」と言い切っている。ロード・ヒルの切り刻まれた遺体は怒りの末の犯行のようにも、怒りの表われにも取れる。また開いていた窓は、犯人がそこから逃げたことを示しているようにも、犯人がまだ屋内にいたことを示しているようにも取れる。キングズウッドでウィッチャーが見つけたのは決定的な手がかり、すなわち名前と本人の身体的特徴が記された書類だった。しかしそれもまた、当初考えられていたこととは正反対のもの、つまり犯人の身元を明かすものではなく、その身元証明書の盗まれたことを示す可能性が出てきたのだ。

このころの英国には、これまでとは違う空気が漂っていた。活気あふれる一八五〇年代とは対照的に、次の十年間は不安と自信喪失が蔓延した時代となった。一八六一年三月、ヴィクトリア女王の母堂が亡くなり、十二月には女王の最愛の夫、アルバート殿下も亡くなった。女王は喪に服し、それ以後は生涯、黒以外の衣装を身につけなかった。

一八六〇年代はじめ、ロード・ヒルの事件が世間に巻き起こした興奮は新聞のページから消えていったが、今度は大胆に脚色された小説となって姿を現わした。事件のほぼ一年後の一八六一年七月六日、メアリ・エリザベス・ブラッドンの『レディ・オードリーの秘密』が《ロビン・グッドフェロー》誌に登場した。一八六二年に単行本出版されて大ベストセラーとなったこの小説には、意地悪な継母（家柄のいい紳士と結婚した家庭教師）、優雅なカントリーハウスで起こった残忍で謎めいた殺人事件、井戸に放り込まれた死体が描かれ、そこには、狂気にかられた人物や、謎解きに夢中になる人物、真実が暴かれることを恐れる人物たちが登場する。[注13]そこには、サヴィル・ケント殺害事件で人々の心に呼び覚まされた不安感と興奮が描き出されているのだ。

コンスタンス・ケントの姿は、この作品に登場するすべての女性に投影されていた。美しいが精神に異常をきたしている殺人者かもしれないレディ・オードリー。おてんばで勇敢なこの家の娘アリシア・オードリー。感情をまったく見せない侍女、フェーベ・マークス(「寡黙で無愛想な彼女はみずからの殻にこもり、外の世界からの影響をまったく受けないように見える……それが秘密を守れる女性だ」)。そして「わたしは抑圧された環境で育ってきたわ……それが不自然なまでに大きく、激しく育ってしまうまで、自然な感情を抑えつけられてきたの。友人を持つことも恋人を持つことも許されなかった。母はわたしが幼いころに亡くなって……わたしには頼れる人が兄しかいなかった」と語る、殺害された男性の妹で孤独だが情熱的なクララ・トールボーイズ。

ジョナサン・ウィッチャーは、容疑者の過去をたどる〝逆行捜査〟を行なう悩み深きアマチュア探偵ロバート・オードリーの姿に投影されている。『荒涼館』のバケット警部は秘密を抱えた温厚な人物だが、ロバート・オードリーは自分の正気を疑い怯えている。偏執狂なのはいったいどちらなのか、と彼は思い悩む。彼が殺人犯とにらむあの子どもっぽい女性がそうなのか、それとも自分は偏執的な妄想にとりつかれ、彼女が犯人だと思い込んでいるだけなのだろうか、と。

それは警告だったのか、それともたんなる執着だったのだろうか？　もし、わたしが間違っているのだとしたら？　わたしがひとつひとつ積み上げてきたこの一連の証拠が、たんにわたしの愚かさの産物だったとしたら？　恐怖と疑念に満ちたこの大げさな真相が、たんなる思いつきの集大成――心気症の独身男の臆病な妄想だとしたら？……ああ、もしこれまでのすべてがわたしのただの思い込みだったとしたらどうなるのか。

ロード・ヒル・ハウスの事件でウィッチャーが構築した一連の証拠もまた、キングズウッドのときと同様、容疑者が犯人であることの証明にも、それが彼の妄想だという証明にもなりうるのだ。どちらかはっきりしないという状態は、まさに拷問だった。「一生、真相に近づくことはできないのだろうか」とロバート・オードリーは自問する。「ふくれあがっていくこのあやふやな疑惑とみじめな疑念にわたしは生涯さいなまれ続け、いずれはわたし自身が偏執狂となってしまうのだろうか？」と。しかし、その謎を解き明かせば、かえって恐怖が拡大するだけだ。「この恐ろしいパズルのピースをつなぎ合わせた末に解き明かされるのが、世にも恐ろしい真相だとすれば、そもそもこのもつれた糸をほぐす必要などあるのだろうか？」

『レディ・オードリーの秘密』は、家庭内の不幸や裏切り、狂気、陰謀が生み出す複雑な物語、一八六〇年代の文学界を席巻した〝センセーション小説〟あるいは〝謎めいた〟小説の中でももっとも初期に生まれた最高傑作のひとつだ。そのような小説が描き出すのは、ヘンリー・ジェイムズが言う「もっとも謎めいた謎、われわれの家庭に……静かな田舎の邸宅や喧噪に満ちたロンドンのアパートに潜む謎[注14]」である。そこに描かれる秘密は風変わりだが、その舞台は当時の英国――電報があり、汽車が走り、警察官がいる英国なのだ。このような小説の登場人物はみずからの感情に翻弄され、むき出しの感情はそのままおもてに出る。彼らの表情は青ざめ、紅潮し、暗くなり、からだは震え、おののき、痙攣し、瞳はときに怒りに燃え、爛々と光り、暗い陰がさす。そのような小説は、読者にも同様の影響を与えるのではないかと危惧された。

一八六三年、哲学者ヘンリー・マンセルは、「堕落が蔓延しているあかしであり、これらの小説はその堕落の結果であると同時に原因でもある。病的な欲望を満たすために生まれたこのような小説は、その欲望をいっそう刺激するうえでもひと役買っている」と語っている。マンセルの口調はいつになく激しいが、当時、このような考え方はごく一般的だった。センセーション小説は、性的、暴力的な興奮を生みだし、それを社会のすみずみに蔓延させ、そこに描かれている堕落を作り出す〝ウイルス〟だと多くの人が考えていたのだ。サイコスリラーの原型でもあるこのような作品は、食器洗い場から客間まで、使用人、女主人の区別なく広く読まれていたにもかかわらず、社会の堕落のもとと見なされていた。この手の小説はロード・ヒル事件のような実際にあった事件が下敷きとされ、それがさらに現実的な恐怖を付け加えた。「死肉を漁るこの貪欲さには言葉では言い表わせない不気味さがある」とマンセルは書いている。「それは、社会のもっとも新しい堕落をかぎつけ、その腐臭が消えないうちに相伴にあずかろうとするハゲタカのような本能だ」。センセーション小説は読者たちの野蛮な興奮、動物的な欲求を呼びさまし、ダーウィンの進化論同様、社会の宗教的信念や秩序を脅かした。このような小説の表紙の絵はどれも「白いドレスを着た、青ざめた若い娘が手に短剣を持っている」とマンセルは指摘している。それは、ウィッチャーがロードの事件で作り上げた光景だ。[注15]

一八六一年五月、外科医のジョゼフ・ステイプルトンがロード・ヒルの事件について著わした本『一八六〇年の大いなる犯罪』が、弁護士のローランド・ロドウェイの推薦の言葉とともに出版された。[注16]ステイプルトンの持つ情報量は驚くばかりだった。彼は誰が事件の容疑者かということも、地元のゴシップも、よく知っていた。治安判事裁判所の書記官、ヘンリー・クラークが、治安判事裁判所での審問や警察の捜査情報を彼に教え、サミュエル・ケントも家族のこれまでの歴史を彼に話していたのだ。この著書の中でステイプルトンは、コンスタンスが犯人だと強くほのめかしていた。しかし本の内容は混乱や突飛な展開を見せる部分も多く、彼は犯人の正体だけでなく、英国社会の堕落、民族的な破滅についても論じていた。

彼は読者に対し、センセーション小説家の散文にも負けない激しさで、新たに生まれた中流階級の家庭の中で「鼓動している人間の心情について考よ」と訴え、「薄っぺらな上流気取りの仮面をかぶった家庭の中で反乱を起こす人間の情熱を考えよ……家族の過ち、家族の諍い、家族の恥辱、それはそこここで発作的に閃き、やがてはすべてを呑み込む消火不可能な炎となって突然、燃え上がる」と述べている。また、そのような家族を火山になぞらえ、次のように書いている。「英国の多くの家庭は、ごつごつした薄い地殻を社会生活の快適さで覆っている。大嵐は……炎で満ちた深い穴の中で勢いを蓄積していき、いつか……猛烈な勢いで爆発し、両親や子どもはもとより、使用人たちまでを混乱きわまる破滅へと投げ込んでしまう」

人々はロード・ヒルの事件によってすっかり堕落してしまった、とステイプルトンは言う。「犯罪にまつわる謎が深まるにつれ、人々の疑念はいつしか一種の熱病へとその姿を変えていった」。彼はサヴィルの検死審問の見物人たちを、スペインの闘牛場にいる女性たちになぞらえた。「女性たちは被害者ののどがどんなふうに切られたかを聞こうとつめかけた」と言い、「彼女たちは子どもたちを両腕で抱え上げ、血まみれの遺品を見せようとした」と続けた。それはまるで、女性は家庭の天使というヴィクトリア朝時代のファンタジーが、血に飢えた悪鬼に道を譲ったかのような光景だった。[注17]「彼女たちの本能が満たされるまで、苦しむものたちへの同情はいっとき棚上げにされる。そして好奇心や怖いもの見たさの衝動が収まったときようやく、この英国人女性たちは自分たちのおぞましい一面をふたたび隠し、いつもの善良な姿に戻るのだ」。ステイプルトンには、殺人事件の捜査を見守る野次馬たちが、暴力行為の幻を見ることで一時的にその姿を変えてしまったように見えたのだった。彼はそのようなおぞましいものへの嗜好性を持つのは村の労働者階級の女たちだと考え、彼女たちを外国人にたとえているが、実際のところこの事件への貪欲な好奇心は男性、女性を問わず、英国のすべての社会階級に存在した。彼の著書からもわかるように、彼自身この殺人事件に興味津々だったのだ。

この事件は〝国家的崩壊〟のあかしだとステイプルトンは語っている。「国全体のレベルの低下は国民的な恥辱となっている」と彼は嘆き、「それは父祖の時代から長きにわたって連綿と続いてきた背徳の快楽、卑しい趣味、堕落の罪が招いた当然の結果だ」としている。[注18] そしてここで彼は、国民的退廃論を開陳している。つまり人類が、ダーウィンが説くように進化する生き物なら、それと同様に後退もありうるというのだ。家族の退廃的過去はその子孫へと伝わり、人類を後退させるというわけだ。マンセルもまた、アルコール依存症や消費主義、ヒステリー、公害、売春、不倫の蔓延とともにロード・ヒルの事件を社会の退廃のあかしとして挙げている。[注19] ステイプルトンはサミュエルがこの事件の犯人ではないと主張してはいたが、彼の堕落的な行為と気取りが家族を崩壊させたとほのめかしている。金銭欲や過剰な性欲といった節度のない行為同様、アルコール依存症も当人の子どもに影響を及ぼす可能性があると彼は論じている。

未解決に終わったロード・ヒル・ハウスの事件は、センセーション小説の書き手たちが描き出す英国の姿となって表われた。この事件はいかなる意味も社会に与えず、ただ電気のような衝撃となって走り抜けた。その影響は、殺人の罪に問われた中流階級の思春期の少年を描いたシャーロット・ヤングの『裁判』（一八六三年）や、おぞましい犯罪歴を持つずるがしこい娘を描いた作者不詳の作品『そのようなもの』（一八六二年）の中の「英国の娘が純粋で無垢だと国の内外で考えられていた時代はいまや過去のものだ」というくだりに、よく表われている。ロード・ヒル事件の影響は、メアリ・エリザベス・ブラッドンの『オーロラ

・フロイド』（一八六三年）における、上品な家庭にずかずかと遠慮なしにはいってくる警官像、すなわち「垢じみた小さな手帳」と「チビた鉛筆」を手にしたスコットランド・ヤードのグリムストーン刑事からも読み取ることができる。[注20]

小説家マーガレット・オリファントは、すべてを刑事たちのせいにしている。センセーション小説は「新たに登場した警察の意識構造を文学的に制度化したものだ」と語っているのだ。一八六二年、彼女は「小説に登場する刑事」とは「文学の世界が喜んで迎え入れる協力者ではない。彼の見た目も考え方も、決して好ましいものではないのだから」と書いている。[注21]一年後、彼女は「刑事もの」は「警察裁判所側を描いた現代小説だ」とこぼしている。[注22]『レディ・オードリーの秘密』のロバート・オードリーが言うように、ロード・ヒル事件をきっかけに「刑事は下劣な人種、誠実な紳士とは相容れない存在というレッテルが貼られてしまった」。ロバートはみずからが選んだ探偵の仕事を嫌悪していた。「やさしい性格の彼は、みずから選んだ立場が嫌でたまらなかった――それはスパイの仕事であり、悪事の証拠を集め、ゆがんだ警戒心と疑念を糧に忌まわしい経過をたどっていき……おぞましい推理を組み立てていく仕事なのだ」

自分が恐れる事実を突き止めずにはいられないこのロバート・オードリーという人物の中で、〝センセーション〟と〝探偵仕事《ディテクティヴィズム》〟はひとつになっていた。探偵あるいは刑事とは、センセーションにとりつかれた人物、犯罪の恐怖とスリルに飢えた人物と考えることができる。エディンバラ警察の刑事で、上下二巻の回顧録が一八六一年にベストセラーとなったジエイムズ・マクレヴィ[注23]は、みずからの仕事につきものの不安に満ちた興奮について語っている。彼は、盗品を取り戻したいという自分の思いは、盗みたいという泥棒の欲望同様、動物的衝動だと語る。「得体の知れない袋の中から、探し求めていた盗品を引っぱり出したときに刑事が感じるあの感覚はなかなか想像できないだろう。震える指で素早くダイヤモンドのネックレスをつかんだときの泥棒でさえ、泥棒の指から盗品の懐中時計を取り返したときのわれわれの喜びを上回る高揚感は覚えないだろう」。マクレヴィいわく、彼は危険に、謎に、そして「秘密の行為がなされた場所に」惹きつけられるのだという。〝お尋ね者〟を捕まえたいと願う彼のその感情はほとんど身体的なもので「何を見ても……そいつを捕まえてやりたいという渇望のごときエネルギーがわたしの腕から指へと伝わっていく」。気味の悪い性的興奮とともに、彼は悪党を捕まえるのも恋人を手に入れるのも変わらないと語る。「彼を捕まえたときのあの感触のなんとすばらしかったことか……結婚指輪をはめた花嫁の手の感触とさえ引き替えたくはない……それがわたしの弱点だ。トムスンが警官に取り押さえられたとき、それもわたしがしばしばその無能さに密かにため息をついていた警官に取り押さえられ、もがくのを目の当たりにしたとき……わたしはあのギャングの頭目を抱きしめてやりたかったほどだ」。マクレヴィはみずからを、担当する事件や捕まえたいと切望する悪党への執着にエネルギーをとられ、感情をねじ曲げられた孤独な男として描いている。ジョナサン・ウィッチャーや小説に登場するほかの探偵たちと同じように独身だった彼の孤独は、仕事での有能さの代償だった。

ウィッチャーや彼の同僚たちに対する報道の攻撃は、さらに激しさを増した。《ダブリン・レヴュー》は「現代の刑事は機能していない」と非難し、ロード・ヒル事件は「刑事の持つ賢明さや先見性」に対する世間の信頼を「揺るがした……この国の刑事のレベルは低く、お粗末だ」[注24]と断じている。「手がかりがない《クルーレス》」という言葉が最初に記録にとどめられたのは一八六二年のことだ。[注25]《レナルズ》誌は首都圏警察を「臆病で不器用な巨人……その卑劣さや悪意を目についた弱く無力なものたちに向ける巨人」にたとえている。[注26]これは無力なコンスタンス・ケントを逮捕したときウィッチャーが見せた「卑劣さ」をほのめかしているのだ。一八六三年の《パンチ》誌に掲載されたパロディには「不良警察」の「ウォッチャー警部」が登場する。《サタデー・レヴュー》では、ジェイムズ・フィッツジェイムズ・スティーヴンが、現実の刑事たちは中流階級で起こった犯罪の解決にはまったく無能だとし、小説の中で警察がロマンチックに描かれているのを「この刑事崇拝」と言って批判している。[注27]

一八六三年の夏、サミュエルとウィリアム・ケントはディナンにコンスタンスを訪ね、八月十日、彼女は英国に戻り、ブライトンにあるセント・メアリズ・ホームの寄宿生となった。この施設は、一八五五年にアーサー・ダグラス・ワグナー牧師によって設立された、英国国教会初の女子修道院のひとつだ。ここでは修道院長と新人修道女の一団が未婚の母たちのための産院を運営し、三十人ほどの悔悟者たちがそれを手伝っている。ワグナーは、祭服、香、ロウソク、聖礼典告解の復活を訴える十九世紀英国国教会、オックスフォード運動の指導者、エドワード・ピュージーの弟子だった[注28]。ワグナーが運営する共同体、セント・メアリ・ザ・バージンに入ったコンスタンスは、血のつながった家族を宗教上の家族で置き換え、血縁のしがらみからみずからを解き放った。また名前も、ミドルネームのエミリー（Emily）の綴りをフランス風に変え、エミリー・ケント（Emilie Kent）と名乗るようになった。

一方ウィッチャーのロンドンでの生活はすっかり虚ろなものになっていた。かつて新聞でもてはやされた〝刑事課のプリンス〟の面影はもはや見る影もなくなっていた。友人のスティーヴン・ソーントン警部は一八六一年の九月、卒中を起こしてランベスの自宅で倒れ五十八歳でこの世を去った。また、十月にはドリー・ウィリアムスンが警部に昇進し、刑事課の責任者となった[注29]。

キングズウッド事件以後、重要な件に関連してウィッチャーの名前が首都圏警察のファイルに登場したのは一度だけ、刑事部門の立ち上げについてアドバイスを請うロシアの支配者たちの求めに応じ、一八六二年九月に彼と同僚のウォーカー警視[注31]がワルシャワに派遣されたときだけだ。ロシア政府は、皇帝《ツァー》の家族の暗殺を企てたポーランドの国粋主義者たちの反乱を心配していた[注30]。「すべてはいたって穏やかに見えた」と彼らは九月八日、ホテル・ヨーロッパからそう報告している。

「また、あれ以来、暗殺計画は見つかっていないとしているが、……ロシア政府はつねに不安を抱えているようだ。われわれがやってきた真の目的は機密として伏せられていた……訪問の目的について誤った憶測が流れれば、われわれに身の危険が迫る可能性があったからだ」。ロシア側は招いた客人たちを丁重に遇し、「二人の警官の……公正かつ洞察力あふれる発言は殿下をじゅうぶんに満足させた」が、当局は彼らの提案を採用しなかった。一八六三年三月、ロシアの兵士たちがワルシャワの反乱者に発砲したことが明らかになると、英国の下院はワルシャワに派遣された刑事たちの密命の倫理を糾弾した。

一八六四年三月十八日、四十九歳のジョナサン・ウィッチャーは年金額百三十三ポンド六シリング八ペンスで首都圏警察を退職し、ピムリコーのホリウェル・ストリートにあるアパートに戻った。彼の退任文書には独身とあり、最近親者には一八六〇年に彼の姪のひとりメアリ・アンと結婚したウィルトシャーの大型四輪馬車屋、ウィリアム・ウォートの名が記されていた。彼の退任文書に記された早期退職理由は〝脳の鬱血〟となっている。[注32] この診断名は、てんかん、不安神経症、血管性認知症などさまざまな病状の総称だ。一八六六年に書かれたある論文はこの症状を、ずきずきと痛む頭痛、赤くむくんだ顔、充血した目とし、その原因として〝長期的な精神的緊張〟[注33]を挙げている。まるでロード・ヒル・ハウス殺人事件の謎にウィッチャーは悩まされ続け、ついに頭がロバート・オードリーの頭同様、オーバーヒートしたかのようだった。おそらくこの脳の鬱血は、彼の本能が導き出した答えの正否が明らかにならずに終わったせいで、真相を解明したいという欲望が満たされず、真実を暴くことができなかったためだろう。

「この世の中で、永遠に隠し続けられるものなど何もない」とウィルキー・コリンズは『ノー・ネーム』（一八六二年）に書いている。「砂は裏切り者となってそこを通った人の足跡をとどめ、水は遺体を浮き上がらせ、そこで溺れた者がいたことを密告する……頭の中に閉じ込められた憎しみは、目という戸口から外へと抜け出し……真実はいつの日か必ずや発覚するが、それは自然の法則のひとつだ。秘密を永遠に閉じ込めておくことは、この世界が未だ目にしたことのない奇跡である」

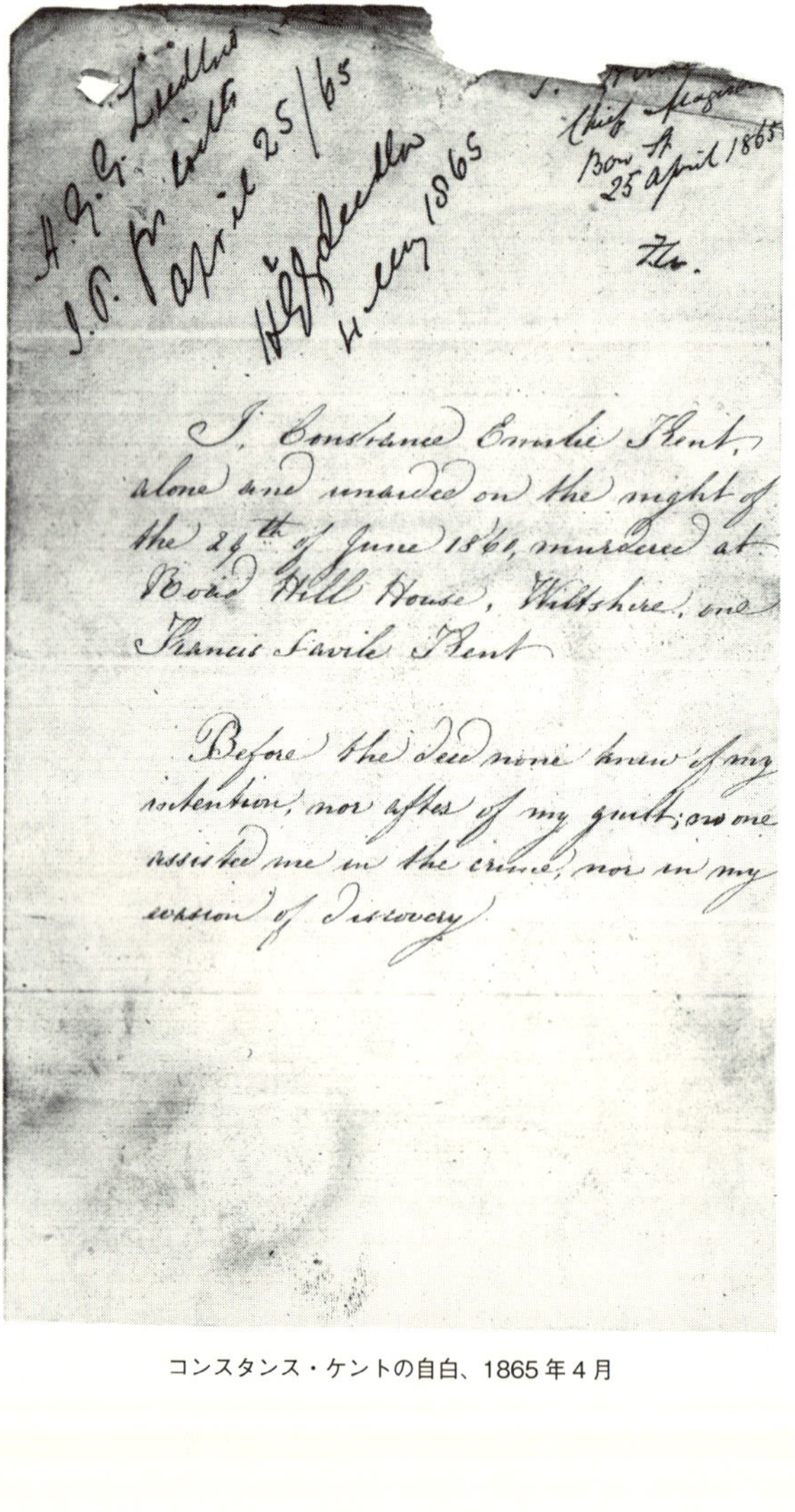

I, Constance Emilie Kent, alone and unaided on the night of the 29th of June 1860, murdered at Road Hill House, Wiltshire, one Francis Savile Kent.

Before the deed none knew of my intention, nor after of my guilt; no one assisted me in the crime, nor in my evasion of discovery.

コンスタンス・ケントの自白、1865年4月

第十六章　狂っているほうがまし

一八六五年四月〜六月

一八六五年四月二十五日火曜日、二十一歳になったコンスタンス・ケントは、ブライトンからヴィクトリア駅まで汽車に乗り、照りつける日差しの下、辻馬車でコヴェント・ガーデンにあるボウ・ストリート治安判事裁判所に向かった。[注1] 彼女に付き添うのは教区牧師の服装に身を固めたワグナー牧師と、盛装（白く高いフリルのついた黒く長い外套）のセント・メアリズ修道院長キャサリン・グリーム。コンスタンスはゆったりとしたヴェールをかぶっていた。《デイリー・テレグラフ》は、コンスタンスは「青ざめ、悲嘆に暮れているように」見えたが、「きわめて落ち着いていた」と書いている。四時少し前に裁判所に着くと、彼女は職員に、殺人を自白しに来たと告げた。

ロンドンでもっとも有名な治安判事裁判所であるボウ・ストリート裁判所は、コヴェント

・ガーデン市場とオペラハウス周辺のいかがわしい地域に建つ、正面が化粧漆喰の二階建てテラスハウスだった。おもてには警官が警備に立ち、ガス灯の下には王家の紋章の彫刻がある。コンスタンスと連れの二人は細い廊下を抜け、本館の裏にある一階建ての法廷に案内された。法廷には金属製の手すりと木製の壇が十字状にしつらえられていた。天窓からは日差しが差し込み、変色した壁には時計がひとつと油絵が何枚か掛かっている。[注2] ボウ・ストリートの主席治安判事、サー・トマス・ヘンリーは、判事席に座っていた。コンスタンスは持参してきた手紙を彼に渡すと、椅子に腰を下ろした。まだ四月であるにもかかわらず、真夏のように暑い室内は窓が締め切られ、風はまったくなかった。

ヘンリーはその手紙に目を通した。その光沢のある便せんには、しっかりとした華麗な字で次のようにしたためられていた。

わたくし、コンスタンス・エミリー・ケントは、一八六〇年六月二十九日の夜、ウィルトシャー、ロード・ヒル・ハウスにおいて誰の助けも借りることなく、単独でフランシス・サヴィル・ケントを殺害いたしました。

この犯行の前もそのあとも、わたくしの意図を知る者は誰ひとりなく、犯行そのものにも、犯行の発覚を回避するためのわたくしの行動にも力を貸した者はありません。

手紙を読み終わった判事はコンスタンスに視線を転じた。「ミス・ケント」と声をかける。

「つまりあなたはこの罪について、みずからの自由意志で自首をしたのですか?」

「はい、そうです」。コンスタンスは「しっかりとした、しかし悲しげな声」で答えたと《タイムズ》は報じている。

「これから、ここであなたが話す内容はすべて記録に残り、あなたに不利な材料として使われる可能性もあります。それはわかっていますか?」

「はい」

「今、ここに提出された手紙はあなたの自由意志により、みずからの手で書いたものですか?」

「はい、そうです」

「では、その容疑について、彼女自身の言葉を記録してください」。そういわれた治安判事裁判所の書記官は、青い書式に殺人容疑と記したあと彼女に、名前の綴りは〝Emilie〟か、それとも〝Emily〟と書くのかを尋ねた。

「どちらでもかまいません」と彼女は答えた。「わたし自身、どちらを使うこともありますから」

「あなたの手書きだというこの手紙には〝Emilie〟と綴られていますが」

「はい、そうです」

ヘンリーは、この告白に署名をするかと彼女に尋ね、「もう一度言っておきますが」と付け加えた。「これは罪の中でももっとも重大な罪です。また、あなたの発言は裁判の場であなたに不利に使われることもある。あなたの言葉はそのままこの供述書に書き写されますが、あなたが望むまでここに署名をする必要はありません」

「必要ならば署名いたします」。コンスタンスが答えた。

「どうしても必要というわけではありません」。ヘンリーは彼女に言った。「あなたが望まない限り、署名をする必要はありません。供述は宣誓供述証書に添付しておきましょう。あなたが自分の意志で、ほかの誰に促されることもなく署名する気になったかどうかは、またのちほど尋ねることにします」

「わかりました」

ヘンリーはワグナー牧師に視線を転じ、あなたは誰かと尋ねた。ワグナーは、イートン校とオックスフォード大学で教育を受け、相続した資産でブライトンに五つの教会を建て、その窓や祭壇のうしろの装飾をエドワード・バーン゠ジョーンズやオーガスタス・ピュージン、ウィリアム・モリスといった芸術家に依頼した著名な聖職者だった。彼は海辺の町、ブライトンをアングロカトリック運動（カトリック的要素の復活で英国国教会の権威回復をめざす）の中心地にしたが、彼のことを教皇絶対主義者、英国国教会にとっては危険な人物と見る人々もいた。[注3]

「わたしはブライトンのセント・ポール教会の牧師を務める聖職者です」とワグナーは答えた。彼は肉付きのいいハンサムな顔立ちで、その目は相手を見定めるように小さかった。

「コンスタンス・ケントのことは二年ほど前、一八六三年の夏から知っています」

コンスタンスが口をはさんだ。「八月です」

「約二十一カ月ですかな？」とヘンリーが訊いた。

「はい」とワグナーが答えた。「わたしの記憶では、ある英国人家族が彼女をセント・メアリズに入れてほしいと手紙を書いてきたのです……彼女にはくつろげる家庭《ホーム》がない、すなわち家族と彼女の折り合いが悪いからという理由でした。わたしたちの〝家庭《ホーム》〟は、今では〝病院《ホスピタル》〟と呼ばれていますが、ここは信仰生活を送る女性たちのための家で、セント・メアリズ教会の付属施設です。滞在客としてやってきた彼女は、以後、現在に至るまでずっとそこにおります」

「では、ワグナーさん」とヘンリーが口を開いた。「この刑事被告人に対し、自白するようにとなんらかのかたちで促したことはありますか？」

「そのようなことは何ひとつしていません。わたしが考える限り、自白は完全に彼女の意志によるものです。わたしがこのことを知らされたのは、約二週間前のことです。ロンドンの治安判事のもとに出頭しなければならないと考えたのは、彼女自身です。だからロンドンに行きたいと言い出したのも本人です。彼女がわたしに告白した内容は、彼女がみずからしたためた手紙および、その供述書に記された内容と同じです」

　ワグナーはさらに、ここで言うコンスタンスの自白とは彼女の公式の発言を指すものであり、彼女が告解の中で彼に告げたものではない、と念を押した。

「それについては、今はこれ以上触れずにおきます」とヘンリーは答えた。「おそらく、裁判の場で詳しく吟味することになるでしょう」。そう言ってふたたびコンスタンスに向き直る。どうやら、彼女の自首に果たすワグナーの役割に戸惑っているらしい。「あなたの発言は完全にあなたの自由意志による自発的なもので、他の誰かの発言に影響されたものであってはならないということはわかっていますか？」

「誰かに自白を促されたということはありません」

「この点については、くれぐれも慎重に考えなければいけませんよ」

ワグナーが言葉をはさんだ。「これだけは申し上げておきますが、わたしのもとにはたくさんの人が宗教儀式として告解をしに来ます。しかしわたしがその人たちに公の場で自白をするよう促したことは一度もありません」

「わかりました」。ヘンリーがいささか厳しい口調で言った。「あなたとしてはそれを言わないわけにはいかないでしょうね。では、あなたに告解をするようにと彼女に言ったことはありますか？」

「いいえ。彼女を追及したことも、告解をするように言ったこともありません。彼女が自分の意志でそうしたのです」

「この彼女の自白が、彼女があなたに対して言った言葉、あるいはあなたが彼女に言った言葉によって引き出されたと思われるのでしたら、そう言っていただかなければいけませんよ」

「わたしは自白をするよう勧めたことさえありません」とワグナーは言った。「ただ、彼女の言葉を受け止めただけです。しかし、彼女の選択は正しいと思いましたから、自白を思いとどまるようにと説得することはしませんでした」

「しかし、自白するよう説得もしなかった、と？」

「ええ、そのとおりです」

ヘンリーはコンスタンスの告白の手紙を手に取った。「先ほどあなたが言ったように、あなたはこの書類を提出したいのですね？」と彼は尋ねた。「まだ、遅くはありませんよ……あなたが本当に心からそう思わない限り、あえて何かを語る義務はないのですよ」

主任書記官が、この書類は彼女の自筆かと尋ねた。

「はい、そうです」とコンスタンスが答えた。

ヘンリーはワグナーに、ミス・ケントの筆跡を知っているかと尋ねたが、ワグナーは彼女が字を書くところは見たことがないから知らないと答えた。

書記官がコンスタンスの告白文を彼女に読み上げ、彼女は内容に誤りが無いことを確認すると、もともとのミドルネームの綴りである〝Emily〟と署名をした。これから、あなたは裁判にかけられることになる、とヘンリーが説明すると、コンスタンスは肩の荷を下ろしたかのように小さくため息をつき、椅子の背に体を預けた。

この尋問の最中、呼び出しを受けたダーキン警視とウィリアムスン警部がスコットランド・ヤードからやってきた。[注4]

「犯行が行なわれたのはウィルトシャーです」とヘンリーは言った。「したがって裁判はウィルトシャーで行なわれなければならない。そのためにはまず、彼女をウィルトシャーに移送し、彼の地の治安判事による尋問を行なうことになる。前回の審理に出たウィリアムスン警部なら、そのときの審理の様子も、担当した治安判事もよくご存じのはずですな」

「はい、サー・トマス」とドリー・ウィリアムスンが答えた。「よく知っています」

「治安判事たちの家も知っていますか?」

「判事のひとりは、トロウブリッジに住んでいます」

「ということは、少なくとも治安判事のひとりは、この件についてすぐに審問できるというわけですな」。ヘンリーはそう言うと、今度はウィッチャー警部の居所を尋ねた。彼は引退したとウィリアムスンが答えた。

ウィリアムスンはコンスタンス・ケントとミス・グリームを連れてパディントン駅に向かうと、そこでキングズウッドの捜査を担当したロビンスン部長刑事と落ち合い、午後八時十分、チップナム行きの列車に乗った。道中、コンスタンスはひと言も口をきかず、警部が親しげに声をかけても答えようとはしなかった。ウィリアムスンによると、彼女は「ひどく落ち込んで」いるように見えたという。一八六一年以来、彼女がウィルトシャーに戻るのはこれが初めてだった。一行は真夜中前にチップナムに着き、そこからは駅馬車――箱形の四輪馬車――で、およそ十五マイル先のトロウブリッジに向かった。ウィリアムスンはまたもコンスタンスとの会話を試み、ここからトロウブリッジまでどのくらいあるのかと彼女に尋ねたが、やはり答えは返ってこなかった。馬車の御者は田舎道ですっかり道に迷ってしまい、彼らがようやくトロウブリッジにたどり着いたのは午前二時を回っていた。警察署では、コンスタンスの面倒は新しい警視の夫人、ミセス・ハリスが引き受けた（当時の警視ジョン・フォーリーは前年の九月に六十九歳で亡くなっていた）[注5]。

報道機関はコンスタンスの自白を驚きを持って迎え、新聞の中には彼女の自白の信憑性を疑うものもあった。所詮、犯罪を働くのは精神に障害のある人間なのだ。そのほかの人々、たとえばサヴィル・ケントを殺したと主張した、レンガ職人のような人々が犯罪を働いたふりをするのは、罪を告白することで不健全であいまいな罪悪感や苦痛から逃れたいからに過ぎない。おそらくコンスタンスは「有罪ではなく、頭がおかしいのだ」と《デイリー・テレグラフ》は報じた。五年間にわたる、「真綿で首を絞められるような苦痛」は彼女の理性を奪い、偽りの自白をするまでに彼女を追いつめたのだ、と。そして「彼女は狂っていると証明されるほうが、殺人犯だと証明されるより百倍ましだ」とも書いている。しかし彼女の告白の明快さと「恐ろしいほどの勇気」は「気が狂っているようにはまったく見えない」と同紙も認めている。《モーニング・スター》は、コンスタンスが異母弟を殺したのはウィリアムに対する「ひたむきな愛情」が生んだ嫉妬のせいだと示唆している。ヴィクトリア朝時代の読者には、兄妹間の疑似恋愛にも似た思いはさほど珍しいものではなかった。外の世界から隔離され、つねに監視がついていた中流家庭の若い男女の場合、唯一親しく交わる異性は兄妹だけということも多かったからだ。《ロンドン・スタンダード》は、コンスタンスが自分で書いたことになっている告白はどうも怪しいとし、「弁護士が書いた文章のにおいがぷんぷんする」と報じた。《ロンドン・レヴュー》はあの罪深きカトリックかぶれたちが裏で糸を引いているに違いないとほのめかし、「告白書の言葉づかいは、外部からの影響、何か奇妙な力がはたらいていることをはっきりと示している」と書いた。

しかし《タイムズ》はコンスタンスの言葉を額面通り受け止め、凶暴な憎しみをもたらした犯罪について、英国民の半数に向けてこう説明している。「十二歳あるいは十四歳から十八歳または二十歳といった年ごろの子どもは、自然の情愛の流れがもっとも乏しく、発達の過程の中で体と知性は解放され、強化されていく一方、心は強烈な愛情や圧倒的な好意に呑み込まれやすい状態となる……特に女性の場合、ほとんど冷酷とさえ言える時期を過ごすとされている」。少女たちは少年よりも「強情で利己的」であり、性的な情熱の到来に備えて心からはやさしさがすっかり失われる。また、その少女が「陰気で、想像力がたくましく、独創的な傾向にある場合……彼女が思い描く夢は社会的な感覚からも、外向きの意識にも抑制されることなく心の中で大きく育ち、いずれは原因不明でおぞましい思いつきがその魂を満たしてしまうのである」。同紙は、当時の「中流階級の女性たちは〝家庭の天使〟[注6]である」という考えは幻想であり、思春期の少女のほとんどは人を殺したいという欲求を持っているとし、「コンスタンス・ケントは、彼女と同年代の多くの少女たちが、自分ではなく他の誰かがしてくれればいいのにと願っていることを、したまでだ」と書いている。[注7]

新聞の中には、コンスタンスは前もって父に手紙を書き、ウェールズにいる彼が新聞で自分の自白を知り、ショックを受けないよう気遣ったと報じているものもあった。しかし《サマセット・アンド・ウィルツ・ジャーナル》は、これとは矛盾するエピソードを報じている。

サミュエル・ケントの知り合いは四月二十六日の水曜日の朝、彼が元気な様子でスランゴスレンの自宅にほど近いウェールズの町、オズウェストリーを訪れているのを見ている。また、その日の午後二時には、彼が駅で新聞を買う姿も目撃されている。しかし、その前日の午後、自分の娘がボウ・ストリートで自白したという記事を読むうちに、彼は「一瞬、体が動かなくなり」、その後はすぐに大通りからホテルへ全速力で駆け戻り、ただちに馬車を呼んで家に戻っていったという。その日の午後、彼はオズウェストリーで人と会う約束をしていた場所に、現われなかったという。

この件に関し全権を委任されたウィリアムスンは、水曜日の朝十一時、何人かの治安判事をトロウブリッジの警察裁判所に召集した。議長は今回もヘンリー・ラドロウだった。治安判事裁判所の書記官、ヘンリー・クラークも、ウィルトシャー警察のメレディス署長、ハリス警視、ジョゼフ・ステイプルトン、一八六〇年にサミュエル・ケントに雇われた二人の弁護士、ローランド・ロドウェイとウィリアム・ダンも出席した。主要証人であるワグナー牧師がなかなか到着しなかったため訴訟手続きは遅れ、何百人もの人々が、裁判所内に入れずに、日差しの下で待っていた。

十二時、トロウブリッジの駅に到着したワグナーは、同行するトマス部長刑事とともにまっすぐ裁判所に向かった。法廷は満員だった。彼は腰を下ろすと、目を半分閉じ、ふっくらとした両手を傘の柄にのせて、その上にあごをのせた。

コンスタンスは法廷に「しっかりと落ち着いた足取りで」入ってきたと《デイリー・テレ

グラフ》は書いている。彼女はでっぷりした体つきをした中背の娘で、同紙の記者によれば「きわめて健康そうで……野次馬たちも彼女が良心の痛みにさいなまれてきたという印象はとうてい持てなかった。最初の数分間、彼女はまるで不愉快な場所に無理矢理連れてこられたかのように見えた」という。彼女の隣に座ったミス・グリームは緊張でこちこちになっているようだった。

まず書記官がワグナーの供述を読み上げ、次に主席治安判事のラドロウがワグナーに「それは真実ですか？」と尋ねると、彼は「はい」と答えた。ラドロウがコンスタンスに向き直り「この証人に何か質問することは？」と尋ねると「いいえ、ありません」という答えが返ってきた。ラドロウはワグナーに視線を戻し「下がっていただいて結構です」と言った。

次はウィリアムスンが証人台に立ち、書記官が彼の宣誓供述書を読み上げた。コンスタンスの供述書も読み上げられる。するとそれまでの彼女の冷静さもついに崩壊した。「殺害した」という言葉が読み上げられたとたん、彼女はくずおれるように床に膝をつき、ミス・グリームにもたれかかって激しく嗚咽した。ミス・グリームも彼女の横で泣き崩れる。近くにいた女性が気つけ薬入れ――嗅ぎ塩の入った小箱――を、もうひとりが水の入ったグラスをコンスタンスに差し出したが、すっかり取り乱した彼女はどちらも受け取らなかった。ウィリアムスンが証人台をおりると、ラドロウはコンスタンスに一週間の再勾留を言い渡し、彼女は同日、ディヴァイズィズ刑務所に収監された。

ウィリアムスンはサー・リチャード・メインに手紙を出し、子守だったエリザベス・ゴフを捜す許可を出してくれるよう要請した。さらに翌日にはディック・タナーに直接電報を打ち、ゴフの居所を突き止めるように依頼。ケント家のもと使用人、ハリエット・ゴロップから一八六〇年にウィッチャーの下で事情を聞いたタナー警部は、一八六四年に列車の中で起こった英国初の殺人事件、ノース・ロンドン鉄道事件を解決したことで世間から大いに尊敬を集めるようになっていた（彼は客車で発見された帽子から犯人のフランツ・ミュラーを突き止め、ニューヨークまで汽船で彼を追いかけたのだ）。新聞各紙は、ゴフはオーストラリアの牧羊業者と結婚したといううわさを報じていたが、彼はゴフがロンドンから十二マイルほどのアイルワースの実家にいることを突き止めた。依然としてピムリコーに住んでいたジョナサン・ウィッチャーもメインに招かれ、一八六〇年当時、彼が無実を声高に主張したゴフに話を聞きに行った。彼女は裁縫師として働きながら、ときに一週間単位で金持ちの家庭にお針子として雇われ、なんとかわずかな生活費を稼いでいた。[注8]

　一方ウィリアムスンはロードとフルームで捜査を行ない、ウィリアム・ダンと、ジョシュア・パースンズ――医師の彼は一八六二年にベキントンから引っ越し、一般診療所を経営してうまくいっていた――に話を聞いた。土曜日、警部はロンドンに戻り、日曜日にはみずからウィッチャーをつれてゴフを訪ねた。

　もと警部のウィッチャーはその週、かつての後輩ウィリアムスンとともに捜査をし、その後、ウィリアムスンはもと上司のために〝交通費および諸経費〟として五ポンド七シリング六ペンスの払い戻しを署に求めた。屈辱を味わい、追いつめられるようにして彼が警察を去ったのは、わずか一年余り前のことだ。彼がいかに不当に非難されたかを報じた新聞もいくつかあった。《タイムズ》はフォークストン卿の次のような手紙を掲載している。「ウィッチャー元警部を正当に評価するために、これだけは申し上げておきたい……当時の彼が最後に言い残したのが〝よく覚えておいてください、ミス・コンスタンス・ケントが自白するまで、この殺人事件の真相は絶対にわかりませんよ〟という言葉でした」。《サマセット・アンド・ウィルツ・ジャーナル》は「この有能で経験豊かな」警官に向けられた「無情で圧倒的な……非難」を読者たちに思い出させた。しかしそれでも、コンスタンスの自白はウィッチャーの勝利のあかしとは受け止められなかった。サヴィルの墓石にも刻まれているように、人間が――そして科学や捜査が――結果を出せないとき、勝利を収めるのは神なのだ。

五月一日月曜日、サミュエル・ケントはローランド・ロドウェイを伴い、ディヴァイズィズ刑務所に娘を訪ねた。机で書き物をしていたコンスタンスは立ち上がってロドウェイに挨拶をしたが、父親を見たとたんにわっと泣き出した。彼女は背後にあるベッドへよろよろ後ずさり、サミュエルはそんな娘を抱きしめた。看守たちが出て行くと、コンスタンスは父に「この道を選んだのは、父と神のためだ」と告げたという。

《ロンドン・スタンダード》は、この娘との面会でサミュエルは「呆然とし」、「ただ機械的に歩き回り、話し続けた」と報じている。彼はその週、毎日面会に訪れ、娘にディナーを届けるようディヴァイズィズのベア・ホテルに手配をした。拘置所でのコンスタンスは、時間をつぶすために本を読み、手紙を書き、裁縫をしていた。

木曜日、コンスタンスはトロウブリッジ警察裁判所に移された。主任治安判事はヘンリー・ラドロウで、一八六〇年のときと同様、彼の役割はコンスタンスを上級裁判所に送るだけの証拠があるか否かを見極めることだった。午前十一時、三十人ほどの記者たちが席をとろうとわれ先に細い通路になだれ込んできた。ロード・ヒル・ハウス殺人事件の最初の審問のとき同様、ベンチは記者全員が座れるほど大きくはなく、中には弁護士用の席に陣取った記者もいて、警官に規則を守れと厳しく叱責されていた。立ち見席はごくわずかで、裁判所に集まった人々のごく一部しか中には入れなかった。

最初のうち、コンスタンスは落ち着いているように見えたが、被告席に入ると「彼女の胸は激しく上下し、その内側では感情が嵐のように渦巻いているのがうかがえた」と《サマセット・アンド・ウィルツ・ジャーナル》は書いている。五年前同様、証人がひとりひとり証言をしていき、彼らの知るわずかな情報がふたたび繰り返された。証人台にはゴフ、ベンガー、パースンズ、コックス（彼女はウィルトシャーの村、スティープル・アシュトンの農民と結婚し、サラ・ロジャーズになっていた）、ミセス・ホリー、その娘のマーサ（ロード・ヒルのナット家の男性と結婚した彼女は、マーサ・ナットとなっていた）、ジェイムズ・ワッツ巡査部長が立った。彼らの中には、事件の記憶がいまだ鮮やかに残っている者もおり、ベンガーはサヴィルの遺体を便所から拾い上げたとき、「小さな寝間着のひだに血がついていた」と語った。パースンズは一八六〇年当時に語っていた検死結果をわずかに修正し、のどがかき切られたことがサヴィルの死の直接の原因だとは思うが、のどが切られたときはすでにある程度窒息状態だったかもしれないと語った。また彼は、あの胸の傷をカミソリでつけるのは絶対に不可能であり、「先端のとがった、長く、頑丈なナイフでなければ無理です……また、刺したときとは違う方向にナイフを引き抜いたらしく、傷の端にV字形の切れ込みがついていた」とも語った。また、一八六〇年六月三十日にコンスタンスのベッドに置かれていたナイトドレスを調べたが、その袖口はまだ糊で堅かったとも証言した。

それぞれの証人が証言を終えるたび、コンスタンスは何か質問があるかと尋ねられ、「ありません」と小さく答えた。彼女は終始ヴェールをかぶったままで、手続きのあいだじゅう目を伏せ、顔を上げたのは新しい証人が現われたときか、主任判事の質問に答えたときだけだった。

ウィッチャーも証言台に立ち、五年前に彼がコンスタンスの部屋から没収した二枚のナイトドレス、コンスタンスの自筆のリネン類リスト、そして彼女の逮捕令状を証拠として取り出した。きっと彼はこの日を待ち焦がれていたに違いない（「あなた、刑事になればよかったのに」とレディ・オードリーが自分を追いつめるロバート・オードリーに言うと、彼は「自分でも優秀な刑事になれたんじゃないかと思うことがありますよ」と答えた。「どうして?」「なんといっても辛抱強いですからね」）。ロード・ヒルの捜査について、一八六〇年にウィッチャーが治安判事に語った説明が、ほぼ一言一句違わぬ内容でもう一度繰り返された。まるでそれは呪文を唱えているかのようで、事態のこのような展開に対しても彼はまったく感情を見せなかった。恨みも、勝利の喜びも、安堵もない。ラドロウは彼に、ボイラーホールから血痕のついたシフトドレスが出てきたことを地元警察が隠していたと指摘するチャンスを与えた。

「血痕のついた衣服が見つかったことは聞いていましたか？」とラドロウが尋ねた。

「いいえ、警察署の誰からもそのような情報は教えてもらっていません」とウィッチャーは答えた。「三カ月後に新聞で読むまで、その件については何ひとつ聞いていていません」

次はキャサリン・グリームが証人台に立ち、法廷で繰り広げられるドラマはいっそうエスカレートしていった。彼女はまず判事に、コンスタンスが自分に寄せる信頼は母と子のあいだのそれであり、尊重してほしいと述べ、「彼女は娘としてわたしのもとにやってきました」と言った。次に彼女は、四月の九日から十六日までの受難週に、コンスタンスが殺人を告白し、その告白を公にしたいと言っている、とワグナーに打ち明けられたと語った。そこでミス・グリームは〝殺人〟という言葉を口にすることなく、コンスタンスに話を聞いてみることにした。「それがどういう結果をもたらすかよくわかっているか」と尋ねると、彼女はよくわかっていると答えた。次の週、コンスタンスはミス・グリームに、自分は眠っているサヴィルを抱いて階下におり、客間の窓からおもてに出ると、父の化粧箱から「その目的のため」に持ってきたカミソリを使った、と話した。コンスタンスは〝それ〟をやったのは「あの子が嫌いだったからではなく、継母への報復が目的だった」とも語った。その後、彼女はミス・グリームに、ナイトドレスはウィッチャーが考えていたとおり、洗濯かごからこっそり持ち出したと打ち明けた。

コンスタンスに対し自白するように勧める圧力がかかったかどうかをはっきりさせたかったラドロウは、グリームに、なぜコンスタンスはそんな細かい話をしたのかと尋ねた。「子どもは命乞いをしたかとわたしが訊いたからだと思います」というのがミス・グリームの答えだった。そこでラドロウは、その前にどんなやりとりがあったのかを尋ねた。「神の御前でのその罪の大きさを指摘しようと思い、何がその罪をさらに罪深いものにするかを指摘しました」

「そのやりとりの中で」とラドロウが訊いた。「あなたは彼女に自首を勧めましたか?」

「いいえ」とミス・グリーム。「そんなことは一度もしていません」

ワグナーは証人台に立つと、胸で腕を組み、自分が書いた短い声明を読んでもらいたいと頼んだ(「哀れっぽい声だった」と《サマセット・アンド・ウィルツ・ジャーナル》は書いている)。ラドロウは、それは証言をしてもらうまではできないと断わったが、それでも尋問が始まるとすぐにワグナーは言った。「ミス・コンスタンス・ケントとわたしのすべてのやりとりは、告解の守秘義務によって封じられています。ですから、その守秘義務を破るいかなる質問にも答えられません」

これは難しい問題だった。ローマカトリック教会であれば告解を神聖なものとみなすかもしれないが、英国国教会は国の法律に従うのが基本だ。傍聴人たちは不満の声を上げた。

ラドロウは彼に釘を刺した。「ミスター・ワグナー、あなたは神の御前で、真実を、真実そのものを、そして真実だけを語ると誓ったのですよ」

「神に対するわたしの義務は」とワグナーが言い返した。「告解で知り得た内容を外に漏らすことを許しません」。この言葉に、またも法廷内には不満の声が上がった。

自分が話せるのは、三、四週間前、コンスタンスが事件当時内務大臣だったコーンウォール・ルイスの後任として一八六一年に就任したサー・ジョージ・グレイに、ロード・ヒル・ハウス殺人事件の犯人は自分だと連絡してほしいと言ってきたことだけだ、と語った。告解の黙秘権について語るワグナーの抵抗については、ラドロウもそれ以上は追求しなかった。これに関しては裁判まで待てばいい。

六時少し前、最後の証人が証人台をおりると、コンスタンスは何か言いたいことがあるかと訊かれ、小さく首を振った。ラドロウはコンスタンスを起訴し、彼女は静かに被告人席を離れた。午後七時、彼女はふたたびディヴァイズィズ刑務所に戻された。

ほぼ三カ月ののち、コンスタンスは殺人罪で裁判にかけられたが、その間ウィリアムスンは、万が一彼女が言い分を変えたときのために、引き続き証人や証拠集めに没頭した。五月の末、サヴィルの名付け親ドクター・マラムは、北ロンドンのホロウェイから、刑事たちと話をしてもいいとスコットランド・ヤード宛てに手紙を書いてきた。ウィリアムスンがマラムから話を聞くと、彼はサミュエル・ケントの最初の妻の子どもたちが父と継母に冷たく当たられているのを目にしたことがあると言った。また、もし警察が裏付けを必要とするなら、メアリ・アンに話を聞くといいとも教えてくれた。さらに彼は、サヴィルの葬儀のあと、パーズ、ステイプルトン、ロドウェイと交わした会話についても語り、おそらくコンスタンスが犯人だろうということで全員の意見が一致したと言った。「ドクター・マラムはこうも教えてくれた」とウィリアムスンは書いている。「以前ケント家で庭師をし、今はフルームに住んでいるスティーヴンズという男の話では、事件が起きる十八カ月前、彼はコンスタンスにどうすれば父親の化粧ケースからカミソリを取り出せるだろうと訊かれたそうだ」。この一見信じがたいうわさも、まったくのでたらめではなかったかもしれない。というのも、七月のコンスタンスの裁判で証言する新しい証言者の中には、ウィリアム・スティーヴンズという名もあったからだ。

六月二十九日、ウィリアムスンはコンスタンスの学友エマ・ムーディに話を聞くためにダブリンに行き、その二週間後には、一八六〇年にウィッチャーが事情を聞いたもうひとりの学友、ルイーザ・ロング、旧姓ハザリルに会いに、グロスターシャーのオールドベリー・オン・ザ・ヒルを訪れた。

一方ワグナー牧師は、犯罪の解決にひと役買ったことに感謝されるどころか、新聞や大衆の餌食となってしまった。新聞でも、下院でも、さらには貴族院でも彼は厳しく非難された（イーバリー卿は、彼がコンスタンス・ケントに関わったという〝スキャンダル〟自体、英国国教会が〝むしばまれ、崩壊している〟あかしだと語った）。コンスタンスの秘密を守ると言い切ったことで、ワグナーは一部の人々の逆鱗に触れてしまったのだ。ブライトンでは、心ないものたちがワグナーが説教をするセント・ポール教会の告解の案内板を壊し、道を歩いている彼に暴行をし、セント・メアリズ・ホームの窓に石を投げつけた。五月六日、《ロンドン・スタンダード》には匿名の寄稿者から、二月に二十一歳になったコンスタンスが受け取った遺産一千ポンドはどうなったのかという質問が寄せられた。ワグナーの弁護士は、コンスタンスは相続した遺産のうち八百ポンドをセント・メアリズ・ホームに寄付しようとしたが、ワグナーはそれを拒否したと返答した。じつはボウ・ストリートに向かう前の晩、コンスタンスはその金をセント・ポール教会の献金箱に入れたのだが、翌日ワグナーはそれに気づき、内務大臣に連絡したのだった。この話は、ローランド・ロドウェイによって確認され、彼は《ロンドン・スタンダード》に、ワグナーはその金をコンスタンスのために使うようにとサミュエル・ケントに渡したと語った。

ロード・ヒル・ハウス殺人事件は、英国国教会の高教会派と低教会派のあいだに巻き起こった十九世紀最大の宗教論争となった。ジェイムズ・デイヴィーズ牧師は小論文の中で、コンスタンス・ケントの告解は修道院的、高教会的制度の価値を証明するものだと主張。セント・メアリズ・ホームの環境が彼女に自白する気を起こさせたのであり、「神にすべてを捧げ、克己心に満ちた人々に囲まれ、ブライトンのはずれの静かな環境の中で過ごすうち、彼女のかたくなな心は和らぎ、自白する心の準備が整っていったのだ。そのように和らいだ心は、外に向かって開かずにはいられないのである」と論じた。コンスタンスは神に身を委ねた、と語るデイヴィーズの半ば官能的な論調は、プロテスタントの英雄的女性の厳粛な敬虔さよりむしろ、カトリックの女性聖人たちの恍惚を思わせる。

これに応えるように、会衆派の牧師、エドウィン・パクストン・フッドは、若い女性が血のつながった家族の同意を得ることなくその代用である宗教上の家族に身を委ねることに疑問を呈する小論文を発表し、高教会派はヴィクトリア朝時代の家庭の権威をむしばみかねないと反論した。彼は、コンスタンス・ケントを包みはじめた美談的な雰囲気が我慢ならなかったのだ。「彼女自身も彼女が犯した罪も、さらには五年にわたる沈黙や今回の自白も、唾《だ》棄《き》すべきものでしかない。たんに彼女がひどく残酷で冷酷、かつ心が閉ざされた人間だったというだけだ。そしておそらくは、現在の彼女もまたそうなのであろう。自白をしたからと言って彼女が偉くなったわけではない。彼女は悔悟者の手本などではなく、悲劇のヒロインでもない。たんに性悪な娘でしかないのだ」[注9]

告解は神聖なものだという自分の考えを世間に喧伝したいがために、ワグナーがコンスタンスに自白を促したという見方もあった。また、高教会派の過剰なひたむきさがコンスタンスに偽りの自白をさせたのではないかと考える者もいた。ジェイムズ・レディング・ウェアは、真犯人は夢遊したエリザベス・ゴフだとほのめかした一八六二年のみずからの論文を再版したが、その中でコンスタンスの罪の自白は疑わしいという〝追加の見解〟を加筆している。彼は〝ローマカトリック〟教会が彼女の中に自己犠牲の精神を育んだとし、「もしミス・コンスタンス・ケントの自白がひとつの〝スタイル〟を現わしているのだとしたら、それは弟の死にまつわるすべての憎悪を一身に引き受けようとする姿勢だ」と述べている。[注10]

五月に刑務所のコンスタンスを訪ねたウィルトシャーの教区牧師は、彼女の魂のありようを確かめようとした。彼がコンスタンスの房に入ったとき、コンスタンスは何冊もの本が広げられたテーブルで書き物をしていた。彼女は〝ごく平凡で太っていた〟と彼は《ソールズベリー・アンド・ウィンチェスター・ジャーナル》に語り、「ほおもたいへんふっくらとしていた」と述べている。そして、「ひどく冷静で、かたくなで、かつよそよそしかった」と。彼がコンスタンスに、あなたは神に赦されたと思うかと尋ねると、彼女は「わたしの罪が赦されるものかどうかはわかりません。生きている人間でそれがわかる人はいないでしょうから」と言い、自己憐憫の表情も、後悔の念も見せなかったという。

刑務所の中でコンスタンスは、自分の弁護士のロドウェイに次のように書いている。

世間では、むごい仕打ちを受けたせいでわたしの復讐心がいっそう激しくなったと言われています。けれど、それはまったくの誤りです。わたしにそのような仕打ちをしたと言われている二人は、たいへんやさしく接してくれました。二人ともわたしにはとてもやさしく、彼らに対してわたしが反感を覚えたことなど一度もありません。世間の人たちがこの点を誤解しないよう、この手紙をお使いいただければ大変ありがたく存じます。[注11]

まさに率直でわかりやすい手紙だ。しかしこれが事実であるとすれば、コンスタンスの犯行動機の謎はさらに深まることになる。新聞各紙は依然として彼女が狂っていることを期待していた。もし狂っているなら、彼女は赦され、憐れまれ、世間の目も温かくなる。「心身喪失説こそが、すべての問題を解決する唯一の説だ」と五月二十日の《サタデー・レヴュー》は書いている。

殺人の罪に問われた女性たちが、寛大な判決を得ようと心神喪失を装うことは多い。したがって、コンスタンスも彼女の弁護士も、弟を殺害したときの彼女は殺人妄想にとりつかれていたと主張したほうがかんたんだったはずだ。[*1] たとえ現在の彼女がどれほど正気に見えても、そう主張することは不可能ではなかった。たとえばメアリ・ブラッドンは『レディ・オードリーの秘密』の中で、「理性と理不尽の紙一重の境界を移ろい、きょうは正気だがあしたは狂気、きのうは狂気でもきょうは正気という不安定さを抱いている人々がいかに多いかを忘れてはならない」と書いている。精神鑑定医のジェイムズ・プリチャードは、遺伝性の精神異常はずっと潜伏を続けたのち、何かのはずみで突然その症状が現われ、すぐにまた収まってしまうことがあるとしている。また女性は、抑制月経や性的エネルギーの過多、思春期のせいで心神喪失となる傾向が高いとも考えられていた。ジェイムズ・クライトン＝ブラウンは一八六〇年の論文で、偏執狂は子どもにもっとも多く見られるとし、「子どもの豊かな想像力が作り出した印象は……現実のものとして認識され、その子どもの物理的な存在の一部になってしまう。その結果、その印象が妄想となってしまうのだ」と論じている。彼は他の文献でも、子どもは「野蛮な気まぐれと衝動に満ちた遠い祖先の姿そのもの」と書いている。多くの医師たちもまた、子どもの心には狂気や無秩序はもとより悪魔的な要素までが育つ可能性があると語っている。ヴィクトリア朝時代の人々は必ずしも子どもというものを可愛いもの、神聖なものとして見ていたわけではないのだ。[注12]

しかし刑務所でコンスタンスを診察した著名な精神鑑定医、チャールズ・バックニルに対して彼女は、自分は当時も今も正常だと言い張った。彼はコンスタンスに、サヴィル殺害の動機について尋ね、なぜ怒りの真の対象者である継母をおそわなかったのかと質問した。するとコンスタンスは、それでは〝短すぎる〟と答えたのだ。つまり、憎い女をさっさと殺してしまうより、サヴィルを殺すことで彼女に長期的な苦しみをなめさせてやりたかったのだろう、とバックニルは考えた。のちに彼は内務大臣に、コンスタンスは「遺伝的に精神異常の傾向が強い」ようだと語っているが、コンスタンスは「父や弟を守るために、彼のその意見を公にすることを拒んだ」という。[注13]ロドウェイもまたコンスタンスのこの論理を同様の言葉で語っている。彼は内務大臣に「犯行時、彼女が心神喪失の状態にあったと主張すれば、それはじゅうぶん通ったでしょう」と言い、「しかしそれをしたら、弟の今後の人生に悪い影響が出かねない。彼女はそれを恐れ、絶対に心神喪失を主張しないでほしいと言い張った

＊1　ステイプルトンは殺人狂の不気味な論理を説明するために、物腰は穏やかだが風車に心を奪われ、放っておけば何日も飽きることなく風車を眺め続けていた若い男性の例を挙げている。一八四三年、青年の友人たちはそのこだわりを捨てさせようと、彼を風車のない地域に引っ越させた。すると彼はある少年を森に誘いこんで殺害し、ばらばらにしてしまった。彼はその犯行動機を、罪を犯して捕まれば、風車のある地域の刑務所に服役できると思ったと説明したのだった。

たのだ。

のです」と話した。[注14] ウィリアムに狂気の汚点がつくことを、彼女はなんとしても避けたかったのだ。

　コンスタンスと面会したバックニルは、彼女の希望を入れ、コンスタンスは正気だと主張した。しかし彼は新聞にいささかの不安ももらしている。ウィッチャー同様彼もコンスタンスの沈黙の中に、心の乱れを感じ取っていたのだ。殺人という扇情的な要素は、無表情なこの娘の中で奇妙に同居していた。《ソールズベリー・アンド・ウィンチェスター・ジャーナル》は「バックニルがもっとも驚いたのは……感情のかけらさえ見せない彼女の徹底的に落ち着き払った態度だった」と書いている。

第十七章　わたしの愛は変わった

一八六五年七月～八月

七月十八日火曜日の夕方、コンスタンスはソールズベリーにある州拘置所に移送された。通常、別の町に囚人を移送するときは列車が使われるが、ディヴァイズィズ拘置所の所長はコンスタンスを駅馬車にのせた。ソールズベリー平原を横断する四十マイルの旅だ。彼女は、町の外れにある四十五人の男性と五人の女性が収監されたフィッシャートン拘置所に収監された。裁判の二日前となるその週の水曜日、拘置所を訪れたローランド・ロドウェイは彼女に、たとえ自白をしたとしても、無罪を主張すれば釈放されるだろうと弁護団は考えていると告げた。そして、神との和解は自分の中ですればよく、公の場で自白したり、有罪判決を受けたりしなくても精神的な償いはできるはずだ、と勧めた。しかしコンスタンスは彼に、自分は有罪を認めるつもりだと繰り返した。それは「わたしの義務」だと彼女は言い、「それが自分の良心を納得させる唯一の手段」、他の人たちへの疑惑を晴らす唯一の方法だと言い張った。

コンスタンス・ケントの名刺判《カルト・ド・ヴィジット》写真
1865年印刷

ソールズベリーには多くの人がつめかけた。ケント家のサミュエル、メアリ、メアリ・アン、ウィリアムは、大聖堂の向かいにあるジョージ王朝様式で建てられた美しいホテル〈ホワイトハート〉に部屋を取った。ウィリアムスンも現われ、ウィッチャーもやってきた。おそらくウィッチャーは、姪のメアリ・アンと夫のウィリアム・ウォートが住むニュー・ストリートの家に滞在したのだろう。検察側は、必要な場合に備えて三十人を超える証人を用意していた。その中にはコンスタンスの学友のルイーザもいたが、エマ・ムーディは病気のためアイルランドから来られなかった。

コンスタンスの弁護士には、同世代の弁護士としてはもっとも成功を収めていた勅選弁護士、ジョン・デューク・コールリッジが指名された。木曜日、彼はメアリ・アン・ケントとウィリアム・ケントに会い、コンスタンスの裁判について話し合った。彼は日記に、「その後……朝の三時までかけて弁論を練り上げた」と書いている。[注1] コールリッジは依頼人であるコンスタンスに手紙を書き、「もしあなたが無罪を主張するつもりなら、わたしは無罪判決獲得のためにできることをすべてやるつもりです。また、あなたが有罪を主張する気なら、他の人たちへの嫌疑を晴らすために言うべきことすべてを言いましょう。しかし、その中間を選ぶことだけは避けるようご忠告します」としたためた。コンスタンスは七月二十一日金曜日、裁判当日の早朝、「無実の人たちの疑いを晴らすうえで、わたしの有罪判決以上に有効なものはないと考えています」と返信してきた。[注2]

ウィルトシャー警察は裁判所の外に柵を作り、州全体から警察官をかき集めた。記者も三十人ほどやってきたが、彼らは記者用の席が用意されていないと知り烈火のごとく怒った。市当局が記者たちに約束していたバルコニー席を作っていなかったからだ。記者用に用意された席は十四席だけで、あぶれた記者たちは裁判所のドアが午前九時に開くのと同時に、一般の人たちとともに席を争うしかなかった。

判事は、高い鼻に憂鬱そうな厳しい目、そして豊かな髪も眉もひげも黒い、長身のサー・ジェイムズ・ウィルズだった。その態度は謹厳かつ慇懃だが、一八一四年にプロテスタントの両親のもと、アイルランドのコークで生まれた彼の声には、アイルランド人らしい軽快さがあった。彼と大陪審の治安判事二十四名が着席すると、コンスタンスが法廷内に連れてこられた。彼女は黒いウーステッドのヴェールをかぶり、無地の黒い外套、ガラスビーズのついた黒いボンネット、黒い長手袋という出で立ちだった。被告席のうしろでロドウェイと短く言葉を交わしてから、ヴェールを上げ、被告席に進み出た。《デイリー・テレグラフ》の記者によれば、彼女は「平板で太った面白みのない」顔で、「愚鈍そうな表情」を浮かべていたという。「その丸い目はときに周囲の人をいぶかしげに見やり、その目つきはまさに何かを恐れている人間のものだった」。《ニューズ・オブ・ザ・ワールド》は「ひたいは平たく、目は小さく、鈍重そうで小太りな彼女はその態度にも表情にもまったく活気が見られない」と評している。

裁判所の書記官は罪状を読み上げると、コンスタンスにこう尋ねた。「コンスタンス・エミリー・ケント、あなたは有罪ですか、無罪ですか？」

「有罪です」。彼女は低く答えた。ウィルズが彼女に向き直った。「あなたは、自分がみずからの意志で、悪意をもって故意に弟を殺害した罪に問われているということを理解していますか?」

「はい」

判事はひと息おいてからふたたび尋ねた。「それについて、あなたは有罪を主張するのですか?」コンスタンスは何も答えない。

しばらく待ったのち、判事は答えを促した。「答えてください」。けれどやはり彼女は何も言おうとしない。有罪を主張すると決意していたにもかかわらず、彼女はまだ沈黙と秘密主義の殻から抜け出せないように見えた。

「あなたはみずからの意志で、悪意をもって故意に自分の弟を殺害した罪に問われています」とウィルズは繰り返した。「あなたは有罪ですか、無罪ですか?」

ついにコンスタンスが口を開いた。「有罪です」

「この申し立ては記録されます」とウィルズが言った。書記官がそれを記録しているあいだ、法廷内は水を打ったように静まりかえっていた。

コールリッジが立ち上がると、コンスタンスのための弁論をはじめた。「判決が言い渡される前に、まず二つのことを言わせていただきたいと思います」。彼は痩せた細面の人物で、眼光は鋭いが、思いやりにあふれ、その声は耳に心地いい。「被告は神の御前で厳粛に、そしてみずからの魂を尊重するひとりの人間として、わたしにこう言ってほしいと語りました。

罪はすべて自分ひとりのものであり、長いあいだ理不尽かつ残酷な疑いの視線に苦しんできた自分の父や他の人たちはみなまったくの無実である、と。また彼女は、自分が罪を犯したのは、世間で言われているような家族からの意地の悪い扱いを恨んだからではないと言ってほしいとも語りました。家族の彼女への態度はまさに愛情に満ちたものであり、あえて言わせていただければ、わたしはこう語ることに哀しい喜びを感じています。なぜなら、それが事実であるとわたしはみずからの名誉にかけて言うことができるからです」

コールリッジが着席すると、書記官はコンスタンスに、死刑判決が下されるべきではないとする理由があれば述べるように言った。コンスタンスは何も言わなかった。

ウィルズ判事は、死刑判決の言い渡しに備えて黒い帽子をかぶり、コンスタンスに話しかけた。「証拠に目を通し、その証拠を犯行に関するあなたの三つの自白と照らし合わせて考えた結果、あなたの申し立てが犯人の申し立てであることに疑いの余地はありません。どうやらあなたが抱いていた嫉妬と――」。そこまで判事が言ったときコンスタンスは大きな声で叫んだ。「嫉妬じゃありません！」。しかし判事はそのまま言葉を続けた。「――怒りはあなたの胸の中でふくれあがり、ついにあなたに邪悪な力を与えてしまったようだ」

ここでウィルズは言葉を切った。コンスタンスは言葉の途切れた彼を見上げたが、彼の表情ににじむ嘆きに彼女自身も呑み込まれてしまった。判事から目をそらし、必死に涙をこらえた。いまや人目もはばからずに泣いていたウィルズは、口ごもりながら先を続けた。「女王陛下は特赦権をお持ちだ。しかし、殺人を犯したときのあなたの年齢が若かったこと、あなたが自白をしたということ、その自白によって他の人たちの疑いが晴れたということから、女王陛下がその特赦の権限をあなたに対して行使なさるかどうかは、わたしにはわかりません。とにかく今は、死を前にしたものとして心して残された日々を生き、心からの悔悟と贖罪をもって不朽の慈悲を乞うことです」。そして彼はコンスタンスに死刑判決を言い渡し、こう締めくくった。「あなたの魂に神の御慈悲がありますように」

コンスタンスは身じろぎひとつせずに立ちすくんでから、ヴェールを下ろし、涙にほおを濡らした婦人看守に連れられて法廷を出て行った。こうして裁判は、ものの二十分で終わったのだった。

「嫉妬じゃありません！」というコンスタンスの絶叫は、自白から裁判までの数カ月間で彼女が唯一公の場で口にした自発的な言葉だった。怒りや殺人については認めても、嫉妬心を抱いていたことだけは彼女は頑として認めなかったのだ。おそらく彼女は意地を張っていたのだろう。怒りにまかせてサヴィルを殺したというのであれば、自分は実の母とウィリアムのために英雄的な報復をしたとみずからを納得させることができる。だがそれが嫉妬のためだったとしたら、自分は自己中心的で子どもっぽい、弱い人間だと認めることになってしまう。嫉妬を覚えるということは、継母や父親に腹を立てていただけでなく、二人の愛情も求めていたことになるからだ。

死刑判決が言い渡されるとすぐ、ロード・ヒル殺人事件に関する〝ブロードサイド・バラッド〟がいくつも作られた。これは犯罪についての説明を定型的な詩にして一枚の紙に印刷したもので、安い値段で素早く大量に作られ、街頭行商人たちが歌いながら販売するものだ。しかし文字が読める人の数が増えていくにつれ、このバラッドの役割は、事件をより詳しく、それも安価に報道する新聞に大きく取って代わられていた。ブロードサイド・バラッドのほとんどは、告白と後悔というかたちの一人称で書かれていた。

あの子の細いのどを　わたしは横一文字に切り裂いた
その体を毛布にくるむと　わたしは家を抜け出した
目指したのは屋外便所　それはすぐに見つかった
その汚い穴の中に　わたしはあの子を押し込んだ

コンスタンスがあれほど否定したにもかかわらず、バラッド歌手たちが歌う彼女の動機は明快だった。

父は二人目の妻を娶《めと》り
恨みと敵意にわたしの胸は満たされた

また、彼女が「継母に嫉妬していた」と歌う者もあり、コンスタンスがサヴィルの亡霊に取り憑かれていると歌う歌手たちもひとりではなかった。「昼も夜もわたしの心が休まるときはない、夢の中にまで弟がその姿を見せるから」。中には彼女が絞首台に吊るされたときに巻き起こるだろう、みだらな興奮を歌うものもあった。

死刑執行人がわたしの前に立ち
法の命に従って　わたしのほうへと手を伸ばす……
ああ　なんというむごい光景
乙女は処刑台に吊るされ　こときれる[注3]

だが、ブロードサイドの出版者たちは早まり過ぎた。世間はコンスタンス・ケントが死刑を免れるように強く求めていたのだ。デヴォンシャーの治安判事は、最初のミセス・ケントが精神に異常をきたしていたと証言し、一八四〇年代に彼女が精神錯乱を起こしていたのは自分もケント家の近隣住人も目撃していると語った。[注4]コンスタンスの判決が下ったあとの日曜日、当時もっとも人気の高かった説教師、チャールズ・スパージョン牧師が、ロンドン南部、エレファント・アンド・キャッスルにあるメトロポリタン・タバーナクル教会で四千人を超える聴衆に説教を行なった。その中で彼は、コンスタンス・ケントの罪と、やはりその月に殺人罪で有罪となったグラスゴーのドクター・エドワード・プリチャードの罪を引き比べて語った。プリチャードの妻とその母親は、彼と十五歳の女性使用人との関係が露見した直後に死亡していたのだが、その遺体から毒が盛られた痕跡が見つかったことで、逮捕されていた。彼は自白をせず、殺人罪で有罪となってからも、「メアリ・マクラウドと関係を持って以来、わたしは狂気の中で生きてきた気がする」と罪を他者になすりつけようとしていた。一方、コンスタンスがみずから罪を認めたのは、近親者たちにかけられた疑いを晴らすためだった。そんな彼女には慈悲をかけるべきだと、スパージョン牧師は語った。ロード・ロドウェイ、ドクター・バックニル、そしてワグナー牧師もまた、ウィルズ判事と同様、彼女を処刑しないよう内務大臣に働きかけた。[*1] 新聞各紙もそれを圧倒的に支持した。冷血な子ども殺しとしては破格の同情を、コンスタンスは集めたのだ。数日と経たないうち、サー・ジョージ・グレイは女王に、彼女の刑罰を終身刑に減刑したらどうかと助言した。この場合、一般的に刑期は二十年となる。

七月二十七日木曜日の朝、ヴィクトリア女王はコンスタンスの死刑を減刑することに同意した。フィッシャートン刑務所長が大急ぎでコンスタンスの房に赴き、このニュースを伝えたが、それを聞いた彼女の態度はいつも通り落ち着き払っていた。「彼女はまったく感情を見せなかった」と所長は語っている。[注5]

その週、ジョゼフ・ステイプルトンは《タイムズ》に手紙を書き、トロウブリッジのノース・ウィルツ銀行に設立したエリザベス・ゴフの基金に寄付をしてもらいたいと新聞の読者たちに呼びかけた。そして、ロードでかけられた濡れ衣のせいで「五年間の長きにわたり」、「家事奉公人としての職から閉め出され」てきた彼女の、「控えめで純粋な人柄、主人やその家族への忠実さ、裁判およびそのあとの苦境で見せた揺るぎない勇気と誠実さ」を訴えた。ステイプルトンはまた、ウィリアム・ケントの窮状にも言及した。「まもなく二十一歳になるこの青年は、よき息子であり、姉思いの弟、そして素直で才能豊かな青年である。しかし、長年にわたる家族の悲しみという厚く暗い雲のせいで、社会人としての一歩を踏み出せずにいる。ウィリアム・ケントのことを政府に伝える者はいないのだろうか？　彼の教育や気質に合った仕事を求める要請を政府はしりぞけるのだろうか？」

コンスタンスが有罪を認めたため、彼女から聞いた話を公にしないというワグナーの主張が法廷で取り沙汰されることはなかった（じつのところ、ウィルズはワグナーが口を閉ざす権利を擁護すると決めており、のちに彼はコールリッジに「告解の中で知り得た情報を聖職者が公にしない法的権利」が尊重されたことに満足していると語っている）[注6]。ワグナーがコンスタンスの信頼を裏切ることはなく、彼とキャサリン・グリームはコンスタンスとの面会に定期的に刑務所を訪れた。

八月、マダム・タッソー蠟人形館の〈恐怖の部屋〉に展示するため、コンスタンス・ケン

＊1　ジェイムズ・ウィルズは一八六五年に離婚し、エセックス州にあるコウン川の河岸の家に移った。『ディクショナリー・オブ・ナショナル・バイオグラフィ』によると、その後の数年、彼は三匹の犬とともに川岸を散歩し、マスに餌をやっていたという。若いころは熱心な釣りファンだった彼だが、自分の敷地内ではマス釣りを禁じるほどこの魚が好きになっていた。一八七二年、眠れなくなり、物忘れも激しくなってひどく落ち込んだ彼は、リヴォルヴァーで心臓を撃ち、自殺した。

トの蠟人形がほかの二人の殺人者の人形とともに同館の蠟細工師の手によって作成された。あとの二人とは、毒殺者ドクター・プリチャードと、コンスタンスがワグナーに告解をしたその週にエイブラハム・リンカーンを暗殺したジョン・ウィルクス・ブースだった。ブースは、コンスタンスがディヴァイズィズ刑務所に収監された日に当局に追いつめられ、ヴァージニアの納屋で射殺された。*2

八月四日、ウィルトシャーの治安判事たちはサー・リチャード・メインに手紙を出し、「困難な捜査で彼ら二人が見せたすばらしい手腕と洞察力に対するわずかばかりの感謝のしるし」として、政府がロード・ヒル事件の犯人逮捕につながる証拠提供者に約束した百ポンドの報賞金をウィッチャーとウィリアムスンに支払うべきだと進言した。しかし政府がこれにとりあうことはなかった。

コンスタンスは四月、ボウ・ストリートの治安判事裁判所に出頭するためブライトンを離れる直前に、ケント一家の汚名を晴らすのに力を貸せるのではないかと一八六〇年に言っていた准男爵、サー・ジョン・アードリー・ウィルモットに手紙を書いた。その手紙の中で彼女が弟を殺害した動機を詳しく記したくだりは、七月、彼女の弁護の準備を手伝ったピーター・エドリンに送られた。内容は以下のとおりである。

わたしがあの事件を起こしたのは、実の母の座を奪った継母への復讐のためでした。

継母はわたしが生まれたときからずっとわが家に住んでいました。彼女はわたしを母親同様のやさしさと愛情で育ててくれ（実の母がわたしを愛してくれたことは一度もありませんでした）、わたしも継母を愛していました。

けれどわたしは、三歳にもならないころから、自分の実母が妻としても一家の女主人としても二次的な立場に置かれているのに気づいていました。実際に家をとりしきっていたのは継母だったのです。幼すぎてわからないだろうと思われていたのか、それについての会話はわたしの前で何度も繰り返され、大きくなってからもそれはわたしの記憶に残っていました。そんなときに侮辱的な響きとともに語られる実母のことを、当時のわたしは嫌っていましたが、成長し、父が継母を愛し、実母をないがしろにしているとわかると、継母に注いでいたわたしの愛情は変わりはじめました。実母のことを小ばかにした口調で話す継母に対し、密かな反感を抱くようになったのです。

その後、実母は亡くなりましたが、そのとき、わたしの愛はこのうえもないほどの憎悪に変わりました。母が亡くなってからも、継母は彼女のことを小ばかにした口調で語りました。そんなときのわたしは、その場にいられなくなるほどの強い憎悪を覚えまし

＊2　結局、マダム・タッソーの蠟人形館はコンスタンタンス・ケントの蠟人形をサミュエル・ケントが亡くなるまで展示しなかった。おそらく、彼の気持ちに配慮したのだろう。蠟人形館のカタログによれば、コンスタンスの蠟人形は一八七三年から一八七七年まで展示されていたという。

た。わたしはすべての信仰心をかなぐり捨て、身も心も悪魔に捧げて復讐を誓い、その計画遂行のための助力を請いました。当初は継母を殺害することを考えましたが、それでは継母に与える苦しみが軽すぎると思いました。わたしの復讐の激しさを彼女に思い知らせてやらなければ気が済まなかったのです。継母は当然受けてしかるべき私の愛を実の母から奪ったのですから、わたしも彼女がもっとも愛するものを奪ってやろうと思いました。それ以来、わたしは悪魔になりました。何か邪悪なことをし、そこに他の人たちを引きずり込むことだけを考え、忌まわしい企みを実行する機会を探し続けました。そしてついにそれを見つけたのです。

それから五年近くが経ちましたが、そのあいだのわたしは、幸せなのは悪事を働いたときだけで、あとはひどく惨め、という狂おしいばかりの日々を過ごし、ついにはみずからの命を絶つしかないとまで思いつめるようになりました。周囲の人すべてが憎く、わたしと同じ苦しみを味わわせてやりたくてたまりませんでした。

けれど、そんなわたしにもついに変化が訪れ、わたしは良心に責めさいなまれました。惨めで、不幸で、猜疑心の固まりだったわたしは、まるで自分の内側に地獄を抱えているような気分でした。そして、わたしは自白をする決断をしたのです。

今のわたしは、できる限りの償いをするつもりでいます。犯してしまった罪をなかったことにすることはできませんから、命の対価としてわたしが差し出せるものは命しかありません。

それだけのことをしたのですから、わたしのための命乞いは必要ありません。それほどひどいことをわたしはしたのです。

わたしが深く、深く傷つけてきた人たちに許しを請うつもりはありません。憎んだのはわたしです。憎しみにかられていたわたしには、彼らに憎悪されることこそがふさわしいのです。

それは見事な贖罪の手紙だった。サヴィルを殺害したコンスタンスの動機――実母が味わったのと同じ苦しみを継母に味わわせてやりたいという思い――は驚くばかりで、常軌を逸していながら妙に論理的なその動機は、あの狂気に駆られた殺害行為が妙に几帳面に遂行されていたことを思い起こさせた。その語り口には不気味な抑制がきいていた。怒りに駆られて子どもを殺したその行為は、悪事を働く機会を狙い、そして「それを見つけた」と、ごく抽象的にしか語られていないのだ。

裁判のあと、ドリー・ウィリアムスンはサー・リチャード・メインに、読みやすい流麗な筆跡で書かれた報告書を提出した。その中で彼は人から聞いた話として、コンスタンスはそれまでに二度、継母を殺害しようと試みたが「タイミングが悪く」、それを果たすことができなかった。だがそのとき、彼女を殺す前に子どもたちを殺してやろうと思いついたという。そのほうが継母はもっと苦しむだろうと思いながら、一八六〇年の六月、彼女は寄宿学校から帰ってきたのだという」と記している。おそらくこの情報源は、コンスタンスと事件について相当突っ込んだ話をした精神鑑定のドクター・バックニルだろう。八月の末になってようやく、ドクター・バックニルが新聞に手紙を寄せ、ついにコンスタンスがサヴィルを殺害した顚末が明らかになった。

犯行の数日前、彼女は父の衣装だんすに入っていた緑色のケースからカミソリを持ち出して隠したという。彼女が使った凶器はこのカミソリだけである。また、一本のロウソクとマッチも、殺害の現場となった庭の隅の便所の中に隠しておいた。犯行当日の夜、彼女は服を脱いでベッドに入った。姉たちが部屋に来るかもしれないと思ったからだ。横になったまま家中が寝静まるのを待ち、真夜中に寝室を出て階下に行き、客間のドアと鎧戸を開けた。そのあと、二階の育児室に上がっていき、シーツとベッドカバーのあいだから毛布を引っぱりだし、小児用ベッドの横に置いた。そして子どもをベッドから抱き上げ、階下におりて客間に入った。ナイトドレス姿だった彼女は、客間でオーバーシューズを履いたという。片手で子どもを抱きかかえたまま、もう一方の手で窓を開けて外に出ると、家のまわりをぐるりと回って屋外便所に入り、ロウソクに火をつけ、それを便座においた。毛布に包まれた子どもはまだ眠っていたが、その状態のまま彼女はのどに切りつけたという。しかし傷からまったく血が出てこないようだったため、まだ死んでいないと思った彼女は、カミソリを子どもの左わき腹に突き刺してから、その全身を毛布にくるみ、便所の穴に落としたという。そしてロウソクは燃え尽きた。あのフランネルの胸当ては、以前、洗顔に使おうと縫い合わせたものだという。寝室に戻ってからナイトドレスを調べると、血痕が二つだけついていた。それを洗面器の中で洗ったあと、足を洗ったたらいに、ほんの少し色が変わったその水を捨てた。その後、もう一枚のナイトドレスに着替え、ベッドに入ったという。翌朝、ナイトドレスの洗った部分は乾いていたため、それを畳み、たんすにしまった。三枚のナイトドレスはミスター・フォーリーが調べたが、家族の主治医のミスター・パースンズもそれを調べたと思うと彼女は語っている。血痕は完全に洗い落とせたと思っていたが、翌日あるいは二日後にナイトドレスを陽の光にすかしてみるとまだ血の跡が残っているのに気がついた。そこで、隠し場所をあちこち変えたのち、最後には寝室で燃やし、灰はキッチンの暖炉に捨てた。ナイトドレスを燃やしたのは、犯行の五日か六日後だったという。土曜日の朝、彼女は隙を見て、汚れをぬぐったカミソリをこっそりと父の衣装だんすのケースに戻した。ナイトドレスは、ハウスメイドが水を取りに行っているあいだに洗濯物用バスケットから抜き取ったのだという。ボイラーで見つかった血痕のついた服は、この犯行にはまったくの無関係だ。犯行の動機だが、現在のミセス・ケントに以前は大きな好意を寄せていたが、彼女が大切に思っていた最初の家族について夫人が陰口を言うのを聞き、復讐を決意したようだ。殺された子どもに対する悪意はまったくなく、理由はただ、あの子が継母の子どものひとりだからというだけだった……。

彼女がわたしに話したところでは、子守に容疑がかかったとき、もし彼女が有罪となったら自分が犯人だと名乗り出ようと決意し、自分が有罪になったときには自殺をしようとも考えていたという。あの凶行に及ぶ前の自分は悪魔に操られていたように感じると彼女は言っていたが、当時は自分の犯行も、ほかのいかなる邪悪な行ないも、悪魔の仕業だなどと考えもしなかったと話していた。犯行前の一年、彼女はお祈りをしておらず、そのあともブライトンで生活するようになるまで神に祈るということをしていなかった。彼女の心に信仰心がよみがえるきっかけになったのは、聖奠《せいてん》（洗礼と聖餐の儀式）を受けることを考えたときだという。

この手紙の最後に、バックニルはこう書いている。コンスタンスが正気ではないとは思わないが、彼女は子どものころから「変わった気質」で、「異常に思い込みの強い」ところがあった。そういった傾向は「良くも悪くも、彼女が将来、並外れた人間になる」ことを示している、と。また、もし彼女を独房に入れたら、本当に正気を失ってしまうだろうとも彼は警告していた。[注7]

コンスタンスがバックニルに語った話には、この種の犯行には不可欠と思われる感情が見当たらず、不気味な無関心さが感じられる。殺害方法だけが淡々と語られ、人を殺すという行為に対する感情が完全に欠落しているのだ。サヴィルがこときれたとき、彼女の意識は命の炎が消えた体から突然、「ロウソクが燃え尽きた」と、便座に置かれたロウソクへ切り替わっているのだ。

また、この説明に一貫して感じられる冷徹な緻密さとはうらはらに、その内容は不思議と不正確だ。殺人についてのコンスタンスの話は、新聞がすぐさま指摘したように、どうもつじつまが合わない。ぐっすりと眠っているもうすぐ四歳の男の子を片手に抱いたまま、どうやって寝具をもとに戻し、しわをのばすことができたのか？　その子を抱いたまま、どうやって深くかがみ込み、客室の窓を開けたのか？　子どもを起こすことなくその窓を這い出し、彼を抱いたままロウソクに火をつけることができるだろうか？　屋外便所に洗顔用の布を持って行ったのも妙だし、これまで誰も彼女の部屋でその布に気づかなかったのも不思議だ。それに、男の子を繰り返し刺したというのに、なぜ血痕が二つしかつかなかったのか？　事件後に家宅捜索がされたとき、どうして彼女のナイトドレスの血痕が見過ごされ、サミュエル・ケントのカミソリがなくなっているのがわからなかったのだろうか？　さらに、カミソリでは不可能だと医師たちが断言する深い刺し傷を、どうやってつけたのか？　だが、さらに事態を複雑にするのは、この説明の細部には非常に説得力があるという点だ。たとえば、「傷からまったく血が出てこない」ように見えたときにコンスタンスが起こしたパニックは、でっち上げにしては具体的すぎるし、不気味すぎる。

《タイムズ》は、「真相が徐々に明らかになってきてはいるが、混乱や違和感が解消されたというわけではない。まだ状況のすべてが明かされていないことは明らかだ」と当惑気味に報じている。コンスタンスが自白したあとも、いまだ語られていない秘密があるように思えた。「真相はまだほとんどわかっていない」と《ニューズ・オブ・ザ・ワールド》は書き、コンスタンスの説明はこの事件に「新たな恐怖」を加えたに過ぎないとしている。

この四十年後、フロイトは、人間とは驚くほどあっさりとみずからの心の内をさらしてしまうものであり、人の思考は確実に読み取ることができると断言した。「ものを見る目と音を聞く耳がある限り、人間の隠し事などすべて読み取ることができる。たとえ唇は何も語らずとも、指先がつい心の内を明かしてしまうからだ。内心の思いは、すべての毛穴からにじみ出るものだ[注8]」と。センセーション小説家や名探偵同様、フロイトもまた、人間が心に秘めた秘密は、赤らめたほおや蒼白の顔、あるいは指先の震えを通じてつい表にでてしまうと考えていた。おそらくこの事件についてのコンスタンスの自白や、あえて語ろうとしないその態度にも、この犯行の隠された事情や動機が潜み、読み解かれるのを待っていたのだろう。

第十八章　あの探偵は確かに今も生きている

一八六五年～一八八五年

　一八六五年十月、コンスタンスはソールズベリーから、千の独房があるテムズ川ほとりの刑務所、ミルバンクに移された。ここはヘンリー・ジェイムズが『カサマシマ公爵夫人』で「塔のある暗く、巨大な建物」と呼び、「一帯には装飾も窓もないむき出しの茶色い壁と先端が切り取られたようなみにくい小尖塔が言葉にならないほど哀しく峻厳な佇まいであたり一帯に広がり……壁の内側にも壁、通路の上にもまた通路があり、日中の日差しすらその色を失い、今が何時なのかもわからない」と書いている場所だ。女性の囚人は〈サード・ペンタゴン〉と呼ばれる塔に収容されていた。刑務所を訪問する者は「紐をたらしたままのボンネットをだらしなくかぶった女囚たちが、突然、すきま風が吹くこの迷宮の不気味な片隅や奥まった場所から亡霊のように身を起こす姿に遭遇する」という。《ペニー・イラストレイテッド・ペーパー》は、コンスタンスがどんなところに収容されているかを調べるため、記者をこのミルバンク刑務所に送り込んだ。その記者はミルバンクを「幾何学的パズル」、

1860年代のミルバンク刑務所の女性囚たち。
アーサー・グリフィスス著 *Memorials of Millbank* より

「奇妙な迷路」と呼び、そこには三マイルにも及ぶ地下道のような風通しの悪い「ねじれた通路」や「ジグザグの廊下にある暗いくぼみや〝相部屋〟」があり、「二重に鍵がかけられたドアはあらゆる種類の奇妙な角度で取り付けられており、その先は袋小路になっていることもあるが、多くの場合は、レンガ造りの建物をじかに削ったかのような……石の階段が続いている」と表現している。

コンスタンスの独房にはガス灯と洗濯桶、汚水用桶、棚、ブリキ製のカップ、塩入れ、皿、木製のスプーン、聖書、石板、鉛筆、ハンモック、寝具、櫛、タオル、ホウキが備え付けられ、のぞき窓には格子が入っていた。他の囚人たち同様、彼女も同じ茶色のサージのドレスを身につけ、朝食には一パイントのココアと糖蜜、昼食はビーフ、ジャガイモ、パン、夕食はパンと一パイントのオートミール粥が与えられた。収監されてからの数カ月、彼女は他の囚人と話すことも、面会者と会うことも禁じられていた。ミスター・ワグナーとミス・グリームは面会のための特別許可を申し入れたが、拒否された。コンスタンスは毎日自分の房を掃除し、礼拝堂に行った。たいていの日はそのあと作業をし、囚人用の服や靴下、ブラシを作る。入浴は一週間に一回、読みたければ図書館から本も借りられた。運動時間には、刑務所の建物の周囲にぐるりと壁を張りめぐらしたぬかるみの空き地で、囚人たちがそれぞれ六フィートずつ間をあけて一列に並んで行進する。北にはウェストミンスター寺院が見え、東からはテムズ川のにおいが上がってくる。ジョナサン・ウィッチャーの家はこの一ブロック先だったが、ミルバンクの高い壁に阻まれて見えなかった。[注1]

一方、ウィッチャーは新生活をはじめていた。一八六六年、彼は大家だった三歳年上の未亡人、シャーロット・パイパーと結婚した。彼が、亡くなった息子を産んだエリザベス・グリーンともし法的に結婚していたのだとしたら、すでにこのとき彼女は亡くなっていたのだろう。結婚式は八月二十一日、羊が草を食むウェストミンスター寺院の敷地内にある十六世紀に建てられた美しい教会、セント・マーガレット教会で執り行なわれた。注2

エリザベス・ゴフもまた、その年に結婚した。コンスタンス・ケントが自白してからほぼ一年が経った一八六六年四月二十四日、彼女はサザークにあるセント・メアリ・ニューイントンの教会でワイン商人ジョン・コックバーンの妻となったのだ。

年が明けると、ウィッチャーは私立探偵として働きはじめた。とはいっても、金に困っていたわけではない。年金はそれなりにあったし、妻にも別途収入があったからだ。しかし、無能な刑事という汚名が晴れた今、例の脳の鬱血は解消し、捜査をしたいという思いがふたたび頭をもたげてきたのだった。

チャーリー・フィールドやイグナティウス・ポラーキーのような私立探偵は、調査仕事を生業とする者たちの中でももっとも忌まわしい輩と考えられていた。注3 一八五八年、離婚裁判所の判事、サー・クレスウェル・クレスウェルは、「フィールドのような人間」をこう声高に批判している。「世界広しといえど、英国人ほどスパイ組織のたぐいを忌み嫌う国民はいない。つねにつけ回され、行動の一部始終をメモされるなど、英国人は断じて我慢できない。

この国では、その手のことが一番嫌われるのだ」。ウィルキー・コリンズは、一八六六年に出版された小説『アーマデイル』の中で、私立探偵のことをこう書いている。私立探偵とは「社会の下劣な要求が作り出した下劣な生き物だ。その現代の機密スパイの仕事は着実に拡大し、興信所の数は増えている。探偵とは……ごく些細な疑惑にも（もしその些細な疑惑が金になれば）専門家として対応し、われわれのベッドの下まで嗅ぎまわり、ドアにのぞき穴を開けて室内をうかがう。探偵とは……たとえ哀れみや恥を感じることがあっても、それを見せることができない者たちだ」。探偵の仕事は不安定だが収入はよく、一八五四年、フィールドはミセス・エヴァンズの素行調査で一日十五シリングの報酬と経費を受け取っており、彼女と離婚するために夫が探している浮気の証拠を見つければ、追加で一日六シリングもらえることになっていた[注4]。

　この新しい仕事で、ウィッチャーは十九世紀の末に行なわれたもっとも有名で長期にわたった法廷闘争、ティチボーン家相続人事件に関与した[注5]。一八六六年の末、ぽっちゃりとした二重あごの男性がロンドンに現われ、自分はローマカトリック教徒の准男爵、サー・ロジャー・ティチボーンであり、一族の財産の相続人だと名乗り出た。サー・ロジャーは一八五四年の船の難破で行方不明となり、遺体は見つからなかった。サー・ロジャーだと名乗り出てきたこの男は、遭難した自分は救出されたあとチリに連れて行かれ、そこからオーストラリアに渡ったのだと語った。彼はトマス・カストロという名前でオーストラリアのニュー・サウス・ウェールズにあるワガワガに住んでいたが、変人のフランス人女性で、息子は生きていると信じていたティチボーン家の未亡人、レディ・ティチボーンがオーストラリアの新聞に息子の消息を求める広告を出したのを見て、名乗り出たという。レディ・ティチボーンは、息子だと名乗り出てきたその男を歓迎し、友人、知人はもとよりかつての使用人たちまでもが、彼がサー・ロジャー本人であることを証明する書類に署名した。家族の主治医でさえ、彼は自分が少年のころから見てきたサー・ロジャーであり、彼の独特の性器（勃起していないときの彼の性器は、ペニスが馬のそれのように体内に引っ込んでしまう）こそ、その証拠だと語った。しかしサー・ロジャーを知る多くの人々は、その男はまぬけな詐欺師だとして、相手にもしなかった。ところが彼はティチボーン家のことをよく知っており、邸に飾られていた絵が、自分が留守のあいだに修復されたことまで指摘してみせた。とはいってもごく初歩的なミスもあり、なぜか彼は母語であるフランス語をまったく話せなかったのだ。

彼を疑っていた人物のひとりでティチボーン家の親戚筋にあたるウォーダーのアランデル卿は、この男の正体を暴くためウィッチャーに調査を依頼した。この件を徹底的に調べてくれれば多額の報酬を払うと約束したのだ。その後の七年間、ウィッチャーが全力で調査したこの事件には全国から注目が集まり、その謎の深さのせいで、国中が一種の麻痺状態にまで陥った。一八七二年、ある法廷弁護士は「この一件は夢魔のように世間の人々の心にとりついた」[注6]と書き、《オブザーバー》は一八七四年、「人々の心をこれほど大きく占めた問題はいまだかつてない」と報じている。

ウィッチャーはこの手の調査には二十年の経験があった。尾行し、証人を集め、嘘やごまかしを見極め、気の進まない相手から情報を引き出し、写真を使って身元を確認し、相手の人柄を判断する。さらにオーストラリアの探偵から得た情報をもとに、彼はロンドンの波止場の東にある貧しい地域、ウォッピングで聞き込みをはじめた。そしてついにウィッチャーは、その自称サー・ロジャーが一八六六年のクリスマスの日、英国に到着するとすぐウォッピング・ハイ・ストリートのパブ〈グローブ〉を訪れたこと、そこでシェリーと葉巻を注文したのち、オートン一家について尋ねたことを突き止めた。そのとき彼は、オーストラリアで知り合った肉屋、アーサー・オートンに家族の消息を尋ねてほしいと頼まれた、と言ったという。それを聞いたウィッチャーは、この自称サー・ロジャーこそがウォッピングの肉屋本人ではないかと考えた。

数カ月のあいだ、ウィッチャーはウォッピングで徹底的に聞き込みをして回った。食料品屋、菓子屋、製帆職人など、かつてオートンを知っていた住人から話を聞き、彼らを例の自称サー・ロジャーが滞在するロンドン南部のクロイドンに連れて行った。彼らはひとりずつ、ウィッチャーとロンドン・ブリッジ駅で落ち合うと、汽車でクロイドンに向かい、例の男が家から出てくるところ、あるいは窓からその姿を見せる瞬間を家の外で待ち受けた。全員ではないものの彼らのほとんどは、その男がアーサー・オートンだと言った。その男が家から出てくると、ウィッチャーは必ず身を隠したという。証人のひとりの話では「自分の姿は彼に見られない方がいいと彼は言っていました。さもないと、相手が怪しんで家から出てこなくなるから、とね」。ウィッチャーはオートンと以前交際していたメアリ・アン・ローダーという女性も探し出し、彼女はその男が一八五二年に自分を捨て、ひと旗揚げようと国を出て行ったオートンだと断言した。結局、彼女は非常に重要な証人となった。なんと彼女は、アーサー・オートンのペニスが退縮していることまで証言したのだ。

ウィッチャーの調査は広範にわたった。その男が偽者である証拠を探し出したうえ、彼の支援者たちを説得し、翻意させようとまでしたのだ。一八六八年十月のある日、彼はハンプシャー州オールスフォードの宿屋〈スワン〉の主人、ミスター・ラウスを訪ねた。ラウスは自称サー・ロジャーの助言者たちの中心人物だ。グロッグ（水割りのラム酒）と葉巻を注文したウィッチャーは、「あなたは彼が本人だと信じているんですか？」と切り出した。

「もちろんだとも」とラウスは答えた。「愚かな男だが、本人だということは確信している」

「ミスター・ラウス、あの手の輩を信じちゃいけません。やつはあなたが考えているような人間じゃない。これからお話しすることを聞いたら、きっとあなたも驚きますよ」。ウィッチャーはそう言うと、その自称サー・ロジャーの話の嘘を暴いていった。

英国に着いたときすでに体重が二〇ストーン（約一二〇キロ）あった彼は、さらにぶくぶくと太っていった。しかし、彼を応援する労働者階級の人々は、オーストラリアの奥地で身についた下品さのせいで貴族やカトリック教会から不当に扱われている彼を、英雄として褒めそやしていた。一方のウィッチャーは、今回もまた自分の出身階級を敵に回して体制側のために働いているわけで、裏切り者であり、警官の典型であった。

一八七一年、この偽サー・ロジャーは家督の引き渡しを求めて裁判を起こし、ティチボーン家はコンスタンスの弁護士を務めたサー・ジョン・デューク・コールリッジを弁護士として立てた。ロード・ヒル・ハウスのときと同様、裁判になると相手側はウィッチャーおよび彼が見つけた証拠の信頼性を揺るがすのに躍起となった。サー・ロジャーを名乗る男の弁護団は、われわれの依頼人は探偵たち、特にあるひとりの探偵に「つきまとわれている」と訴えた。「アーサー・オートンの話は、そんな探偵たちのひとりの思いつきに決まっています」とその弁護士は言い、「まずは、それがどのようにでっち上げられたか聞かせてもらおうではありませんか。わたしはあの手の人々が好きじゃない。無責任きわまりないうえ、れっきとした組織に属しているわけでもなく、みずからの行動への説明責任もない。警察官でもない彼らはたんなるアマチュア、その多くは探偵家業で生計を立てている年寄りのもと警官たちです。もし、彼らが証拠をでっち上げているのでないと言うなら、その証拠が実際のものとは明らかに違うものに見えるよう歪曲しているのでしょう」

だが一八七二年、サー・ロジャーを名乗る男は裁判に敗れ、国は直ちに彼を偽証罪で訴えた。このときもまた、アイルランド人弁護士、エドワード・ケナリー率いる被告側弁護団は、ウィッチャーが証人たちを買収して証言を指導したと彼を貶める作戦をとり、証人台に立った検察側証人に対し「あなたとウィッチャーはこの件について一緒に何度も酒を飲みましたね？」と意地の悪い質問をした。

しかしロード・ヒルでの経験から、ウィッチャーは中傷を聞き流し、長い目でものを見ることができるようになっていた。かつての自信をすっかり取り戻していたのだ。一八七三年、彼は友人への手紙でこう書いている。「ティチボーンの裁判では、わたしがさんざん叩かれたのをきみも耳にしたと思うが、ケナリーの当てこすりや中傷を（ロードでの殺人事件のときと同様に）乗り切れるかどうかはわからないものの、問題の男がアーサー・オートンであることは、わたしがわたしであるのと同じくらい確かなことだ。きみの友人、ジャック・ウィッチャー[注7]」

一八七四年、ティチボーン家の相続権を主張した男は有罪となり、懲役十四年の判決でミルバンク刑務所に送られた。ティチボーン家の弁護士は一族に、ウィッチャーの見事な働きに対して百ギニーのボーナスを支払うよう勧めたが、彼らがそれを支払ったかどうかについての記録は残っていない。

ウィッチャーはまだ、ミルバンク・ロウから入ったページ・ストリート六十三番地——かつてここはホリウェル・ストリート三十一番地だったが、通りの名前と番地は変更された——に妻のシャーロットと住んでいた。姪のサラは一八六二年、シャーロットの甥のジェイムズ・ホリウェルと結婚して家を出ている。ジェイムズは、インド暴動での活躍で一八五七年に最初のヴィクトリア十字勲章を受けたひとりで、その表彰状によれば、ラクナウで包囲されたとき彼は「戦意を失っていた他の九人の兵士たちが戦い続けられるよう励まし……彼の力強い説得の末、彼らは燃えさかる建物の中、四つの窓から敵の銃弾が飛び込んでくるのもいとわず、見事な防御を果たした」という。ジェイムズとサラはロンドン東部のホワイトチャペルに三人の息子たちと住んでいた。シャーロットとジャックに子どもはいなかったが、子育てはしている。一八五六年ごろにキャンバーウェルで生まれたエイミー・グレイは、五歳からしょっちゅう彼らの家を訪れているし、一八六三年ごろにキャンバーウェルで生まれたエマ・サングウェイズという少女の場合は、一八七一年にウィッチャーの名が後見人として記録されているのだ。ウィッチャー夫婦とこの少女たちの関係はわからないが、彼らとの絆は死ぬまで続いたのだった。[注8]

一八六八年一月、ウィッチャーがウォッピングで証人を探していたころ、ウィルキー・コリンズの『月長石』の第一話が《オール・ザ・イヤー・ラウンド》に掲載され、たちまちのうちにベストセラーとなった。「非常におもしろい作品だ」とディケンズは称賛し、「とっぴだが、同時にごく身近な物語」と評した。探偵小説の元祖とも言われる『月長石』には、ロード・ヒル事件の要素が数多く取り入れられている。たとえば、その家の住人が犯人としか思えない、カントリーハウスでの犯罪である点や、上品ぶったうわべとは裏腹の秘密の生活、尊大でもったいぶった地元の警察官、あることを示しているように見えて実は別のことを示している家人の行動、さらには、誰もが何か秘密を持つがゆえに無実の者も犯人も同様に怪しい行動をとっている点や、「本物の手がかりと偽の手がかり」が渾然一体となっている点など、批評家たちは多くの点を共通点として挙げている（人の注意をそらす情報を意味する〝レッド・ヘリング〟という言葉が〝偽の手がかり〟の意味で使われるようになったのは一八八四年以降だ）。ロード・ヒルの事件同様、『月長石』でも、前の世代が犯した過ちが犯罪のきっかけとなり、父の犯した罪が呪いのように子どもたちに降りかかっている。この因縁の構造もまた、『月長石』に漂う漠然とした不安感、すなわち登場人物のひとりが語る「わたしたちが今、実際に味わっている謎と疑惑の空気」同様、コリンズのあとに続く探偵小説作家たちの多くが採用しているのだ。

この作品では、ロード・ヒル事件におけるリアルな恐ろしさは薄められている。たとえば、事件は子ども殺しでなく宝石の盗難に、血痕はペンキの染みに変えられている。しかし、ストーリーには、しみのついたナイトドレスの紛失や、洗濯物の紛失を示す洗濯帳、ロンドンから田舎へと呼ばれた名刑事、刑事の登場で恐れおののく家族、中流家庭の少女を糾弾する下層階級の男の下品さなど、ロード事件の片鱗を数多く見ることができる。中でも重要なのは、ウィッチャーが英雄的な刑事の原型〝名探偵カッフ〟のモデルになっている点だ（今では〝カッフ〟という言葉は、手錠をかけるという意味のスラングにもなっている）。この年、『月長石』を読んだ十七歳のロバート・ルイス・スティーヴンスンは、「この刑事、最高じゃないですか？」と母に手紙を書いている。[注9]

外見的には、カッフ部長刑事はウィッチャーとまったく違い、ひどく痩せて、タカのような容貌の年配の男性だ。しかしその人柄はウィッチャーによく似ている。陰気で頭が切れ、どこか謎めいているカッフは、「回りくどい」あるいは「それとはわからないような」やり方で、相手が言うつもりのない情報まで引き出してしまう。彼の目には「こちらを当惑させる何かがあり、じっと見つめられると、こちらが知っている以上のことまで聞き出そうとしているかに見える」のだ。カッフは、相手がわれ知らずのうちに伏せてしまっている情報や、あえて隠している事実を巧妙にさぐり出す。彼は物語の興奮を抑え、登場人物たちの恐怖や動機を解釈する思考機械の役割を果たす。一方読者は、彼と自分を重ね合わせることで、物語の中で展開する感情的な興奮や危機感から距離を置くことができる。すると興奮の熱は〝探偵熱〟に姿を変え、謎を解き明かしたいという衝動になって、登場人物や読者の胸の中で燃え上がるのだ。こうして探偵小説はセンセーション小説を手なずけ、抑制のきかない感情の嵐は優雅で定型的な推理へと囲い込まれた。そこに狂気はあっても、秩序がその狂気を抑制したのである。『月長石』を新しい種類の小説にしたのは、カッフ部長刑事その人だった。

しかし、彼のモデルとなったウィッチャーと違って、カッフは犯人を取り違えてしまい、「わたしは大失態を演じたようだ」と言う。なんと彼は、誤ってその家の娘、秘密主義で「恐ろしく強情で」、「風変わりで奔放な」ミス・レイチェルが犯人だと考えてしまったのだ。しかし彼女は、警官であるカッフが考えるよりずっと気高い女性だったと判明する。この小説はロード・ヒルの事件を反映しているが、犯人はコンスタンス・ケントだという正式な結論は無視し、依然としてこの事件を包む不可解さを前面に出している。『月長石』は、夢遊症や無意識の行為、二重人格といったロードの事件が呼び起こしたさまざまな概念や、その捜査があぶり出した目もくらむような視点の渦を描き出しているのだ。この物語の謎にコリンズが用意した真相は、風変わりで奔放なミス・レイチェルが、他の人間をかばうためにあえて自分が疑われるように仕向けたというものだった。

一九二七年、T・S・エリオットは『月長石』をエドガー・アラン・ポーやアーサー・コナン・ドイルの小説と比較し、次のように書いている。

ポーが書いた探偵小説は、チェスの問題のように専門的かつ知的だが、この英国最高の探偵小説の面白さは、数学的な面白さというよりはむしろ人間の不可解さにある……カッフ部長刑事のような英国の探偵小説に登場する最高の主人公たちは、間違いを犯すのだ。[注10]

コリンズは生前、プロットの達人だが人物の内面を描く才能はないと評されてきた。彼はジョージ・エリオットのような作家と違い、物語を内側からというより外側から組み立てたのだ。ヘンリー・ジェイムズはそのような作品を「モザイク芸術の記念碑」と呼び、そのあとすぐに「いや、ああいった作品は芸術ですらない」と言いなおして、「科学的な産物だ」と言っている。[注11]

一八六六年五月、サミュエル・ケントは、引退して給与の満額を年金としてもらいたいと、再度内務省に申し出た。その四月に勤続三十年を迎え、彼の給与は五百ポンドに上がっていた。サヴィルが亡くなって以来、家族は「言葉にならないほどの苦しみを味わってきましたが、娘のコンスタンスの自白で真相が明るみに出たことで、その苦悩はさらに深まりました」と彼は内務省に宛てた書簡の中で訴えている。また彼は、犯人を見つけ、家族を守ろうとするうちに、借金ができてしまったとも述べている。健康を「すっかり害した」二番目の妻は視力を失い、「手の施しようがないほどの無気力状態」に陥ったため、彼女を介護する一方で四人の幼い子どもの面倒も見なければならなくなっていた。

しかし残念ながら、八月に内務省がサミュエルに許可した年金額は二百五十ポンドだった。これは彼が要求した額の半分でしかなかったが、それが規則の許す最高限度だったのだ。しかたなく彼は、本気で辞職をするつもりはなく、ただ可能性を訊いてみただけとして、退職願を撤回したい、仕事は続けるつもりだと申し出た。そんなわずかな年金ではとてもやっていけなかったからだ。内務省が彼に、仕事を遂行することができるのかと尋ねると、八月の末、彼はそれにイエスと答えた。もう妻メアリ・ケントを介護する必要がなくなったからというのがその理由だった。彼の妻、旧姓メアリ・プラットはその月に肺の鬱血で四十六歳の生涯を閉じていた[注12]。

内務省はサミュエルに監査官補として仕事を続けることを許可した。その年の夏、彼は二番目の妻メアリ・ケントのことを下品で残酷だと報じたエディンバラの《デイリー・ニューズ》から慰謝料として三百五十ポンドを受け取った[注13]。そして、二度目の結婚で生まれたメアリ・アメリア、イーヴリン、アクランド、フローレンスの四人の子どもたちを連れ、ウェールズ北部の小さな町デンビーに移り、そこでオーストラリア人の家庭教師と二人の使用人を雇った。長女のメアリ・アンとその下のエリザベスは一緒にロンドンに移り、七月に二十一歳になったウィリアムも、その誕生日に相続した千ポンドを持ってロンドンに向かった。

一八六七年の冬、[注14]ウィリアムはキングズ・カレッジの夜間クラスを受講し、ダーウィンたちが作り上げた〝ニューサイエンス〟を学んだ。そこでウィリアムは顕微鏡に熱中し、その年の終わりには顕微鏡学会の正会員になった。当時、もっとも影響力が大きかった科学者のひとり、生物学者のトマス・ハクスリーがウィリアムの保証人になってくれたのだ。彼はウィリアムに、拡大レンズを通さなければ見えない単細胞水中細菌の浸滴虫類を研究するように勧めた。

ハクスリーは博物学者ダーウィンの考えの熱心な擁護者で、〝ダーウィンの番犬〟として知られていた。彼は現在を観察して過去を想像するプロセスに〝回顧的予言《レトロスペクティヴ・プロフェシー》〟と名付けたが、これは予言者が未来をのぞき込むように、博物学者は過去をのぞき込むという意味の言葉で、「未来を言い当てる占い師をフォーチュンテラーと言うのなら、過去を言い当てる〝バックテラー〟という言葉があってもいいはずだ」と語っている。[注15]一八六八年、労働者向けに講義をする際、彼は手にしていたチョークのかけらから地球の歴史を説明しだした。そして、「ささやかな始まりが……偉大な終わりへとわたしたちを誘うのです」とその講義を締めくくった。ごく小さなことがらからでも、世界を説明することはできるということだ。

ウィリアム・ケントは、小さなものにたいへんな好奇心を抱いていた。そこに大きな秘密が隠されていると考えていたからだ。その後の五年間、彼はケンブリッジ動物学博物館でその興味をさらに追求し、その後は王立外科医師会の無脊椎動物コレクションに、そして大英博物館の動物学部門へと移り、給料も三百ポンドにまで上がった。ここで彼はサンゴにはまり、自分は「サンゴに夢中になっている」と語っている。サンゴは小さく柔らかな海洋動物で、その石灰岩の骨格は熱帯の海に礁を築く。ウィリアムの言葉で言えば、そのサンゴの〝媒体〟を通じ、〝何もない海の底に新しい島や国が築かれる〟のだ。そこには動物学と地学、そして生物と死んだ生き物がすべて結びついていた。

一八七〇年、チャールズ・ディケンズは小説『エドウィン・ドルードの謎』を完成せぬまま、死去した。彼の死により、この作品はその劇的緊張が永遠に解消されることのない、まさに純然たる殺人小説となった。「探偵小説の書き手の中でも、彼はそのミステリを壊さずに亡くなった唯一の作家だ」とG・K・チェスタートンは書いている。「エドウィン・ドルードは死んだかもしれず、死ななかったのかもしれない。しかしディケンズが本当の意味で死ななかったことは確かだ。確かに、あの探偵は今も生きている、そしてもっと後になってこの世界に姿を現わすだろう。完成した小説は実際にも、文学的な意味においてもひとりの男に永遠の命を与えるが、未完の小説は別の意味での永遠の命、もっと本質的でもっと不思議な永遠の命を与えるのだ[注16]」

一八六五年、多くの人々と同様、ディケンズもまたロード・ヒル事件の真犯人はサミュエル・ケントとエリザベス・ゴフだという自説を変えざるをえなくなった。あの事件を再訪するように、彼のこの最後の小説には、コンスタンスとウィリアムを彷彿させる兄妹が登場する。孤児となった外国生まれのヘレナ・ランドレスとネヴィル・ランドレスは不幸な家庭から何度も家出をする。「ぼくはしばしば卑屈になりましたが、妹は絶対に屈したことがなかった」とネヴィルは妹のことを語っている。「ぼくたちが逃げ出した時……逃げる計画を立て、先に立つのはいつも妹でした。いつでも妹は男の子のなりをして、男のような勇気を見せました。最初に家出をしたのは、七歳の時だったと思います。今でも憶えていますが、妹が髪の毛を短く切るつもりでいたポケット・ナイフをぼくがなくしてしまった時、妹は必死になって自分の髪をむしり取ろう、喰い切ろうとしていました」。ヘレナが首謀者ではあったかもしれないが、自分の中に「ゆがんだ子どもの心」と残忍な欲望があることは、ネヴィルも認めている。彼も妹と同じぐらいの憎悪と狡猾さを持っていた。「ぼくはもの心がついた最初から、苦い激しい憎悪をじっと抑えねばならなかったのです。そのためにぼくは胸のうちを見せぬ、復讐心の強い男になりました」

ディケンズはこの二人を、暗く、異質な存在、サスペンスの化身として描いた。彼らはふたごの美少年と美少女だった。「……すらりとしてしなやかな身体つき。目と手足の動きは敏速。半分内気で、半分挑戦的。顔は激情にみちている。顔や身体の動きと動きの間に、何とも形容しがたい静止の瞬間がある。それはうずくまる前の静止とも、飛躍の前の静止とも考えられる」（以上、創元推理文庫『エドウィン・ドルードの謎』小池滋訳より）

一八七二年一月、サミュエル・ケントは肝臓病で危篤となり、ウィリアムは列車でウェールズに向かった。父の病床の傍らで、彼は帰省の旅費にと五ポンドを貸してくれた大英博物館の管理主任に手紙を書いている。「父のそばについている機会をいただいたこと、心から感謝しております。おかげで父を慰めるこまごまとしたことをしてやることができました」。そして二月五日、彼はもう一通手紙を書いている。「すべてが終わりました。わたしたち家族は深い悲しみに沈んでおり、申し訳ありませんが、あと数日、こちらに滞在させていただきたいと思います」。サミュエルは、スランゴスレンにある二番目の妻の墓の隣に埋葬された。彼は遺産を二回目の結婚でできた子どもたちに遺し、その金は彼らが二十一歳になるまで保管されることとなった。ウィリアムと家族の友人だったと思われる《マンチェスター・ガーディアン》の社主が共同遺言執行者となった[注17]。

父が死亡してから四カ月後、ウィリアムは法廷弁護士の娘、エリザベス・ベネットと結婚し、ストーク・ニューイントンに引っ越した。ウィリアムは妻の父に頼み、コンスタンスの釈放を願う嘆願書を政府に提出したが、その願いは叶わなかった。一八七三年、ウィリアムは前年にできたばかりのブライトン水族館の常駐生物学者に指名された。この水族館は埠頭のそばの遊歩道へと続く見事なゴシック建築のアーケードで、彼とエリザベスはアッパー・ロック・ガーデンにある海に面したリージェンシー様式のテラスハウスに居を構えた。

世間の水族館熱は、海洋生物の生態研究にこれまでにないチャンスをもたらしたが、常駐の博物学者を置くなど「金の無駄遣い」と考えるブライトン水族館の後援者たちは自分のことを嫌っていた、とウィリアムは語る。彼はまた、同僚たちともうまくいかなかった。自分を陰で批判したといって後輩に言いがかりをつけ、彼自身も非紳士的行動をとったとして同僚研究者から非難された。じつはウィリアムとその同僚は水族館の二匹のタコの交尾を目撃し、共同論文を書く約束をしていたのだが、《タイムズ》に寄稿した文章の中でウィリアムがその観察記録の一部を公表してしまい、同僚から不誠実だと非難されたのだ。これに憤慨し、ウィリアムは職を辞してしまった。彼は時に、まわりが見えなくなるほど仕事にのめり込むため、いささか高飛車で無神経なところがあった。

翌年、ウィリアムは新しくできたマンチェスター水族館の学芸員兼博物学者となった。彼は水槽を作り直し、まぶしい光を遮るブラインドを設置し、人工的な環境で大型の海藻を生かしておくという問題も水を環流させるシステムを設置して解消した。一八七五年、自分が飼育する生物のガイドブックを出版。その中で彼は、捕食者とその餌食となる生物を果敢に、しかしやさしいまなざしで観察し、広範囲にわたる印象的な水中の世界を描き出した。「表情豊かな輝く瞳」をもつ十三番水槽のイソギンボを、妻を外敵から守る〝勇敢な騎士〟と呼び、兄弟の足を引きちぎる六番水槽のクモガニを「ひどくけんかっ早い」と評し、十番水槽のトラザメについては、日中は二つ目のまぶたを「本物の目の上でしっかりと閉じているが、あたりが完全に暗くなると、この隔膜は引っ込み、ぎょろりとした目玉が現われる」と書いている。

ウィリアムはまた、タツノオトシゴが音で意思疎通をしていることも、このマンチェスター水族館で発見している。

この驚くべき事実を知る機会は、こんな状況でやってきた。五月の初め、この風変わりな魚のコレクションが地中海から英国にやってきた……その中には真紅や、薄いピンク、黄色、ほとんど純白のものなど色の鮮やかさが際立つものもおり……筆者はとりあえず彩色スケッチを描こうと、そのうちのいくつかを自分の部屋に置いておくことにした。鐘を逆さにした形のガラス鉢に持ち帰ったタツノオトシゴを入れると、〝スケッチのモデル〟用にひとつ取り出しては、別の小さなガラス容器に入れてスケッチを行なった。そのようにしてスケッチをしていたとき、サイドテーブルにのせてあった大きな鉢からパチンという小さな鋭い音がした。その音が短い間隔で繰り返されると、その直後、今度は小さな鉢からそれに答えるように同様の音が聞こえてきた。頭の悪い小さな魚としか思われていなかったこの生き物が、そんな音を出したことに筆者は大いに驚き、感動した。その後、よく調べた結果、その音は下あごの筋肉の複雑な収縮と突然の拡張によって生じることがわかったのだった。

一八七五年、ウィリアムの妻エリザベスが、腸管閉塞で急死。享年二十五だった。[注19]それから一年もしないうちに彼は再婚し——相手はメアリ・アン・リヴジーという、美しいが角張った顔の三十歳の女性だ――ウェストミンスター宮の向かいに新たに建設された壮大な王立水族館の学芸員兼博物学者の職を得て、ロンドンに移った。その後、数年間のうちに、彼は海洋生物学の専門家として名を広く知られるようになる。一八八二年、みずから描いた微細な水生生物の挿絵五十枚が入った全三巻、総ページ数九百ページにも及ぶ『浸滴虫類マニュアル』の最後の巻を出版した。ロンドン西部、シェパーズ・ブッシュのセント・スティーヴン・アヴェニュー八十七番地で、彼の妻は男の子を死産した。[注18]

ジョナサン・ウィッチャーと妻のシャーロットは一八八〇年ごろ、テムズ川の南岸、バタシー区ラヴェンダー・ヒルにある小さなテラスハウスに引っ越した。ウェストミンスターから一マイルほど離れたこの地域は、ウィッチャーが生まれ育った村同様に市場向け菜園があることで有名だったが、郊外住宅が立ち並びはじめると花壇や苗木畑は次々と姿を消していた。ウィッチャーの住むカンバーランド・ヴィラ一号棟の裏には広大な庭があり――そのブロックで一番大きな庭だ――そこからは鉄道が見下ろせた。一八八一年一月には、馬車鉄道（馬が引く路面鉄道）が家の前を通るようになった。家の真向かいには、数年前までラヴェンダー畑で有名だったこの丘で最後に残った、ミスター・メリウェザーの苗木畑があった。[注20]

一八八一年の夏、ウィッチャーは胃炎と胃潰瘍を患い、六月二十九日、胃壁に穴があいて亡くなった。享年六十六歳。その臨終は、彼が後見人を務め、いまや二十五歳の婦人帽子職人となったエイミー・グレイが看取った。死亡証明書には、彼女は姪と記されている。ウィ

コンスタンス・ケント、1874年

ウィリアム・サヴィル＝ケント、1880年代

グレイト・バリア・リーフで魚類やサンゴの写真を撮る
ウィリアム・サヴィル＝ケント、1890年ごろ

ッチャーは遺言で、エイミーに百五十ポンドとスイス製の金の懐中時計を遺した。また、彼とシャーロットが面倒を見たもうひとりの娘、エマ・サングウェイズにも百ポンドを、そして姪のサラ・ホリウェルには三百ポンドを遺した。さらに百五十ポンドと鎖の付いた金の懐中時計、そして認印付き指輪を、友人でホワイトホール・プレイスの測量事務所事務員ジョン・ポッターに、そして百ポンドを友人であり後輩であり、すでにスコットランド・ヤードの警視正となっていたドリー・ウィリアムスンに遺した。この二人は遺言の執行人に指名されていた。残りの財産——約七百ポンド——は妻が相続した。[注21]

《ポリス・ガゼット》に掲載されたジョナサン・ウィッチャーの死亡記事は、わずか三行しかなかった。もはや彼は、ほとんど忘れられた存在となっていたのだ。ロード・ヒル・ハウス殺人事件を捜査したときの手腕はすばらしいものだったが、残念ながら世間が求める確信に満ちた真相を明らかにすることも、彼がその目で見た邪悪さを世間に伝えることもできなかった。彼は失敗し、罰せられたのだ。[*1]それ以降、英国で探偵のヒーローが存在するのは小説の世界だけとなっていく。

ジャックの死後、シャーロットがノッティング・ヒルのソーンダーズ・ロードにあるジョン・ポッターの家に移ると、エイミー・グレイとエマ・サングウェイズも彼女についていった。一八八三年一月、シャーロットは七十一歳で亡くなり、資産の大半をエイミーとエマに遺した。遺言執行人はドリー・ウィリアムスンだった。[注22]

ウィリアムスンは「物静かで気取りのない中年男性だった」と、当時刑務所副所長だった警察史家のアーサー・グリフィスス少佐は回想する。「よく、葉っぱや花を口にくわえながら、少し大きめの帽子をゆったりとかぶってホワイトホールをのんびり歩いていた。ひどく無口な人で、自分が〝成し遂げてきた〟たくさんの大仕事について第三者にこまごましゃべることもしなかった。話すことと言えば、三度の食事よりも好きだったガーデニングの話で、彼が非番のときに丹精を込めて育てた花は近所でも評判だった」[注23]

その知的かつとらえどころのない態度により「哲学者」と呼ばれていたウィリアムスン警視正は、チェスのゲームをするかのようにデスクで捜査を指揮したという[注24]。同僚たちは彼のことを「頭のてっぺんからつま先までまさにスコットランド人の典型。忠実で勤勉で辛抱強く、粘着質で頑固。醒めてはいるが勇気があり、つねに自分の意見をもち、それを口にすることもためらわない。新しい考えをなかなか理解せず、その利点よりも不利な点を見て効果を疑うが、頭脳は明晰で、たいそう正直。また、度が過ぎるほど親切な彼は、もっとも公正かつ貴重な公務員だった[注25]」と語っている。ウィリアムスンは、ウィッチャーの初期の相棒で犯罪世界の近くにいることを大いに楽しんでいたチャーリー・フィールドとは、まさに対照的だった。ウィッチャーの相棒だったこの二人を見れば、ヴィクトリア朝の刑事の幅の広さ

＊1　六年後の一八八七年、アーサー・コナン・ドイルは大成功となったシャーロック・ホームズ・シリーズの第一作を書いた。ジョナサン・ウィッチャーと違い、コナン・ドイルが書く架空の探偵はアマチュアであり、紳士であり、つねに真相を導き出す。「推理や観察にかけては世に比類のない完全な機械」と、彼の親友ドクター・ワトスンは『ボヘミア国王の醜聞』の中で語っている。

がよくわかる。一八七〇年代には貧困に陥るまで零落したフィールドは[注26]、十八世紀に活躍した命知らずの盗賊捕り方を思い出させるが、ウィリアムスンは二十世紀の慎重な指揮官を予感させる人物だった。

話題を呼んだ一八七七年の裁判では、ウィリアムスンの部下の何人かが汚職の罪で有罪となり、刑事は強欲で嘘つきだという巷の疑念をさらに濃くすることとなった。ウィリアムスンはこの裏切り行為にひどく心を痛めたという。翌年、犯罪捜査部（ＣＩＤ）が設立された際、彼はその責任者となり、一八八八年にホワイトチャペルの娼婦たちが次々と殺害された切り裂きジャック事件の捜査も彼が指揮したが、体調を崩したため思うように動くことはできなかった[注28]。警視総監によれば、「激務による絶え間ないストレスで精も根も尽き果てた」のだという。一八八九年、彼は五十八歳で亡くなり、あとには妻と五人の子どもたちが遺された。花に覆われたウィリアムスンの棺は、六人の警部たちによってウェストミンスター区スミス・スクウェアにある彼の自宅向かいのセント・ジョン教会へと運ばれていった[注27]。

「現在の有能な刑事のほとんどは、ウィリアムスンから仕事を学んだ」と一九〇四年にグリフィスは書いている。「主任警部のブッチャーも……師匠のウィリアムスン同様花好きで、よくボタンホールにバラの花を挿していた」という。この花好きの元祖は、キャンバーウェルの庭師だったジョナサン・ウィッチャーの父親であり、どうやらこの伝統は刑事部門が発足してから六十年間、受け継がれていったようだ。

コンスタンス・ケントはミルバンクからワイト島のパークハースト、サリー州のウォーキング、そしてふたたびミルバンクへと、刑務所をたらい回しにされた。パークハーストにいたときの彼女は、イングランド南部の教会の床に敷くモザイク作りをしていた。幾何学的パズルを板の上でつなぎ合わせたモザイクは、サリー州マースタムのセント・キャサリンズ教会やドーセット州ポートランドのセント・ピーターズ教会、サセックス州イースト・グリンステッドのセント・スウィジンズ教会などで使われた。彼女は才能豊かなモザイク師で、ウォーキングではロンドンのセント・ポール大聖堂の地下聖堂の床に敷くモザイクを作った。[注29]弟のウィリアム同様、彼女もまた細かなもの、それも物語性のある小さなものが好きだった。地下聖堂に描かれた図柄の中には、ほおのふっくらした男の赤ん坊の顔もあるが、その目は驚いているかのように大きく見開かれ、頭の両側に翼が広がっている。

ミルバンクでのコンスタンスは、キッチンや洗濯室、保健室など――「薄暗い光に照らされた」、「鉄格子がはめられ、壁も床もむき出しの部屋」とヘンリー・ジェイムズは書いている――さまざまな場所で働いた。当時、この刑務所の副所長だったアーサー・グリフィスは、病室で看護婦として働く彼女を「病人への心遣いにかけては彼女の右に出る者はいなかった」と褒めている。彼は回顧録の中で、コンスタンスのことを次のように書いているのだ。

小柄でネズミにも似た彼女は、何かに驚くとネズミあるいはトカゲのすばしこさでその姿を隠してしまう。見知らぬ相手が近づいてくると、コンスタンス・ケントは自分のことをさぐりに来たのかと怯え、じっと見つめられようものなら本気で警戒する。そして誰かが「どれがコンスタンス？」と尋ねたとたん、たちまちのうちに姿を隠してしまうのだ。あらゆる意味で彼女は謎めいていた。いかにも人畜無害に見えるこの小柄な人物が、あのような残虐さで幼い弟ののどをかき切ったなど、到底、信じられなかった。犯罪人類学者なら、高いほお骨、張り出した陰気なひたい、落ちくぼんだ小さな目を持つ彼女の顔に衝動的な犯罪性を見いだすだろう。しかし、彼女の態度は感じがよく、知性も高いのが見て取れた。[注30]

グリフィススは別の回顧録でも、コンスタンスがいかに身を隠すのがうまいかを書いている。

コンスタンス・ケントはまさにミルバンクの亡霊だった。人目につかないよう音もなく素早く動き回り……誰にも言葉をかけず、誰からも話しかけられず、ただひたすら目立たずにいようとする彼女の気持ちを汲み、誰も彼女の名を口にすることはなかった。[注31]

一八七七年、コンスタンスはベンジャミン・ディズレーリの保守政権で内務大臣を務めていたリチャード・クロスに早期釈放の嘆願書を出した。ウィリアムのもと義父、トマス・ベネットも彼女のためにクロスに手紙を書いたが、彼らの嘆願は却下された。その年の夏、ミルバンクの医師はコンスタンスを調理作業の係からはずし（この仕事はきつく、キッチンは陰気で寒々としていた）、針仕事の係へと交替させるよう勧告。その医師はさらに、体力が弱っている彼女には「転地」が効果的だとして、別の刑務所への移動も勧めたが、「彼女はなぜかあの刑務所をひどく嫌っている」と言って、ウォーキングに戻すことは勧めなかった。その年の末、彼女は四百人の女性が収容されているロンドン南西部のフラム女子刑務所に移された。

一八七八年、コンスタンスはフラム刑務所の独房二九号室からふたたびクロスに嘆願書を出した。彼の温情をうけるべく、サヴィルを殺害したときの自分の若さと、現在の改悛の情、さらにはみずから罪を告白したことや刑務所での模範的な態度を切々と訴えた。また、みずからを殺人へと駆り立てた原因も、荒削りかつ執拗な文章で伝えようとした。

　実の母親を蔑み、嫌うようわたしに教えた人物、わたしの実母から、夫の愛情を、そして娘の愛情を奪った人物へのどうしようもない嫌悪感と、実母に申し訳ないことをしてしまったという後悔の念は、実母が亡くなるといっそう強くなりましたが、実母について継母が語るのは嘲りの言葉だけだったため、わたしは母が味わった精神的苦しみに対する報復を考えたのです。

しかしこの嘆願書も却下された。彼女はさらに嘆願理由の中に視力の低下（彼女は目の感染症を患っていた）と刑務所内で「人づきあいの少なさ」を加え、一八八〇年、一八八一年、一八八二年にも慈悲を求めた。しかしこれらの嘆願書もウィリアム・グラッドストーンのリベラル政権の新内務相、サー・ウィリアム・ヴァーノン・ハーコートによって却下された。ワグナー牧師も彼女のために嘆願書を書き、さらには同様の嘆願書を書いてくれるよう、ブルームフォンテイン主教をはじめとする聖職者たちにも働きかけた。コンスタンスは一八八三年、そして一八八四年と、ほとんどやけになったかのようにハーコートに立てつづけに嘆願書を出した。すでに二十年近く服役した彼女は「物心ついてからというものずっと学校、修道院、刑務所の中に閉じ込められ、人生を照らす希望の光もまったくない生活を送り、身も心も縮んでいくような辛い環境の中、生きる意味もなくただ釈放を待ちわびるやるせなさと言葉に言い表わせないほどの落胆を味わって若さを費やし、いまや老いが忍び寄る灰色の未来が待つだけ」と訴えた。しかしハーコートはふたたびその嘆願書に〝却下〟と記した。[注32]

一八八五年七月十八日、二十年の刑期を満了し、コンスタンスはようやく釈放された。

第十九章　事実に満ちた不思議の国

一八八四年〜

一八八四年、ウィリアムと彼の二度目の妻は、タスマニアに渡った。三百五十ポンドの報酬で植民地タスマニアの養魚場の監査および検査官の職に就いたのだ。彼はミドルネームを名字の一部に組み入れ、ウィリアム・サヴィル＝ケントと名乗るようになった。異母姉妹のメアリ・アメリアはウィルトシャーの農場でその家の娘二人の家庭教師をしていたが、彼女もウィリアムたちに同行した。その二年後、他の異母弟妹三人もタスマニアの州都ホウバートで彼らに合流した。最初にやってきたのはアクランド（二十六歳になった彼は最近までマンチェスターでリネン製品のセールスマンをしていた）で、次はイーヴリン（二十八歳。サヴィルが死んだ夜にロード・ヒル・ハウスの育児室で眠っていた赤ん坊だ）とフローレンス（二十五歳）がやってきた。[注1]

タスマニアでのウィリアムの仕事は主に、乱獲と管理の悪さで崩壊寸前のカキ産業を復活させることと、タスマニアにサケの養殖を導入することだった。しかし彼はすぐに敵を作っ

トーレス海峡
グレイト・バリア・リーフ
オーストラリア
ブリズベーン
シドニー
メルボルン
パース
タスマニア
ホウバート

オーストラリアの地図

てしまった。ウィリアムはホウバートの自宅に巨大な孵化場を作ったのだが、他の水産検査官たちはそんな彼のことを、〝やるべき仕事〟をないがしろにしていると文句を言ったのだ。また彼には「検査官たちの無知をぶしつけに指摘する」傾向もあり、タスマニアの人々はサケの養殖には成功していない、成功しているのはマスだけだと主張した。結局、彼の契約は一八八七年に打ち切られてしまった。

確かにウィリアムの言動は無神経だったが、その才能はオーストラリア中に知れ渡った。それからの十年、彼はヴィクトリア、クイーンズランド、ウェスタン・オーストラリアの政府からアドバイザーの職を得た。まず彼は、ヴィクトリアの州都で、一八八〇年代には〝すばらしき《マーベラス》メルボルン〟、〝対蹠地のパリ〟と呼ばれた南部の都市、メルボルンに移った。異母弟のアクランドは一八八七年にヴィクトリアの金鉱地へ向かったが、すぐに病に倒れ、その年、ウィリアムに看取られてメルボルンで没した。

一八八九年、ウィリアムと妻は北東の州クイーンズランドで州都の役割を果たしていた町、ブリズベーンの川辺の家に引っ越した。彼はトゲ状の毛で覆われた二匹のアリクイ〝プリックルズ（トゲの意）〟と〝ピンズ（針の意）〟を引き取り、ペットとして飼うようになった。当初はなかなかなつかず、触られそうになるたびにトゲを逆立てて丸くなっていた二匹だが、しばらくするとウィリアムのあとをついて家の中や庭を歩き回るようになり、犬のようにおとなしく抱かれているまでになった、とウィリアムは書いている。彼はまた「キラキラ光る」、「美しい金色の目」をした「フワフワの大きな鞠」のようなヨーロッパヨタカを二羽、飼い

ウィリアム・サヴィル＝ケントのイラスト、
『浸滴虫類マニュアル』（1880-82年）より

はじめた。ウィリアム自身もその細面の顔の下半分にもじゃもじゃと立派なあごひげをはやし、表情がうかがえるのは鋭く光るその目だけになった。一方、髪は頭の中央で分け、ぴったりとなでつけていた。クイーンズランドの漁場やカキの視察には、麻のスーツにゴム長、探検帽という出で立ちで出かけた。

ヨーロッパヨタカは「異常に恐がり」で、そのときの気分でさまざまに体の形を変える、とウィリアムは語っている。家族の前では「楽しげにくつろぐ」が、知らない人が来るとぴたりと動きを止めて縮こまってしまい、ただの棒にしか見えなくなるのだ。数日間留守をしていたウィリアムが帰宅すると、オスのほうは喜びのあまり体中の羽を逆立て、通常の二倍近くの大きさにまでふくれあがった。このつがいもまた、ウィリアム同様に子どもがいなかったが、彼らは毎年念入りに巣作りをした。一度、ウィリアムがチャボの卵をいくつかその巣に入れてやると、二羽はうれしそうにそれを温め、ヒナが孵るのを待ったという。日に三度、ウィリアムは水に浸した牛肉を手ずからこの鳥たちに与え、おやつにはバッタや甲虫や蛾を与えた。彼はまた、驚くほど多彩に変化する彼らの気分と体の形を記録するために写真も学んだ。顕微鏡同様に、カメラもそれを使う者に特別の視覚を与える。こうしてウィリアムは、これまでより長く、詳しく観察ができるようになり、自分が観察したものを人にも見せられるようになった。彼は写真を撮ると、それを拡大し、拡大鏡で詳しく観察した。新たに手にしたこの新しい道具を使い、グレイト・バリア・リーフを記録しはじめた。彼が〝事実に満ちた不思議の国《フェアリー・ランド・オブ・ファクト》〟と呼ぶ、このクイーンズランド沖の全長千二百マイルのグレイト・バリア・リーフを、記録しはじめたのである。

一八九二年、ウィリアムは自然史博物館に寄贈する六十ケースの標本と、出版社に見せる絵と写真を持って英国に戻った。彼には妻と二羽のヨーロッパヨタカが同行した。ロンドン滞在中に、オスのほうはイチゴ、メスのほうはナメクジの味を覚え、ゴキブリは両方の大好物となった。


ウィリアム・サヴィル＝ケントの『ザ・グレイト・バリア・リーフ』は、一八九三年にロンドンで出版された。サンゴ礁を一躍有名にしたこの本は、その後何十年にもわたり標準的な参考資料となった。生きたサンゴ礁をレモン色、青みがかった暗緑色、エビのようなピンク色、リンゴ色、えんじ色、エレクトリックブルーと言葉で紹介し、その隣にウィリアムの撮影した写真が掲載されている。彼が写真に撮った魚はまさに海の怪獣のようで、その目はらんらんと輝き、鱗は鉄のように黒々と光っている。本の最後には、魚やサンゴ、触手を揺らすイソギンチャクのカラーの色鮮やかな挿絵が載せられている。

その年、ウィリアムはオーストラリアに戻ると、ウェスタン・オーストラリアのパースにあるカキの養殖場の仕事に就いた。ヨーロッパヨタカもともに帰ってきたが、妻のメアリ・アンは英国に残った。彼らの結婚には亀裂が入っていたようだ。タスマニアを訪れたウィリアムは、年配の博物学者で水彩画家でもあるルイーザ・アン・メレディスの家に滞在し、彼女の二十一歳の孫娘と情事をもった。

しかし一八九五年、彼は英国に戻り、多くの化石が層をなすハンプシャーの崖の上の家を妻とともに購入。この家の約百マイル東には、彼とコンスタンスが生まれた家があった。ウィリアムは温室でオーストラリアのトカゲを、書斎ではフィンチを飼った。一八九六年、ロンドンのバーリントン・ハウスで写真と水彩画の展示会を開くと、「西オーストラリアの異様なほど大きな真珠」も展示されたと《タイムズ》が報じた。「中には直径二インチ、子どもの頭と胴体に驚くほど似ているものもあった」という。[注2] 彼はエリマキトカゲと尾にトゲがあるオオトカゲをロンドン動物園に寄贈した。このエリマキトカゲにより、トカゲが二本の足で歩けることを証明。これは後援者でもあったハクスリーが主張したように、トカゲが二足歩行の恐竜の子孫だということを示していた。トカゲは進化の鎖を〝つなぐ種〟なのだ。

ウィリアムは博物学の中でも、外側がごつごつしたもの、ウロコがあり風変わりで、人から相手にされないものに強い興味を示した。南半球について書いた二冊目の著作『オーストラリアの博物学者』（一八九七年）には、彼がこよなく愛するバオバブの木のことが書かれている。これは、ふくらんだ幹と王冠状にとがった枝を持つ木だ。この本の中で彼は、この木がもつ「生に対する執念」に驚嘆したと記している。まるで不思議な創造力を持っているかのようだからだ。茂みでは、バオバブの木の幹が「何世紀も前に大嵐で倒れたらしい古木から、新しい木が若さと活力をみなぎらせ、不死鳥のように生え、育っている」のをよく目にすると書いている。これまで、本当に死んでしまったバオバブの木を見たのは一度だけ、それも雷に打たれて「地殻が大変動するほどの勢いで倒れ」、「完全に破壊された」ものだ

PLATE XXIX.

A.—BOTTLE-NOSED SNAPPER, *Pagrus major*, p. 161. B.—KING SNAPPER OR "NANNEGAI," *Beryx Mulleri*, p. 167

C.—SEA PIKE, *Sphyræna obtusata*, p. 172.

ウィリアム・サヴィル＝ケントが撮った魚類の写真の一部。
彼の著書『オーストラリアの博物学者』（1897 年）より

けだという。ウィリアムは吹き飛ばされたその幹を写真に撮ったが、その一部は「奇妙な形の怪鳥がその木の上に舞いおり、亡霊のように破壊の跡を守っているかのように」、破壊された木の上に頭をもたげていたという。

一九〇四年、ウィリアムは十八カ月間オーストラリアに戻り、真珠貝の養殖を試みる民間企業で働いた。その後、英国に戻った彼はすぐ、真珠を人工的に養殖するプロジェクトの後援者を捜し、ふたたびあの南太平洋の島々に戻った。

ごつごつとした太古の小箱の中、燦然と光輝く真珠は生物が作る唯一の宝石だ。一八九〇年ごろ、ウィリアムは半円真珠、すなわちブリスター・パールの養殖に歴史上初めて成功したが、今度は完全な球形の真珠、すなわち貝の体内の奥深くにできる〝フリーな〟真珠を作ろうと計画していた。一九〇六年、グレイト・バリア・リーフの北端、トーレス海峡の木曜島に真珠の養殖場を作り、貝自体を殺さずに貝殻を開く方法を開発。貝殻の小片をその貝の肉の隙間に滑り込ませた。柔らかい貝の身はその異物を薄い真珠層で包み、それが貝の身と殻からできた虹色のつややかな球を形成する。最初の球状パールは一九〇七年に二人の日本人科学者によって作られたとされているが、最近の研究では、その技術も、おそらくは真珠そのものも、彼らより先にウィリアム・サヴィル＝ケントが開発したものだろうと考えられている。[注3] 彼はその手法の詳細をプロジェクトの後援者に明かすことは拒んだが、文書にして銀行に預け、彼の死亡時に開示することには同意した。

一九〇八年、ウィリアムは体調を崩し、英国に戻って息を引き取った。十月十一日に、母や最初の妻と同様、腸管閉塞で亡くなったのだ。真珠ビジネスの後援者たちは、銀行に預けられていた封筒を開いたが、そこには意味の通るようなものは何も書かれていなかった。他の秘密とともに、彼は真珠の養殖の秘密も墓場まで持って行ってしまったのだ。百六十六ポンドを相続した彼の妻は、イングランド南部のミルフォード・オン・シーにあるオール・セインツ教会の彼の墓石を、サンゴ骨格で飾った。夫人はウィリアムが遺したサンゴや海綿、貝殻、真珠のすべてを売り払うと、その十一年後に亡くなるまで、二人で住んでいたハンプシャーの崖の上の家で暮らした。

ケント家の一番上の娘たち、メアリ・アンとエリザベスは、一八八六年にリージェント・パークの下宿からウォンズワースのセント・ピーターズ病院に移った。ここはラヴェンダー・ヒルから一マイルほどの場所にある私設救貧院で、四十二人が収容され、礼拝堂と広間、図書室を備えていた。メアリ・アンは一九一三年に八十二歳で亡くなり、財産（百二十九ポンド相当）をエリザベスに遺した。エリザベスもその九年後に九十歳で亡くなり、二百五十ポンドをコンスタンス・アメリア・バーンズという名のいとこに、そして最後まで手紙のやりとりをしていた異母妹のメアリ・アメリアに百ポンドを遺した。[注4]

コンスタンス・ケントは人目を引かずに生きる技に長けていた。一八六〇年代にはディナンの人々が、一八七〇年代にはミルバンクの看守たちが、周囲の環境になじみ、その姿を消してしまう彼女の才能に驚いていたが、一八八〇年代、彼女は本当にその姿を隠してしまっ世間の人々は刑務所を出てからのコンスタンスの行方をまったく知らず、ほぼ一世紀のあいだ、それはわからずじまいだった。

それがようやくわかったのは、一九五〇年代のことだ。一八八五年、ワグナー牧師は出所した彼女を、自分がサセックス州バクステッドの自宅の隣に設立したセント・メアリズ修道女共同体の支部に引き取った。コンスタンスは毎月、二十マイルほど離れた場所にあるブライトンの警察署に出頭した。バクステッドにいたシスターのひとりは、やってきた当初のコンスタンスの歩き方はまさに「囚人そのもの」で、黒眼鏡をかけ、髪は短く、手はすっかり硬くなっていたという。彼女はテーブルマナーもがさつで、はじめのうちは「ひどく無口」だったという。しかし、その後は刑務所で作ったモザイク、特にセント・ポール大聖堂の地下聖堂のモザイクのことを話していたが、家族のことはひと言も話さなかった。コンスタンスはシスターたちに、エミリー・キングの名でカナダに移住し、看護婦の仕事を探したいと話していたが、[注5]結局これは半分は真実、しかし方角違いという結果になった。

一九七〇年代に入ると、一八八六年にコンスタンスが、異母妹のイーヴリンとフローレンスとともにエミリー・ケイの偽名（エミリー・Kと同音異義語）でタスマニアに渡ったことが判明した。その数カ月前には、アクランドもタスマニアに渡っている。彼らはホウバートでウィリアムとその妻に合流した。あの殺人事件で散り散りになってもおかしくなかったこの兄弟姉妹の絆の強さは、家族の思いというものがいかに個人的で不思議なものかを思い出させてくれる。

100 years old: once
she nursed lepers

オーストラリア、シドニーにおける
エミリー・ケイ、1944年

コンスタンスとウィリアムは、二人が生きているあいだずっと、細やかな絆を保ち続けた。一八八九年、コンスタンスはウィリアムとその妻とともにブリズベーンに移り、彼ら二人および例の人見知りのヨタカたちとともに暮らした。しかし一年後、彼女は腸チフス患者たちの世話をするためにメルボルンに引っ越し、そこで看護婦としての教育を受けた。一八九三年、ウィリアムがパースにコンスタンスを訪ねたとき、彼女は個人病院の婦長をしていた。その後、一八九〇年代半ばになるとシドニーに移ったが、ここへも一八九五年から一九〇八年のあいだに数度、ウィリアムが訪ねてきている。コンスタンスはロング・ベイにあったハンセン病患者たちの共同体でも働き、パラマッタの郊外にある少年犯罪者施設の寮長をしていたこともある。

コンスタンスは弟より長生きをした。エミリー・ケイの名前をまだ使っていた一九一一年、彼女は看護婦のための宿泊所をシドニーの北のメイトランドに開き、一九三〇年代半ばに引退するまでその宿泊所を切り盛りした。そのあとの十年は、シドニーの郊外にある介護施設で過ごした。メアリ・アメリアの娘のオリーヴとは連絡を取っていたが、オリーヴはこの「ミス・ケイ」が自分の伯母だとは知らず、母やイーヴリン叔母、フローレンス叔母の古い友人だとしか思っていなかった。[*1] 一九四三年のクリスマス、コンスタンスはオリーヴのひと

＊1　メアリ・アメリアは一八九九年、シドニーの果樹園管理人と結婚し、翌年、一人娘のオリーヴを産んだ。レナと呼ばれていたイーヴリンは一八八八年に医師と結婚し、一男一女に恵まれた。フローレンスは生涯独身で、晩年は姪のオリーヴと暮らした。

り息子のために鳥の参考文献を注文し、「鳥の巣や卵などの挿絵があるふつうの本だと思っていましたが、あいにくただの鳥のカタログでした」としたためた手紙とともにオリーヴに送っている。だが、少なくともたいていの子ども向けの本はいいはずだ、と彼女はつけ加え、子ども向けの本は「グロテスクでおぞましく……どれも怪物についての夢物語ばかりで、みにくい怪物たちによって美しい妖精は追放されてしまった」と書いている。

一九四四年二月にコンスタンスが百歳になると、地元の新聞はソファに座ってカメラに微笑む彼女の写真を掲載した。新聞はこの「エミリー・ケイ」を「看護婦のパイオニア」と称えている。本当の過去を知らないその新聞は、「かつてはハンセン病患者を看護した」と彼女を紹介している。国王夫妻はコンスタンスに祝電を送り、シドニーの大主教は花束を持って彼女を訪問。誕生祝いにはオリーヴもやってきた。オリーヴはエミリー・ケイのことを「すごくすてきなおばあさん」と語り、「とても陽気でみんなから好かれているように見えた」と言っている。

その二カ月後、ミス・ケイは息を引き取った。[注6] 彼女は遺言で、ブローチ、金の懐中時計と鎖、そして死後三十年以上開けられずに放置されることになる二つのケースなど、いくつかの思い出の品をオリーヴに遺した。

一九七四年、オリーヴと息子は英国に旅をした。自分の母が生まれたベイントン・ハウスを訪れ、ロード・ヒルの殺人事件の話を聞かされたオリーヴは、あのエミリー・ケイは行方知れずの伯母、殺人犯のコンスタンス・ケントではないかと考えはじめるようになった。そこでオーストラリアに戻ると、息子とともに「ミス・ケイ」が遺した二つのケースを開けてみた。ひとつにはコンスタンスの兄で黄熱病にかかってハヴァナで亡くなったエドワードの銀板写真、もうひとつには最初のミセス・ケントの写真が入っていた。[注7]

第二十章　外の芝生から聞こえる草刈り鎌の音

コンスタンス・ケントが亡くなる十六年前の一九二八年、犯罪小説家のジョン・ロードは、ロード・ヒル・ハウスの殺人事件に関する本を出版した。翌年の二月、その本を出した出版社に、オーストラリア、シドニーの消印がある匿名の手紙が届いた。手紙は次の一節から始まっていた。「拝啓、この手紙はどう利用されてもかまいませんが、もし金銭的価値があるようなら、そのお金はわたしたちの文明によって退廃へと追いやられているウェールズの鉱山労働者に送ってください。この手紙の受領は《シドニー・モーニング・ヘラルド》の人捜し欄でお知らせください」。このあと、手紙はケント家の初期の家庭生活を、子どもの視点で語っていく。それはおよそ三千語から成る、驚くほど生き生きとした記録で、書いたのは（あるいは口述したのは）コンスタンス以外あり得ないと思えるものだった。手紙にはところどころ、コンスタンスがアードリー・ウィルモットに送った手紙や内務大臣に提出した嘆願書に書かれていたことと一致する内容もあったが、その手紙も嘆願書も、内容が公表されたのはこの手紙が書かれてから何年も経ってからのことだ。シドニーからのこの手紙は、サヴィルの死についてはまったく触れず、ただその死の大もとの原因について説明していた。[注1]

手紙によれば、コンスタンスは一八四〇年代にケント家に雇われた「美しく、きわめて有能な」家庭教師ミス・プラットが大好きで、自分は彼女の「お気に入り」だったという。だが、その家庭教師がやってきてまもなく、家族には大きな亀裂ができた。ある朝、長男のエドワードが、ミス・プラットの寝室から出てきたサミュエルと鉢合わせしたのだ。二人は激しく口論し、結局、エドワードと上の二人の娘たちは寄宿学校に送られてしまった。この三人は学校から帰省してきたときも、屋敷の母が住む棟にいることを好み、末っ子でミセス・ケントが「溺愛していた」ウィリアムも母のところで過ごしていた。この手紙の書き手によると、メアリ・アンとエリザベスはいつも、母親は気が触れてなどいないと言っていたという。一方コンスタンスは、日中は書斎で父親と家庭教師とともに過ごしていた。ミス・プラットは「ミセス・ケントのことをいかにも軽蔑した口調で語り、彼女のことを〝あの人〟としか呼ばなかった。コンスタンスもときに母親に対して不作法に振る舞い、母の言ったことを家庭教師に告げ口することもあったが、ミス・プラットはいつもモナ・リザのような謎めいた笑みを浮かべるだけだった」という。ミセス・ケントはよく子どもたちの前で自分のことを「かわいそうなあなたたちのママ」と呼んでいたが、コンスタンスにはその理由がまったくわからなかった。

そのうち、一家は世間と距離を置くようになり、子どもたちの友だちづきあいも厳しく監視されるようになった。ある日、茂みの裏にある花壇の世話をしていたコンスタンスとウィリアムは、隣の庭から聞こえてくる「明るい笑い声」に引き寄せられた。しばらくは生け垣越しに隣の庭をうらやましく眺めていたが、結局は言いつけを破り、一緒に遊ぼうという誘いに乗ってしまった。しかしそれはすぐにばれ、その罰として彼らの「小さな庭」は「植物が根こそぎ引き抜かれ、踏みつぶされてしまった」という。このころ、ケント家はよそ者を徹底的に寄せ付けなくなり、エドワードが弟妹のために送ってきた二羽の南国の鳥も、寒い裏の部屋に閉じ込められ、死んでしまった。

　コンスタンスは一度、一マイルほど離れたところに住む少女と友だちになるよう仕向けられたが、結局、その子とは気が合わなかった。「互いに飽き飽きしてきたころ、その子はC（コンスタンス）から、自分と母親を仲違いさせようとしたという濡れ衣をきせられた」という。しかしコンスタンスが、母親を敵視するように育てられていたとしたら、この非難はまさに的を射ていたと言える。

　コンスタンスが成長するにつれ、彼女と家庭教師の関係は冷えていった。特に、学習時間が悲惨で、コンスタンスがスペルや単語を忘れると、強情だと責められ、せっかんされたのだった。

> コンスタンスはスペルにhの文字を入れ忘れるたび何時間も部屋に閉じ込められ、外に出たいと切望しながら、外の芝生から聞こえる草刈り鎌の音に耳を澄ましていました、単語の覚えが悪いと罰はもっと厳しくなり、パンとミルクとお茶用の水だけで二日間閉じ込められることもありました、また、玄関ホールの隅に立たされ、これからはいい子

になりますと泣きながら繰り返したこともありますが、子どもがいい子になるなんて不可能だと気づき、いたずらな大人はいないからとにかく早く大人になろうと考えるようになりました。

シドニーから届いたこの手紙は、記憶の奔流をそのまま書き留めようとしているかのようで、熱に浮かされた調子で、終始、句読点もいいかげんに綴られていた。

ケント一家がウィルトシャーのベイントン・ハウスに引っ越すと、コンスタンスは癇癪を起こすたびに罰として屋根裏部屋に閉じ込められるようになった、と手紙は書いている。しかしコンスタンスはむしろそれを喜び、ミス・プラットは首を傾げたという。コンスタンスは胸に毛皮を垂らして「サルの真似」をすると、窓から外に脱出し、屋根瓦を剝がして反対側に滑りおり、別の屋根裏部屋に忍び込んだ。そこからふたたび閉じ込められた部屋に戻り、鍵を開けて中に入ったという。「ドアの鍵が必ず開けられているのに気づき、家庭教師はいつも首をひねっていました、鍵穴に鍵が差し込まれたままだったからです、使用人たちを問いつめても、誰も何も知りませんでした」

ワイン貯蔵室に閉じ込められたときのコンスタンスは、わらの山の下に横たわり「愛しのチャールズ王子（スコットランドで人気が高かった英国の王位継承者、チャールズ・エドワード・ステュアート）との戦いで捕虜となった自分は今、大きな城の地下牢に閉じ込められ、明朝には断頭台の露と消える運命にあるのだ、と空想していた」という。あるときミス・プラットは、部屋から解放されたコンスタンスが「空想に酔ったまま、うれしそうな顔で」笑っているのを不審に思い、そのわけを聞いた。

「ちょっと、おかしなネズミがいただけよ」

「ネズミですって?」とミス・プラットが訊き返した。

「別に噛みついたりはしないわ」とコンスタンスは答えた。「ただダンスしたり、遊んだりしてるだけよ」

次に閉じ込められたビール貯蔵室では、樽の栓を抜き、そのあとは亡霊に取り憑かれているという二つの予備室――特別な日には火格子の中に〝青い火〟が見えると言われていた――に閉じ込められた。一階にある父の書斎に閉じ込められると、そこから這い出して木に登り「持ち前の残酷さを発揮して〝磔《はりつけ》〟と称してはナメクジやカタツムリを枝に刺した」という。彼女は興奮を好み、ときには暴力までも強く求める「挑発的で気の短い」子どもで、家を抜け出して森に入っていくときは「ライオンや熊と鉢合わせすることを半分恐れ、半分期待した」という。

手紙の主は、寄宿学校ではコンスタンスは〝厄介者〟で、「権威を嫌い」、「つねに問題を起こして」いたが、「ガス漏れ事故の件はまったくの濡れ衣で、あの事故はおそらく計測器のスイッチを切ったとき、ガスの栓が閉め忘れられたのだろう」と書いている(手紙は学校のガス漏れ事故でコンスタンスにかけられた疑いを晴らそうとしているが、それも、この手紙が彼女の筆によるものだということを強く示唆している)。[注2] コンスタンスは教師たちにあだ名をつけていた。彼女は髪の黒いある教師を「茂みの熊」と呼び、聖書の授業を担当していた牧師は、自分が「八角堂のカササギ」と呼ばれているのを知った（彼の礼拝堂の形にちなんだあだ名だ）。しかし牧師は彼女を叱責することなく、ただ笑い飛ばし、「辛さを分かち合うことで彼女を善へと導こうとしてくれましたが、他の生徒たちの嫉妬を感じた彼女はわざとばかな口答えをし、結局その牧師もさじを投げてしまいました」。このあと彼女は「宗教に救いを求めよう」としたものの、清教徒の神学者、リチャード・バクスターの著書を読み、自分はすでに〝許されざる罪〟――精霊に対する冒瀆――を犯してしまったと考え、善良になることももう無理だとあきらめてしまった。

その手紙によれば、少女時代にダーウィンの著書を読んだコンスタンスは[注3]、彼の理論への感銘を口にし、家族を怒らせたという。ウィリアム同様、コンスタンスも自然界に救済を見つけたようで、シドニーからのこの手紙にはそこここに、ライオンや熊、羊、猿、カササギ、熱帯の鳥、踊るネズミ、はては生け贄となったナメクジやカタツムリなど、生き物が、自由の象徴のように頻繁に登場している。

母の死後、コンスタンスは「自分は必要とされていない、みんなに嫌われている」と思い込むようになり、新しい継母の言葉にそれを確信した。ある日、サミュエルの後妻となった家庭教師は、寄宿学校から帰省していたコンスタンスに「わたしがいなかったらあなたは家に帰ってこれなかったのよ。あなたが家に帰ってくると言ったら、姉さんたちは〝えっ！あの嫌な子が帰ってくるの〟って言っていたわ。あなたはみんなから嫌われているのよ」と言ったのだ。コンスタンスがウィリアムと一緒に家出をして海に向かったのは、「男性に変装し、死ぬまで女性だとばれずに働き続けた女性たち」の話を読んだからだった。家出のときはコンスタンスが弟を誘ったため、それからというもの彼女は「ほかの者を悪の道に誘う悪い子として扱われた」のだった。

　コンスタンスは、かつてばかにしていた実母が、本当は気など触れておらず、むしろ「聖人だったのではないか」と思いはじめた。手紙は「母にはなんらかの謎があるように思えた」と書いている。手紙の主によれば、コンスタンスはしだいに、父と家庭教師のミス・プラットは自分が幼いころからずっと愛人関係にあったのではないかと思いはじめたという。幼いころはわからなかった性的な秘密を推測するうち、彼女の記憶はよみがえり、疑念によってそれは歪曲されていった。子どものころのコンスタンスは「家庭教師の部屋の中にあるもうひとつの部屋に寝ていましたが、彼女が寝るとき、家庭教師の寝室と彼女の寝室のあいだのドアにはつねに鍵がかけられていました。ちなみにサミュエルの寝室は家庭教師の部屋の隣で、サミュエルが留守の夜は、ミス・プラットがひとりで寝るのは怖いと言い、コンスタンスを自分のベッドで寝かせていました」という。また、激しい嵐で雷鳴が轟いたとき、書斎にいたミス・プラットが怯えた様子でサミュエルに駆け寄ったこともあった。するとサミュエルは彼女を膝に乗せてキスをし、彼女は「だめよ！　子どもが見てるわ」と声をあげたという。コンスタンスは、家庭教師の部屋の中にある鍵のかかった小部屋に寝かされたり、父の代わりに家庭教師のベッドで寝かされたりと、知らないうちに二人の性的な場面に巻き込まれていたのだ。

ヘンリー・ジェイムズの『メイジーの知ったこと』（一八九七年）の女主人公のように、コンスタンスは「そのとき理解していた以上のこと」を見せられた子どもだったのだ。混乱と恐怖、そして大人の世界の秘密を巡る推測をなんとかはっきりさせたいという思い、それが、彼女が本当のことを知りたいと考えたきっかけだった。コンスタンスは、子ども時代に目にしたさまざまな手がかりをつなぎ合わせることで犯罪（実母に対する裏切り）に気づき、その犯人たち（彼女の父と家庭教師）を突き止めた。おそらく探偵たちはみな、詮索することの面白さを子ども時代に覚え、それにこだわり続けているのだろう。[注4]

シドニーからの手紙は、ケント家の歴史について興味深いことを書いている。手紙の差出人は、コンスタンスとウィリアムの歯が〝ハッチンソン歯〟で、ウィリアムの片方の足には膿瘍があり、彼らの兄弟の何人かが幼くして亡くなっていることを指摘していた。門歯がギザギザになっているハッチンソン歯は、一八八〇年代に先天性梅毒の症状としてジョナサン・ハッチンソンが特定した歯の形態異常だ。先天性の梅毒は脚の潰瘍（ゴム腫）を引き起こすほか、かつてはこの病気のために多くの赤ん坊が命を落としていた。シドニーからのこの手紙は、サミュエルの最初の妻が梅毒患者だったことをほのめかしていた。

梅毒はあとになって見ればおそらくそうだろうと察しがつくが、その真偽の証明は難しい。イザベラ・ビートン（『ビートン夫人の家政読本』の著者。第五章参照）とその夫やトマス・ハーディと彼の妻、ベートーベン、シューベルト、フローベール、ニーチェ、ボードレール、ヴァン・ゴッホたちもみな梅毒患者だったのではないかと言われている。十九世紀、この病気は社会に広く蔓延していたが――当時、梅毒の治療法はなかった――カメレオンのように、他のさまざまな病気と似た症状を示すため、〝百面相の病〟と呼ばれていた。通常、この病は不道徳なセックスを通じて感染したため、患者は罹患したことを極力隠していた。密かに治療するお金があれば、その秘密を隠しおおせることも多かったのだ。

サミュエルがロンドンで梅毒に感染したのなら、一八三三年に乾物会社を辞め、デヴォンシャーに逃げなければならなかったのもうなずける。というのも、この病気にかかると最初の数週間は主に性器に痛みのない下疳《げかん》ができるだけだが、その後は発熱や体の痛みに悩まされ、見苦しい湿疹が全身に現われる。したがってサミュエルも、しばし人目を避けなければならなかったのかもしれない。もし、彼が梅毒にかかっていたのだとしたら、田舎に引っ込んで人目を避けようと考えたのも無理はなく、一八三六年まで次の仕事を見つけられなかったのも納得できる。

梅毒は感染した直後数カ月間は感染力が非常に高い。サミュエルが妻とセックスをすれば、彼の体の下疳から出たバクテリアが、妻の体の小さな切り傷や裂傷に群がったに違いない（一九〇五年に顕微鏡でその姿が確認されたこのバクテリアは、〝回転する糸〟を意味するギリシャ語にちなみスピロヘータと呼ばれている）。最初のミセス・ケントは、無意識のうちにこの病を自分の子宮内の赤ん坊にうつしてしまったのだ。先天性梅毒の胎児は、流産や死産の可能性が高く、もし無事に生まれても小さく、虚弱で乳を吸うこともできず、幼くして命を落とす場合が多い。ミセス・ケントが何度か流産をしたのも、四人の子どもが乳児のうちに相次いで死亡したのも、梅毒のせいだった可能性はある。子どもの中には幼いうちは病気の兆候がなくとも、成長するにつれギザギザの歯や脚の湾曲といったハッチンソンが発見した先天性梅毒の症状が出てくる者もいる。ジョゼフ・ステイプルトンが〝不摂生〟、すなわちアルコールや経済的、性的な不摂生はいずれ子どもに害を及ぼすとほのめかしたとき、彼はおそらく梅毒を疑っていたのだろう。

もしサミュエルが梅毒患者だったとしたら、彼は感染して一、二年後には明らかな症状が消えてしまう、多くの幸運な患者のひとりだったのだろう。しかし彼の妻は、数年（一般に五年から二十年のあいだ）で第三期梅毒へと進行する、数少ない不運な患者となってしまった。この第三期梅毒が知られるようになったのは、彼女が亡くなったはるかあとのことで、症状としては人格障害が現われ、その後感覚障害、〝精神障害による全般的な麻痺〟、手の施しようのない着実な脳の機能低下へと進んでいく。彼女の精神病や虚弱さはもちろん、腸管閉塞による若すぎる死（享年四十四歳）も、第三期梅毒が原因だったと考えることができる。胃腸障害もまたこの病気の症状のひとつで、患者はこの病気に最初に感染してから、十五年から三十年で命を落とすのだ。

体が麻痺し、ほとんど視力も失ったあげく、四十六歳の若さで亡くなった二番目のミセス・ケントの死も、梅毒が原因かもしれない。なぜなら、彼女のこの症状もまた第三期梅毒の症状のひとつ、脊髄癆《ろう》の特徴だからだ。しかし彼女がこの病気をサミュエルからもらったのだとしたら、彼は梅毒に再感染していたということになる。だがこれもありえないとは言い切れない。下疳が直り、湿疹が治まったサミュエルは、病気が癒えたと考えた可能性がある。というのも、梅毒に再感染しても病斑や湿疹は出ないため、ヴィクトリア朝時代中期の人々は、梅毒には二度はかからないと信じていたからだ。

このような証拠は状況証拠にすぎず、決定的なものではない。シドニーからの手紙の筆者もおそらく確信はなかったのだろう。だがハッチンソン歯を手がかりに過去にさかのぼって仮説を立てるとすれば、ケント家の悲劇の発端は一八三〇年代はじめ、サヴィルの父とロンドンの娼婦の接触、つまりはウィリアム・サヴィル＝ケントが虜となった、ほとんど目に見えない世界の生物、顕微鏡でしか見えないほど小さく、銀色の糸のような、ねじれた生物だったのかもしれない。

十九世紀の終わりになってようやく脊髄癆や不全麻痺といった病気と梅毒の関係が明らかになったため、今でこそサミュエルの妻に健康障害をもたらしたのは彼だったのではないかと疑うこともできる。しかしサミュエル・ケントが最初の妻の精神異常を公表したときも、二番目の妻の麻痺や失明を公表したときも、よもやそれが自分自身の病気の手がかりを残すことになろうとは思ってもいなかっただろう。[注5]

奇妙なことに、シドニーからの手紙は一八六五年のコンスタンスの自白の疑わしい部分についてまったく触れていない。この手紙のきっかけとなったジョン・ロードの著書[注6]が、彼女の自白は「どうあっても信じがたく」、「まったく満足のいくものではない」とし、コンスタンスが犯人とは思えないと主張しているのに、だ。「彼女はかなりの変人と思われていたから、どんな推測でもさもありなんと思われた」とロードは書いている。「セント・メアリズ病院のきわめて宗教色の強い環境の中、彼女がみずからを犠牲にして家族にかけられた疑いを晴らそうと考えた可能性も、じゅうぶん考えられる」というのだ。そして事件解決にもっとも適任なのは、真犯人自身だ。[注7] 一八六五年八月二十八日付の《タイムズ》は「これまでの捜査がまったく実を結ばなかったことからもわかるように、この殺人事件は、真犯人が現われない限り決して解明されることはないだろう」と書いている。コンスタンスの自白でも、彼女の真意が明かされていると思われるこの匿名の手紙でも、結局、探偵としての彼女の役割は不完全なままで終わっている。なぜなら彼女の謎解きには穴があるからだ。ということは、彼女はサヴィルを殺害した犯人ではないということだろうか？

彼女の自白の矛盾は、この事件の真相についての別の説を生んだ。それは当初は密かにささやかれ、その後、この事件の主要な関係者全員が亡くなると、公に語られるようになっていった。[注8] しかしそのような説が出てくるはるか以前から、ウィッチャーはコンスタンスが示した証拠の不備を埋める別の説を抱いていた。しかし彼はそれをサー・リチャード・メインへの内密の報告書の中に記しただけで、[注9] 一度も公にはしていない。

現在も残っている彼の最初の報告書の中でウィッチャーは、コンスタンス以外に「ひとりで寝ていたのは、やはり休暇で帰省していた弟だけです（彼が犯行を手伝ったのではないかとわたしはにらんでいますが、現在のところ彼を逮捕するにじゅうぶんな証拠はつかめていません)」と書いている。また、コンスタンスが保釈されたあとロンドンに戻ってきたウィッチャーは、事件の二週間前にコンスタンスもウィリアムも実家に戻ってきていることに触れ、「ミス・コンスタンスが犯人で、共犯者がいたとすれば、それはおそらく彼女の弟ウィリアムだと思われます……その根拠はこの二人の姉弟の絆の強さです」と書いている。さらにウィッチャーは、この報告書に次のように付け加えている。

わたしとしては、この事件は精神異常の発作を起こしたミス・コンスタンスひとりの手によるものか、あるいは弟妹や両親への恨みと嫉妬にかられた彼女と弟のウィリアムが二人で犯したかのどちらかだと考えています。しかしこの姉と弟の絆の強さや、二人ともひとりで寝ていたこと、さらにはコンスタンスが逮捕される前とあとの弟の落ち込みを考えれば、ミス・コンスタンスが拘置所にいるあいだに、彼らの父親または親族の誰かがウィリアムから真相を容易に訊き出せたのではないでしょうか。しかし状況が特殊なこともあり、それを突き止めることはできませんでした。

弟の死後ウィリアムが〝落ち込んだ〟のは、当然のことに思えるが、ウィッチャーが奇妙だと思ったのはその落ち込み方――内にこもり、罪悪感または恐怖に固まっていた状態――だったに違いない。そこでウィッチャーは、コンスタンスが精神異常をきたし、サヴィルをひとりで殺害した、あるいは彼女は正気で、ウィリアムの助けを借りてサヴィルを殺したという二つの可能性を考えたのだ。ウィッチャーは当初から、コンスタンスとウィリアムが二人で計画を練り、一緒に殺害行為に及んだとにらんでいた。そしてロード村を去るころには、彼の中でその疑いはほとんど確信に近いものとなっていた。

ウィッチャーは、年上で、ウィリアムよりさらに個性的で意固地なコンスタンスがこの殺害計画の首謀者だと考えていたが、同時に、彼女がこの計画を実行に移したのは弟ウィリアムのためであり、彼がその犯行を手伝ったと考えていた。なぜなら、この殺害行為にはウィリアムのほうが明確な動機があったからだ。彼は両親の愛情をサヴィルに奪われたうえ、父には弟のほうが優秀だとしょっちゅう言われていた。もし彼とコンスタンスがサヴィルの殺害計画を立てたのだとしたら、その企みが実行されたことも驚くにはあたらない。孤立し、辛い思いを嚙みしめていた二人の子どもは、それぞれが相手のためにやるのだ、死んだ母のためにやるのだとみずからに言い聞かせながら、互いの信念に裏打ちされた空想の世界に生きていたのだろう。彼らの決意は、お互いを失望させまいとする強い思いにより、いっそう強化されていったに違いない。

サミュエル・ケントは警察がコンスタンスを疑うように仕向け、ウィリアムをかばおうとしたのかもしれない。彼がステイプルトンに、息子の気の弱さや娘の図太さをほのめかしながら、二人のバースへの逃避行のことを語ったのも、ウィリアムをかばうためだったのかもしれない。捜査が進められていたときも、ウィリアムはその小心さゆえに容疑者リストから何度も外されている。しかしウィッチャーは、ウィリアムがあの殺害行為に加担することは可能だと考えていた。バースへの逃避行に関する報道は、ウィリアムが創意に富んだ意志の強い少年であることを物語っており、大人になってからの彼の人生を見れば、それが事実であることは明らかだ。

　サヴィル殺しの捜査では、犯行には二人の人間が関わっていたに違いないという意見が多かった。もしウィリアムがコンスタンスを手伝ったのだとしたら、サヴィルが育児室から連れ去られたときベッドカバーのしわが伸ばされていたことも、窓やドアを開けるときにサヴィルが騒がなかったことも、そのあとで証拠が隠滅されたことも説明がつく。自白の中でコンスタンスがカミソリのことしか言わなかったのは、彼女はカミソリしか使っておらず、ナイフを使ったのはウィリアムだったからかもしれない。シドニーからの手紙は殺害そのものについてはまったく触れていない。おそらくそれは、共犯者について語らずには説明できなかったからだろう。

　この事件をヒントにしたいくつかの小説は、コンスタンスとウィリアムがまだ何かを隠しているという思いに取り憑かれているかに見える。『月長石』のヒロインは、愛する男性をかばうために、自分を容疑者に仕立て上げているし、『エドウィン・ドルードの謎』に登場する兄妹は暗い過去を持っている。そして『ねじの回転』の謎は、秘密によって閉ざされた兄と妹の沈黙にあるのだ[*1]。

　ウィリアムが共犯者だったにせよ、彼らが仲のいい姉弟だっただけにせよ、コンスタンスはつねに彼を守ろうとしていた。彼女は自白をするとすぐに、自分はあの犯行を「誰の助けも借りずにひとりで」実行したと主張した。また、ウィリアムを守るためにも心神喪失を申し立てる気はないと弁護士に告げ、事件とその動機についてもそのように申し立てている。そして彼女はひと言もウィリアムのことに触れていない。彼女は父と継母がウィリアムとサヴィルを差別し、ウィリアムに乳母車を押させて村を歩かせている、と学友に不平をもらしているが、これについて一八六五年には何も言っていない。それどころか、父と継母の自分への態度について「彼らに対してわたしが反感を覚えたことなど一度もありません」と語り、自分以外の人間のために彼女が二人に悪意を抱いていたと思われないように気を遣っている。サヴィル殺しの謎の答えは、やはりコンスタンスの沈黙、愛する弟について彼女が沈黙を守ったことにあるのかもしれないのだ。

コンスタンスが自首したのは、ウィリアムが亡母の遺産一千ポンドを相続することになっていた二十一歳の誕生日を迎える前の年だった。彼は科学の世界で仕事をしていくためにその金を使いたいと考えていたが、当時、一家を覆っていた不透明さと疑惑のせいで、その一歩を踏み出すことができずにいた。二人そろってあの殺人事件の陰で生きるぐらいなら、自

＊1　ヘンリー・ジェイムズのこの中篇小説は一八九八年、シャーロック・ホームズ・シリーズの全盛期に出版された。『ねじの回転』は探偵小説の逆を行く作品で、子どもたちの沈黙の謎が解き明かされることはなく、探偵の役割を果たす語り手は名状しがたい犯罪に巻き込まれ、子どもの死は物語のきっかけではなく、物語の最後に訪れるなど、探偵小説の決まり事はすべて無視されている。

分ひとりがその闇を引き受けようとコンスタンスは考えたのだろう。彼女の償いの行為がウィリアムを解放し、彼の未来を可能にしたのだ。

結 び

ジョゼフ・ステイプルトンがロード・ヒル殺人事件について著わした本の第三章は、もっぱらサヴィル・ケントの遺体の検死内容に割かれている。ステイプルトン医師のさまざまな観察の中でも顕著なのは、遺体の左手にあった二つの傷についての、美文体のような文章だ。

しかしあの手には——あの左手、体から力なくぶら下がっていた、たとえ切り刻まれようとも彫刻家の習作かモデルと見紛うようなあの美しい彫刻のような手には——二つの小さな切り傷があった。ひとつはほとんど骨まで達し、もうひとつはひっかき傷程度の、二つの傷が、人差し指の付け根の部分についていたのである。いったいどうしてあの傷はついたのだろうか？

ステイプルトンによるこの傷の説明から、一時的にではあるが、暴力的にサヴィルの姿が脳裏に浮かんでくる。傷の位置とその形状から、この医師は、サヴィルが殺される直前に目を覚まし、切りつけられたナイフから喉を守ろうとして左手を上げたのだと推理した。ナイフは、その手の指の付け根までぐさりと切り込んだ。サヴィルはもう一度、今度は弱々しく手を上げたが、ナイフはその指をかすめてのどに切り込んだのだというのである[注1]。

この記述により、わたしたちにとってサヴィルはいきなり現実の存在となる。目を覚ました彼は、自分を殺そうとする者を目にすると同時に、自分に死が訪れることを知るのだ。ステイプルトンの文章を読んだとき、わたしは激しいショックとともに思い出した。あの少年は生きていたのだと。彼が殺された経緯を解明しようとする一方で、彼自身の存在を忘れていたのである。

おそらくこういうことが、現実にしろフィクションにしろ、探偵による捜査の目的なのだろう――興奮や恐怖や悲しみをひとつの謎《パズル》に変換し、その謎を解くことによって、それらをなくしてしまうのだ。「探偵小説とは、ハッピーエンドになる悲劇なのだ」とレイモンド・チャンドラーは一九四九年に書いている。物語の中の探偵は、わたしたちを殺人に直面させることでスタートし、わたしたちを赦免することで物語を終わらせる[注2]。探偵は、わたしたちの嫌疑を晴らしてくれる。不明確な状態からわたしたちを解放してくれる。わたしたちを、死に臨む状況から救ってくれるのである。

ジョナサン・ウィッチャー

後　記

本書を刊行してから四カ月経ったころ、ある女性読者が、ジョナサン・ウィッチャーの写真を見つけたと書いてきた。それは例のティチボーン家相続人事件でウィッチャーが一緒に仕事をした事務弁護士、フレデリック・バウカーのアーカイヴにあったもので、現在はハンプシャー州博物館サービス機構に保管されている。その写真を見るためウィンチェスターに赴いたわたしは、二枚目の写真を見つけた。どちらも一八七〇年代初頭に撮影されたものだ。わたしにとって初めて目にする、ウィッチャーの姿であった。

四四五ページに掲載された全身像を見ると、こざっぱりとした服装のウィッチャーは、颯爽とした感じにちょっぴりユーモラスな雰囲気をたたえ、自信に満ちて見える。紳士風のスリが盗んだ財布を相手のポケットから引っ張り出し「もうこれで十分！」（第四章の最後を参照）とうれしそうに言っている彼の姿が目に浮かぶ。写真屋は、カントリーハウスの客間を模したついたての前にウィッチャーを立たせたのだろう、右側に描かれた縦長の窓が開いていて、その向こうの芝生が見渡せる。彼が右手を軽く置いているのは、背の高いフラワーバスケットだ。その陽気で幸せそうな雰囲気は、この時期にふさわしいものといえる。一八七〇年の時点ですでに、ロード・ヒル殺人事件ではウィッチャーが正しかったということが証明されていた。また、彼はティチボーン家相続人事件の訴訟人がウォッピングの肉屋だということを暴いていたし、裕福な未亡人と結婚もしていたのである。彼の足どりが弾むようだったとしても、不思議ではないのだ。

もうひとつの写真、つまりその次のページに掲載した上半身のポートレートは、もっと控えめな、ディケンズがかつて表現した男に近い雰囲気になっている。気取らず、ずんぐりした体形の彼は、「控えめで思慮深げな感じで、算術計算に没頭しているような雰囲気をもっていた」（プロローグ参照）というのである。目つきはやさしく、ちょっと涙ぐんでいるようにも見え、瞳はあまりにも薄い色なので透明かと思えるほどだ。唇をややゆがめているが、思いやりのありそうなかすかな微笑みをたたえている。たるみはじめた目の下と灰色の増したほおひげからすると、先ほどの全身写真よりはほんの少し歳をとっているようだ。ただしこれは、たんにカメラが近かったせいかもしれない。着ているのは前の写真と同じ、おそらく一番のよそ行きで、鎖の付いた金の懐中時計も同じだ。友人のジョン・ポッターに遺品として遺したものだろう（第十八章参照）。首のまわりにある紐から何かがぶら下がっているが、眼鏡だと思われる。

この二枚はティチボーン裁判のころに撮られたもので、鶏卵紙（初期の写真印画紙）にプリントして四×二・五インチのカードに貼り付けた、いわゆる名刺判《カルト・ド・ヴィジット》写真である。値段は一枚約一シリングで、ティチボーン家の人びとや訴訟を起こした当人、弁護士など、ほかの多くの人も同様に、事件の記念品としてこうした写真カードをつくっている。クローズアップ写真は、ストランドの西の端でチャリング・クロス駅の向かい側にある、ロンドン・アンド・プロヴィンシャル・フォトグラフィック・カンパニーによってプリントされたもので、一方の全身写真には「パウエル、チャリング・クロス」というスタンプがあった。

シドニー・パウエルは、チャリング・クロス駅からストランドの通りを渡った反対側のチャンドス・プレイス三十八番地に写真スタジオをかまえていた。彼は写真家および眼鏡技師としての広告を出していたが（十九世紀半ばとしては珍しくない）、詐欺師的な要素を持っていたらしい。一八六二年には、当時人気があったローザ・ボヌールの絵『馬の市』の複製写真を無許可で売り、訴えられている。その七年後、客を装って店に来た私服警官に、パウエルはエロティックな油絵二点を百ギニーで売りつけようとした。おそらくこれは、彼がその前年に《ペル・メル・ガゼット》に広告を出した、フランソワ・ブーシェの「非常に好奇心をそそる凝った」キャビネットピクチャー（九十センチ以下の小さな絵）だろう。パウエルはさらに卑猥な写真をいくつか見せ、猥褻画の販売に対して警察の取り締まりが厳重になってきているから注意しろ、と言った。この時点で警官は身分を明かし、彼を逮捕したのだった。パウエルは猥褻写真を売ったかどで十八カ月の重労働という判決を受けたが、一八七一年にはまた商売に戻り、チャールズ・ディケンズが彼の生み出した二十二人の登場人物に囲まれているという「実物をモデルにした」肖像画を一枚二シリング、送料無料で売るという広告を《ジ・エラ》誌に出している。ウィッチャーの写真を撮ったのは、その一、二年後だ。

パウエルのスタジオは、かつてディケンズの仕事場があったウェリントン・ストリートから、二ブロック西に位置していた。一八五〇年の夏、ディケンズはその仕事場でウィッチャーと会っている。ディケンズの招待に応じて、警察官たちの一団、つまりフィールドとウォーカー両警部のほか、ウィッチャー、ソーントン、ケンダル、スミス、ショーの各部長刑事が、ある蒸し暑い日の夕暮れ時、《暮らしの言葉》のオフィスに集まったのだ。その年の七月の記事でディケンズは、自分とこの「親しい仲間たち」が丸テーブルについて、グラスを手に葉巻をくゆらせながら話をした様子を書いている。その窓の外からは、貸し馬車屋の御者や川船の船頭、コヴェント・ガーデンの劇場へ行く客などのざわめきが聞こえていた。ウィッチャーの同僚たちは、馬泥棒で詐欺師として有名な〝タリホウ〟・トンプスンを彼が捕まえたときのことを話してやれ、とせきたてる。「自分のやったことをあまり他人に話すべきではないんですがね」とウィッチャーは言った。「でもまあ、あのときは誰もほかにいなかったし、わたししか話せる人間はいないんですから、やってみましょう」。そう言うと彼はブランデーをひと口飲み、「やや前かがみの姿勢で両手を膝の上にのせると」、英国のさまざまなパブや郵便局をめぐってタリホウを執拗に、また巧妙に追跡した顚末を、話しはじめたのだった。それは実に生き生きとしたすばらしい話で、ウィッチャーは最後にノーサンプトンシャーのパブで馬泥棒を捕まえたのだが、そこで犯人と一緒にブランデーをくみ交わしたのだった。「彼はわたしのことをほめちぎっていましたね」とウィッチャーはディケンズに言った。「わたしは警官の中でも最優秀だと言っていました」

19 世紀のロード・ヒル・ハウスを写した２枚の写真
（この写真の出処についての説明は巻末の「後記」にある）

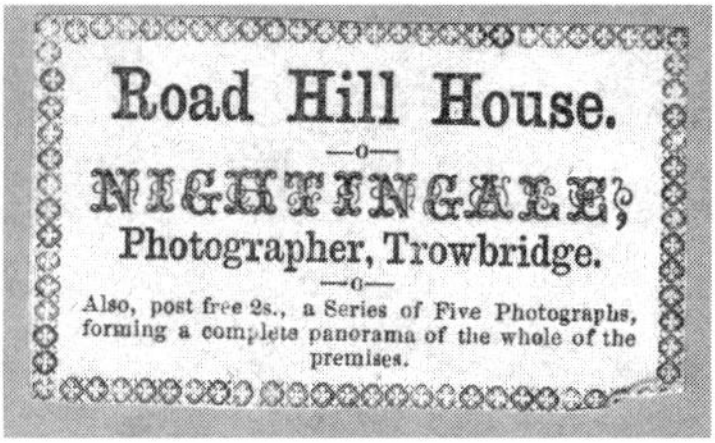
Road Hill House.

—o—

NIGHTINGALE,

Photographer, Trowbridge.

—o—

Also, post free 2s., a Series of Five Photographs, forming a complete panorama of the whole of the premises.

上の写真の裏に貼られたラベル

上・左の写真にある客間部分の拡大

この集まりから二十年後、ウィッチャーはふたたびストランドのはずれにある部屋に姿を現わすこととなる。そしてこのときは、言葉でなく写真を残したのだった。このときもまた、彼の人生は上り調子だったし、くつろいだ冷静な感じで、どこか控えめな雰囲気をもっていた。

読者からウィッチャーの写真の存在を教えられたのと同じ月、別の読者が、ロード・ヒル・ハウスの古い写真を送ってくれた。リチャード・ローズという名のその読者は事務弁護士で、ロンドン西部の露店で立体写真の写真カードを物色しているときに見つけたのだという。ラジオ番組でわたしの本の内容を知っていたため、カードのひとつに「ロード・ヒル・ハウス」の文字があったことに気づいたのであった。五ポンドでカードを買った彼は、それを見るための立体写真ビューアーとともに、説明の手紙をつけて送ってくれた。カードにあった二枚の写真は、四五一ページの上に掲載してあるが、邸宅の裏側を撮ったものだ。それぞれの中央やや右寄りに見えるのは客間の半円型にせり出した張出し窓で、その真ん中の窓はサヴィル・ケントが死んだ日の朝、開いていたものだ。十九世紀に撮られたロード・ヒル・ハウスの写真としては、わたしの知る唯一のものであり、そしてローズ氏も指摘しているように、これには何かを暗示する不気味で奇妙な要素がある。

立体写真は、ほとんど同じに見える二枚の写真を横並びにしたものだ。ステレオスコープと呼ぶ立体映像用の眼鏡を通して見ると、ひとつの三次元映像として見ることができる。写真の前景――ここでは邸宅の裏にある華奢な柵と木の枝――が飛び出して見え、写真に奥行きがあるように見えるという仕組みだ。一八五〇年代から一八六〇年代には、視覚効果を利用したさまざまな仕掛けが流行ったが、ステレオスコープは最も人気のあるものだった。何百万枚ものカードと、それを見るための何千というビューアーが売れたのである。

わたしに写真カードを送る前に、リチャード・ローズはそれをスキャンして画像をコンピュータに収め、拡大して細部を調べた。通常、立体写真カードの二枚の写真は専用のダブルレンズ・カメラを使って同時に撮影される。だがローズ氏は、この写真の撮影者が普通のシングル・レンズのカメラを使っていることに気づいた。最初の写真を撮ってから、三脚の上でカメラを二・五インチずらして、二枚目を撮っているのである。たいていの場合、二つの写真は、立体的効果を生み出すのに必要な視点のずれ以外、ほとんど同じものなのだが、ここでは違いがあった。「二枚の写真を撮るあいだは、おそらく二分もなかったと思いますが」とローズ氏は書いている。「そのあいだに何かが起きたようなのです」。最初の写真、つまり右側の画像では、真ん中の窓ガラスには何も映っていない。雲や木の枝の隙間から差し込む冬の日差しが反射しているほかは、暗いだけなのだ。ところが左の写真では、窓ガラスに二人の人間の顔が見える。写真家が二枚目の写真を撮ろうと準備しているあいだに、黒っぽいあごひげをびっしり生やした男と、それよりやや背の低い人物がひとり、窓に近づいてきたらしい。

この二人の人物の正体は、謎のままだ。ローズ氏はこう書いている。「この二人を初めて見たとき、思わず身震いしました。M・R・ジェイムズの作品で恐ろしい描写を読んだときや、『ねじの回転』でピーター・クイントが出てきたときのように」

わたしは自分の本が出版されて以来、幽霊に関する手紙をよく受け取るようになった。たとえば、最初のミセス・ケントが亡くなったベイントン・ハウスや、ランガム・ハウス（元のロード・ヒル・ハウス）にかつて住んでいた人たちは、奇妙な音を聞いたり不思議なものを見たと報告してきた。廊下を行ったり来たりする灰色の服の女性とか、ベッドルームの低い椅子に座っている子ども、壁から突き出した少女の両手、真夜中に聞こえる子どもの泣き声などだ。どの部屋も、ケント一家の悲哀に満ち満ちているように思える。ローズ氏の手紙を読んだわたしは、このロード・ヒル・ハウスの悲劇の痕跡は、のちの怪奇小説の中にも見られるということを思い出した。M・R・ジェイムズの短篇「銅版画」（一九〇四年）の中で、ある美術館学芸員のもとにロード・ヒル・ハウスに似たカントリーハウスの版画が送られてくる。十九世紀初期に建てられ、正面に三列の上げ下げ窓と玄関ポーチを備えたものだ。学芸員はそれをごくふつうの版画だと思ったが、二度目にながめたとき、額縁の近くにある何かに気づいた。「……隅のほうに、まるで黒いしみのように、頭をすっぽり覆った男だか女だかの姿が、背をこちらに向けて家のほうを見ているのだった」。数時間後、彼はふたたびその版画をながめてみる。「正体不明な屋敷の芝生の上に、今日の午後五時にはまったく存在しなかった人影が見えるではないか。それは四つん這いになり、屋敷に向かってにじり寄っていくところだった」（創元推理文庫『M・R・ジェイムズ怪談全集1』紀田順一郎訳より)。絵が変化を続けていることに気づき、学芸員はぞっとした。次に彼が見ると、窓が開かれ、さっきの人物は消えていた。次には窓が閉まり、人物がふたたび芝生の上にいるのだが、両腕で子どもをひとり抱え、屋敷から立ち去ろうとしているのだった。物語の最後で学芸員は、一世紀前にその屋敷から実際に子どもが誘拐されたということを知る。目の前にある版画は、少年をなくして悲嘆にくれる父親がつくったものだった。

この銅版画と同様、ロード・ヒル・ハウスの立体写真カードも、よく見ると変化していて、秘密を明かしているようにも思える。写真を拡大してみたら、そこには短いながら隠された物語があらわれたではないか。ひとつの画像と思っていたものから、前後二つのコマが見えてきたのだ。そして、窓に現われた姿の意味を考えるには、その写真がいつ、誰によって撮られたかを知る必要がある。

カードの裏のラベルを見ると、こう書かれてあった。「ロード・ヒル・ハウス。ナイティンゲール、写真家、トロウブリッジ。五枚組の追加は二シリングで送料無料」。一八六一年および一八七一年の国勢調査におけるトロウブリッジの記録と、同市の一八五五年における職業人名簿から、写真家で保険数理士のウィリアム・ブルックマン・ナイティンゲールという人物が浮かび上がった。フォア・ストリートに住み、ザ・パレードにスタジオをもち、ロード・ヒル事件のときはちょうど三十歳だ。

写真に写ったロード・ヒル・ハウスの木々にほとんど葉がないことから、ウィリアム・ナイティンゲールは冬の初めに撮影したと考えられる。ラベルには年度が書かれていないので、彼が地元の新聞にこの写真の広告を載せていないかと思って調べたところ、《トロウブリッジ・クロニクル、ヴォランティアーズ・ガゼット、アンド・ウェスト・オブ・イングランド・アドヴァタイザー》の創刊号に見つかった。「ロード・ヒル・ハウスの眺め。ステレオスコープ用カード一シリング、大判二シリング六ペンス。WBナイティンゲール」とある。新聞の日付は一八六一年五月十一日。つまり、写真が撮られたのは一八六〇年から一八六一年にかけての冬、ケント一家がまだ住んでいた時期だ。

スタジオで写真をプリントしたあと、ナイティンゲールはその写真から絵を描き起こしたものと思われる。一八六一年五月十五日付の《マールボロ・タイムズ》に、「写真芸術家のナイティンゲール氏」がその年の四月、つまりケント一家がウェストン・スーパー・メアに引っ越した直後にあったオークションで、ロード・ヒル・ハウスの版画を出品したという記事があるからだ。オークションは冬のような寒さと湿度の土曜日に行なわれた、と記事は書いている。最初に書籍が競りにかけられ、次にワインだったが、「かなり多くの量が〝ティスティング〟された」という。ナイティンゲールの版画は殺人現場の安価な記念品で、現場にあったどんな安物の家具調度品よりも安かった。だが、記事も指摘しているように、ロード・ヒル・ハウスを訪れた者の中には、無料の記念品を持ち帰る者もいた。屋敷のまわりの木の枝を折ったり、壁下の幅木を剝がしたりしたのである。

別の新聞からは、ナイティンゲールがどうやってこの写真を撮ることになったかを知る手がかりが得られた。《モーニング・ポスト》一八六一年四月十八日号によれば、ジョゼフ・

ステイプルトンが出版するロード・ヒル事件の本には、「屋敷の見取り図と、この本のために撮った建物と庭の写真からつくった版画が掲載される予定」だというのだ。ステイプルトンとナイティンゲールはフォア・ストリートで近所に住んでいたから、医師兼作家が保険数理士兼写真家に自分の本の挿絵を依頼したことは十分に考えられる。その挿絵は一八六一年五月に刊行されたステイプルトンの著書『一八六〇年の大いなる犯罪』に掲載されているが、制作者の名前は入っていなかった。うち二点の図版は、本書に再録した。一六、一七ページにある屋敷の間取り図と、七〇ページにある鳥瞰図で、ナイティンゲールが五枚のパノラマ写真からつくったものと思われる。

　サミュエル・ケントが、自分の息子を殺したのがほかならぬ自分の娘コンスタンスだと指摘する『一八六〇年の大いなる犯罪』を認めていたことは、すでにわかっている。さらに、彼がこの本の写真撮影についても承諾していたことは、明らかだ。十九世紀半ばの写真に用いられたコロジオン法（湿板法）（コロジオンに銀塩を混ぜた乳剤を用いる）では、感光させたらすぐに現像・定着を行なう必要があった。したがってナイティンゲールは、ロード・ヒル・ハウスの庭にテントを張るか、建物内の部屋を使って、暗室をつくらなければならなかったはずだ。おそらくナイティンゲールとステイプルトンは、一八六〇年の冬に連れ立ってサミュエル・ケントのもとを訪れたのだろう。ナイティンゲールが撮影のため外へ行っているあいだ、年上の男二人は客間で本の内容を話し合っていたのだろう。そして、川べりの草地にいるナイティンゲールと三脚を見つけ、彼の仕事ぶりを見ようと窓辺に近づいたのだ。ナイティンゲールはすでにその客間に向かったアングルで一枚を撮り終えていて、立体写真にするための二枚目を撮る準備をしていた。客間にいてうっかり写ってしまった白髪のぼやけた人影は、おそらく当時六十歳のサミュエル・ケントだろう。そして隣のあごひげの男が、共通の友人である四十六歳のジョゼフ・ステイプルトンだ。二人はかなり遠い距離にいたので、ナイティンゲールがシャッターを切ったときに気づくこともなかったし、写真を現像したときも気づかなかったのだろう。

もしこうしたことが事実だとすれば、この写真はロード・ヒル事件のいわば第二期の始まりをとらえたことになる。二枚の写真は当時のロード・ヒル・ハウスを記録にとどめようとしたが、二枚のわずかなずれが、あらたなストーリーを生み出してしまった。画像の中の画像、窓ガラスを通してわたしたちを見つめている人影は、サヴィル・ケント殺人事件に関する最初の本の構想を練る二人を、あらわにしているのである。

ケイト・サマースケイル

二〇〇八年十一月、ロンドンにて

原　注

●プロローグ

1　英国国立公文書館の首都圏警察ファイル MEPO 3/61 に記載されている、ウィッチャーの経費より。

2　《ジェントルマンズ・マガジン》一八六〇年七月、八月、九月号における気象情報より。

3　《タイムズ》一八五六年四月七日および十二日、一八五八年五月三日、四日、十二日の記事より。

4　《暮らしの言葉》一八五〇年七月二十七日号および八月十日号、'A Detective Police Party' 第一部および第二部より。

5　ティモシー・キャヴァナー（もと警部）著 *Scotland Yard Past and Present: Experiences of Thirty-Seven Years*（一八九三年刊）より。

6　《暮らしの言葉》一八五〇年七月二十七日号、'A Detective Police Party' より。

7　《暮らしの言葉》一八五〇年七月十三日号「盗賊捕縛の最先端」より。この記事の執筆には、おそらくディケンズも協力していたと思われる。内容および執筆者の詳細については、*Household Words: A Weekly Journal 1850–1859 Conducted by Charles Dickens* の中の *Table of Contents, List of Contributors and Their Contributions Based on The Household Words Office Book in the Morris L. Parrish Collection of Victorian Novelists*（一九七三年、Anne Lohrli 著）を参照されたい。

8 MEPO 21/7 首都圏警察退任文書より。
9 *Black' s Picturesque Tourist and Road and Railway Guidebook*（一八六二年）、*Stokers and Pokers; or, the London and North-Western Railway, the Electric Telegraph and the Railway Clearing-House*（一八四九年、Francis Bond Head 著）、*Paddington Station: Its History and Architecture*（二〇〇四年、Steven Brindle 著）、および《トロウブリッジ・アドヴァタイザー》一八六〇年一月号鉄道時刻表より。

●第一〜第三章

この三つの章に引いた談話はおおむね、一八六〇年七月から十二月にかけて行なわれたウィルトシャー治安判事裁判所での証言および一八六〇年十一月に高等法院王座部でなされた宣誓供述を報じた新聞記事、そして一八六一年五月にJ・W・ステイプルトンが出版した以下の本から抜粋した。これは本件について書かれた初めての書籍である。*The Great Crime of 1860: Being a Summary of the Facts Relating to the Murder Committed at Road; a Critical Review of its Social and Scientific Aspects; and an Authorised Account of the Family; With an Appendix, Containing the Evidence Taken at the Various Inquiries*（『一八六〇年の大いなる犯罪、ロード殺人事件の実録要約。社会的かつ科学的観点からの分析、公認された家族の記録、捜査で採取された証拠日録付き』）

新聞記事は、《サマセット・アンド・ウィルツ・ジャーナル》、《トロウブリッジ・アンド・ノース・ウィルツ・アドヴァタイザー》、《ブリストル・デイリー・ポスト》、《バース・クロニクル》、《バース・エクスプレス》、《ウェスタン・デイリー・プレス》、《フルーム・タイムズ》、《ブリストル・マーキュリー》、《タイムズ》、《モーニング・ポスト》、《ロイズ・ウィークリー・ペーパー》、《デイリー・テレグラフ》の各紙を使用した。家具に関する詳細は、一八六一年四月に行なわれたロード・ヒル・ハウスの家財道具の競売を報じる新聞記事から得たものである。

●第三章

1 *The King of Saxony*、*s Journey through England and Scotland in the Year 1844*（一八四六年、Carl Gustav Carus 著）より。

2 *English Traits*（一八五六年、Ralph Waldo Emerson 著）より。*The English Home and its Guardians 1850-1940*（一九九八年、George K. Behlmer 著）の中で引用されている。

●第四章

1 《ディヴァイズィズ・アンド・ウィルトシャー・ガゼット》一八六〇年八月二日付の気象および作物情報より。

2 もとサミュエル・ケントの事務弁護士だったローランド・ロドウェイは、トロウブリッジ駅の設備改善キャンペーンを率いていた。プラットホームが狭くて危険だ、一段高くなった線路横断通路もなければ待合室もない、と説いている。《トロウブリッジ・アンド・ノース・ウィルツ・アドヴァタイザー》が一八六〇年七月二十一日付で、そのキャンペーンを報じている。

3 トロウブリッジの歴史および環境については、*The Book of Trowbridge*（一九八四年、Kenneth Rogers 著）、*John Murray*、*s Handbook for Travellers in Wilts, Dorset, and Somerset*（一八五九年）およびトロウブリッジ郷土史館所蔵の写真と地図より。《ロイズ・ウィークリー・ペーパー》一八六〇年七月十五日付の羊毛業界情報。
4 《トロウブリッジ・アンド・ノース・ウィルツ・アドヴァタイザー》一八六〇年八月四日付の広告より。
5 《暮らしの言葉》一八五〇年七月二十七日号、'A Detective Police Party' より。
6 ウィッチャーの家族についての詳細は、ロンドン・メトロポリタン公文書館のX097/236に記載されているセント・ジャイルズ洗礼記録および、サラ・ウィッチャーとジェイムズ・ホリウェルの結婚証明書より。キャンバーウェル区の歴史については、*London and Counties Directory 1823-4* および *The Parish of Camberwell*（一八七五年、Blanch著）、*Camberwell*（一八四一年、D. Allport著）、*The Story of Camberwell*（一九九六年、Mary Boast著）より。
7 ウィッチャーの身元保証人は、キャンバーウェル区ハイ・ストリート十二番地（のちにプロヴィデンス・ロウに移住）の家屋塗装業者ジョン・ベリーと、同じキャンバーウェル区のジョン・ハートウェルだった。MEPO 4/333（首都圏警察入隊者名簿）および、一八四一年国勢調査より。警察官就任の条件と手続きについては、*Sketches in London*（一八三八年、James Grant著）より。
8 そのほか、巡査たちのもとの職業には、肉屋、パン屋、靴屋、仕立て屋、兵士、使用人、大工、レンガ職人、鍛冶屋、旋盤工、事務員、店員、修理工、配管工、塗装工、船員、職工、石工などがあった。*Scotland Yard: Its History and Organisation 1829-1929*（一九二九年、George Dilnot著）より。
9 警察の給料については大英図書館所蔵の *Parliamentary Papers of 1840* より。比較対象とした労働者の賃金については《チェンバーズ・ジャーナル》一八六四年七月二日号 'The Metropolitan Police and What is Paid for Them'（「首都圏警察とその経費」）を参照。
10 市民四百二十五人につきひとりの警官がいたことになる。*Sketches in London*（一八三八年、James

Grant 著）所載の数字より。警官につけられたあだ名は、ケロウ・チェズニー著『ヴィクトリア朝の下層社会』（一九七〇年）およびヘンリー・メイヒュー著『ロンドン路地裏の生活誌―ヴィクトリア時代』（一八六一年版、Bracebridge Hemyng, John Binny and Andrew Halliday 共著）より。

11 警官の制服の詳細については、*Mysteries of Police & Crime*（一八九九年、Arthur Griffiths 著）および *Scotland Yard: Its History and Organisation 1829–1929*（一九二九年、George Dilnot 著）、*Scotland Yard Past and Present: Experiences of Thirty-Seven Years*（一八九三年、Timothy Cavanagh 著）より。

12 《ワンス・ア・ウィーク》一八六〇年六月二日号、'The Policeman: His Health'（「警察官――その健全性」、Harriet Martineau）より。

13 《クォータリー・レヴュー》一八五六年、'The Police and the Thieves'（「警察と泥棒たち」）より。また別の解説者、ジェイムズ・グリーンウッドもこれと同じことを述べている。「あたりまえの巡査が、どんなときもきちんと統制のとれた機械として、きしんだりいたずらに雑音をたてたりせずにその機能を果たしてくれさえすれば、それ以上言うことはない」。*Seven Curses of London*（一八六九年）より。いずれも *Cops and Bobbies: Police Authority in New York and London, 1830–1870*（一九九九年、Wilbur R. Miller 著）に引用されている。

14 一八四一年国勢調査より。

15 首都圏警察歴史コレクションのジョン・バック・アーカイヴより。

16 規則については、*Policing Victorian London*（一九八五年、Philip Thurmond Smith 著）および *London's Teeming Streets 1830–1914*（一九九三年、James H. Winter 著）、英国国立公文書館の首都圏警察の規則と訓令より。警官の一日の詳細については、*The Making of a Policeman: A Social History of a Labour*

Force in Metropolitan London, 1829–1914（二〇〇二年、Haia Shpayer-Makov 著）および《暮らしの言葉》一八五一年四月二十六日号'The Metropolitan Protectives'（「首都圏を守る者たち」、チャールズ・ディケンズ）、前出の *Sketches in London*（Grant）、*Scotland Yard Past and Present*（Cavanagh）、'The Policeman'（Martineau）より。

17　首都圏警察共同総監のロウワン大佐とリチャード・メインが、一八三四年、議会特別委員会に示した評価。*The English Police: A Political and Social History*（一九九一年、Clive Emsley 著）参照。

18　隠語については、ヘンリー・メイヒュー『ロンドン路地裏の生活誌―ヴィクトリア時代』およびケロウ・チェズニー『ヴィクトリア朝の下層社会』より。おとりを務める泥棒たちについては、《タイムズ》一八三七年十一月二十一日付より。

19　ウィッチャーが警察入りした一八三七年、ロンドンでは約一万七千人の逮捕者があった。その内訳は以下のとおり。夜盗一〇七人、押し込み強盗一一〇人、追いはぎ三八人、スリ七七三人、〝普通の泥棒〟三六五七人、馬泥棒一一人、犬泥棒一四一人、偽造犯三人、贋金づくり二八人、〝贋金使い〟三一七人、〝詐欺による物品獲得者〟一四一人、その他の詐欺を働いた者一八二人、盗品の受領者三四三人、〝治安妨害の常習者〟二七六八人、浮浪者一二九五人、無心の手紙（訳注／見知らぬ金持ちに借金を申し込む手紙）の書き手五〇人、無心の手紙の所持者八六人、売春宿住み込みの高級娼婦八九五人、通りに立つ高級娼婦一六一二人、貧民街の〝卑しい〟娼婦三八六四人。*Scotland Yard: Its History and Organisation 1829–1929*（一九二九年、George Dilnot 著）より。

《タイムズ》一八三八年六月三十日付。

20　《タイムズ》一八三七年十二月二十三日付。

21 *The First Detectives and the Early Career of Richard Mayne, Commissioner of Police*（一九五七年、Belton Cobb 著）および、《タイムズ》一八四〇年十二月十五日付より。

22 その警官の名はポーペイ、集会はチャーティスト（人民憲章主義者）たちの集まりだった。*Scotland Yard: Its History and Organisation 1829–1929*（一九二九年、George Dilnot）参照。内務大臣ロバート・ピールは一八二二年、自分は〝スパイ組織〟には真っ向から反対であると下院に請け合った。

23 ロンドン・メトロポリタン公文書館の法廷記録、参照文献 WJ/SP/E/013/35,38,39 および、WJ/SP/E/017/40、MJ/SP/1842.04/060。

24 ダニエル・グッドの追跡と刑事課の編成についての詳細は、MEPO 3/45 の当該殺人事件に関する警察ファイルおよび前述の *The First Detectives*（一九五七年、Belton Cobb 著）、*The Rise of Scotland Yard: A History of the Metropolitan Police*（一九五六年、Douglas G. Browne 著）、*Dreadful Deeds and Awful Murders: Scotland Yard. s First Detectives*（一九九〇年、Joan Lock 著）より。

25 《暮らしの言葉》一八五〇年七月二十七日号、'A Detective Police Party' より。一八五一年の国勢調査によると、ソーントンは一八〇三年サリー州エプソム生まれ。十七歳年上の女性と結婚して娘二人をもうけた。

26 首都圏警察の給与情報は、英国国立公文書館および大英図書館の 1840 (81) XXXIX.257、警察の人員と給与額についての議会文書より。

27 《チェンバーズ・エディンバラ・ジャーナル》Ⅻ号。

28 〝ジャック〟という語はケロウ・チェズニー『ヴィクトリア朝の下層社会』に引用されている。刑事たちはまた、*The Slang Dictionary*（一八六四年、J.C. Hotten 編）によると〝ストップ〟、一八七四年版

Hotten の辞書によると〝ノーズ〟とも呼ばれるようになった。一八六四年にはロンドンの刑事たち特有の言い回しもいくつか収録されている。ある者を〝パイプする〟とは、あとを追うこと。〝スモーク〟（いぶす）とは悪事を見破るとか〝策略を見抜く〟とかいうことだった。

29 《チェンバーズ・エディンバラ・ジャーナル》一八四九年七月二十八日号。同誌はそれ以降一八五三年九月までのあいだにさらに十一篇、ウォーターズの作品を発表した。その十二篇が、一八五六年には一冊にまとめられている。

30 《暮らしの言葉》一八五〇年七月二十七日号、'A Detective Police Party' より。

31 *Things I Have Seen and People I Have Known*（全二巻、一八九四年、George Augustus Sala 著）より。

32 この定価一シリング六ペンスの短篇集は一八六〇年四月に発行され、その年の夏には第二版が出た。

33 《タイムズ》および《ニューズ・オブ・ザ・ワールド》、一八五一年六、七月の、銀行強盗事件を報じた記事より。

34 その年にはまた、チャーリー・フィールドが、バッキンガムシャーのチェディントンで鉄道を爆破しようとした男二人を姑息な手段で逮捕したとして非難を受けた。《ベドフォード・タイムズ》によると、彼はマッチ販売人を装ってその町に部屋を借り、地元のパブのなじみ客となって、ふざけた調子で〝材木商〟などと自称したあげく、求めていた情報を手に入れたのだった。*Dickens and Crime*（一九六二年、Philip Collins 著）参照。

35 小説中の探偵たちは人目をひかず、おとなしかった。メアリ・エリザベス・ブラッドンの小説 *Henry*

Dunbar（一八六四年）に出てくるスコットランド・ヤードのカーターは、「おちぶれたとはいえ気位の高い半給の大佐か、ツキに見放された株式仲買人か」という風貌をしている。トマス・ハーディの『窮余の策』（一八七一年）の刑事は「眼光のほかは何もかもが平凡」。ジョン・ベネットの『トム・フォックス、またはある刑事の告白』（一八六〇年）の語り手は、「わたしがいつも役立てるのは目と耳で、ほとんど口はきかない――探偵たるもの誰でも心にとめておくべき教訓だ」と言う。ブラッドンの *The Trail of the Serpent*（一八六〇年）では探偵は口がきけない。

36　《暮らしの言葉》一八五〇年九月十四日号、「三つの〝探偵〟秘話」より。

37　一八二〇年代から四〇年代にかけての〝ニューゲート・ノヴェル〟は、追いはぎディック・ターピンや怪盗ジャック・シェパードのように大胆不敵な犯罪者を題材にした通俗小説だった。探偵ヒーローの優勢については、たとえばジュリアン・シモンズ『ブラッディ・マーダー――探偵小説から犯罪小説への歴史』、イーアン・ウーズビー『天の猟犬―ゴドウィンからドイルに至るイギリス小説のなかの探偵』、*Detective Fiction and the Rise of Forensic Science*（一九九九年、Ronald Thomas 著）、*The Pursuit of Crime: Art and Ideology in Detective Fiction*（一九八一年、Dennis Porter 著）などを参照。ミシェル・フーコーは『監獄の誕生―監視と処罰』（一九七五年）でこの重点移動について記している。「われわれは進んできた――事実や告白の顕示から、発見していく緩慢な過程へ。処刑から捜査へ。罪を犯す者とあばく者とのあいだの、肉体的対決から知力のしのぎ合いへ」

38　MEPO 4/333 の職員名簿および、MEPO 21/7 の警察年金受給者記録より。

39　《タイムズ》一八五八年六月三十日および、七月六日、十二日付の記事より。クラーク巡査殺害事件については、首都圏警察ファイル MEPO 3/53 より。

40　ボンウェル事件がもとで《デイリー・テレグラフ》一八五九年十月十日にびっくりするような論説が登場した。「ここロンドンはいくつもの世界が重なり合った混合物であり、日々起こっていることからすると、それぞれに独特の謎や特有の犯罪のない世界というのはひとつとしてないことを思い知らされる。……聞くところによると……ハムステッドの下水溝はある巨大な品種の黒豚のすみかになっていて、豚がぬるぬるした汚物の中で繁殖し野生化している、その獰猛な鼻づらがいつかハイゲートのアーチ道の並木を根こそぎにし、ホロウェイ刑務所は豚の鳴き声で耐えられなくなるだろう、という」。*Black Swine in the Sewers of Hampstead: Beneath the Surface of Victorian Sensationalism*（一九八八年、Thomas Boyle著）に引用されている。《タイムズ》一八五九年九月十九日から十二月十六日までの記事も参照。

41　《タイムズ》一八六〇年四月二十五日および、五月四日、七日、六月十二日付の記事より。

42　*A Life, s Reminiscences of Scotland Yard*（一八九〇年、Andrew Lansdowne著）より。

43　《暮らしの言葉》一八五〇年七月二十七日号、'A Detective Police Party' より。

44　*Scotland Yard Past and Present: Experiences of Thirty-Seven Years*（一八九三年、Timothy Cavanagh著）より。

●**第五〜第十四章**

これらの章の主な出典は以下のとおり。首都圏警察ファイル MEPO 3/61 の、事件に関するウィッチャーの報告書、ウィッチャーとウィリアムスンの経費申請書、一般人からの手紙と首都圏警察総監からのメモなど。ジョゼフ・ステイプルトン著『一八六〇年の大いなる犯罪』（一八六一年）。《サマセット・アンド・ウィルツ・ジャーナル》、《バース・クロニクル》、《バース・エクスプレス》、《ブリストル・デイリー・ポスト》、

《フルーム・タイムズ》、《トロウブリッジ・アンド・ノース・ウィルツ・アドヴァタイザー》、《ディヴァイズィズ・アドヴァタイザー》、《デイリー・テレグラフ》、《タイムズ》の各紙。その他の出典は各項に示す。

●第五章

1　鳥についての詳細は、*Natural History of a Part of the County of Wilts*（一八四三年、W.G. Maton著）、*A History of British Birds*（一八八五年、Thomas Bewick著）および、*The Birds of Wiltshire*（一九八一年、John Buxton編）より。この箇所および以降の天候については、地元の新聞各紙および、*Agricultural Records 220-1968*（一九六九年、John Stratton著）より。

2　*The Dialect of the West of England*（一八二五年、一八六九年改訂、James Jennings著）および、*Dialect in Wiltshire*（一九八七年、Malcolm Jones and Patrick Dillon著）より。

3　職業および業務については、一八六一年国勢調査結果より。工場についての情報は、*Warp and Weft: The Story of the Somerset and Wiltshire Woollen Industry*（一九八六年、Kenneth Rogers著）および、*Wool and Water*（一九七五年、Kenneth G. Ponting著）、フルームおよびトロウブリッジの郷土史館における展示より。

4　《フルーム・タイムズ》一八六〇年十月十七日の記事より。ジョゼフ・ステイプルトンはサミュエルが不人気だとは認めなかった——彼は、友人の「都会ふうなところと特権意識」は「ありがたくない法律」を普及させようとしていたことと大いに関係がある、と主張した。だが、著書の別の一節では、サミュエルは「公職を忠実に遂行した彼を個人としてけむたがった」人々から吊るし上げをくったのだと述べている。

5　テンパランス・ホールは、アルコール、特に安息日のビール販売や親の使いでビールを買いにくる子ども相手の販売に反対する村の住民たちから、寄付を受けて建った。《サマセット・アンド・ウィルツ・ジャーナル》の記事によると、事件前の水曜日、激しい雨の降る中、このホールに大勢が集まって高らかに節酒《テンパランス》の歌を歌ったという。伴奏したのは、ロード・ファイフ・アンド・ドラム・バンドのメンバー二十二人と、ピアノ担当の郵便局長チャールズ・ハッパーフィールドだった。

6　レッドヤードに関する情報は、*A History of the County of Wiltshire*（第八巻、一九六五年、Elizabeth Crittall 編）より。

7　*The Gentleman's House: Or How to Plan English Residences from the Parsonage to the Palace*（一八六四年）で、ロバート・カー（Robert Kerr）はこう助言している。「家族はひとつのコミュニティを構成し、使用人はまた別のコミュニティをなす。どれほど互いに好意をもち同じ屋根の下に暮らす者として打ち解けていようと、それぞれの階級には別の階級とを隔てる扉を閉め、自分たちだけでいる権利がある」。*A Man's Place: Masculinity and the Middle-Class Home in Victorian England*（一九九九年、John Tosh 著）に引用されている。

8　《暮らしの言葉》一八五〇年七月十三日号、'The Modern Science of Thief-taking'（「泥棒逮捕の現代的技術」、W.H. Wills）より。

9　*Mary Barton*（一八四八年、Elizabeth Gaskell）および、アンドルー・フォレスター『女性探偵』（一八六四年）、《暮らしの言葉》一八五〇年七月十三日号、'The Modern Science of Thief-taking'（「泥棒逮捕の現代的技術」、W.H. Wills）より。

10 グリーンエイカー逮捕については、*Dreadful Deeds and Awful Murders: Scotland Yard's First Detectives*（一九九〇年、Joan Lock 著）を参照。

11 マニング夫妻がパトリック・オコナーを殺害した事件については、*The Bermondsey Horror*（一九八一年、Albert Borowitz 著）および、MEPO 3/54 の事件に関する警察の記録を参照。

12 この事件を捜査中の一八四九年九月一日、《イラストレイテッド・ロンドン・ニューズ》は、「犯罪が発覚すれば必ずやその足跡は追いかけられる——罪を犯した卑劣漢が時速三十マイルの蒸気の翼で逃げていくのを、さらに速い使者が追う——そして、まさに電光石火の驚くべき手段である電信が、この国の津々浦々まで、犯罪の報告を、犯人の人相を伝える」という事実に慰めを見出した。

13 捜査におけるウィッチャーの役割の詳細については、MEPO 3/54 および、*Dreadful Deeds and Awful Murders: Scotland Yard's First Detectives*（一九九〇年、Joan Lock 著）より。

14 二百五十万部という部数は、リチャード・D・オールティック『ヴィクトリア朝の緋色の研究』（一九七〇年）より。

15 *The Progress of Crime; or, The Authentic Memoirs of Maria Manning*（一八四九年、Robert Huish 著）より。

16 MEPO 3/54 の報告書より。

17 《暮らしの言葉》一八五〇年七月十三日号、'The Modern Science of Thief-taking'（「泥棒逮捕の現代的技術」、W.H. Wills）より。

18 ジョゼフ・ステイプルトン『一八六〇年の大いなる犯罪』のほか、ケント家の過去の物語は、出生および婚姻、死亡の証明書や、内務省ファイル HO 45/6970 中の文書にも基づく。

●第六章

1　ジョシュア・パースンズに関する情報は、一八六一年と一八七一年の国勢調査結果および、'Dr Joshua Parsons (1814-92) of Beckington, Somerset, General Practitioner'（一九九七年、N. Spence Galbraith、*Somerset Archaeology and Natural History* 第一四〇号所収）より。

2　《ジャーナル・オブ・メンタル・サイエンス》一八八一年七月二十七日号、'Moral Insanity' より。*The Borderlands of Insanity*（一八七五年）でアンドルー・ウィンターは、「エイリアニストの誰もが合意するところ、女の子は父親よりも母親のほうから精神異常を受け継ぎやすい。……母親がみずからの精神病を遺伝させる傾向は……すべての症例において父親よりも強い。それどころか、二倍の影響力だと主張する医者もいる」と述べている。サヴェッジおよびウィンターの著作については、*Embodied Selves: An Anthology of Psychological Texts 1830–1890*（一九九八年、Jenny Bourne Taylor and Sally Shuttleworth 編）を参照。

3　殺人者が裸だったという思いつきは、のちに再び現われることとなる——一八六〇年八月四日付の《ウエスタン・デイリー・プレス》が、キッチンのドア付近にある「二つの水道蛇口が、もしその人物が裸だったとすれば、痕跡を洗い流すのに使われたのではなかろうか」と指摘したのだ。

4　探偵の捜査中、ある物に無理やり意味づけがされ、あとになって凡庸さを取りもどす話については、*The Novel and the Police*（一九八八年、D.A. Miller 著）を参照。

5　サヴィルの遺体発見状況の恐ろしさも、この形式の伝統的手法確立にひと役買った。W・H・オーデンはエッセイ'The Guilty Vicarage: Notes on the Detective Story, by an Addict'（一九四八年）の中で、探偵小説に出てくる死体は「それが死体であるからばかりでなく、死体にしてもぞっとするほど場違いであるという理由でもぎょっとさせなくてはならない。犬が応接間の絨毯に粗相をしたときのように」と書いている。古典的カントリーハウス殺人事件は、妥当性を攻撃するもの、卑しい心理的要求や欲望を赤裸々に暴くものなのである。

6　『ヴィレット』（一八五三年）より。

7　《暮らしの言葉》一八五〇年七月二十七日号、'A Detective Police Party' より。

8　《クォータリー・レヴュー》一八五六年、'The Police and the Thieves'（「警察と泥棒たち」）より。同記事中でアンドルー・ウィンターは、こう書いている。「刑事と泥棒のあいだに敵意はない。この二者が出くわすと、互いにそれとわかったしるしに妙な目くばせをすることになる――泥棒が『ご心配なく』とでも言わんばかりににんまりしてみせ、刑事は『そのうちもっとよく知り合おうじゃないか』という意味の目つきで応える。つまり、双方ともにみずからの才覚を働かせて生計を立てていると感じているのであり、二者のあいだにはそれぞれに自分の利益となるようなことをする能力はもちろん、権利もあるという一種の戦略的理解があるのだ」

9　《暮らしの言葉》一八五〇年七月二十七日号、'A Detective Police Party' より。

10　マクレヴィの自伝的著作である *Curiosities of Crime in Edinburgh* および *The Sliding Scale of Life*（ともに一八六一年刊）から抜粋した、ジェイムズ・マクレヴィ『ヴィクトリア朝探偵の事件簿』（一九七五年、George Scott-Moncreiff 編）より。

11　ウォーターズ（ウィリアム・ラッセル）編、F警部『実在刑事体験談』（一八六二年）所収の 'Isaac Gortz, the Charcoal-Burner' より。

12 《暮らしの言葉》一八五〇年七月十三日号、'The Modern Science of Thief-taking'（「泥棒逮捕の現代的技術」、W.H. Wills）より。ディケンズがセント・ジャイルズのとある地下室へチャーリー・フィールドについて行ったとき、彼は刑事の「きょろきょろと動く目が、しゃべっているあいだも地下室の隅々をさぐっている」のに気づいた。彼は、フィールドの助手たちが携えているランタンを「方向の変わる光の小道」を生み出す「燃えるような目」と描写した（《暮らしの言葉》一八五一年六月十四日号、「フィールド警部とともに任務につく」）。文学上の探偵の監視と目についての議論は、*From Bow Street to Baker Street: Mystery, Detection and Narrative*（一九九二年、Martin A. Kayman 著）を参照。

13 《タイムズ》一八五三年六月四日付より。

14 小説中の探偵たちの、まるで本でも読むかのように顔や身体を読む能力については、*Detective Fiction and the Rise of Forensic Science*（一九九九年、Ronald Thomas 著）を参照。

15 ラーファターの観相術の小論集が最初に発表されたのは一七八九年で、一八五五年には第九版が刊行された。*Embodied Selves: An Anthology of Psychological Texts 1830-1890*（一九九八年、Jenny Bourne Taylor and Sally Shuttleworth 編）を参照。

16 ディケンズがこれについてエッセイを書いている。《暮らしの言葉》一八五六年六月十四日号、'The Demeanour of Murderers'（「殺人者のふるまい」）。

17 《ブリストル・デイリー・ポスト》一八六〇年七月十二日付および、《サマセット・アンド・ウィルツ・ジャーナル》一八六〇年七月十四日付に引用された投書より。

18 一八五三年版の *System of Phrenology*（George Combe 著）より。

19 《サマセット・アンド・ウィルツ・ジャーナル》一八六〇年七月十四日付に引用された手紙より。

●第七章

1　《フルーム・タイムズ》一八六〇年七月二十五日付より。
2　一八五六年七月の家出の逸話は、MEPO 3/61 のウィッチャーからメインへの報告書および、ステイプルトンの『一八六〇年の大いなる犯罪』と、地元紙記事より。
3　「ある新聞」とはおそらく《バース・エクスプレス》で、同じ記事が出所を特定せずに《フルーム・タイムズ》一八六〇年七月二十五日および《ディヴァイズィズ・アドヴァタイザー》一八六〇年七月二十六日付に再掲された。
4　《バース・アンド・チェルトナム・ガゼット》一八五六年七月二十三日付。
5　《フルーム・タイムズ》一八六〇年七月二十五日に再掲載された記事より。
6　一八六一年国勢調査より。
7　この二人の会話は、一八六〇年七月二十七日の治安判事裁判所におけるエマ・ムーディの証言から再現した。
8　MEPO 3/61 の報告書より。
9　「いつもの賢明さ」は、《タイムズ》一八六〇年七月二十三日付の記事より。「博識ぶり、賢明さ」は、一八五二年のディケンズの手紙より。「狐のような賢明さ」は、ウォーターズ（ウィリアム・ラッセル）編、F警部『実在刑事体験談』（一八六二年）所収の「情況証拠」より。
10　「スルースハウンド（警察犬）」*Shirley*（一八四九年）より。
11　ウォーターズ（ウィリアム・ラッセル）「ある刑事の回想録」（一八五六年）より。

12 ジェイムズ・マクレヴィ『ヴィクトリア朝探偵の事件簿』より。
13 *An Enquiry into the Causes of the Late Increase of Robbers*（一七五七年）より。*The English Police: A Political and Social History*（一九九一年、Clive Emsley 著）での引用から。
14 《タイムズ》一八四七年四月九日および十五日、十九日、一八四八年十月十四日付より。
15 この戯曲のもうひとりの登場人物はこう述べる。「きみたち刑事ってやつは、自分の父親だって疑いかねないな」。『仮出獄者』はロンドンのドルリー・レーンにあるオリンピック・シアターで一八六三年五月に初演され、大成功を収めた。

●第八章

1 《ブリストル・デイリー・ポスト》一八六〇年十月一日付の記事で報じられた証言より。
2 《ブリストル・デイリー・ポスト》一八六〇年十月二日付の記事にあるフランシス・ウルフの証言から。
3 《サマセット・アンド・ウィルツ・ジャーナル》一八六〇年十月十三日付より。
4 ウォーターズ（ウィリアム・ラッセル）編、F警部『実在刑事体験談』所収の「情況証拠」より。
5 ジクムント・フロイト *Psycho-Analysis and the Establishment of the Facts in Legal Proceedings*（一九〇六年）より。
6 *The Trial of Madeleine Smith*（一九〇五年、A. Duncan Smith 編）を参照。ヘンリー・ジェイムズが、*Mainly Murder*（一九三七年、William Roughead 編）所収の'To Meet Miss Madeleine Smith'で引用している。
7 トマス・カーライル *Latter-day Pamphlets*（『近代時事小論集』、一八五〇年）より。

8　新聞発刊数については、*Black Swine in the Sewers of Hampstead*（一九八八年、Thomas Boyle著）より。一八五五年の印紙税廃止によって新聞の伸展ぶりはあおられ、その翌年には一ペニー新聞が登場、一八六〇年には新聞への税が廃止されることになった。

9　ドクター・カーンの解剖学ミュージアムは《タイムズ》掲載の広告によると男性だけにしか開放されていなかったのに対して、新聞は文字さえ知っていれば男女を問わず読むことができた。

10　聴取に同席した弁護士ピーター・エドリンが記し、*The Case of Constance Kent*（一九二八年）の著者セシル・ストリート（ジョン・ロードの筆名で出版）の手に渡ったメモより。このメモその他の事件関係書類は、*Cruelly Murdered: Constance Kent and the Killing at Road Hill House*（一九七九年、一九八九年改訂）の著者バーナード・テイラーが集めたアーカイヴにある。

11　部分的に正しいこのうわさは、《サマセット・アンド・ウィルツ・ジャーナル》一八六〇年七月二十一日に報じられた。

12　一八六〇年十月および十一月、治安判事裁判所におけるサミュエル・ケント、フォーリー、アーチ、ヘリテージによる証言より。

13　*Notes on England*（一八七二年）より。

14　ヴィクトリア朝英国の中産階級の家庭生活に関する議論は、たとえば *Family Fortunes: Men and Women of the English Middle Class 1780-1850*（一九八七年、Leonore Davidoff and Catherine Hall著）および *The Spectacle of Intimacy: A Public Life for the Victorian Family*（二〇〇〇年、Karen Chase and Michael Levenson著）、*The Victorian Family: Structures and Stresses*（一九七八年、A. Wohl編）を参照。この最後のアンソロジー中のエッセイでイレイン・ショウウォーターは、秘密は「中産階級の生活の基本であり

権能を付与する状態」にあり、「ひとりひとりの人物を絶対に知ることができない状態、そして奥に無数の謎がひそむ外面を維持するうえでの社会の協力は、世紀なかばに多くの小説家が夢中になったテーマだ」と書いている。

一九三五年、ドイツの哲学者ヴァルター・ベンヤミンは、新たに生まれたこのプライバシーと探偵小説の誕生を結びつけた。「民間人にとって、自分の住んでいる空間が初めて日々の仕事の空間と対照をなすようになる……住人の痕跡が室内にしるされ、そこから生まれたのが探偵物語であり、それが住人の痕跡を追いかける」。*The Doomed Detective: The Contribution of the Detective Novel to Postmodern American and Italian Fiction*（一九八四年、Stefano Tani 著）に翻訳、引用されている。

15 探偵小説人気についての記事でベルトルト・ブレヒトは、こう書いている。「われわれはカタストロフィのかたちで人生を理解する。歴史はカタストロフィのあとで記される。……死がもたらされた。それに先立ってどんなことが準備されていたのだろう？ 何があったのだろう？ 事態はなぜ発生したのだろう？ 何もかも、今なら推理できるかもしれない」。一九七六年に刊行されたブレヒトの著作集に収められ、*Delightful Murder: A Social History of the Crime Story*（一九八四年、Ernest Mandel 著）に引用されている。

16 《ディヴァイズィズ・アンド・ウィルトシャー・ガゼット》一八六〇年五月三十一日付に引用された *Notes on Nursing* の一節。

17 《トロウブリッジ・アンド・ノース・ウィルツ・アドヴァタイザー》一八六〇年七月二十一日付の天候と作物の情報、および《ディヴァイズィズ・アンド・ウィルトシャー・ガゼット》一八六〇年八月二日付の七月の農事報告。

●第九章

1 治安判事についての情報は、*The Book of Trowbridge*（一九八四年、Kenneth Rogers 著）および一八六一年の国勢調査より。
2 同日その後、治安判事へのウィッチャーの証言より。
3 《暮らしの言葉》一八五〇年七月二十七日号、'A Detective Police Party' より。
4 一八四一年の国勢調査結果および *Critical Years at the Yard: The Career of Frederick Williamson of the Detective Department and the CID*（一九五六年、Belton Cobb 著）より。
5 一八六一年の国勢調査結果より。
6 *Scotland Yard Past and Present*（一八九三年、Timothy Cavanagh 著）より。
7 《タイムズ》一八三七年十一月十八日付より。
8 一八六〇年の《アニュアル・レジスター》より。
9 MEPO 3/61 の経費申請書および一八四一年の国勢調査、一八六一年の国勢調査結果より。
10 一八六〇年七月二十七日、ウィルトシャー治安判事裁判所でのルイーザ・ハザリルの証言より。
11 このうわさは、《ブリストル・デイリー・ポスト》一八六〇年七月二十四日により報じられた。
12 十五年前の一八四五年三月、年長の警官への敬意に欠けたとして、メインは「きわめて無分別で合法的に弁解の余地なし」とウィッチャーとその同僚ヘンリー・スミス部長刑事を叱責した。刑事が制服警官と「あるまじき衝突をする」のはそれが初めてだったので、メインは二人を警告だけで放免したものの、その先また違反があれば厳しい処置をとると通告した。MEPO 7/7 の総監室から発する警察の訓令および警告より。*The Rise of Scotland Yard: A History of the Metropolitan Police*（一九五六年、Douglas G. Browne

著）に引用されている。
13 MEPO 3/61の、一八六〇年八月十六日付サー・ジョン・アードリー・ウィルモットからの手紙に記したウィッチャーのメモより。
14 《サマセット・アンド・ウィルツ・ジャーナル》一八六〇年十月十三日により報じられた。
15 《フルーム・タイムズ》一八六〇年六月二十日付より。

●第十章

1 サラ・ドレイク事件の顚末は、《タイムズ》一八四九年十二月八日から一八五〇年一月十日付の記事より。
2 《ニューズ・オブ・ザ・ワールド》一八六〇年六月三日に報じられた。
3 偏執狂（モノマニア）は、一八〇八年にフランスの医師ジャン＝エティエンヌ・ドミニク・エスキロールが明らかにした病気。*Embodied Selves: An Anthology of Psychological Texts 1830-1890*（一九九八年、Jenny Bourne Taylor and Sally Shuttleworth 編）を参照。
4 一八五三年七月二十二日付。
5 ステイプルトンが一八六一年の著書のなかでこのうわさを報告している。
6 二重人格と犯罪については、*Unconscious Crime: Mental Absence and Criminal Responsibility in Victorian London*（二〇〇三年、Joel Peter Eigen 著）を参照。
7 エドガー・アラン・ポー「マリー・ロジェの謎」（一八四二年）より。
8 アーサー・コナン・ドイル描く私立探偵シャーロック・ホームズが、これと同じテクニックを採用している。「ぼくの方法は、きみだってよく知っているじゃないか。それは、ごく些細なことを観察した結果なんだ」（「ボスコム渓谷の謎」、一八九一年）。「些細なことほど重要なのです」（「唇のねじれた男」、一八九一年）。いずれも『シャーロック・ホームズの冒険』（一八九二年）所収。

9　MEPO 3/61 のウィッチャーの報告書および、一八六〇年七月二十七日のウィルトシャー治安判事裁判所におけるコックスの証言より。

10　*Diary of an Ex-Detective*（『ある退職探偵の日記』一八五九年、Charles Martel〝編〟）より（実際には、ニュー・ボンド・ストリートの書籍商 Thomas Delf 著）。ウォーターズ（ウィリアム・ラッセル）編、F警部『実在刑事体験談』（一八六二年）中の同様の一節では、語り手がまるでジグソーパズルかコラージュを組み上げるかのように事件を考え抜く。「ソファに寝そべってじっと考える。こうしてみたりああしてみたり、どんなふうにまとまるか、全体としてどんなふうに見えるか確かめるために、手持ちのさまざまな項目、かけら、ヒントを寄せ集めてみる」

11　ディケンズいわく、探偵の最大の武器は巧妙さである。「つねに機知を最大限働かせて監視しているために、この警官たちは……英国のありとあらゆる無法な悪党たちが結託して想像力たくましく次々と編み出していく策略や技巧に対抗し、現われ出でたるどんな新たな手口にも遅れをとらないようにするのだ」《暮らしの言葉》一八五〇年八月十日号、'A Detective Police Party' 第二部より。

The Perfect Murder（一九八九年）の中でデイヴィッド・レーマンが、「探偵小説というものは、殺人事件を倫理的領域からはずして審美的領域に持ち込むものだ。ミステリの中の殺人は一種の詩的意匠を凝らした小道具となり、過度に凝ったものになることも多い。犯罪者は芸術家、探偵は審美家であり批評家、そしてへまな警官は俗物なのである」と語る *The Aesthetics of Murder: A Study in Romantic Literature and*

Contemporary Culture（一九九一年、Joel Black 著）も参照。

12　育ちのいい思春期の少女を殺人に結びつけるナイトドレスは、人間とサルとのつながりを証明するであろう骨格と同様、とんでもないものであり、発見を望まれながらも恐れられた。失われた環《ミッシング・リンク》という着想がかきたてた不安については、'Forging the Missing Link: *Interdisciplinary Stories*（一九九二年、Gillian Beer 著）を参照。消極的証拠および十九世紀における断片の意味を読み解く努力については、*Victorian Detective Fiction and the Nature of Evidence: The Scientific Investigations of Poe, Dickens and Doyle*（二〇〇三年、Lawrence Frank 著）および、《十九世紀の文学》一九八九年十二月号の'Reading the Gravel Page: Lyell, Darwin, and Conan Doyle'（Lawrence Frank）を参照。

13　《暮らしの言葉》一八五〇年八月十日号、'A Detective Police Party' 第二部より。十九世紀半ば、〝detection〟という考え方は、自然史、天文学、ジャーナリズムに刷り込まれた――真実の探求ととらえられる、あらゆる営みに。

14　家庭教師《ガヴァネス》という存在が引き起こした性的・社会的不安定さについては、*The Victorian Governess*（一九九三年、Kathryn Hughes 著）を参照。

15　*On Obscure Diseases of the Brain, and Disorders of the Mind*（一八六〇年）より。*Embodied Selves: An Anthology of Psychological Texts 1830–1890*（一九九八年、Jenny Bourne Taylor and Sally Shuttleworth 著）に抜粋されている。

16　中産階級のプライバシーに対する使用人と警官による脅威については、*Domestic Crime in the Victorian Novel*（一九八九年、Anthea Trodd 著）を参照。

●**第十一章**

1　《フルーム・タイムズ》一八六〇年七月十八日付より。

2　*Domestic Crime in the Victorian Novel*（一九八九年、Anthea Trodd 著）より。アラン＝ルネ・ルサージュの、ヴィクトリア朝英国で当時もまだ人気があった『悪魔アスモデ』（一七〇七年）の中では、スペイン風教会の尖塔にとまったアスモデが片手を伸ばし、街の家々の屋根をかたっぱしから持ち上げて家庭内の秘密を暴く。一八二八年には《タイムズ》が、フランス人探偵ヴィドックを「アスモデ」と呼んだ。『ドンビー父子』（一八四八年）でディケンズは、「物語に出てくるあの跛行の魔神よりも頼もしく恵み深い手で家の屋根をはがして、キリスト教徒たちにその家庭の中からどんな暗い影が出てくるか見せてくれる善良な妖精の出現」を望む。ディケンズはまた、一八五〇年には《暮らしの言葉》の複数の記事の中で、身体を建物に見立てるとその魔神は人間の脳を「瓦をはがして読む」ことができるし、自分自身は列車の中から家々の「内部の生活」を「アスモデよろしくのぞき込む」と書いている。ジャナンのアスモデへの言及は、*Paris; or the Book of One Hundred and One*（一八三二年英訳）より。

3　ジェイムズ・マクレヴィ『ヴィクトリア朝探偵の事件簿』より。

4　アクランドはミセス・ケントの母親の旧姓。サヴィルのファーストネームのフランシスは、夫人の父親のクリスチャンネームだった。

●**第十二章**

1　ウィッチャーとホリウェル・ストリートのつながりに関する情報は、一八五一年、一八六一年、一八七一年の国勢調査結果および、MEPO 6/92 の一八五八年一月二十日付《ポリス・インフォメーションズ》、

《タイムズ》一八五八年二月三日付の項目別小広告欄より。「警察の刑事たちが使う手口」はアンドルー・フォレスター『女性探偵』（一八六四年）より。

2 《ニューズ・オブ・ザ・ワールド》一八六〇年六月十七日付より。

3 一八六一年二月一日付の W.W.F. de Cerjat 宛ての手紙より。*The Letters of Charles Dickens 1859-61*（一九九七年、Madeline House and Graham Storey 編）所収。

4 ピムリコーの様子については、'Stanford's Library Map of London in 1862' および *The Criminal Prisons of London and Scenes of London Life*（一八六二年、Henry Mayhew and John Binny 著）、アンソニー・トロロープ著 *The Three Clerks*（一八五八年）より。

5 スコットランド・ヤードの様子については、ウェストミンスター郷土史館所蔵の印刷物と地図および、*Scotland Yard Past and Present: Experiences of Thirty-Seven Years*（一八九三年、Timothy Cavanagh）より。一八九〇年に首都圏警察本部はテムズ・エンバンクメントに移り、そこがニュー・スコットランド・ヤードという名称になった。一九六七年に移転した先の、ヴィクトリア・ストリートの一ブロックを占めオフィスビルも、やはりニュー・スコットランド・ヤードと呼ばれている。

6 一般人からの手紙のほとんどは、MEPO 3/61 より。

7 この二通の手紙は、この事件に関する内務省ファイル HO 144/20/49113 より。既婚で八人の子持ちだったサー・ジョン・アードリー・ウィルモットは、ブリストルの州裁判所判事。一八七四年から一八八五年までサウス・ウォリックシャーの保守党議員を務める。*Dictionary of National Biography* によると、弁護士として特筆するような成功を収めてはいないものの、一八八一年には、一八三五年に殺人事件で冤罪をきせられたエドマンド・ギャリーの賠償金獲得に力を貸している。アードリー・ウィルモットは、一八九二年に死亡。

8 一八四九年に雑誌《パンチ》が「殺人崇拝」を皮肉っている。リチャード・D・オールティック『ヴィクトリア朝の緋色の研究』（一九七〇年）を参照。

一八五六年のエッセイでジョージ・エリオットは、ウィルキー・コリンズの物語の魅力をこう分析している。「深く興味を動かされるのは、先を知りたい気持ち、または恐ろしさにそそられることにある。……幽霊に青ざめもせず、われわれは眉をひそめてその幽霊を説明する仮説を立てる。エドガー・ポーの物語は、この二つの傾向を調和させる天才的な力作だ――想像力豊かな人をぞっとさせつつ、知識人をもうならせる。ウィルキー・コリンズ氏はこの点、ポーに追随するところが多い」《ウェストミンスター・レヴュー》掲載のコリンズ著 *After Dark* 書評より。

9 ウォルワース殺人事件の経緯は、《タイムズ》一八六〇年八月一日、八日、十四日、十六日、十七日、二十日および、《ニューズ・オブ・ザ・ワールド》一八六〇年九月二日付より。

10 *Vidocq* (Douglas Jerrold) のこと。

11 多くの人はその代わりに探偵小説にこうしたスリルを見いだすようになった。「従来の小説はたいてい、のぞきの楽しみをいくらか提供してくれる」と、*The Pursuit of Crime: Art and Ideology in Detective Fiction*（一九八一年）でデニス・ポーターは述べている。「だが、さまざまなかたちの性愛文学作品を別にすれば、探偵小説ほどわざわざそうしてくれるものはない。探偵小説隆盛の秘密はかなりの程度まで、のぞき行為を本分にするような仕掛けにあるのだ」

12 《ロー・タイムズ》は、ウィッチャーが殺人犯とその動機を特定したと確信していた。「殺された子どもは母親に溺愛されていた。その母親への悪意――息子を通して彼女に傷を負わせてやりたいという残酷な欲望——が、ありえなくも信じがたくもない動機だったのではないか。……弟も姉〔ウィリアムとコンスタンス〕もともに、子どもの母親に対する憎悪と言っていいほどの非常に強い反抗心を抱えていた。……自分たちの母親がまだ生きているうちに、彼女が父親の気持ちを奪ったことも知っていた。彼女に顧みられないこと、冷遇されること、そして彼女が自分の子どもを偏愛していることを不満に思っていた」。寝ていたベッドからサヴィルが「すばしっこい、もの慣れた手」で連れて行かれたことを考えると、連れ去ったのは女性に違いない、と付け加えている。

●第十三章

1 ヤングマンの処刑の経緯は、《ニューズ・オブ・ザ・ワールド》一八六〇年九月九日付より。

2 一年後、長々とした論争のあげく内務省は、スラックの事務所にこの件の報酬として七百ポンドを支払った。HO 144/20/49113 を参照。

3 アンドルー・フォレスター『女性探偵』（一八六四年）。アマチュアの女性探偵は、ウィルキー・コリンズの'The Diary of Anne Rodway'（「アン・ロドウェイの日記」一八五六年）および、*Revelations of a Lady Detective*（「婦人探偵の告発」一八六四年、'Anonyma'〔W. Stephens Hayward〕）にも登場する。後者のカバーには、女性探偵がきわどいほどに奔放で官能的な姿で描かれている。のどにたっぷりとした赤白のリボンをあしらい、うずたかく花飾りのついた帽子に、毛皮のストール、ヴェルヴェットの袖。読者と目される人間に流し目を送りながら、ゆったりした黒いコートをつまみ上げて赤いドレスをちらりと見せているのだ。

4 エドガー・アラン・ポーは一八四九年に四十歳で死亡。生前の彼はアルコール依存症や鬱病、繰り返し発現する譫妄症状に苦しんだ。批評家のジョゼフ・ウッド・クラッチは、ポーが「探偵小説を創作したのは、気が狂ってしまわないためにだった」と書いている。*Edgar Allan Poe: A Study in Genius*（一九二六年）より。*The Perfect Murder*（一九八九年、David Lehman著）に引用されている。

5 *The Letters of Charles Dickens 1859-61*（一九九七年、Madeline House and Graham Storey編）を参照。

6 《サタデー・レヴュー》一八六〇年九月二十二日付より。

7 《ワンス・ア・ウィーク》一八六〇年十月十三日号より。この主張によって筆者は、太陽輝く南ヨーロッパでは殺人事件発生件数が少ないはずだと指摘しているが、実際にはそこでも非業の死は多かった。

8 自然史研究者で気象学者のジョージ・オーガスタス・ロウエルが、一八六〇年三月二十一日にこの嵐について講演し、その後、*A Lecture on the Storm in Wiltshire*という小冊子にまとめて発行している。

●第十四章

1 《タイムズ》への手紙でステイプルトンは、自分の見たナイトドレスについた血の特性を決定するうえで、顕微鏡は役に立たなかっただろうと書いている。「当局にははっきり助言するが、わたしの見せられたナイトドレスには……犯罪への手がかりは何もなく……わたしはこのナイトドレスが公の記録対象からはずされることを望んでいた。しかしながら、ミスター・ソーンダーズがどこからかまた取り出してきて、わたしの見たところでは、公衆の品位と個人の感情をわけもなく傷つけることになった」。ナイトドレスはいまや、ケント一家の品位とプライバシーの象徴になっていた。それについてあれこれと推測することは、彼らの家庭を侵犯することにつながるのである。

2 *The Road Murder: Being a Complete Report and Analysis of the Various Examinations and Opinions of*

3 *the Press on this Mysterious Tragedy*（一八六〇年、A Barrister-at-Law〔ある法廷弁護士〕著）より。
4 内務省ファイル HO 45/6970 の書簡より。
4 この手紙は《タイムズ》に掲載された一八六五年七月二十四日まで、公にされなかったが、日付は一八六〇年十一月二十三日となっている。同じ日にコンスタンスが書いた手紙も残存している。その中で彼女は弁護士のピーター・エドリンに対して、彼が贈ってくれた「すてきなミトンとマフラー」のお礼を書いている。「その二つを見るたびに、それを贈ってくださった方に自分がどれほどよくしていただいたかを思い出します」と。

●第十五章

1 また、陪審がサミュエルに好意的な人々に「占められている」という声も取り沙汰されることはなかった。審問の前に、この教区の治安官ジェイムズ・モーガンと郵便局長のチャールズ・ハッパーフィールドは、無作為に選ばれた陪審二人を「分別のある人物」と取り換えた。陪審の役目を免除されたのは仕立屋（夫を免除してほしいと妻が願い出た）とロード・ヒル・ハウスの隣の小さな家に住むナットの父親の二人だった。彼らと入れ替わりに陪審となったのは、ピーコック牧師と裕福な農民で、ハッパーフィールド同様、禁酒運動に参加していたウィリアム・デューだった。
2 *The Letters of Charles Dickens 1859-61*（一九九七年、Madeline House and Graham Storey 編）の W. F. de Cerjat 宛ての手紙より。
3 内務省ファイル HO 45/6970 の書簡より。
4 《サマセット・アンド・ウィルツ・ジャーナル》と《トロウブリッジ・アンド・ノース・ウィルツ・ア

ドヴァタイザー》の記事。

5　内務省ファイル HO45/6970 より。この夏、ウィリアムはブリタニーにコンスタンスを訪ねた可能性がある。旅券局の記録によれば、ウィリアム・ケントには八月十日、大陸に渡るためのパスポートが発行されている。

6　ウィッチャーの名は、ロンドン・ドック・カンパニーの積み荷から一千ポンド分のアヘンを盗んだ容疑で起訴された男の裁判に証人として出廷したとして、一八六一年三月二日付の《タイムズ》に登場している。しかしこの事件は彼が一年前に担当したもので、結局、逮捕された男は無罪となった。おそらく陪審たちは検察側の証人――受刑者とアヘンのディーラー――を信用しなかったのだろう。あるいは、ロード・ヒル・ハウス殺人事件の直後だったため、彼らが信用しなかったのはウィッチャーのほうだったのかもしれない。

7　ウィッチャーは弁護士を装い、その教区牧師の住所を手に入れた。身分を偽るこの手法は、刑事の捜査手法としてはごく一般的だったが、評判は悪かった。《タイムズ》の記事および一八六一年八月二十一日、二十二日にオールド・コートで行なわれたジェイムズ・ロウの裁判記録より。

8　キングズウッドの殺人事件に関する首都圏警察のファイル MEPO 3/63、および一八六一年の《タイムズ》、《デイリー・テレグラフ》、《アニュアル・レジスター》の記事より。

9　フランツの事務弁護士はディケンズに、この事件の信じられないような偶然について記した文書を見せた（*The Letters of Charles Dickens* に収録されている一八六一年八月三十一日付の W. H. Wills 宛ての手紙を参照）。この事務弁護士の文書は、翌年一月の《オール・ザ・イヤー・ラウンド》に匿名で発表された。

10　ウォーターズ（ウィリアム・ラッセル）編、F警部『実在刑事体験談』所収の「重婚と児童誘拐」より。

11 ウォーターズ（ウィリアム・ラッセル）編、F警部『実在刑事体験談』所収の「情況証拠」より。
12 アンドルー・フォレスター著『女性探偵』（一八六四年）より。
13 この本は三カ月で八版を重ねた。
14 一八六五年の《ザ・ネイション》十一月九日号に掲載された無署名の〝ミス・ブラッドン〟への批評より。
15 センセーション小説は「精神に語りかけることで」、「その時代の人々の意見を形成し、趣味や習慣を作り上げる」とマンセルは書いている。一八六三年の《クォータリー・レヴュー》四月号の無署名の批評より。センセーション小説についての議論は、*Black Swine in the Sewers of Hampstead: Beneath the Surface of Victorian Sensationalism*（一九八八年、Thomas Boyle著）、*Domestic Crime in the Victorian Novel*（一九八九年、Anthea Trodd著）、*From Bow Street to Baker Street: Mystery, Detection and Narrative*（一九九二年、Martin A. Kayman著）、*The Novel and the Police*（一九八八年、D. A. Miller著）、*In the Secret Theatre of Home: Wilkie Collins, Sensation Narrative, and Nineteenth-Century Psychology*（一九八八年、Jenny Bourne Taylor著）、*Nineteenth-Century Fiction 37*（一九八二年）所収のPatrick Brantlingerによる'What is "Sensational" About the Sensation Novel?'を参照。
16 この本の値段は一冊七シリング六ペンスだった。
17 残虐な犯罪に対する女性たちの熱狂に注目したのは、彼だけではなかった。エドワード・ブルワー＝リットンは*England and the English*（一八三三年）の中で、「悲劇的な物語や暗い芝居にもっとも深い関心を示すのは女性であり……バラッド売りが来れば、彼女たちは一番残虐な殺人事件のバラッドを買っていく」と書いている。

18　医師であるステイプルトンは、一八五七年まで《メディカル・サーキュラー》誌に連載されていたBenedict Morelのエッセイ*Treatise on the Degeneration of the Human Species*なども読んでいたのかもしれない。このエッセイは、両親が犯した罪は子どもの肉体的弱さとなって現われると論じている。

19　《フレイザーズ》誌一八六一年九月号の'Manners & Morals'より。

20　『オーロラ・フロイド』(一八六三年)の語り手は「静かなサマセットの家庭で、恐ろしい行為がなされた」と語っている。「そこに潜む真実はいまだ明るみには出ておらず、おそらく最後の審判の日まで明らかになることはないだろう。これまで、家族はどれほどつらい思いをしてきただろう？　その残酷な謎が、〝センセーショナル〟な話題として多くの家庭、居酒屋、心地よいクラブの部屋の中で語られているとき、彼らはどれほどの苦しみを、悩みを、いや増す拷問の苦しみを味わっているのだろうか」一九五〇年代、著名な歴史家エリザベス・ジェンキンズは、ケント家の物語がシャーロット・ヤングの小説*The Young Step-Mother; or, A Chronicle of Mistakes*(一八六一年)に与えた影響についてのエッセイを書いている。この小説の題にもなっている継母は、ケンダル家に後妻に入るが、幼い兄弟四人を相次いで亡くした気難しい思春期の継娘の反抗にあう。その後、この義理の娘は継母が産んだ「驚くほど性格がよく、体格も頭もいい」三歳の弟を誤って殴ってしまい、意識不明にさせてしまうという筋だ。ジェンキンズはこのエッセイを発表したのち、実はこの小説のほとんどはロード・ヒル・ハウス殺人事件が起こる前の一八六〇年の前半に連続小説として発表されていたことを知る。彼女のこの誤りは、同事件の影響がさまざまなところに及んでいたと思い込んでしまう危険性を示している。しかしジェンキンズは、小説が発表されたのは事件の前だったにもかかわらず、両者が酷似しているのはやはり奇妙だと書いている。

21　《ブラックウッズ・エディンバラ・マガジン》一八六二年五月号に掲載された署名の無い批評「センセ

22 ーション小説」より。
23 《クォータリー・レヴュー》一八六三年四月号より。
24 二巻の回顧録 *Curiosities of Crime in Edinburgh* と *The Sliding Scale of Life* は、どちらも一八六一年に出版された。その年の七月の《タイムズ》の記事によれば、前者は三カ月で二万部が売れたという。
25 一八六一年五月の《ダブリン・レヴュー》に掲載されたトマス・ドネリーの無署名の記事 'Crime and Its Detection' より。
26 オックスフォード英語大辞典ではこのフレーズの意味を、「手がかりがまったくない中、疑念の迷路をさまようこと」と解説している。
27 一八六三年十月二十五日に出版され、*Cops and Bobbies: Police Authority in New York and London, 1830-1870*（一九九九年、Wilbur R. Miller 著）で引用されている。
28 《サタデー・レヴュー》一八六四年六月号の 'Detectives in Fiction and in Real Life' より。
29 *Wagner of Brighton: The Centenary Book of St Paul, s Church, Brighton*（一九四九年、H. Hamilton Maughan 著）を参照。
30 一八六一年の国勢調査結果、ソーントンの死亡証明書、MEPO 4/2（首都圏警察の死亡登録簿）および MEPO 4/333（入庁および昇進簿）より。刑事課の人員はわずかに増員されたが、それでもまだ十二人しかいなかった。現在、この部署の職員数は約七千人。
31 ワルシャワの警察を再編するための支援に関する首都圏警察のファイル、MEPO 2/23 を参照。小説家ジョゼフ・コンラッドの父アポロは、この反政府活動のリーダーだったが、一八六一年に逮捕され、ロシアに亡命した。

31　一八五〇年にディケンズと会ったとき、ウォーカー警視は刑事たちと一緒だった。ディケンズは彼のことを〝ストーカー〟と呼んだ。彼自身は刑事ではなく、総監室付きだった。
32　首都圏警察の退任文書、MEPO 21/7 を参照。
33　*A Practical Treatise on Apoplexy (with Essay on Congestion of the Brain)*（一八六六年、William Boyd Mushet 著）より。

●第十六章、第十七章

一八六五年の出来事について書かれたこの二章の内容の大半は《デイリー・テレグラフ》、《タイムズ》、《ソールズベリー・アンド・ウィンチェスター・ジャーナル》、《オブザーバー》、《ウェスタン・デイリー・プレス》、《サマセット・アンド・ウィルツ・ジャーナル》、《ペニー・イラストレイテッド・ペーパー》、《ニューズ・オブ・ザ・ワールド》、《バース・クロニクル》および MEPO 3/61、HO 144/20/49113 および ASSI 25/46/8 のファイルを参考にした。そのほかの情報源として、各項に示す資料も使用した。

●第十六章

1　天候は、この年の四月二十五日にロンドンから十七マイル離れたエプソムで開催されたスプリング・ダービーの記事から。この年の三月は一八四五年以来の寒さだったが、このダービーの日はこれまでにないほどの暑さで、気温は七月の平均気温を上回ったと《タイムズ》は報じている。
2　一八六〇年四月の《ザ・ビルダー》誌によれば、裁判所の中の状態は、冬は寒く、夏は恐ろしく暑かったという。治安判事たちは、一八四〇年代より新しい場所を探していた。裁判所の詳細はチャールズ・デイケンズ『オリヴァー・ツイスト』（一八三八年）および*Survey of London Volume 36*（一九七〇年、F. H. W. Sheppard編）より。

3 *Wagner of Brighton: The Centenary Book of St Paul, s Church, Brighton*（一九四九年、H. Hamilton Maughan著）と*Aubrey Beardsley: A Biography*（一九九九年、Matthew Sturgis著）を参照。

4 ドリー・ウィリアムスンは、ロードから戻ったあと結婚し、このときは二歳になる娘エマがいた。ダーキンはこのとき、ウィリアムスンは、ウィリアム・メイクピース・サッカレーが*Roundabout Papers*（一八六三年）の中のエッセイのひとつを書くヒントとなった一八六一年七月の悪名高き事件を担当していた。ストランドのはずれ、ノーサンバーランド・ストリートの金貸しが新規の客だったクリミア戦争の退役軍人、第十軽騎兵隊のウィリアム・マレー少佐に発砲。反撃したマレーは、金貸しの頭を瓶で殴り、殺してしまった。のちにわかったことによると、金貸しがこのような暴挙に出たのは、彼がマレーの妻に対し激しい恋心を抱いていたからであった。

「このような事件が起きるのなら、小説を書くときも、そんなことが起こりえるかと気にする必要など何もない……現実にこんなことが起こるのなら、もはやなんでもありではないだろうか？　ハンガーフォード市場に地雷が仕掛けられ、いつの日か爆発が起こることだってありえるのだ」とサッカレーは書いている。不条理な暴力の爆発は、興奮と驚き、そして畏敬の念をも引き起こす。世界の平和は突如として吹き飛び、もう何が起こっても不思議ではないのだ。『月長石』でも触れられているノーサンバーランド・ストリートの事件はリチャード・D・オールティック『二つの死闘‐ヴィクトリア朝のセンセーション』（一九八六年）の中でも取り上げられている。

5 彼の死亡証明書には、一八六四年九月五日、水胸症によりトロウブリッジのセント・ジョージズ・テラスで死亡したとある。

6 これは、コヴェントリー・パトモアが一八五四年に発表した詩の中で、みずからの妻エミリーの自己犠牲的な純粋さと献身を形容した言葉。

7 一八六五年四月二十六日付《タイムズ》。同様に《バース・エクスプレス》も女性の本能については冷笑的で、四月二十九日付の同紙はこの犯罪を、女性ならではの「巧みな残酷さ」があると評している。《サタデー・レヴュー》は、コンスタンスは思春期の女性というよりはむしろ〝心理学的怪物〟であってほしいと書いている。女性の殺人者に対する見方については、*Twisting in the Wind: The Murderess and the English Press*（一九九八年、Judith Knelman 著）を参照。

8 タナーは体調不良により一八六九年に警察を退職し、ウィンチェスターにホテルを開いた。一八七三年、四十二歳で死亡。*Dreadful Deeds and Awful Murders: Scotland Yard's First Detectives*（一九九〇年、Joan Lock 著）を参照。

9 *The Case of Constance Kent, viewed in the Light of the Holy Catholic Church*（一八六五年、James Davies 著）および *The Case of Constance Kent, viewed in the Light of the Confessional*（一八六五年、Edwin Paxton Hood 著）を参照。

10 *The Road Murder: Analysis of this Persistent Mystery, Published in 1862, Now Reprinted, with Further Remarks*（一八六五年、J. R. Ware 著）より。一八六二年版の小冊子は、アンドルー・フォレスターの『女性探偵』（一八六四年）の中の一短篇としても出版されている。「フォレスター」は偽名で、シティ・オブ・ロンドンを拠点とする私立探偵社の同族会社を意味するものと思われる。

11 この夏、ロドウェイが報道陣に公開したこの声明は、いくつかの新聞に掲載された。

12　*Embodied Selves: An Anthology of Psychological Texts 1830-1890*（一九九八年、Jenny Bourne Taylor and Sally Shuttleworth 編）を参照。一八六五年七月二十二日付《メディカル・タイムズ・アンド・ガゼット》は「ここで学ぶべき教訓は、ごく幼い子どもの胸にも邪悪な思いはあるということだ」と書き、これは *Victorian Murderesses: A True History of Thirteen Respectable French and English Women Accused of Unspeakable Crimes*（一九七七年、Mary S. Hartman 著）にも引用されている。

13　内務省ファイル HO 144/20/49113 の一八六五年八月三十日付の手紙より。

14　内務省ファイル HO 144/20/49113 の手紙より。

●第十七章

1　*Dictionary of National Biography* によれば、コールリッジの年収は四千ポンド。日記は *Life and Correspondence of John Duke, Lord Coleridge*（一九〇四年、Ernest Hartley Coleridge 著）より。

2　バーナード・テイラーのアーカイヴ中の手紙。

3　ブロードサイド・バラッドを引用順に挙げる。一八六五年に Disley が出版した'The Road Hill Murder Confession of the Murderess'。一八六五年九月十日に《ノース・ウィルツ・ヘラルド》に引用された無名のバラッド。一八六五年に Disley が出版し、Charles Hindley の *Curiosities of Street Literature*（一九六六年）に再収録された'Trial and Sentence of Constance Kent'。《Musical Traditions》マガジン（mustard.org.uk）に掲載されている Roly Brown の十九世紀ブロードサイド・バラッド・シリーズの No.15、"Constance Kent and the Road Murder" を参照。

4　内務省ファイル HO 144/20/49113 の一八六五年七月二十四日付、Gustavus Smith の宣誓供述書を参照。

5　プリチャードは金曜日に絞首刑に処された。

6　*Saint-with Red Hands?*（一九五四年、Yseult Bridges 著）に引用された、一八九〇年四月六日付のコールリッジからW・E・グラッドストンへの手紙。

7　十三年後（一八七八年四月）、バックニルは英国内科医師会での講義'Insanity in its Legal Relations'でコンスタンスの動機についてさらに詳しく語っている。コンスタンスは「認知症の気があった」自分の母親に対して二番目のミセス・ケントが口にする「侮蔑的発言」を恨み、この「元気な」継母に対し「怒りと復讐の思い」を蓄積していった。「憎い」継母から逃れようと家出をしたあげく、見つかって連れ戻されたコンスタンスは、その後、復讐を心に誓った。彼女は、毒を盛るぐらいでは「本当の罰にはならない」と考え、サヴィルを殺害する決心をした。「本当に恐ろしい話だ」とバックニルは語り、「しかし、この家庭の不幸の深さには同情を禁じ得ない」と続けた。これは *Celebrated Crimes and Criminals*（一八九〇年、Willoughby Maycock 著）に引用されている。

8　*The Standard Edition of the Complete Psyhological Works of Sigmund Freud*（一九五三〜一九七四年、James Strachey、Alix Strachey and Alan Tyson 編）中の'Fragment of an Analysis of a Case of Hysteria'（一九〇五年）より。これはフロイトの最初の患者のひとり、十八歳のドーラについて書かれたエッセイ。

●第十八章

1　ミルバンク刑務所の情報は、*The Criminal Prisons of London and Scenes of London Life*（一八六二年、Henry Mayhew and John Binny 著）、ヘンリー・ジェイムズ著『カサマシマ公爵夫人』（一八八六年）、一八六五年十月十四日付《ペニー・イラストレイテッド・ペーパー》より。

2　ウィッチャーの結婚証明書より。この証明書では、彼は自身を寡夫ではなく独身と記している。ウェストミンスター寺院の外で羊が草を食んでいることは *Notes on England*（一八七二年、Hippolyte Taine 著）に記されている。

3　ポラーキーは私立探偵として成功し、パディントン駅に近いパディントン・グリーン十三番地にオフィスを構えた。《タイムズ》によれば、彼は一八六六年、ハルで若い女性を誘拐しドイツに売っていた白人奴隷売買の組織を暴き出したという。一八八一年に初上演されたギルバート・アンド・サリバンのコミックオペラ『ペイシェンス』は、「パディントン・ポラーキーの鋭い洞察力」を称賛している。彼は一九一八年にブライトンで、九十歳で亡くなった。

4　一八五八年十二月九日付《タイムズ》の記事より。

5　ティチボーン家相続人事件の説明は、*Famous Trials of the Century*（一八九九年、J. B. Atlay 著）、*The Tichborne Tragedy: Being the Secret and Authentic History of the Extraordinary Facts and Circumstances Connected with the Claims, Personality, Identification, Conviction and Last Days of the Tichborne Claimant*（一九一三年、Maurice Edward Kenealy 著）、*The Tichborne Claimant: A Victorian Mystery*（一九五七年、John Douglas Woodruff 著）、*The Man Who Lost Himself*（二〇〇三年、Robyn Annear 著）、および《タイムズ》の記事より。

6　*The Tichborne Romance*（一八七二年、A Barrister At Large〔A. Steinmedz〕）より。*Victorian Sensation*（二〇〇三年、Michael Diamond 著）に引用。

7　*Scotland Yard: Its History and Organisation 1829-1929*（一九二九年、George Dilnot 著）から引用。

8　一八六一年、一八七一年、一八八一年の国勢調査結果、サラ・ウィッチャーとジェイムズ・ホリウェルの結婚証明書、ジェイムズ・ホリウェルのヴィクトリア十字勲章の表彰状より。

9 ディケンズの言葉はW. H. Wills宛ての手紙から引用。*Letters of Charles Dickens 1868-1870*（二〇〇二年、Graham Storey, Margaret Brown and Kathleen Tillotson 編）を参照。一八六八年九月五日のロバート・ルイス・スティーヴンスンの手紙は *Wilkie Collins: The Critical Heritage*（一九七四年、Norman Page 編）に引用されている。

10 一九二七年八月四日付《タイムズ・リテラリー・サプリメント》の記事より。

11 一八六五年十一月九日付《ザ・ネイション》に掲載された無署名の〝ミス・ブラッドン〟への批評。

12 内務省ファイルHO 45/6970、報酬全額支給での引退を申請したサミュエル・ケントに関する文書。工場監査官ロバート・ベイカーは三月の年間報告書に、サヴィルの死後、サミュエルには大きな災難がふりかかったと記している。ミセス・ケントが「失明の脅威にさらされ」、その後は体が麻痺したことなど、サミュエルの家庭に関するベイカーの記述の抜粋は一八六六年三月二十四日付の《タイムズ》に掲載された。ミセス・ケントの死亡証明書によると、メアリ・ケントは一八六六年八月十七日、スランゴスレンで死亡している。彼女の臨終はサミュエルが看取った。

13 一八六六年七月九日付《タイムズ》を参照。

14 一八六五年以降のウィリアム・ケントの人生については、*Savant of the Australian Seas*（一九七七年、A. J. Harrison 著）を参考にした。二〇〇五年に完成したこの伝記の電子版第二版は、タスマニア州立図書館のSTORSウェブサイト（下記）で入手が可能――members.trump.net.au/ahvem/Fisheries/Identities/Savant.html

15 エッセイ'On the Method of Zadig: Retrospective Prophecy as a Function of Science'（一八八〇年）より。

『レディ・オードリーの秘密』の中でメアリ・ブラッドンは探偵の手順を「逆行捜査」と呼んでいる。アメリカの哲学者チャールズ・サンダース・パースは一八六五年ごろ〝仮説的推論〟すなわち逆行的推論という理論を作り上げた。「われわれは推測によって真実を突き止めなければならない」、「さもなければ何も知ることはできない」と彼は書いている。「逆行仮説設定」についてはウンベルト・エーコ、トマス・A・シービオク編『三人の記号――デュパン、ホームズ、パース』（一九八三年）のほか、*The Perfect Murder*（一九八九年、David Lehman 著）、*Forging the Missing Link: Interdisciplinary Stories*（一九九二年、Gillian Beer 著）を参照。

16　G・K・チェスタートン *Appreciations and Criticisms of the Works of Charles Dickens*（一九一一年）より。チェスタートンは『旧約聖書』のヨブ記第19章の「私は知る、私をあがなう者は生きておられる、後の日に彼は必ず地の上に立たれる」をもじっている。
探偵小説の結末はあっけないという人たちもいる。ホルヘ・ルイス・ボルヘスは自身の短篇「アベンハカン・エル・ボハリー、自らの迷宮に死す」（一九五一年）の中で、「謎というものは、謎自体のほうが謎解きよりもつねに印象的だ」と書いている。「謎とはどこか超自然的なもの、神聖とさえ言えるものがあるが、謎解きはかならず巧妙なごまかしが見える」と。

17　一八七二年一月十九日にサミュエル・ケントが書き、その年の二月二十一日にウィリアムが確認した遺書。

18　*Savant of the Australian Seas*（一九九七年、改訂二〇〇五年、A. J. Harrison 著）、ウィリアム・サヴィル＝ケント著 *Guidebook to the Manchester Aquarium*（一八七五年）、ウィリアム・サヴィル＝ケント著『浸滴虫類マニュアル』（一八八〇～一八八二年）、サミュエル・ケントの死亡証明書と遺書、《タイムズ》の出生告知、ウィリアム・ケントの結婚証明書、一八八一年の国勢調査結果。

19 ウィリアムの妻エリザベスの死亡証明書によると、彼女は二月十五日にマンチェスターのウィジントンで死亡した。

20 ラヴェンダー・ヒルの情報は *Directory for Battersea Rise and the Neighbourhoods of Clapham and Wandsworth Commons*（一八七八年）、*Directory for the Postal District of Wandsworth*（一八八〇年）、*The Buildings of Clapham*（二〇〇〇年、Alyson Wilson 編）、*Battersea Past*（二〇〇二年、Patrick Loobey 編）より。

21 ウィッチャーの死亡証明書、遺書、ファミリー・レコード・センターおよび検認裁判所の遺言書と検認済み遺言書の写しより。

22 シャーロット・ウィッチャーの遺言書および検認裁判所の検認済み遺言書の写しより。

23 *Fifty Years of Public Service*（一九〇四年、Arthur Griffiths 著）より。

24 *Scotland Yard: Its History and Organisation 1829-1929*（一九二九年、George Dilnot 著）より。

25 *Scotland Yard Past and Present: Experiences of Thirty-Seven Years*（一八九三年、Timothy Cavanagh 著）より。

26 一八七四年一月にチェルシーの自宅〝フィールド・ロッジ〟で書いた手紙の中でフィールドは、顧客に貸していた一ポンドを返してもらいたいと頼み、この四カ月病気で寝込んだため医者への払いが三十ポンドもあると訴えている。大英図書館所蔵の手書き原稿コレクションに収蔵された手紙 Add.42580 f.219 より。彼はこの年のこの時点よりあとに亡くなった。

27 *Critical Years at the Yard: The Career of Frederick Williamson of the Detective Department and the CID*

（一九五六年、Belton Cobb 著）および一八八一年国勢調査結果より。ウィルキー・コリンズも一八八九年にロンドンで、六十五歳で亡くなった。

28　*Scotland Yard: Its History and Organisation 1829-1929*（一九二九年、George Dilnot 著）で引用されている警視総監の言葉。総監の名は特定されていない。

29　セント・ポール大聖堂司教座聖堂参事会の一八七四〜一八八九年の覚書によれば、この大聖堂の地下聖堂の床に敷かれたモザイクのほとんどは、ウォーキング刑務所の女囚が一八七五年から一八七七年に作ったものだという。

一八七〇年代はじめ、ウォーキング刑務所のモザイク部門では約百人の女囚が、一シリング二ペンスの日当で働いていた。くず大理石を細かく砕き、それを組み合わせて装飾用ブロックにし、ヨークストーンで滑らかに磨き上げるのだ。一八七二年、彼女たちが作った白と黒のモザイクの床がイースト・ロンドンのベスナル・グリーン博物館に設置された際、刑務所はモザイク師としてのコンスタンスの優れた腕前に気がついた。六月二十九日付の《ザ・グラフィック》は、「コンスタンスはこの作業を仲間の囚人たちに上手に教えている」と報じている。しかしこの二年後、彼女とウォーキング刑務所の関係は悪化した。一八七四年十二月にウォーキングのモザイク部門を訪ねた《デイリー・ニューズ》の記者は、彼女がもうモザイクづくりをしていないのに気づいた。刑務所を出る際、彼は監房の外にずらりと並んで靴下を編んでいる女性たちの前を通ったが、彼と看守長が近づくと、彼女たちは一斉に立ち上がった。「そのとき私は、列の一番端にいた三十歳ぐらいの女性に気づいた」と彼は書いている。「顔はむくんで血色が悪く、瞳は黒、短い黒髪は帽子の中に押し込まれていた。なぜ彼女が目立ったかというと、ほかの女性たちはみな、前を通る女性看守長にお辞儀をし、笑顔を向けてもらおうと必死に愛想をふりまいていたが、彼女だけは怒りのこもった鋭い目つきでこちらを一瞥し、あとはむっつりと床に目を落としていたからだ。〝あれは誰です？〟囚人たちから見えないところまで来ると、私はミセス・ギブスンに尋ねてみた。あれがコンスタンス・ケントです。とても扱いにくいんですよ。わたしが〝気持ちを通わせられない〟数少ない囚人のひとりですというのが女性看守長の答えだった」

この記者が一八七八年に書いた記事には、コンスタンスがモザイクづくりの作業からはずされた理由が書かれている。「彼女は何度も脱走を試みていた。私が訪問したときも、巧妙かつ執拗に計画を練り、実行に移した秘密の文通が発覚し、特別の罰を受けているところだった」

本書の四〇三ページにある彼女の写真は、一八七四年にウォーキングで撮られたものだ。

30 *Secrets of the Prison House*（一八九四年、Arthur Griffiths 著）より。

31 *Fifty Years of Public Service*（一九〇四年、Arthur Griffiths 著）より。

32 内務省ファイル HO 144/20/49113 の支援の嘆願書と手紙。

●第十九章

1 ウィリアムと彼の家族についての情報は主に *Savant of the Australian Seas*（一九九七年、改訂二〇〇五年、A. J. Harrison 著）からのもの。そのほかの資料は、二〇〇五年八月三十一日にノーリン・カイルがロンドンの系図学者協会で配布した論文 'Emigration of Women to Australia: Forced and Voluntary'、一八八一年の英国の国勢調査結果、そしてウィリアム自身の著書二冊『ザ・グレイト・バリア・リーフ』（一八九三年）と、特に『オーストラリアの博物学者』（一八九七年より）。

2 一八九六年六月十一日付《タイムズ》より。

3　オーストラリア人の真珠専門家、C・デニス・ジョージは、日本人の二人の真珠パイオニアの義父は一九〇一年、木曜島に数カ月滞在してウィリアム・サヴィル＝ケントの養殖手法を目にしていたと指摘している。ジョージはまた、サヴィル＝ケントは生前、完全な真珠の養殖にも成功しており、一九八四年、この真珠を一連にしたものをブリズベーンの女性獣医師がひと組所有していることが判明し、アイルランドのある家族がもうひと組を所有していると言われている、と述べている。*Savant of the Australian Seas*（一九九七年、改訂二〇〇五年、A. J. Harrison 著）を参照。

4　ケント家の情報は、死亡証明書、遺言書、バーナード・テイラーのアーカイヴ中の書簡、A・J・ハリスンとノーリン・カイルがオーストラリアで実施した調査を参考にしている。セント・ピーターズ病院については *Old and New London: Volume 6*（一八七八年）の中で説明されている。

5　*Saint–with Red Hands?*（一九五四年、Yseult Bridges 著）より。ブリッジズによれば、一八八五年、二十二歳のときにコンスタンスに会ったという女性から直接この話を聞いたという。ブリッジズがこの本を書いた当時、この後のコンスタンスがどうなったかはわかっていなかった。

6　オーストラリアへのコンスタンスの移住は、Bernard Taylor 著 *Cruelly Murdered*（一九七九年）に記されている。
アマチュア犯罪学者で人生の大半をかけてケント家の運命を追ったアイヴァー・キャントル（一九一九年～一九八〇年）も、コンスタンスの行方をオーストラリアまでたどった。彼はその後、オリーヴやその家族と親しくなった。

7　一九二六年に書かれたこの遺書で、コンスタンスは自分が設立した看護婦のためのホームを仲間の看護婦、ヒルダ・ロードに遺し、金はジョゼフ・フェルズ基金に寄贈した。石鹸で財を成した社会改革者で慈善家のユダヤ系アメリカ人富豪フェルズ（一八五三年〜一九一四年）は、英国や米国の失業者や職人のための理想的コミュニティを設立した。彼は、課税は土地の所有権のみに基づくべきだとした。オリーヴに遺された家族写真が見つかった経緯は、バーナード・テイラーのアーカイヴに所蔵されている書簡による。

●第二十章

1　ロードはエッセイ *The Anatomy of Murder: Famous Crimes Critically Considered by Members of the Detection Club*（一九三六年）でこの手紙を引用している。もともとの手紙は第二次世界大戦中に敵の攻撃によって失われ、ロードがタイプで打ったものだけが残った。

2　ガス漏れについては一八六五年の《サマセット・アンド・ウィルツ・ジャーナル》が触れている。同紙は、バースの寄宿学校に在籍していたコンスタンスは教師の発言に腹を立て、わざと寄宿舎のガス栓を開けて爆発を起こそうとし、それを隠そうともしなかったと報じた。

3　一八五九年に出版された『種の起源』はたちまち大きな注目を浴びたため、コンスタンスが読んだ可能性もある。しかしこの手紙には、ありえないと思われる内容も含まれている。たとえば、手紙の書き手は幼いコンスタンスがよく〝聖なるサラ〟・ベルナールのことを話して周囲を仰天させていたと書いているが、コンスタンスと同じ年に生まれたこの女優が有名になったのは一八七〇年代のことだ。

4　精神分析学者のジェラルディン・ペダースン＝クラッグは一九四九年のエッセイの中で、探偵小説における殺人は、子どもが両親の性行為を目撃し、それを暴力と解釈する〝原光景〟だと述べている。被害者が象徴するのは両親のうちのどちらかであり、手がかりが象徴するものは夜に聞こえる音や、子どもにはぼんやりとしか理解できない染みやジョークであると。ペダースン＝クラッグによれば、探偵小説の読者はみずからを探偵と同一視することで子どものころの好奇心を満たし、「子どものころに無意識に感じていたやり場のない違和感や罪悪感を正す」のだという。《サイコアナリティック・クォータリー》18に掲載された'Detective Stories and the Primal Scene'（「探偵小説と原光景」）を参照。一九五七年、心理学者のチャールズ・ライクロフトは、読者はみずからを探偵だけでなく、殺害者とも同一視し、親に対する敵対的な気持ちを晴らしていると語っている。《サイコアナリティック・クォータリー》26の'A Detective Story'（「探偵小説」）を参照。このようなアプローチはジュリアン・シモンズ著『ブラッディ・マーダー——探偵小説から犯罪小説への歴史』（一九七二年）で論じられている。

5　梅毒についての情報は、*Pox: Genius, Madness and the Mysteries of Syphilis*（二〇〇四年、Deborah Hayden著）およびロンドンの皮膚科専門医アラステア・バークリーの話を参考にした。本書の初版出版後、一八三〇年代はじめのロンドンにおけるサミュエルの性的不品行については別の話も浮上した。二〇〇八年、ジョゼフィン・ブリッジズという女性が著者に「自分の高祖母（祖父母の祖母）はロンドンの劇場で衣装主任をしていたが、一八三五年以前にサミュエル・ケントとのあいだに娘をもうけたはずだ」と名乗り出たのだ。この少女、ローザ・ケント・フラーは、成長してイースト・サセックスのアイデンの大工、エドウィン・マーティンと結婚。彼らの最初の子はサヴィル・ケントが殺害された年の夏に生まれている。マーティン家はのちに鉄道の踏切番となり、一九〇八年、ローザはその踏切で自家用車に轢かれて死亡した。現在はアイデンの教会墓地に埋葬されている。

ジョゼフィン・ブリッジズは母と祖母から、サミュエル・ケントはよく娘を訪ねてきており、生活の面倒も見ていたと聞かされていた。それでも一八四一年の国勢調査では、ローザ・ケント・フラーはミドルセックスのエドモントンにある、ロンドンのストランド地区出身の貧しい子どものための施設、ウェスト・

ロンドン・ユニオン・スクールに住む八歳の〝貧困者〟として記録されている。彼女の母は二十五歳前後のメアリ・アン・フラーと思われ、この年の国勢調査では、ロンドン中心部フィッツロヴィアのクリーヴランド・ストリートにあったストランド・ユニオン救貧院の居住者として記録されている。当時、未婚の母の大半は救貧院に送られていた。また一八三〇年代にロンドンに設立された救貧委員会は、貧しい子どもたちを必ずと言っていいほど両親から引き離し、郊外の学校に送っていた。サミュエルがローザの父だったとすると、ミセス・ブリッジズと彼女の家族は英国にいるケント家唯一の子孫ということになる。

6　この手紙のきっかけとなったジョン・ロードの著書が *The Case of Constance Kent*（一九二八年）。

7　ときに探偵小説の元祖とも呼ばれるソフォクレスの『オイディプス王』では、オイディプスは罪を犯すが、犯罪を解決もする。すなわち殺人者であり同時に探偵でもあるのだ。ジョン・バーンサイドは著書 *The Dumb House*（一九九七年）の中で、「どんな捜査でも、本物の探偵こそが容疑者である」と書いている。「なぜなら、手がかりを与え、内心をさらけ出すのは彼だからだ」

8　Fryniwyd Tennyson Jesse は一九二四年の著書 *Murder and its Motives* の中でコンスタンスの有罪を認めてはいるが、彼女の生まれた時代にはまだそのような複雑な心理が理解され、対処される時代ではなかったことを気の毒がっている。William Roughead は著書 *The Rebel Earl and Other Studies*（一九二六年）の中で、コンスタンスが「心を病んでいた」のに精神鑑定医が気づかなかったのは残念だとしている。Yseult Bridges は著書 *Saint-with Red Hands?*（一九五四年）の中で、真犯人はサミュエル・ケントとエリザベス・ゴフで、コンスタンスが自白をしたのは彼らを守るためだったと述べている。Mary S. Hartman も著書 *Victorian Murderesses*（一九七七年）の中で、コンスタンスは父の罪をかぶって嘘の自白をしたのだろうと語っている。*Cruelly Murdered*（一九七九年）の著者バーナード・テイラーは、サヴィルを殺したのはコンスタンスだが、ゴフと情事をもっていたサミュエルが、娘をかばい、ついでに自分の情事もごまかすためにサヴィルの体に傷をつけたという説を述べている。

この事件を脚色したものとしては、カントリーハウスでひとりの少女がサヴィル・ケントの亡霊と出会い、彼からコンスタンスがどんなひどいことをしたかを聞かされる英国のオムニバス・ホラー映画『夢の中の恐怖』（一九四五年）がある。この二年後、メアリ・ヘイリー・ベルが脚本を書き、彼女の夫、サー・ジョン・ミルズが演出を手掛けた劇 *Angel* がロンドンで上演された。しかしコンスタンスに同情的なこの芝居に観客はひどく当惑し、数週間としないうちに上演は打ち切られ、ベルの脚本家生命はほとんど断たれることとなった。ジーン・プレイディの名で歴史小説を書くエレノア・ヒッバートは、エルバー・フォードという偽名による *Such Bitter Business*（一九五三年）でロード・ハウスの事件を小説化している。ウィリアム・トレヴァーの *Other People. s Worlds*（一九八〇年）の二人の登場人物はロード・ヒル・ハウス殺人事件の虜になり、やがて恐ろしい結末を迎える。一九三〇年代の植民地時代のインドを舞台にしたフランシス・キングの小説 *Act of Darkness*（一九八三年）では、姉と子守がレズビアン行為にふけっている姿をうっかり見てしまった少年が、二人に殺されてしまう。ジェイムズ・フリールの *Taking the Veil*（一九八九年）は、事件の舞台を一九三〇年代のマンチェスターに設定。父が叔母で子守でもあった女性とセックスをしている場面を見てしまった少年が、その二人に殺されるというストーリーだ。さらに、ティーンエイジャーである異母姉は、自分を犯した父をかばうために少年の遺体を傷つけ、嘘の自白をする。二〇〇三年には、ウェンディ・ウォーカーがこの事件を一冊分の長い詩 *Blue Fire* にまとめたが、まだ出版されていない。この詩はステイプルトンの『一八六〇年の大いなる犯罪』のそれぞれの行の一語を使って書かれている。

9 MEPO 3/61。

●結び

1 検死を担当したジョシュア・パーソンズは、このサヴィルの指の傷に関する解釈には反対している。彼は一八六〇年十月四日に治安判事裁判所における証言で、切り傷からの出血がなかったことは、死後、おそらくは偶然についた傷に違いないと述べているのだ。それに加えて、切り傷は左手でなく右手についていたと彼は言っている。彼の所見は窒息死だったが、ステイプルトンはそれを反証しようとした。医師たちの論争により、サヴィルは謎と議論の対象になり、彼自身のイメージはかすんでしまったと言える。

2 ジェイムズ・サンドーへの一九四九年六月二日付の手紙。*The Raymond Chandler Papers: Selected Letters and Non-Fiction, 1909-1959*（二〇〇〇年、Tom Hiney and Frank MacShane 編）より。同じ手紙の中でチャンドラーは、探偵小説と恋愛小説は結合させることはできない、なぜなら探偵小説は「恋愛を受け入れることができないからだ」という。

主要参考文献

各文献の詳細は原注を参照のこと。書籍については、邦訳がある作品は訳題と原題を並記した。また、未訳作品に関しては本文中で便宜上用いた場合のみ訳題を記した（訳者）。

一次資料

〈首都圏警察、内務省、および法廷のファイル〉

ASSI 25/46/8
HO 45/6970
HO 144/20/49113
MEPO 2/23
MEPO 3/61
MEPO 3/53
MEPO 3/54
MEPO 4/2
MEPO 4/333

MEPO 7/7
MEPO 21/7

〈**新聞**〉
The Bath Chronicle　《バース・クロニクル》
The Bristol Daily Post　《ブリストル・デイリー・ポスト》
The Daily Telegraph　《デイリー・テレグラフ》
The Frome Times　《フルーム・タイムズ》
The Morning Post　《モーニング・ポスト》
The News of the World　《ニューズ・オブ・ザ・ワールド》
The Observer　《オブザーバー》
The Penny Illustrated Paper　《ペニー・イラストレイテッド・ペーパー》
The Somerset and Wilts Journal　《サマセット・アンド・ウィルツ・ジャーナル》
The Times　《タイムズ》
The Trowbridge & North Wilts Advertiser　《トロウブリッジ・アンド・ノース・ウィルツ・アドヴァタイザー》
The Western Daily Press　《ウェスタン・デイリー・プレス》

〈**雑誌**〉

All the Year Round　《オール・ザ・イヤー・ラウンド》
The Annual Register　《アニュアル・レジスター》
Chambers's Edinburgh Journal　《チェンバーズ・エディンバラ・ジャーナル》
Household Words　《暮らしの言葉》
The Law Times　《ロー・タイムズ》
Once a Week　《ワンス・ア・ウィーク》

〈書籍およびパンフレット〉

A Barrister-at-Law, *The Road Murder: Being a Complete Report and Analysis of the Various Examinations and Opinions of the Press on this Mysterious Tragedy*, London, 1860
'Anonyma' (W. Stephens Hayward), *Revelations of a Lady Detective*, London, 1864　「婦人探偵の告発」（未訳）
Braddon, Mary Elizabeth, *Lady Audley's Secret*, London, 1862　メアリ・エリザベス・ブラッドン『レディ・オードリーの秘密』（未訳）
Cavanagh, Timothy, *Scotland Yard Past and Present: Experiences of Thirty-Seven Years*, London, 1893
Coleridge, Ernest Hartley, *Life and Correspondence of John Duke, Lord Coleridge*, London, 1904
Collins, Wilkie, *The Woman in White*, London, 1860　ウィルキー・コリンズ『白衣の女』上・中・下、中島賢二訳、岩波文庫、一九九六年
Collins, Wilkie, *The Moonstone*, London, 1868　ウィルキー・コリンズ『月長石』上・下、中村能三訳、創元推

理文庫、一九六二年
Davies, James, *The Case of Constance Kent, viewed in the Light of the Holy Catholic Church*, London, 1865
Dickens, Charles, *Bleak House*, London, 1853　チャールズ・ディケンズ『荒涼館』1〜4、青木雄造・小池滋訳、ちくま文庫、一九八九年
Dickens, Charles, *The Mystery of Edwin Drood*, London, 1870　チャールズ・ディケンズ『エドウィン・ドルードの謎』小池滋訳、創元推理文庫、一九八八年
Forrester, Andrew, *The Female Detective*, London, 1864　アンドルー・フォレスター『女性探偵』（未訳）
Griffiths, Arthur, *Secrets of the Prison House*, London, 1894
Griffiths, Arthur, *Mysteries of Police & Crime*, London, 1899
Griffiths, Arthur, *Fifty Years of Public Service*, London, 1904
Hood, Edwin Paxton, *The Case of Constance Kent, viewed in the Light of the Confessional*, London, 1865
Hotten, John Camden, *The Slang Dictionary; or, The Vulgar Words, Street Phrases, and 'Fast' Expressions of High and Low Society, etc*, London, 1864
House, Madeline and Storey, Graham, *The Letters of Charles Dickens 1859-61*, London, 1997
Huish, Robert, *The Progress of Crime; or, The Authentic Memoirs of Maria Manning*, London, 1849
James, Henry, *The Turn of the Screw*, London, 1898　ヘンリー・ジェイムズ『ねじの回転――心霊小説傑作選――』南條竹則・坂本あおい訳、創元推理文庫、二〇〇五年
Kenealy, Maurice Edward, *The Tichborne Tragedy: Being the Secret and Authentic History of the Extraordinary Facts and Circumstances Connected with the Claims, Personality, Identification, Conviction*

and Last Days of the Tichborne Claimant, London, 1913

Kent, William, *Guidebook to the Manchester Aquarium*, Manchester, 1875

Kent, William, *A Manual of the Infusoria: Including a Description of All Known Flagellate, Ciliate and Tentaculiferous Protozoa, British and Foreign, and an Account of the Organisation and Affinities of the Sponges*, London, 1880–82　ウィリアム・サヴィル＝ケント『浸滴虫類マニュアル』（未訳）

Lansdowne, Andrew, *A Life's Reminiscences of Scotland Yard*, London, 1890

Mayhew, Henry, *London Labour and the London Poor*, London, 1861　ヘンリー・メイヒュー『ロンドン路地裏の生活誌―ヴィクトリア時代』上・下、原書房、植松靖夫訳、一九九二年、および『ヴィクトリア朝ロンドンの下層社会』ミネルヴァ書房、松村昌家・新野緑訳、二〇〇九年（いずれも抄訳）

Mayhew, Henry, and Binny, John, *The Criminal Prisons of London and Scenes of London Life*, London, 1862

McLevy, James, *The Casebook of a Victorian Detective*, ed. George Scott-Moncreiff, Edinburgh, 1975, a selection from *Curiosities of Crime in Edinburgh* and *The Sliding Scale of Life*, Edinburgh, 1861　ジェイムズ・マクレヴィ『ヴィクトリア朝探偵の事件簿』……うち The Laugh「笑い顔の意味」は《ミステリマガジン》二〇〇〇年十二月号、The Broker's Secret「古物商の秘密」は《ミステリマガジン》二〇〇一年一月号に訳載

Poe, Edgar Allan, 'The Man of the Crowd' (1840), 'The Murders in the rue Morgue' (1841), 'The Mystery of Marie Roget' (1842), 'The Tell-tale Heart' (1843), reprinted in *Complete Stories and Poems*, New York, 1966　エドガー・アラン・ポー「群衆の人」「モルグ街の殺人」「マリー・ロジェの謎」「告げ口心臓」

Saville-Kent, William, *The Great Barrier Reef*, London, 1893　ウィリアム・サヴィル＝ケント『ザ・グレイト

・バリア・リーフ』（未訳）

Saville-Kent, William, *The Naturalist in Australia*, London, 1897　ウィリアム・サヴィル＝ケント『オーストラリアの博物学者』（未訳）

Stapleton, Joseph Whitaker, *The Great Crime of 1860: Being a Summary of the Facts Relating to the Murder Committed at Road; a Critical Review of its Social and Scientific Aspects; and an Authorised Account of the Family; With an Appendix, Containing the Evidence Taken at the Various Inquiries*, London, 1861　ジョゼフ・ステイプルトン『一八六〇年の大いなる犯罪』（未訳）

Ware, James Redding, *The Road Murder: Analysis of this Persistent Mystery, Published in 1862, Now Reprinted, with Further Remarks*, London, 1865

'Waters' (William Russell), *Recollections of a Detective Police-Officer*, London, 1856　ウォーターズ（ウィリアム・ラッセル）「ある刑事の回想録」（未訳）

'Waters' (William Russell), ed, *Experiences of a Real Detective* by Inspector 'F', London, 1862　ウォーターズ（ウィリアム・ラッセル）編、F警部『実在刑事体験談』（未訳）

二次資料

Altick, Richard D, *Victorian Studies in Scarlet*, New York, 1970　リチャード・D・オールティック『ヴィクトリア朝の緋色の研究』村田靖子訳、国書刊行会、一九八八年

Altick, Richard D., *Deadly Encounters: Two Victorian Sensations*, Philadelphia, 1986　リチャード・D・オールティック『二つの死闘―ヴィクトリア朝のセンセーション』井出弘之訳、国書刊行会、一九九三年

The Anatomy of Murder: Famous Crimes Critically Considered by Members of the Detection Club, London, 1936

Atlay, J. B., *Famous Trials of the Century*, London, 1899

Beer, Gillian, *Forging the Missing Link: Interdisciplinary Stories*, Cambridge, 1992

Boyle, Thomas, *Black Swine in the Sewers of Hampstead: Beneath the Surface of Victorian Sensationalism*, New York, 1988

Bridges, Yseult, *Saint -- with Red Hands?: The Chronicle of a Great Crime*, London, 1954

Browne, Douglas G., *The Rise of Scotland Yard: A History of the Metropolitan Police*, London, 1956

Chesney, Kellow, *The Victorian Underworld*, London, 1970　ケロウ・チェズニー『ヴィクトリア朝の下層社会』植松靖夫・中坪千夏子訳、高科書店、一九九一年

Cobb, Belton, *Critical Years at the Yard: The Career of Frederick Williamson of the Detective Department and the CID*, London, 1956

Cobb, Belton, *The First Detectives and the Early Career of Richard Mayne, Commissioner of Police*, London, 1957

Collins, Philip, *Dickens and Crime*, London, 1962

Dilnot, George, *Scotland Yard: Its History and Organisation 1829-1929*, London, 1929

Emsley, Clive, *The English Police: A Political and Social History*, London, 1991

Frank, Lawrence, *Victorian Detective Fiction and the Nature of Evidence: The Scientific Investigations of Poe, Dickens and Doyle*, New York, 2003

Harrison, A.J., *Savant of the Australian Seas*, Hobart, 1997

Hartman, Mary S., *Victorian Murderesses: A True History of Thirteen Respectable French and English Women Accused of Un speakable Crimes*, New York, 1977

Hughes, Kathryn, *The Victorian Governess*, London, 1993

Kayman, Martin A., *From Bow Street to Baker Street: Mystery, Detection and Narrative*, Basingstoke, 1992

Knelman, Judith, *Twisting in the Wind: The Murderess and the English Press*, Toronto, 1998

Lehman, David, *The Perfect Murder: A Study in Detection*, New York, 1989

Lock, Joan, *Dreadful Deeds and Awful Murders: Scotland Yard、s First Detectives 1829–1878*, Somerset, 1990

Maughan, Herbert Hamilton, *Wagner of Brighton: The Centenary Book of St Paul、s Church, Brighton*, Loughlinstown, 1949

Miller, D. A., *The Novel and the Police*, Berkeley, 1988

Miller, Wilbur R., *Cops and Bobbies: Police Authority in New York and London, 1830–1870*, Chicago, 1999

Ousby, Ian, *Bloodhounds of Heaven: The Detective in English Fiction from Godwin to Doyle*, Cambridge, Massachusetts, 1976　イーアン・ウーズビー『天の猟犬―ゴドウィンからドイルに至るイギリス小説のなかの探偵』小池滋・村田靖子訳、東京図書、一九九一年

Porter, Dennis, *The Pursuit of Crime: Art and Ideology in Detective Fiction*, New Haven, 1981

Rhode, John, *The Case of Constance Kent*, London, 1928

Rogers, Kenneth, *The Book of Trowbridge*, Buckingham, 1984

Roughead, William, *The Rebel Earl and Other Studies*, Edinburgh, 1926

Shpayer-Makov, Haia, *The Making of a Policeman: A Social History of a Labour Force in Metropolitan London, 1829 -1914*, Aldershot, 2002

Symons, Julian, *Bloody Murder: From the Detective Story to the Crime Novel - a History*, London, 1972 ジュリアン・シモンズ『ブラッディ・マーダー――探偵小説から犯罪小説への歴史』宇野利泰訳、新潮社、二〇〇三年

Taylor, Bernard, *Cruelly Murdered: Constance Kent and the Killing at Road Hill House*, London, 1979, revised 1989

Taylor, Jenny Bourne, *In the Secret Theatre of Home: Wilkie Collins, Sensation Narrative, and Nineteenth-Century Psychology*, London, 1988

Taylor, Jenny Bourne and Shuttleworth, Sally, eds, *Embodied Selves: An Anthology of Psychological Texts 1830–1890*, Oxford, 1998

Thomas, Ronald, *Detective Fiction and the Rise of Forensic Science*, Cambridge, 1999

Trodd, Anthea, *Domestic Crime in the Victorian Novel*, Basingstoke, 1989

Wohl, A., *The Victorian Family: Structures and Stresses*, London, 1978

Woodruff, John Douglas, *The Tichborne Claimant: A Victorian Mystery*, London, 1957

謝辞

まず、ロード・ヒル・ハウス殺人事件に関する文書のアーカイヴを提供し、写真の使用を許可してくれたバーナード・テイラーに、心からのお礼を申し上げる。その惜しみない協力は、本書を書くうえで大きな助けとなった。同アーカイヴの管理人であり、親切な案内をしてくれたスチュアート・エヴァンズ、そしてランガム・ハウス（元のロード・ヒル・ハウス）の主人で親切に情報を与えてくれたシンシア・イェイツにも、感謝の意を表したい。また、特定の疑問に答えてくれたセント・ポール大聖堂のジョゼフ・ウィズダム、マダム・タッソー蠟人形館のスザンナ・ラム、ヴィクトリア・アンド・アルバート博物館のエラーリ・リン、トロウブリッジ博物館のキャサリン・ホワイト、オーストラリアのアンソニー・J・ハリスンにも、感謝する。地図については、レズリー・ロビンスンにお世話になった。

また全般的な協力者としては、英国国立公文書館、ファミリー・レコード・センター、バターシー図書館、サザーク郷土史館、トロウブリッジ博物館、フルーム博物館、ロンドン図書館、大英図書館、ロンドン・メトロポリタン公文書館、首都圏警察警察史コレクションのスタッフの方たちに感謝したい。

本書のペーパーバック版制作に際しては、リチャード・ローズ、レズリー・グレイスン、ジョゼフィンとマイケル・ブリッジズ、ジーナ・サンダーズ、クライド・ビンフィールド教授、ジェイムズ・ファーガスン、エリック・ジェンキンズ、ジリアン・ロバーツ、クリストファー・パースンズ、マイケル・イェルトン、ハンプシャー・ミュージアム・サービスのジル・アーノットの皆さんに協力をいただいた。感謝する。

本書を書くうえでのアドバイスや支援については、家族や友人に心からお礼を申し上げる。中でも、ベン・サマースケイル、ジュリエット・サマースケイル、ヴァレリー・サマースケイル、ピーター・サマースケイル、ロバート・ランダル、ダニエル・ノーゲス、ヴィクトリア・レイン、トビー・クレメンツ、シンクレア・マッケイ、ローナ・ブラッドベリ、アレックス・クラーク、ウィル・コウフー、ルース・メッツステイン、スティーヴン・オコネル、キース・ウィルスン、そしてミランダ・フリッカーに、お世話になった。初期の調査段階では、サラ・ワイズ、レベッカ・ガウアーズ、ロバート・ダグラス＝フェアハースト、キャスリン・ヒューズが、すばらしい情報を与えてくれた。最終段階では、アンセア・トロッドとピーター・パーカーという優れた校正者を得た。この事件の所見についてはＰ・Ｄ・ジェイムズに、刑事の仕事一般に関する助言についてはダグラス・キャンベル元警部に、それぞれ感謝する。

この本に多くのことをつぎ込むにあたっては、アレクサンドラ・プリングル、メアリ・モリス、ケイト・ティンダル＝ロバートスン、メイケ・ボーニング、キャスリーン・ファラー、ポリー・ナッパー、ケイト・ブランド、デイヴィッド・マン、フィリップ・ベレズフォード、ロバート・レイシー、そのほかブルームズベリー出版の優秀なスタッフにお世話になった。また、ウォーカー社の厳しくも有能な編集者ジョージ・ギブスンとミシェル・アムンゼン、そして本書に誠意を尽くしてくれたほかの出版社の皆さん——バルセロナのルーメン社のアンドレイウ・ハウメ、ベルリン出版のドロテイア・グリーズバッハ、パリのクリスティアン・ブルグア出版のドミニク・ブルグア、トリノのジュリオ・エイナウディ出版のアンドレア・カノービオ、モスクワのＡＳＴのニコライ・ナウメンコ——にも感謝したい。さらには、初期の段階で興味をもち励ましてくれたアンガス・カーギルとシャーロット・グレッグ、そしてローレンス・ラリュヨー、スティーヴン・エドワーズ、ロジャーズ・コールリッジ・アンド・ホワイト社のハンナ・ウェストランド、ジ・エージェンシーのジュリア・クライトマン、ニューヨークのメラニー・ジャクスンにも。

わたしのしようとしていることが何なのかを常にわたし以上に理解してくれている、友人でありエージェントであるデイヴィッド・ミラーには、特にありがとうと言いたい。彼がこの本に寄与してくれたものは、計り知れないほどだ。そして、わたしが仕事をしているあいだ辛抱強く耐えてくれた息子のサム。彼はすでに報いを得ているが（レゴランドへの旅というかたちで）、あらためてここで感謝したい。

訳者あとがき

　英国で百年以上前に起きた殺人事件なのに、いまだに話題にのぼる有名なもの……といえば、筆頭に上がるのは一八八八年の切り裂きジャック《ジャック・ザ・リッパー》事件だろう。

　しかし、日本ではあまり知られていないものの、本書のロード・ヒル・ハウス殺人事件もまた、さまざまな意味で切り裂きジャック事件に匹敵する社会的・歴史的影響力をもつ事件だった。そのことは、本書をお読みになった読者ならすでにおわかりと思う。

　一八六〇年、つまりヴィクトリア朝時代のちょうど中ごろ、イングランド南西部の小さな村ロードで、三歳児サヴィル・ケントが殺される事件が起きた。それだけならよくある出来事だが、サヴィルはつねに戸締りを厳重にしていた屋敷から連れ去られ、中庭にある使用人用の屋外便所で死体となって発見されたときは、首がほとんど切断されかけた状態だった。

屋敷、つまり当時よくあったこのカントリーハウスは、一種の密室状態だったわけで、当然、内部の者が疑われることになる。だが、工場監査官補という官吏だったケントの一家は典型的なヴィクトリア朝中流家庭であり、そこには複雑な人間関係が渦巻いていた。サヴィルと同じ部屋にいた子守《ナースメイド》から、不倫を疑われる父親、後妻の子どもを妬む先妻の子どもまで、屋敷中の人間が容疑者になったのだ。

当時の英国においては、りっぱな地位にある中流階級の家庭で、内部の者たちがそんな残酷な犯罪で疑われるなどというのは、考えられないことだった。現実にはあるにしても、ヴィクトリア朝英国社会の偽善的モラルが許さないのである。その一方で、事件を解決すべき地元警察（州警察）は、もたつくばかり。当時ようやく大衆メディアとなった新聞が次々に事件を書き立て、批判の声はどんどん高まっていった。

そんな中で、ようやくロンドンから派遣されてきたのが、首都圏警察（スコットランド・ヤード）のベテラン刑事、ジョナサン・ウィッチャーだ。当時四十五歳で警部になっていた彼は、一八四二年に刑事課が設立されたとき刑事になった八人のうちのひとりであり、その後十八年間で刑事課の第一人者となり、「刑事課のプリンス」とまで言われる大活躍をしていた。事件発生からすでに二週間以上がたち、州警察のずさんな現場管理で証拠もはっきりしないという状況下だったが、ウィッチャーはこれまでの探偵としての技量をいかんなく発揮して、聞き込みや証言の分析をしていく……。

ここまでの筋がよくある古典ミステリの設定に思えるのは、実はウィルキー・コリンズやチャールズ・ディケンズ、コナン・ドイルといった作家たちがこの事件にインスパイアされ、ヒントを得て、作品をつくりだしてきたからにほかならない。そのこともまた、本書の中で繰り返し具体的に述べられているから、今さらの説明は無用だろう。田舎にぽつんと建つ屋敷、その中での殺人、複雑な人間関係を抱える家族と使用人、無能な地元警察、そしてヤードから派遣された敏腕刑事……典型的なカントリーハウスものだ。

エドガー・アラン・ポーが『モルグ街の殺人』で名探偵デュパンをつくりだしたのが、一八四一年。それから二十年近くが経ち、実録とフィクションの両方で〝探偵の回想もの〟と言える本が出版されていたとはいえ、〝探偵小説〟というきちんとしたジャンルはまだ確立されていなかった。一八六〇年は、ディケンズの雑誌《オール・ザ・イヤー・ラウンド》にウィルキー・コリンズが『白衣の女』を掲載していたころで、彼の『月長石』の登場は一八六八年を待たねばならない。そして、その『月長石』に登場するカッフ部長刑事こそ、このウィッチャー刑事をモデルにしたと言われているのだ。

とはいえ、現実は小説のようにうまくいかなかった。理由のひとつは、前述の偽善的モラルと、階級差別。品格ある中流（日本でいえば上流）家庭の裏側に隠されたものがあるのはわかっていても、実際に労働者階級である警官が、捜査のためとはいえその内情を詮索することなど、許されないわけで、ウィッチャーが核心に迫る一方で、世間の批判は増幅していった。

もうひとつの理由は、いわゆる〝探偵熱〟（『月長石』で登場人物が持ち出す言葉）に英国中が浮かされていたこと。新聞や一般人は、ウィッチャーの探偵活動を下劣な行為と非難しておきながら、自分たちは好色で無礼な考えをめぐらせたのだ。犯人像や犯行動機に関する彼らのさまざまな説は、新聞や内務省やスコットランド・ヤードへの投書となって押し寄せた。その結果、ウィッチャーは犯人の目星をつけていながら、世間の批判と揺さぶりに負け、起訴の直前で挫折、未解決のまま退職することとなる……。

こうした経緯を、著者は探偵小説の手法を借りつつも、事実に忠実に描いていく。このロード・ヒル・ハウス事件が、伝統的な価値観の崩れゆく過渡期を象徴する事件であり、社会における〝探偵〟という存在と、その後の探偵小説というジャンルに大きな影響を与えた事件であることを示す一方、ウィッチャー刑事という実在の名探偵の功績と挫折、そして最終的な名誉回復を、愛情と尊敬を込めて描いているのだ。

そして、その「名誉回復」の部分こそが（一種のネタバレになるのでここでは書けないが）、本書が推理小説に負けないスリリングな魅力をもつ要因となっている。自分は「いわば歴史家を演じるジャーナリストであり、つねに自分の見つけたものを小説のようなかたちに変換しようとしている」と語るサマースケイルの、面目躍如と言えよう。

ラストの意外な事実のあとで著者は、「後記」として興味深い後日談を付け加えているが、これは二〇〇八年四月にオリジナル版（英国版ハードカバー）が刊行されたあと、二〇〇九年に出たペーパーバック版で加えられたものだ。今回の訳出は、二〇〇九年刊の英国版および米国版ペーパーバックを使っている。

なお、英国版の原題は *The Suspicions of Mr Whicher: Or the Murder at Road Hill House*、米国版は *The Suspicions of Mr. Whicher: A Shocking Murder and the Undoing of a Great Victorian Detective* と、副題に違いがあるが、いずれにせよ本題は本書第十一章に出てくる「ウィッチャーの抱いた疑惑」ないし「ウィッチャーによってかけられた嫌疑」という意味合いである。本書は「ノンフィクションのブッカー賞」と呼ばれるサミュエル・ジョンソン賞を二〇〇八年に受賞し、同年、CWA（英国推理作家協会）賞ゴールドダガー賞ノンフィクション部門の最終候補となったほか、二〇〇九年のギャラクシー・ブリティッシュ・ブック・アワードを受賞した。また、MWA（アメリカ探偵作家クラブ）賞犯罪実録部門の最終候補にもなった。英国では二〇一〇年までに五十万部を売り上げるベストセラーとなり、世界十九カ国で出版されたという。

さらに、二〇一一年には英国ITVが二時間ドラマとしてテレビ映画化し、放映した。日本でも『ウィッチャーの事件簿：ロード・ヒル・ハウス殺人事件』というタイトルで二〇一三年に放映されている。ウィッチャー役はパディ・コンシダイン（『ボーン・アルティメイタム』などに出演）だ。

一方、ロード・ヒル・ハウス事件から百五十年目の二〇一〇年七月、地元で記念イベントが二つ行なわれた。ひとつは、現在ランガム・ハウスという名前に変わっている事件現場の住人による、オープン・ガーデンのイベント。当日は観光客など七百人が訪れ、屋敷と庭には係員が待機して解説を行なった。入場料などが村の教会に寄付されたという。もうひとつは地元の歴史家がトロウブリッジのプレップスクールで行なった講演と、周辺のウォーキングツアーだ。その歴史家、アンドルー・ジョーンズは、一八八六年の某人物の告白は筋が通らないとして、事件は未解決だと信じている。彼だけでなく、かなりの人が真犯人は捕まっていないと考え、誰かをかばって嘘の告白がなされたとみなしているのだ。

著者ケイト・サマースケイルは、一九六五年英国生まれ。外交官だった父親について日本、英国、チリで過ごしたあと、英オックスフォード大学および米スタンフォード大学でジャーナリズムを専攻した。その後いくつかの新聞で編集者をする一方、男装のレズビアンとして有名な〝ジョー〟・カーステアズの伝記 *The Queen of Whale Cay*（邦訳『ネヴァーランドの女王』、新潮クレスト・ブックス）で、一九九八年のサマセット・モーム賞を受賞した。ブッカー賞などの文学賞で選考委員を務めるほか、王立文芸協会のフェローでもある。

サマースケイルは本書のあと、二〇一二年に *Mrs Robinson's Disgrace: The Private Diary of a Victorian Lady* を出し、さらに今年二〇一六年には *The Wicked Boy: The Mystery of a Victorian Child Murderer* の刊行を予定している。いずれも本書と同じく実話を扱ったノンフィクションで、前者はヴィクトリア時代中期の裕福な夫人と若い医師の不倫スキャンダルおよび離婚裁判を扱っている。だが当然ながら、サマースケイルの扱う事件が単なる煽情文学的なネタであるわけがない。姦通罪の裁判に出廷した証人が二人とも資格に欠け、夫側の証拠はイザベラが書いていた愛欲日記だけになってしまうことから、その日記の信憑性や夫人の精神状態をめぐり、事態は複雑になっていくのだ。
一方、後者で扱うのは、ヴィクトリア時代末期にあった、少年による母親殺しの事件と裁判。一八九五年の夏、十二歳と十三歳の兄弟がロンドン東部の劇場や海辺で遊んでいた。両親は出かけているというのだが、十日間も続く豪遊ぶりを不審に思ったおばが家を開けさせると、そこには母親の腐乱死体が……。殺害を自供した長男にはまったく自責の念がなく、裁判でも動機がわからないことから、精神病院に送られる。だがそれは、彼を理解したと思っていた人たちがショックを受けるような、新しい人生の始まりであった。当時の人たちが抱いていたさまざまな不安——労働階級の教育問題、三文犯罪小説雑誌の危険性、犯罪や子どもや精神異常に関する説の急激な変化——を浮き彫りにし、過去の問題を克服する人間の潜在能力を描いた作品だという。

最後になったが、本文中にある既訳作品からの引用部分は、次の訳書によった。記してお礼申し上げたい（順不同）。
ウィルキー・コリンズ『月長石』上・下、中村能三訳、創元推理文庫、一九六二年
チャールズ・ディケンズ『荒涼館』1〜4、青木雄造・小池滋訳、ちくま文庫、一九八九年
チャールズ・ディケンズ『エドウィン・ドルードの謎』小池滋訳、創元推理文庫、一九八八年
チャールズ・ディケンズ『ディケンズ短篇集』小池滋・石塚裕子訳、岩波文庫、一九八六年

チャールズ・ディケンズ『大いなる遺産』山西英一訳、新潮文庫、一九五一年
ウィルキー・コリンズ『白衣の女』上・中・下、中島賢二訳、岩波文庫、一九九六年
エドガー・アラン・ポー「告げ口心臓」『黒猫／モルグ街の殺人』小川高義訳、光文社古典新訳文庫、二〇〇六年
ヘンリー・ジェイムズ『ねじの回転』南條竹則・坂本あおい訳、創元推理文庫、二〇〇五年
アーサー・コナン・ドイル『シャーロック・ホームズの冒険』大久保康雄訳、ハヤカワ・ミステリ文庫、一九八一年
アーサー・コナン・ドイル『シャーロック・ホームズの回想』大久保康雄訳、ハヤカワ・ミステリ文庫、一九八一年
M・R・ジェイムズ『M・R・ジェイムズ怪談全集1』紀田順一郎訳、創元推理文庫、二〇〇一年
日本聖書協会『旧約聖書』

また、単行本の訳出時は堤朝子、吉嶺英美の二人に協力を得た。この場を借りてお礼申し上げる。文庫化にあたっては本文その他に加筆修正をしてある。

二〇一六年二月

索　引

ア行

アイルワース　*85, 204, 273, 275, 284, 347*

アーチ、アルフレッド　*42, 47-51, 55-56, 65, 177-178, 292-293*

アッパー・ストリート　*48, 71, 136*

『アーマデイル』　*385*

『ある退職探偵の日記』　*217*

『ある婦人探偵のさまざまな経験』 *281*

アロウェイ、ジョン　*36-37, 43-44, 47-48, 56-57,*

「アン・ロドウェイの日記」*127*

ヴィクトリア女王　*100, 189, 321, 370*

ウィッチャー、ジョナサン（ジャック）*12-14, 25-31, 88, 91-92, 94-99, 101-113, 115-116, 118-128, 134, 137-146, 150-152, 154, 157-160, 162-163, 165-166, 168, 170-173, 176, 185-193, 195, 197-205, 208-211, 214-221, 223-224, 227-232, 234-244, 247-250, 253, 255-257, 259-262, 264-270, 272-273, 282, 284, 288, 295-296, 299-300, 302-303, 313-316, 318-323, 325, 329-332, 342, 347-348, 350-351, 354, 360, 363, 372, 383-393, 402, 404-406, 437-440, 445-450, 452*

ヴィドック、ユージーン *200, 266*

ウィリアムスン、アドルファス（"ドリー"）　*110, 192-194, 214, 221, 250, 261, 313-314, 331, 342, 375, 404*

ウィルズ、サー・ジェイムズ　*364-366, 370-371*

ウィルトシャー（州）　*25, 30-31, 48, 55, 71, 78, 80-81, 85, 87-88, 91, 93, 112, 116, 131, 136, 153, 162, 177, 184, 188, 201, 205, 221, 268, 270, 274, 285-286, 288, 300, 313, 332, 336, 341-342, 345, 349, 356, 363, 372, 411, 429*

ウィルモット、サー・ジョン・アードリー　*253-254, 372, 426*

ウィンター、アンドルー　*97, 144-145*

ウィンダム・ロード　*95, 125*

ウェストベリー　*153, 185, 295*

ウォーキング刑務所　*407, 409*

ウォーターズ　*104, 146, 160, 171, 229, 319-320*

ウルフ、フランシス　*116, 119, 166, 187, 190, 221-222, 230, 270, 275, 278-279, 284,*

エセックス（州）　*109, 129, 371*

エディンバラ　*126, 145, 161, 328, 395*

『エドウィン・ドルードの謎』　*12, 397-398, 440*

エドリン、ピーター　230-238, 240-242, 267, 372
エリオット、T・S　12, 394
『大いなる遺産』　175
オートン、アーサー　387-390
オリーヴ　423-424
オリヴァー、ダニエル　36, 43, 56
《オール・ザ・イヤー・ラウンド》 30, 200, 244, 391
オールドベリー・オン・ザ・ヒル　153, 197, 354
『オーロラ・フロイド』 327

カ行

『カサマシマ公爵夫人』 381
カースレイク、サラ　35-36, 39, 41, 43-44, 47, 59, 67-68, 81, 260, 278, 301
キャヴァナー、ティモシー（ティム） 193, 250, 313
キャンバーウェル区　94, 125, 261, 391, 406
キングズウッド　315-317, 319-321, 323, 331, 342
キングズ・クロス　97, 101
クイーンズランド　413, 415
クラーク、ヘンリー　214, 230-234, 236-237, 244, 325, 345
《暮らしの言葉》 28, 227, 450
グリフィスス、アーサー　90, 382, 405-408
グリーム、キャサリン　口絵1, 335, 342, 346, 351-352, 371, 383
グレイト・バリア・リーフ　403, 412, 415-416, 419
グロスターシャー（州） 153, 197, 214, 354
「群衆の人」 308
『月長石』 4, 12, 134, 137, 215, 256, 391-394, 440
ケント、アクランド・サヴィル　245, 395, 411, 413, 421
ケント、イーヴリン　35, 39-40, 43, 45, 56, 68, 134, 168, 232, 273, 279, 311, 395, 411, 421, 423
ケント、ウィリアム・サヴィル　口絵2-3, 36, 38, 41, 44, 46, 48, 58, 63, 68, 74-75, 79, 82, 117, 119, 131-132, 150, 154-159, 168, 170, 176-177, 187, 198-200, 206, 214, 222, 236, 256, 258, 260, 277, 279, 310, 330, 343, 360, 363, 367, 371, 396-401, 403, 407-408, 411, 413-421, 423, 427, 431, 433, 436, 438-442
ケント、エドワード　129-130, 132, 134, 155, 425, 427-428
ケント、エリザベス　36, 38, 41, 46, 56, 68, 124, 129, 132-133, 168, 216, 277-279, 396, 420, 427
ケント、エリザベス（旧姓ベネット） 399, 401
ケント、コンスタンス・エミリー　36, 38, 41, 46, 50, 54, 60, 67-68, 73-75, 77, 80, 83, 119, 123-124, 131-132, 137, 138-141, 150-151, 154-159, 168-170, 172-173, 176, 185-192, 198-200, 204-206, 213-219, 221-222, 224, 228-232, 236-241, 243-244, 251, 257, 259-260, 265, 267-296, 271, 275, 277, 279-280, 283-284, 297, 300, 307-309, 311-312, 322, 325, 330-331, 334-339, 341-346, 348-373,

375-376, 378-381, 383-384, 389, 393, 395, 398-399, 403, 407-410, 417, 420-421, 423-433, 436-442, 457
ケント、サヴィル（フランシス・サヴィル） 35, 37-41, 43-48, 50-52, 55-60, 62, 64-68, 71-76, 79, 82-83, 85, 112-116, 119-120, 122, 133-134, 139-140, 142, 149-150, 154, 157-159, 166, 168, 170-171, 173, 175-177, 183, 186, 189-190, 196, 199-200, 202-205, 213, 218, 222, 225-226, 228, 231-232, 236, 241, 243, 255, 257, 259, 260, 268, 270-271, 273, 275-280, 284-285, 287, 301, 307, 309-311, 321, 326, 336, 343, 348-349, 351, 353, 359, 367-368, 375-376, 378, 395, 409, 411, 426, 436-441, 443-444, 452, 458
ケント、サミュエル・サヴィル（ミスター・ケント） 35, 37-42, 44, 46-51, 53, 57-58, 60-63, 66-67, 72, 74, 77, 79, 82-83, 92, 112, 114-116, 118, 120, 122, 128-129, 131-135, 139, 155, 157, 165-166, 169-170, 172-173, 177-180, 182, 186, 191, 200-202, 204-206, 214, 223-225, 228, 230, 238, 240-242, 253-256, 258, 260, 276-277, 279, 283-286, 289-290, 293, 297-300, 307, 309, 311-312, 325, 327, 330, 345, 348. 353, 355, 363, 373, 379, 394-395, 399, 427, 431-436, 439, 457-458
ケント、フローレンス・サヴィル 312, 395, 411, 421, 423
ケント、メアリ（旧姓プラット、二代目ミセス・ケント） 35, 39-48, 50, 53, 56-57, 59, 68, 76-77, 80-81, 84, 116, 131,-134, 154, 159, 169-170, 173, 177, 199, 202, 204-205, 213, 216-217, 223-225, 245, 254, 260, 277, 279, 285, 310, 312, 363, 377, 395, 427, 429-430, 432, 435
ケント、メアリ・アン 35-36, 38, 41, 46, 56, 65, 68, 72, 77, 84, 124, 132-133, 168, 205, 216, 277, 291, 427
ケント、メアリ・アン（旧姓ウィンダス、最初のミセス・ケント） 38, 119, 128-132, 141, 159, 169, 223-225, 369, 425, 427, 434-435, 454
ケント、メアリ・アン（旧姓リヴジー） 401
ケント（州） 102
コヴェント・ガーデン 335, 450
『荒涼館』 33, 106-107, 174, 220, 241, 281-282, 322
コックス、サラ 35-36, 41, 43, 47, 49, 59-60, 67-68, 72-74, 76-77, 81, 117, 120, 168, 215-217, 237, 275, 278, 280, 301, 349
コナン・ドイル、アーサー 123, 394, 405
ゴフ、エリザベス 35-37, 39-41, 43-48, 50, 54, 56-57, 60, 62-65, 67-68, 72-77, 81-85, 91, 115, 149-150, 166, 187, 189, 199, 202-204, 206, 213, 217, 225-226, 231, 251, 253-254, 258, 260, 273, 275-280, 282-285, 297, 310-311, 346-347, 349, 356, 370, 384, 398
コリンズ、ウィルキー 4, 12, 30, 89, 125, 127, 141, 151, 200, 256, 285, 332, 385, 391-392, 394
コールリッジ、ジョン・デューク 363, 365-366, 371, 389

サ行

サウスウィック　48-49, 57, 61, 136, 153
サセックス（州）　407, 421
サマセットシャー（州）　48, 112-113, 131, 136, 139, 153, 177, 184-185, 223, 251, 310, 312-313
サリー（州）　313, 315-317, 407
ジェイムズ、ヘンリー　12, 172, 305, 323, 381, 394, 407, 433, 441
『ジェーン・エア』　131, 169
『実在刑事体験談』　171, 319
シドニー　412, 422-424, 426, 429, 431, 433, 436, 440
『女性探偵』　125, 162, 249, 281
シルヴェスター、ジョージ　71
シルコックス、アンナ　65, 76
スタンコーム、ウィリアム　186
スタンコーム、ジョン　186
ステイプルトン、ジョゼフ　16-17, 61-62, 65-67, 74, 80, 114-115, 118, 128-129, 132-134, 140, 149, 155-157, 169-170, 220, 243, 256, 285, 294, 298, 302, 307, 309, 325-327, 345, 354, 359, 370-371, 435, 439, 443-444, 457-458
スラック、E・F　274-275
スランゴスレン　312, 345, 399
セント・ジャイルズ　94, 99-100, 118, 193, 195
『一八六〇年の大いなる犯罪』　16-17, 325, 457
ソーンダーズ、トマス　288-297, 300
ソーントン、スティーヴン　102-103, 109, 126, 195, 331, 450

タ行

『大理石の牧神』　267
ダーウィン、チャールズ　149, 220-221, 320, 324, 327, 396, 431
タスマニア　411-413, 416, 421
タナー、リチャード（“ディック”）110, 192, 223, 347
ダリモア、イライザ　63-65, 72, 80-81, 83, 279-280, 282, 301
ダリモア、ウィリアム　63, 65, 83, 279-280, 292, 294
ダン、ウィリアム　205-206, 230, 240, 262, 274-275, 345, 347
チェスタートン、G・K　397
チップナム　25, 31, 153, 271, 282, 342
「告げ口心臓」　147
ディヴァイズィズ　153, 190, 205, 229, 238, 346, 348, 353, 361, 372
ディケンズ、チャールズ　12, 27-30, 33, 94, 102, 104-107, 125, 139, 145, 147-149, 160, 175, 191, 200, 220, 241, 248, 285, 295, 308, 391, 397-398, 448-450
ディナン　310, 312, 330, 420
デヴォンシャー（州）　129, 132, 157, 169, 369, 434
「銅版画」　454
ドーセット（州）　254, 407
トラファルガー・スクウェア　103, 105, 246, 250
ドール、エミリー　37-38, 45, 204
トロウブリッジ　25, 30-31, 35-36, 48-49, 59-62, 71, 79, 82-83, 85, 91-93, 113, 115, 136, 153-154, 168, 186, 192,

197, 199-202, 214, 271-272, 275-276, 282, 298, 310, 342, 345, 349, 370, 455

ナ行

ナット、ウィリアム 51-52, 55-56, 65, 72, 118, 187, 189, 202-204, 231-232, 251-252, 255, 258, 260
『ねじの回転』 12, 305, 440-441, 454
ノーサンプトンシャー（州） 317, 450
『ノー・ネーム』 332

ハ行

『白衣の女』 30, 89, 125, 142, 169, 174, 214, 244, 274
ハクスリー、トマス 396, 417,
バケット警部 106, 147, 151, 220, 242-243, 281, 322
ハザリル、ルイーザ 198, 236, 354
バース 132, 136, 153-157, 159, 176-177, 214, 222, 251, 253, 255, 274, 295, 302, 307, 309, 439, 440
パース 412, 416, 423
パースンズ、ジョシュア 39, 58-60, 65-67, 74, 76, 80, 139-141, 170, 236, 255, 269, 285, 293, 347, 349, 377
バックニル、チャールズ 359-360, 370, 376. 378
ハンプシャー（州） 388, 417, 420, 447
ピーコック師、エドワード 50, 57-58, 71, 74, 76, 112, 115, 201, 202, 277
ピムリコー 223, 247, 332, 347
フィールド、チャーリー 106-109, 126, 160, 247, 295-296, 384-385, 405-406, 450
フォーリー、ジョン 48-49, 59-62, 65, 67-68, 72-73, 76, 80-81, 83, 91, 112, 115-116, 119, 139, 141, 160, 177, 189, 201-202, 238, 262, 269, 276, 292-294, 300-302, 310-311, 343, 377
フォレスター、アンドルー 125, 162, 281-282, 320
ブラッドフォード・アポン・エイヴォン 153, 288, 295
ブラッドン、メアリ・エリザベス 306, 321, 327, 358
ブリストル 153-156, 197, 199, 230, 299
フリッカー、ジェイムズ 37, 63-64, 290
フルーム 80, 113, 136, 153, 168, 190, 205, 230, 254, 273, 292, 295, 311, 347, 354
フルーム川 80, 113, 117, 136, 165, 244
ブルームズベリー 99, 101
ブロンテ、シャーロット 131, 144, 161
ベキントン 37-38, 43, 58, 136-137, 139, 153, 214, 221, 274, 311, 347
ベネット、ジョン 105
ヘリテージ、ヘンリー 49, 60-61, 177-178
ベンガー、トマス 51-52, 55, 63, 65, 73, 203-204, 349
ポー、エドガー・アラン 11, 30, 106, 147-148, 152, 215, 256-257, 265, 283, 286, 308, 320, 394
ボウ・ストリート 335-336, 345, 355,

372
ホウバート　411-413, 421
ホウボーン　96, 99-100, 102, 111, 139, 191, 193, 195, 197
「ボヘミア国王の醜聞」 405
ポラーキー、イグナティウス　295-296, 384
ホリー、ヘスター　38, 72-73, 77, 80, 118, 124, 204, 216-217, 237, 255, 260, 349
ホリー、マーサ　72, 77, 349
ホリウェル・ストリート　246-249, 332, 390
ホルコム、ジェイムズ　36, 38, 42-44, 47-48, 67, 118, 168
ホルコム、メアリ　52, 65
ホワイトチャペル　315, 318, 406,
ホワイトホール・プレイス　98, 104, 246, 249, 404-405
ボンウェル師、ジェイムズ　109, 208, 273

マ行

マクレヴィ、ジェイムズ　145-146, 161, 243, 329
マースタム　407
「マッド・モンクトン」 141
マラム、ベンジャミン　80, 191, 353-354
ミルバンク　25, 246-248, 390
ミルバンク刑務所　246, 248, 381-383, 390, 407-409, 420
ミレット、スティーヴン　57, 73-74
ムーディ、エマ　157, 198, 214, 232, 235-236, 241, 354, 363
ムーン、ジョー　42
『メイジーの知ったこと』 433
「名馬シルヴァー・ブレイズ」 123
メイン、サー・リチャード　88, 101, 108, 119-120, 143, 150, 185, 192, 194, 200-201, 223, 240, 244, 250, 253, 255, 268-269, 296, 315, 318, 346-347, 372, 375, 437
メレディス大尉　189, 221, 230, 345
モーガン、ジェイムズ　48-51, 55-56, 77
木曜島　419
「モルグ街の殺人」 11, 221

ヤ行

ヨークシャー（州） 312, 317

ラ行

ラヴェンダー・ヒル　402, 420
ラドロウ、ヘンリー　185, 187, 233-234, 236, 240, 243-244, 268, 302, 345-346, 349-353
ランベス　103, 111, 248, 262, 331
ルイス、サー・ジョージ・コーンウォール　87, 244, 253, 264, 274, 298, 309, 353
『レディ・オードリーの秘密』 306, 321, 323, 328, 358
ロウアー・ストリート　71, 73, 136
ロウワン大佐、チャールズ　101
ロドウェイ、ローランド　61-63, 72, 80, 149, 179, 205, 298, 325, 345, 348,

354-355, 357, 359, 361, 364, 370
ロード村　35, 38, 47, 80, 83, 87-88, 112, 136-137, 142, 152-153, 208, 227, 439
ロングホープ　153, 214, 310

ワ行

ワイト島　175, 407
ワグナー師、アーサー・ダグラス　330-331, 335, 338-341, 345-346, 351-356, 370-372, 383, 410, 421
ワッツ、ジェイムズ　292-294, 301, 349
ワディントン、ホレイショ　80, 253-254
ワルシャワ　331-332

本書は二〇一一年五月に早川書房より単行本として刊行された作品を文庫化したものです。

ファスト&スロー（上・下）

——あなたの意思はどのように決まるか？

Thinking, Fast and Slow
ダニエル・カーネマン
村井章子 訳
友野典男 解説
ハヤカワ文庫NF

心理学者にしてノーベル経済学賞に輝くカーネマンの代表的著作！

直感的、感情的な「速い思考」と意識的、論理的な「遅い思考」の比喩を使いながら、人間の「意思決定」の仕組みを解き明かす。私たちの意思はどれほど「認知的錯覚」の影響を受けるのか？　あなたの人間観、世界観を一変させる傑作ノンフィクション。

ブレイクアウト・ネーションズ
――「これから来る国」はどこか？

Breakout Nations
ルチル・シャルマ
鈴木立哉訳
ハヤカワ文庫NF

「世界の頭脳100人」に選ばれた投資のプロが、世界経済の潮流を読む

新興国の急成長の時代が終わった今、突出した成長を遂げられる国はどこか？　モルガン・スタンレーで250億ドルを運用する投資のプロが、20カ国を超える新興諸国をつぶさに歩き、今後ますます繁栄する国、そして没落する国を徹底予想する。解説／吉崎達彦

続・100年予測

The Next Decade

ジョージ・フリードマン

櫻井祐子訳

ハヤカワ文庫NF

中原圭介氏（経営コンサルタント／『2025年の世界予測』著者）**推薦！**

『100年予測』の著者が描くリアルな近未来

「影のCIA」の異名をもつ情報機関ストラトフォーを率いる著者の『100年予測』は、クリミア危機を的中させ話題沸騰！　続篇の本書では2010年代を軸に、より具体的な未来を描く。3・11後の日本に寄せた特別エッセイ収録。『激動予測』改題。解説／池内恵

訳者略歴　1954年生，青山学院大学理工学部卒，英米文芸・ノンフィクション翻訳家　訳書にトライブ『シャーロック・クロニクル』，ミエヴィル『都市と都市』，コニコヴァ『シャーロック・ホームズの思考術』（以上早川書房刊）他多数

HM=Hayakawa Mystery
SF=Science Fiction
JA=Japanese Author
NV=Novel
NF=Nonfiction
FT=Fantasy

最初《さいしょ》の刑事《けいじ》
ウィッチャー警部とロード・ヒル・ハウス殺人事件

〈NF458〉

二〇一六年三月十日　印刷
二〇一六年三月十五日　発行
（定価はカバーに表示してあります）

著者　ケイト・サマースケイル
訳者　日暮《ひぐらし》雅《まさ》通《みち》
発行者　早川浩
発行所　株式会社早川書房
郵便番号　一〇一 - 〇〇四六
東京都千代田区神田多町二ノ二
電話　〇三 - 三二五二 - 三一一一（大代表）
振替　〇〇一六〇 - 三 - 四七七九九
http://www.hayakawa-online.co.jp

乱丁・落丁本は小社制作部宛お送り下さい。
送料小社負担にてお取りかえいたします。

印刷・精文堂印刷株式会社　製本・株式会社川島製本所
Printed and bound in Japan
ISBN978-4-15-050458-8 C0198

本書は活字が大きく読みやすい〈トールサイズ〉です。